*QUE PENSAM VOCÊS
QUE ELE FEZ*

CARLOS SUSSEKIND

QUE PENSAM VOCÊS QUE ELE FEZ
Romance

COMPANHIA DAS LETRAS

Copyright © 1994 by Carlos Sussekind

Capa:
Ettore Bottini
sobre *Anotações biográficas*,
óleo de Roberto Magalhães,
gentilmente cedido pela
Saracini Galeria de Arte,
Rio de Janeiro

Preparação:
Márcia Copola

Revisão:
Carlos Alberto Inada
Carmen S. da Costa

Dados Internacionais de Catalogação na Publicação (CIP)
(Câmara Brasileira do Livro, SP, Brasil)

Sussekind, Carlos
  Que pensam vocês Que ele fez : romance / Carlos Sussekind. — São Paulo : Companhia das Letras, 1994.

  ISBN 85-7164-413-6

  1. Romance brasileiro I. Título.

94-2927   CDD-869.935

Índices para catálogo sistemático:
1. Romance : Século 20 : Literatura brasileira
   869.935
2. Século 20 : Romance : Literatura brasileira
   869.935

1994

Todos os direitos desta edição reservados à
EDITORA SCHWARCZ LTDA.
Rua Tupi, 522
01233-000 — São Paulo — SP
Telefone: (011) 826-1822
Fax: (011) 826-5523

Para Joaquim Pedro,
Alexandre Eulálio
e Mario Tourasse,
com muita saudade

Era uma vez três
Dois polacos e um francês
Os polacos deram deram no francês
O francês por sua vez
Puxou a espada com rapidez
Que pensam vocês que ele fez?
Matou? Esfolou? Foi pro xadrez?
Esperem
Vou começar outra vez
Era uma vez três
etc.

Anônimo

AGRADECIMENTOS

*À Fundação Vitae, pela bolsa (1992) que me
permitiu trabalhar no livro.
A Lucia Chamma, pelo pontapé inicial.
A Francisco Marcelo Cabral e
Armando Freitas Filho,
que leitores!
A Francisco Daudt da Veiga e
Lélia Coelho Frota,
que me estimularam a ir até o fim
e não ficar mal com a Vitae.*

ÍNDICE

Primeira parte
TREM SEM MAQUINISTA

Aviso, *15*

Abertura, *17*

1 Teatro em casa, *19*

2 Busca do tesouro, *38*

3 Nas gavetinhas, *55*

4 As mulheres passeiam pelo Diário, *66*

5 As mulheres passeiam pelo Diário (continuação), *80*

6 As mulheres passeiam pelo Diário (conclusão), *98*

7 Meu pai, *113*

8 Aurora, *124*

9 Queixas de Aurora, *133*

10 Primeira história (Mãe Joana), *146*

11 O Papagaio Falador, *156*

12 Clarisse, *163*

13 A boneca-surpresa, *179*

14 Invenção dos provérbios-dominós, *184*

15 Magda Mou fala à imprensa, *195*

16 Aurora chega com um sonho e é recebida com outros, *210*

17 Entrevista com o gramático, *216*

18 Bilhete dos Andes, *226*

Segunda parte
A DOUTORA ANGÉLICA

19 Aviso ao leitor, *251*

Terceira parte
ACRÉSCIMOS

20 A série Mozart, *255*

21 Mico-preto (apócrifo), *285*

Primeira parte
TREM SEM MAQUINISTA

AVISO

O leitor encontrará, incorporadas de vez em quando ao texto de "Trem sem maquinista", certas notas que vêm assinaladas com a rubrica NG no começo e no fim. São comentários do professor Guaraná (NG = Nota de Guaraná) que, de início, era apenas personagem do livro, mas que, a pedido da Samuel Pepys Foundation, acabou se tornando um excelente colaborador. O professor Guaraná, a Samuel Pepys Foundation e por que essa fundação precisou do socorro do professor — está tudo fartamente explicado dentro do próprio romance.

Lamartine M., trinta e nove anos, dirigindo-se, por carta, em 1972, à Samuel Pepys Foundation:

Escrevo-lhes muito admirado com a avaliação que foi feita do meu trabalho por essa Sociedade, digo, Fundação, e esperançoso de poder desfazer o equívoco patente na correspondência de V. S^{as}.
A preparação de uma edição comentada do Diário de meu pai, Espártaco M., foi sempre o objetivo da tarefa que me comprometi a realizar com financiamento da SPF, e não creio absolutamente haver me afastado desse objetivo no texto que enviei aos srs., pelo correio, no mês passado.

Não vejo como deveria apagar, nos comentários, minha condição de filho do autor e por que estaria mais dentro do espírito da SPF uma apresentação do Diário sem a revelação de todos os fatos a ele associados que são do meu conhecimento. Os srs. observam ironicamente que, se eu me houvesse limitado a redigir notas sobre a sexualidade de Espártaco, ainda poderia haver justificativa, mas que as informações sobre minha própria sexualidade estão ali sem quê nem porquê.

Isso significa que ainda haverá mais o que contar-lhes — o que poderá parecer-lhes outro absurdo de minha parte, mas é contando que me explico, que me faço entender das pessoas, sempre foi assim, por que há de ser diferente com os srs. ? —; haverá mais o que contar-lhes sobre o meu envolvimento, que vem de menino, com os textos em que Espártaco registrou o dia-a-dia dele e de sua família. Porque como é possível que, sabendo os fatos que sei e que o leitor do Diário não sabe (e não saberá nunca pelo simples Diário), eu vá soltando esses cadernos por aí, sem dar a entender a importância que tiveram sobre nossas vidas e sem descrever a maneira singular como se misturaram com elas!

 Perdoe-me o sr. ***, signatário da resposta de V.S^{as}, mas um prefácio não resolveria — se por prefácio entende algumas idéias gerais que dessem a chave para a leitura do livro. Não sei trabalhar com idéias, sempre trabalhei com narrativas, o Diário me atrai por ser uma narrativa, não pelas idéias que expõe ou por aquelas em que se possa inserir. E não estou de posse dessa tal chave. Se concordarem que o prefácio seja uma narrativa, chamem de prefácio, como quiserem, a parte do texto que receberam mês passado intitulada "Trem sem maquinista". Vamos inovar em matéria de prefácios. E que não faltem ao "Trem sem maquinista" os acréscimos que me disponho a fazer hoje (transcritos nesta edição sob os títulos "A série Mozart" e "Mico-preto" — Nota do Editor), para convencê-lo, sr. ***, de que as referências biográficas laterais que constituem o "Trem" justificam-se plenamente no conjunto do livro etc. etc.

 (NG) Deixemos de lado, por ora, os acréscimos que se seguiam, mais significativos para a Samuel Pepys Foundation, que lera o texto, do que para os presentes leitores, que o desconhecem ainda, e comecemos por dar uma olhada no material anteriormente mandado por Lamartine àquela Fundação. (NG)

1
TEATRO EM CASA

Lembro-me do susto que foi essa primeira vez. De repente, no meio da noite, os três dormindo na cama do casal, eu com quatro para cinco anos, ouço uma fala abafada, abro os olhos, vejo que está saindo de meu pai e que meu pai ergueu o tronco para fora das cobertas e tem postos nele os olhos bem abertos de minha mãe — silenciosa e imóvel na mesma posição em que dormiu, a não ser pelas mãos que acompanham, a uma distância respeitosa mas com a dedicação de um caçador que não desiste da presa, os pinotes que eram do sexo de meu pai debaixo dos lençóis, mas que eu então não sabia o que fossem e, por isso, assustaram-me ainda mais. Ele continuou dormindo, enquanto falava, o tronco erguido da cama. A fala não era para minha mãe, mas para alguém ou alguma coisa que via na sua frente dentro do pesadelo que estava tendo.

Minha mãe olhava para o rosto dele, e dali não desviava os olhos, com a atenção concentrada em entender o que ele dizia. A impressão que me ficou, mais tarde, dessas mãos que iam de um lado para outro, seguindo os arrebatamentos do sexo errante de dr. Espártaco, sem pousar nele e sem se orientar pelo calombo que fazia nos lençóis, como se já conhecessem muito bem a seqüência dos deslocamentos, foi a de um exercício musical, acompanhamento criado e inventado por ela para permitir que a fala mediúnica fluísse intacta e sem vacilações. Talvez até para provocá-la, quem sabe. Sem tocar nos lençóis, mas quase tocando. O interesse todo de minha mãe estava nas palavras mal-articuladas, ditas em voz baixa, que o gesto de proteção e incentivo ajudava a sair mais nítidas e com maior segurança. Ela parecia entender tudo o que meu pai dizia. Eu, morto de medo, nessa primeira vez não entendi nada. Em outras oportunidades que se seguiram (freqüentei a cama do casal, em visitas esporádicas, até uns oito para nove anos), mais familiarizado com a cena e senhor de um vocabulário que aumentava minha receptividade à fala paterna, pude reconhecer frases inteiras.

Anos mais tarde, contei para minha irmã Anita o que havia presenciado e que antes não contara a mais ninguém. Ela primeiro não acreditou na parte de papai falando dormindo. Deu risinhos, zombou da minha ignorância, e disse que aquilo era o que "todos os pais fazem com todas as mães, mas bem acordados". Aceitou, com algumas reservas, que talvez ele pudesse mesmo estar dormindo, quando reproduzi uns pedaços da fala noturna que tratavam de dietas e regimes ("Não comerei senão o estritamente necessário. Suprimirei a água na mesa. Suprimirei os lanches") — impróprios, sem dúvida, inoportunos, mas "não de todo incompatíveis com o que estavam os dois fazendo na hora", ponderou ela. "A barriga podia estar atrapalhando." Perdeu todas as dúvidas quando lhe contei a referência feita a mamãe na terceira pessoa: "Tive a briga maior da minha vida com Emília! Tudo por causa de uma discussão estúpida sobre dinheiro".

— É o Diário! — exclamou ela. — Só pode ser! Então é assim que aparece o Diário, todas as noites, antes de ser escrito no papel!

Nossa preocupação com o diário de papai começara antes, e não demora eu chego lá, mas só quando toquei no assunto dos solilóquios noturnos e minha irmã veio com a hipótese fantástica foi que a gente — isto é, Anita, porque eu, sempre empolgado com a sua imaginação, não fazia mais que segui-la, sempre — passou a ter, sobre a essência desse hábito literário paterno, a teoria por ela pomposamente chamada de "equilíbrio entre o oculto e o revelado". Segundo Anita, a trama do que ia escrevendo dia a dia fortalecia em meu pai a consciência e o valor do que ficava escondido, não mencionado. No Diário, papai dava a entender que sua vida era um livro aberto. E lá estavam, contados um por um, os pormenores de uma vida simples sem grandes acontecimentos. Mas havia o que o Diário ocultava: sua paixão pela promotora pública Camila Soares, cujo nome surge freqüentemente nas páginas escritas — jamais, no entanto, com qualquer conotação erótica ou mesmo amorosa. É a colega de ofício, envolvida e referida sempre em episódios ligados ao ofício. Pode, no máximo, constar uma observação de que engordou ou emagreceu, e que em tal dia, por isso ou por aquilo, pareceu *até* bonita. Presumimos (sem nunca termos conseguido provar) que o Diário fosse escrito no dia seguinte ao dos acontecimentos. E *falado* na noite intermédia. Na noite intermédia atuavam sobre Espártaco estímulos emocionais poderosos (sempre Anita e sua psicologia imaginativa): a cama de casados e a proximidade de mamãe confrontando-se com o sentimento profundo. Como, segundo a teoria, o Diário servia para encobrir e manter em equilíbrio aquela paixão clandestina, bastavam esses estímulos para fazer deflagrar e gravar, no sono do escritor, uma prévia do que seria o texto lançado ao papel no dia seguinte. Ouvindo a fala abafada e confusa, toda numa inflexão só, mais a gente se impressionava, por contraste, com aquelas mãos vibráteis adivinhando, mágicas, as andanças musculares por baixo dos lençóis. O Diário tinha muito que ver com sexo, achava minha irmã, e não só com o sexo de papai — com o de mamãe também. Anita chegou a sustentar que nesse tempo (e "nesse tempo" podiam ser os anos todos de elaboração do Diário, ou apenas aqueles dois ou três em que os cadernos ficaram guardados a chave na escrivaninha de papai, sem permitir o acesso ao texto a não ser pela leitura do transe "mediúnico", leitura em que, como me ficou na lembrança, tanto se empenhava mamãe olhando para o rosto dele), nesse tempo não teria havido outra forma de expressão sexual partilhada pelos dois. Pesquisando no Diário, minha irmã e eu encontramos, posteriormente, o registro sucinto de certos encontros à tarde, em contradição com essa afirmação tão radical. Para mim era uma música, repito. Para Anita, mesmo sem ter testemunhado com seus próprios olhos e ouvidos a cena, não havia como não ver que esse momento de presença física, contígua, da mulher era o que dava vida ao Diário, equilibrando o oculto e o revelado — força propulsora e, ao mesmo tempo, limitadora, graças à qual as evocações jorravam, com as ocultações se elaborando cuidadosamente.

O que me proponho a contar é difícil. Tenham paciência. Não me reconheço nestas primeiras linhas. Não é assim que eu falo. Está aí tudo amarrado. Vamos ver o que consigo soltar aos poucos. Meu objetivo — vou dizendo logo de uma vez — é livrar-me da influência (das influências, seria mais o caso, porque são muitas) desse diário paterno. Um diário que sempre me interessou, mas que as pessoas insistem em dizer que não me deixa viver com elas. (Minha irmã foi a primeira a perceber, já no início dos anos 40, que eu não via no texto de papai um instrumento — como fazia ela — mas um modelo.) Para a vida afetiva ele me transmitiu a posição de observador, de preferência à de participante — de um mau observador, pelo visto, porque continuo na ilusão de ser um participante. Por enquanto, não direi mais. Não tenho a chave desta história, não distingo sequer o que nela é mais e o que é menos importante, por isso vou me aferrar aos detalhes, procurar que não me escapem, todos os que consiga lembrar; ganha o leitor, se, com as pecinhas reunidas, chegar a algum tipo de elucidação, e ganho eu, porque pode ser esse o caminho para o desligamento do texto dominador. Convencionemos que comecei assim de propósito: tomo por modelo a fala abafada e confusa daquele pai noturno às voltas com sua ânsia inconsciente de registrar sem delatar. Dou os primeiros passos embolando tudo com a mesmíssima monótona regularidade e a voz de uma inflexão só. Um primeiro jato. O embrião. O tema, tão inverossímil (se bem que rigorosamente verídico), não ajuda. Mas é só um começo e esse começo não precisa ser entendido. Que alguma coisa já se esboçou, disto não tenho a menor dúvida. Não desanimem. Importante, mesmo, é o gesto de minha mãe. Se ao menos convencesse! Já já a gente volta a ele. (Esta agora foi de animador de televisão. Meu Deus, que caos!)

 Anita tinha oito anos, em 1935, quando tio Danton foi preso, acusado de ser um intelectual comunista. Tio Danton era o filho querido de minha avó paterna — Anita, também, como a neta (só que com dois nn: Annita). Para consolá-la, o outro filho — Espártaco — teve a idéia de deixar morando com ela, fazendo-lhe companhia "até o tio Tontom voltar", a filha de oito anos, já com um agarramento enorme por essa avó. Danton esteve preso até fins de 1936, e nas cartas que escreveu do cárcere à sobrinha inventou o apelido de "Vodka" para a avó, que Anita, muito confusa em matéria de ortografia, assimilou como Vodica (vó Dica) e assim pronunciou por toda a vida. A Vodica viveu até 1947; Anita dormiu com ela na mesma cama até 1946, dez anos, ao cabo dos quais, todos (os pais, a avó, a tia Lúcia e o tio Zizinho que também moravam com a avó, e, por fim, a própria Anita) concordaram em que ela, então com dezenove anos, deveria iniciar vida nova voltando para nossa (sua) casa.

Até o dia dessa volta, ela se dividira entre casa da avó e casa dos pais. Passava a noite com a avó; a manhã e parte da tarde, no colégio. O lanche e o jantar eram feitos em nossa casa, de onde, finalmente, era levada (em geral, por papai), às nove, para o leito da Vodica. Ocupava com a avó o mesmo quarto, onde estava instalada a sua escrivaninha para os trabalhos escolares que, na verdade, fazia lá em casa, explorando tiranicamente a paciência de meu pai. Não tinha um quarto seu em nossa casa. Usava a mesa de trabalho no gabinete do pai, usava o quarto dos pais quando precisava da penteadeira, e, para descansar, a outra cama de solteiro que havia no meu quarto, onde, até pouco antes de eu completar dez anos, dormira Clarisse, por ter sido minha babá quando eu tinha cinco. Clarisse passara depois a outros serviços em nossa casa e, quando saiu, pouco antes de Anita vir morar conosco, mamãe a havia preparado, fornecendo-lhe livros de inglês e de contabilidade, para ser funcionária de uma companhia americana.

Num desses fins de tarde, Anita deu comigo no meu posto de observação secreto: debaixo da cama do casal. Mamãe tinha recebido a visita de tia Evinha, uma sua prima muito atraente e elegante, com riso igual ao de Rita Hayworth, mulher de diplomata que passara vários anos na Europa, e que preferia, para trocar mexericos, a discrição do quarto à sala de visitas por onde todos circulavam constantemente. Posso indicar até o dia em que isso aconteceu: 17 de agosto de 1943. Ô Diário registra nesse dia um tópico que foi abordado durante o jantar: "Dormi quase nada. As pulgas continuam dando cabo do meu sono. Também, não é de admirar. Levam, o dia todo, as senhoras da casa, conversando sentadas nas camas. Não adianta haver salas e cadeiras. A conversa há de ser nos quartos e nas camas. O resultado é esse". Papai estava com toda a razão. No meu esconderijo, de onde acompanhava, sem ser suspeitado, as sucessivas trocas de posição das pernas (que eu via de perfil) de minha mãe e de minha tia, sentadas num dos lados da cama, uma de frente para a outra, as pulgas por um triz não me denunciaram a presença clandestina. Sentia coceiras por todo o corpo e não podia mexer-me. Em certo momento, tia Evinha, que tinha as pernas cruzadas, começou com a de cima certos movimentos de impaciência que lhe faziam chegar o pé a um palmo do meu nariz (eu sem poder recuar um milímetro); numa dessas aproximações, vi uma pulga, aproveitando o impulso, saltar do bico do sapato bicolor para a minha orelha.

Anita (dezesseis anos) entrou depois que as duas saíram e foi para a penteadeira. Um descuido meu fez que ela me visse pelo espelho. Espanto, risos, malícia filosófica etc., mas disso não passou. A grande psicóloga adorou que eu tivesse um segredo. Daí por diante começamos a partilhar um mar de segredos: as falas noturnas de papai, suas infidelidades diurnas, o projeto de independência de Anita (nem morar com a avó nem com os pais, mas sozinha — ou comigo e ninguém mais, se eu estivesse disposto, e eu estava), culminando com o segredo máximo que nos abriria a porta desse sonho fantástico, e que era nada mais nada menos que a existência de um TESOURO ILÍCITO escondido por papai dentro de casa!

Prova da existência desse tesouro, ela não dava nenhuma — a menos que se considere como tal a visita freqüente de um certo Orestes (sósia perfeito do pintor Pancetti) que procurava papai em casa para receber dinheiro. Os intervalos entre essas visitas podiam ser quaisquer, variando de um mês a uma semana, sendo que às vezes ele podia aparecer até duas vezes na semana — o que deixava papai furioso para o resto do dia. Era uma velha dívida do tio Danton, dizia-nos. Como tio Danton desde que saiu da prisão não tinha dinheiro para nada, a dívida era rateada entre Espártaco e a irmã, Lúcia. Em princípio, mensalmente, mas, na prática... Dívida esquisita essa que tinha de ser paga (amortizada) na hora em que o Orestes pisasse a soleira da porta de nossa casa, sem aviso e quando bem entendesse. O personagem justificava o inesperado de seu aparecimento com a mesma frase sempre: — Estou necessitando...

Acontece que o Orestes era um ex-presidiário — mas presidiário simples, não um preso político —, contemporâneo de cadeia na época em que tio Danton foi transferido do navio-cárcere *Pedro I* para a detenção. No Diário, a gente descobriu depois que tinha sido preso por tentativa de homicídio contra a mulher (ciú-

mes). Mas, na versão de Anita, era ladrão também, ou contrabandista, e teve em sua posse jóias de alto valor, que passara a papai — promotor público acima de qualquer suspeita — por uma questão de segurança.
— Mas papai não ia aceitar. Virar cúmplice!
— Não era cúmplice, não era dono das jóias, era só por uns tempos. Devem ter feito algum acordo.
— Mas que acordo, Anita?! E quando que papai recebeu essas jóias? Nas visitas a tio Danton? Nas barbas da polícia?
— Provavelmente já com o Orestes em liberdade. Estavam guardadas, vai ver que com a própria mulher que ele quis matar. Tiveram medo de ficar com as jóias. Com papai seria mais seguro. Lamartine! Também não dá pra saber todos os detalhes! Estou te dando o geral.
— Você viu as jóias?
— Daria tudo pra saber onde papai escondeu.
— Mas então como é que sabe que estão escondidas?
— Estão aqui. Eu sinto.
Simples. Tudo uma questão de duplicidade. Anita quer morar sozinha. Mas e o dinheiro? Ela sabe "e todos sabem" (ou "sentem") que Espártaco tem uma segunda mulher em sua vida, que é, inclusive, mencionada tranqüilamente (mas não como amante) no Diário em que ele anota com minúcias os acontecimentos de cada dia. Anita não perdoa essa duplicidade do pai e protesta com a frase "O mundo não é o que parece", que ela escreve em letras vermelhas e afixa como cartaz na parede acima da cama onde dorme Clarisse, no meu quarto, território que considera meio seu enquanto ainda não se mudou da casa da avó. Tomando como fundamento a duplicidade amorosa de Espártaco, conclui que ele bem pode ser capaz de outras duplicidades, tal como esconder um tesouro em casa, pensando que a família não sabe. Mas a filha sabe. E não há muito mais que isso. Há a petulância do Orestes (também mencionado tranqüilamente no Diário, mas não como dono de um tesouro ilícito). E há, sobretudo, para Anita, a atração irresistível de, por meio do tesouro de Orestes, poder juntar a salvação para os seus males com a fonte mesma (a prisão do tio, em 1935) de onde provêm.
 E por que é que eu estou repetindo toda esta história?

Sim, porque ela me expôs em seguida o seu plano para descobrir o tesouro e eu ainda achei de argumentar que, mesmo que houvesse um tesouro, ficaria muito chato para papai se ela revelasse.
— Não vou revelar. Vou roubar.
Era um desafio!
Ficamos em que eu a ajudaria, não a denunciaria, mas desistia de ir morar com ela, o que lhe pareceu perfeito. Em troca, pedi-lhe (com um sopro de voz) que não falasse com ninguém do esconderijo em que me havia encontrado. Anita não só me tranqüilizou como prometeu, com um belo sorriso, que iria convocar atrizes e dirigir espetáculos para o espectador de embaixo da cama. Faltavam poucos dias para o meu décimo aniversário. Marcamos para o dia da festa o primeiro espetáculo, mas lembrei a Anita que estaria então a casa cheia. (Esse espetáculo, ou seria secreto, ou não seria nada do que eu estava pensando.) Ela não disse que sim nem que não. Só comentou que "poderia haver uns ensaios antes". Depois que saiu para ir dormir com a avó, fui para o meu quarto e escrevi, feliz por estar embaixo da cama de Clarisse, este poema:

MEUS DEZ ANOS
Completarei meu decenário ansioso espero o aniversário o começo da independência minha que há tanto tempo eu vinha pensando em proclamar nas minhas mãos há de ficar meu corpo a minha vida um peso imenso a minha alma de menino será de criminoso meu coração bondoso será de pedra dura enfim será uma loucura vaguear pela deserta rua olhando somente a lua e me deixando acabar Não! com meus pais hei de morar obedecer a eles em primeiro lugar então quando crescer amor paixão terra mar viverei por sangue meu o destino que Deus me deu mas isso bem depois quando crescer.

Papai, a quem presenteei com o poema (só pela curiosidade de checar depois secretamente se o transcreveria no Diário — e o transcreveu!), viu na minha produção, como ficou lá escrito, "versos sôfregos". E Anita achou *decenário* o máximo.
Nos aniversários quase sempre fazíamos teatro em casa, a paixão de minha mãe, que o dirigia. Com programa impresso e tudo. Do repertório oficial fizeram parte, entre outras peças, *A mentirosa*

de Olavo Bilac (doze anos de Anita), *Iaiá Boneca* ("adaptada às possibilidades artísticas infantis por nossa diretora") de Ernani Fornari (treze anos de Anita), *João e Maria* (meus oito anos), *Negrinha* de Monteiro Lobato (catorze anos de Anita), *Pinóquio* de Collodi (meus nove anos), *Por onde andará tia Nastácia?*, "com as cenas mais características de *O Minotauro* de Monteiro Lobato" (meus dez anos, eu no papel de Emília, a boneca superfalante). Nos dezesseis anos de Anita, mamãe levou *Patty*, que adaptou do romance de uma americana, *Just Patty*, com as colegas de colégio de minha irmã — três delas, lindíssimas: Alice, Patrícia e Rosalie.

Em agosto, quando se avizinhava o meu décimo aniversário, corriam paralelos os ensaios de *Tia Nastácia* e *Patty* (Anita faz anos em setembro). Os ensaios com a pequenada de *Tia Nastácia* eram no começo da tarde; as moças de *Patty* começavam a chegar depois das quatro e só pisavam o palco (a sala de visitas) lá pelas cinco. Tinha ficado combinado que as atrizes de ambas as peças se trocariam no quarto do casal (por causa da penteadeira) e os atores — todos mirins, porque na peça americana o único papel masculino, o do jardineiro, era desempenhado por uma garota também, uma ruiva de sardas, Susan, que só apareceu praticamente no dia do espetáculo — no meu quarto. Na semana anterior ao aniversário, os meninos por qualquer razão saíram mais cedo e Anita teve a brilhante idéia de trazer as três beldades para o meu território, onde, avisado em tempo por ela, eu já me havia instalado debaixo da cama. Não podia ser a cama de Clarisse, porque essa tinha o estrado meio alto, ideal para a gente escrever debaixo dele, com boa luz e amplo espaço, mas que me tornava visível de qualquer ângulo do quarto (uma pena, porque, por outro lado, teria uma visão mais desimpedida das moças); encolhi-me todo para ficar debaixo da minha, onde o máximo que poderia ver era o pé até o tornozelo de quem estivesse beirando a cama, ou as batatas das pernas das mais distantes (era um quarto de três por quatro metros quadrados). Não se despiram, como na minha sofreguidão cheguei a pensar que fariam (não era ainda o ensaio geral, com figurinos e maquiagem); apenas distraíram-se conversando e, por meia hora, quase, exibindo-me saltos, bicos e solas de sapatos, tão próximos do meu rosto que eu, com o coração batendo, evitava respirar, para que não dessem pela minha presença. Quando vi os pés de Rosalie descalços, descansando um sobre o outro, alternadamente, quase esbarrando em mim quando trocavam de posição, me veio uma vontade enorme de beijá-los, do que só me contive em atenção a Anita (se bem que em mais de um momento passou-me pela cabeça que Anita tinha contado tudo a elas, e a diversão maior do grupo fosse justamente a de não demonstrar que me sabia aflito e tomado por aquelas emoções loucas).

No dia de meus anos elas não compareceram porque era uma festa de crianças. E quem disse que Anita cogitou de trazer Alice, Patrícia ou Rosalie ao meu quarto para trocarem-se no ensaio geral de *Patty*? Tampouco no dia do espetáculo, no seu décimo sexto aniversário; o que foi uma decepção cruel. Não me convenceu o argumento de que a penteadeira era essencial; podiam começar no meu quarto e deixar a penteadeira para o fim, disse-lhe. Anita riu e limitou-se a responder-me que "sabia o que era bom para mim". Pensei que tivesse recuado da sua cumplicidade comigo e fosse cortar no nascedouro as alegrias do meu decenário, mas não houve nada disso. A psicóloga minha irmã estava sabiamente construindo a motivação que me faria concordar com tudo o que ela pedisse de mim. Tratava-se, sobretudo, de comprar o meu silêncio em relação ao seu plano de roubar o "tesouro de papai". Sempre com intervalos medidos por alguma tabela de Pavlov — que diminuíam na medida em que também diminuía a minha resistência a colaborar —, criaram-se, ao longo de uns dois anos, provocações eletrizantes para o espectador embaixo da cama. Passei dos dez aos doze anos vivendo as emoções de reduzir cada vez mais, em centímetros, depois em milímetros, a distância do meu rosto aos pés e aos sapatos de Alice, Patrícia e Rosalie; levei o aprimoramento da técnica de aproximações sucessivas ao ponto de pousar o rosto alguns segundos na sola fininha de uma sandália branca de Rosalie sem que ela sentisse. Se sentiu, e fingiu, tanto melhor! À excitação de correr o risco de ser apanhado sobrepôs-se depois a de imaginar que elas fingiam, sem perceber que eu sabia que fingiam. Mas, aí, as circunstâncias mudaram, Anita teve que mudar também a sua estratégia para chegar ao tesouro, pressionando papai de uma maneira mais direta, e eu, é claro, cresci, não conseguindo mais me esconder debaixo das camas — sem falar na novidade das ejaculações que criavam transtornos imprevistos cada vez que eu me emocionava um pouco mais, e na novidade de um cachorro, o Saci, que poria tudo a perder com seus latidos se algum dia topasse comigo escondido namorando pernas e sapatos.

Puxei o assunto do teatro por mais outra razão. Houve um espetáculo que fizemos sem a direção de mamãe, e em que colaborou Clarisse. Aniversário de dr. Espártaco, casa lotada (como sempre, parentes e amigos). No programa, de que copiamos uns vinte exemplares a mão (os da Companhia "oficial" eram impressos por um tipógrafo amigo de papai) com desenhos e textos de Anita, era anunciada "uma revista com números de dança e regência musical, além de um *sketch* humorístico com a participação especial de Lamartine no papel de uma vagabunda". Antes de subir a cortina (na verdade, não subia, as metades eram corridas para os lados, deixando à mostra o arco que fazia a comunicação da platéia na sala de jantar com o palco na sala de visitas; nesse dia foram corridas por Alice e Rosalie, em trajes de dançarinas de czardas), veio a ruivinha Susan, com uma fantasia de florista (amplo chapéu de palha florido, saia comprida até os pés e um cesto carregado de pétalas de rosa), jogou as pétalas em papai, que assistia da primeira fila de cadeiras, e retirou-se debaixo de palmas. Papai se ergueu do banquinho na platéia onde estava sentado e começou a dizer algumas coisas, enquanto Anita o observava indiscretamente com a cara para fora da cortina. Ele queria agradecer a homenagem simpática e espontânea que lhe prestava o seu pessoal de casa, nesse espetáculo de que, pela primeira vez — salientou — na história do teatro doméstico, desconhecia por completo o conteúdo. "O mistério se manteve até este momento", disse, fazendo uma pausa enfática. Passado o espetáculo, Anita comentaria comigo que achara papai nervoso nessa hora. Nada. Ele estava era querendo criar um suspense para a platéia. "Peço aos atores que, por favor", concluiu, "me aliviem a mim e a todos, de especular mais tempo sobre essa surpresa. Soltem logo a dança, a música e a vagabunda!"

Alice e Rosalie interpretaram, agitando pandeiros de fitas e com guizos nos pés, uma dança húngara de Liszt prejudicada pela falta de espaço para suas evoluções. Depois veio um minuto de mímica em que, alteando as sobrancelhas e ondeando os ombros, fui um tocador de clarineta muito ágil cujos dedos gesticulavam cem notas para cada dez emitidas pela música (o público gostou desse desencontro, que eu explorei até não ter mais graça nenhuma). Anita e Clarisse dançaram um tango (Clarisse de bigode e costeletas riscados com rolha queimada) coreografado como se fosse uma tourada, talvez por sugestão da fantasia de espanhola que Anita aproveitou do Carnaval. Quando terminou o número, tio Danton, na platéia, gritou um Olé, achando-se muito engraçado por ter feito essa pilhéria. Volta o músico — dessa vez um Stokowsky endemoniado, desconjuntando-se todo ao som dos arrancos finais da *Sagração da primavera* — e já então os convidados começam a demonstrar impaciência. Tosses, pigarros. Arrastam-se cadeiras. Não se reproduziu a vaia histórica do Ballet Russe, por delicadeza dos sentimentos familiares e também porque o espaço muito apertado não comportava. Mas foi, sobretudo, por causa do descuido ou maquiavelismo da contra-regra Susan que deixou visível para a platéia, nos "bastidores", durante o Stravinsky, a surpresa com que se pretendia fechar o segmento musical do espetáculo: uma Patrícia que era um verdadeiro bolo de aniversário — da cabeça aos pés, toda e unicamente coberta com véus (como um espelhado de açúcar) para a dança do ventre. Tudo indicava que a idéia do bolo de aniversário comunicara-se ao espírito de minha mãe juntamente com a de que não teria cabimento, na festa, uma dança do ventre; em questão de segundos, o tempo exato de um Stokowsky esgotado deixar a cena tropeçando nos véus da fantasia de odalisca de Patrícia, d. Emília (minha mãe) invadiu o palco e da cozinha trouxe, em acrobacia digna de Carlitos, a bandeja com o bolo propriamente dito, que passou às mãos serpentinas da bailarina quando iam começar a contorcer-se. Abraçada ao bolo, estupefata, Patrícia viu mamãe acender as dezenas de velinhas e puxar do público um Happy Birthday vacilante, depois de explicar que, enquanto o elenco trocava de roupas para o *sketch*, ela serviria as fatias do bolo. Susan ajudou com os guardanapos de papel.

    O melhor era que tinha sido tudo estudado, jamais se cogitou de fazer Patrícia dançar a dança do ventre, a intervenção castradora de mamãe também era puro teatro e ela adorou o embuste em que acreditaram todos os convidados, inclusive o homenageado, para quem, de fato, os lances da festa, de princípio a fim, eram uma absoluta surpresa.

Está claro que, com essa pseudocensura, criou-se uma expectativa formidável para o *sketch* da vagabunda. Que poderia ser isso, meu Deus do céu? Que diabrura teriam inventado os meninos? Espártaco iria assistir de braços cruzados, como no caso da seminua, há pouco? Os olhares convergiam para Espártaco: ele comia o seu bolo, mastigando pensamentos indevassáveis.

Mamãe foi proibida por nós, os organizadores, de manter qualquer contato com o elenco depois do episódio do bolo, e começou a reclamar que queria ir ao banheiro (situado além da fronteira imposta aos espectadores). Agora não estava mais fazendo teatro, sua participação como atriz convidada resumira-se ao abrupto bailado com a bandeja. Não conhecia o teor do *sketch*. Vozes na platéia disseram: — Emília, silêncio!

O público queria o prosseguimento. Patrícia estava de volta ao palco e ninguém sabia o que esperar, vendo-a diante da cortina fechada, imóvel na postura serpentina em que mamãe a interrompera com o bolo.

— Agora vem o melhor! — anunciou, sem qualquer alteração na sua controvertida seminudez. Partindo de quem, minutos antes, fora o centro de um pequeno escândalo abafado, estas palavras tiveram o efeito de instantaneamente ligar todas as atenções no *sketch* que se ia desenrolar. De perfil, rígida como uma deusa egípcia e em passos ritmados, ela foi puxando uma das metades da cortina para a esquerda. Para puxar a do lado oposto, surgiu, emergente da platéia, um trocador, ou — como se chamava na época — um condutor de bonde, de terno azul-marinho surrado e boné, fazendo tilintar moedas numa das mãos, enquanto na outra, bem presas entre os dedos, ele tinha uma coleção de cédulas, dobradas em tiras e separadas de acordo com o seu valor. O condutor (Rosalie) fez o trajeto de empurrar a cortina até o canto da direita, movendo-se de costas para a platéia, como se percorresse o estribo de um bonde; seus deslocamentos também eram ritmados e coordenados com os de Patrícia: separava as pernas para passar de um balaústre a outro, tornando a juntá-las quando se firmava no balaústre seguinte. Cada vez que as pernas se juntavam, a esquerda flexionava-se e o pé — com um sapato azul-marinho de salto alto embicando para a platéia — ia encostar-se na coxa direita, na pose clássica de vedete de rebolado. Um primor de equilíbrio, pois os "balaústres" no palco eram imaginários e ela não tinha em que se apoiar, a não ser nos próprios saltos! Concluída essa apelativa apresentação do condutor *sexy*, o palco ficou todo à mostra (cenário: interior de um bonde) e, já com a odalisca sentada no chão para assistir do lado da platéia ao espetáculo, este teve início finalmente.

Tudo figurado ou invisível: o estribo, os bancos, os balaústres, até mesmo os passageiros — com as únicas exceções, ao abrir-se a cena, do condutor e da Vagabunda, metida em roupas de Anita quando era menina e sentada sobre um caixote que era para representar o primeiro lugar junto do estribo, num banco supostamente situado no centro do bonde. Do lado desse caixote, dois outros mais, desocupados. E era só. A Vagabunda (que tem, pendurado ao pescoço, um cartaz de formato ofício onde está escrito em maiúsculas vermelhas: VAGABUNDA) tomba a cabeça para a frente, de sono. O condutor inicia a cobrança pelo primeiro banco, que fica junto do motorneiro invisível. Não haverá mais a flexão de uma das pernas quando elas se juntam, como houve antes. A flexão se subordinará a circunstâncias diferentes (vejam a seguir). Ele faz tilintar as moedas, estende o braço para o passageiro mais distante, recolhe o pagamento e puxa a alça que faz marcar a passagem no relógio registrador. Aqui, a direção de cena de Anita estabeleceu que, a cada puxão da alça, a Vagabunda (dormindo) emitisse um sonoro plim! de caixa registradora, concomitante com a flexão apelativa da perna de Rosalie. O efeito dessa coordenação, repetida uma centena de vezes, e que não podia falhar do princípio ao fim do *sketch*, era muito cômico, porque criava situações equívocas para os personagens (ao gordo interlocutor, que logo entrará em cena ocupando o lugar junto à Vagabunda e que deseja que tudo se passe discretamente entre eles, os plins! sobressaltam de maneira atroz), além das dificuldades, cômicas em si mesmas, criadas para os atores — para mim, pelo menos: na pele da Vagabunda, eu tinha de prestar atenção no condutor o tempo todo, para fazer o plim! no momento exato em que ele puxasse a alça e flexionasse a perna. E a Vagabunda atravessa o *sketch* inteirinho dormitando, ainda por cima! Querendo facilitar-me a tarefa, Anita cogitou de colocar os personagens no último banco, para que a Vagabunda pudesse ao menos ter sempre o condutor diante dela. Mas, com os ensaios, o que se viu foi que a angústia espontânea de não querer descompassar dos puxões e das flexões (sobretudo quando, para isso, eu criava movimentos extravagantes da cabeça sonolenta, com o objetivo de ter Rosalie sob meu controle) gerava uma situação mais engraçada do que qualquer outra que pudéssemos inventar.

O condutor tilinta as moedas, dirige-se a outro passageiro, recolhe o dinheiro da passagem, puxa a alça e flexiona a perna, ao som do plim! da Vagabunda, que não falha (embora dormitando), as moedas tilintam e...

Com um minuto em cena, o condutor, sempre visto de costas, faz o gesto de mexer nos bolsos do colete, como para arrumar as moedas, vira-se pela primeira vez para a platéia e, na frente do paletó e pendurado do pescoço, aparece um cartaz de formato ofício com os dizeres em maiúsculas pretas: MUITA CHUVA. BONDE REPLETO.

— A letra não dá pra ler! — gritou tio Danton, simulando o tom provocativo de um freqüentador das torrinhas. Houve alguns risos na platéia. A Vagabunda abriu o olho dorminhoco e Rosalie, hesitante, mexeu no boné, quase fazendo os cabelos presos virem abaixo. Salvou-nos a voz de minha irmã, nos bastidores, comandando: — Continua! — Sacanagem do tio. O condutor, na "boca de cena", estava a um metro da primeira fila e a uns cinco, se tanto, da última. Lia-se tudo. Sem falar que a perícia caligráfica era uma coisa de que minha irmã sempre se orgulhou.

Rosalie tornou a dar as costas ao público, revolveu os bolsos do colete, novo giro (com uma destreza que não seria de se esperar dos seus saltos altos) e já lá estava outra vez encarando a platéia — no peito, um cartaz diferente: SÓ RESTA UM LUGAR. Não conseguiu evitar de olhar para tio Danton, ademais não deixando claro se era um olhar de temor ou de provocação.

Antes de reproduzir aqui a segunda interrupção provocada por tio Danton (terceira, se considerarmos como tal o Olé! ao final do tango), devo dizer que o tio, com essa brincadeira sem graça, impediu que os presentes dessem o devido valor à inventividade de Anita na concepção do processo de trocar as legendas e à habilidade com que Rosalie realizava essas trocas. Entre as moedas havia uma gilete. Com a gilete era cortada a linha que pendurava cada cartaz ao pescoço. Sendo os cartazes rigorosamente superpostos, na ordem em que deveriam ser mostrados à platéia, tudo se resumia em ir cortando as linhas, uma por uma, sucessivamente, e só deixar ver o cartaz novo depois de, dadas as costas ao público, ter o condutor guardado no bolso do colete aquele que fora mostrado da vez anterior. Para um tão grande admirador das bossas de minha irmã, como o era eu, até o tom de voz usado por tio Danton pareceu intolerável quando ele disse:

— Piorou.

Coincidiu, entretanto, que a legenda SÓ RESTA UM LUGAR era a deixa para a entrada em cena de Anita, e, com ela em cena, figurando um senhor gordo e bochechudo que corria da chuva, jogando-se, num salto, sobre o caixote vago ao lado da Vagabunda, a última fala do tio Danton perdeu-se entre as risadas com que foi recebido o novo personagem. Em maiúsculas vermelhas, no mesmo padrão daquelas que identificavam a minha personagem, estava feita, sobre formato ofício, a apresentação do gordo: PATRÃO. As bochechas tinham sido produzidas com chumaços de algodão — como as de Marlon Brando, no *Poderoso chefão*, trinta anos depois. E a barriga, com uma melancia — porque era como papai a designava em seu próprio Diário: "antes que a melancia se consolide..."

Danton arriscou, finalmente, subjugado pela fantasia dos sobrinhos:

— É Espártaco!

Feliz com o reconhecimento, que significava uma vitória sobre a implicância do tio, Anita virou-se para a platéia e começou a falar, reproduzindo *ipsis litteris* o que estava escrito no Diário:

— Há muito tempo não andava de bonde, à noite, pela cidade. [Lembrou-se de tio Danton e tirou da boca, correndo, os chumaços de algodão antes que o crítico implacável tivesse tempo de abrir a dele para comentar que a dicção estava péssima.] É bem mais interessante do que de dia. Outra gente. Outro "clima". Chove, a cântaros, o acúmulo de passageiros é danado. E eu sem um guarda-chuva sequer! No Alhambra, tomo um bonde de Ipanema. Completo a lotação de um banco. Isso, entretanto, não impede que ainda sente, a meu lado, uma mulata razoabilíssima, de decote estonteante, de perfume ativíssimo, e, por cúmulo dos cúmulos, com sono. [A platéia ria gostosamente da falsa declaração do personagem. A VAGABUNDA já lá estava no banco quando ele entrou e jogou-se como um alucinado para cima dela.] Não direi que a sua vizinhança desagrade. Isso seria hipócrita. Agrada-me até demais, tanto que o "músculo da alegria" obriga-me a botar o chapéu no colo.

(O ato de cobrir a ereção com o chapéu coincidia com um plim! estrondoso emitido pela VAGABUNDA e o conseqüente sobressalto do PATRÃO.)

— Mas o sono faz com que a bolsa da vizinha caia umas quatro ou cinco vezes. E sou eu quem n'a apanha. [*Quem n'a apanha*! Anita fez questão.] Pela altura da Glória, a mulherzinha perde, de todo, a cerimônia, dá-me a bolsa a guardar, põe uma das pernas sobre a minha e me pede que a acorde na esquina de Santa Clara. Ainda bem que o bonde não se apercebe do atrevimento da cabrocha, que ainda acha jeito de me esporear o braço, nas curvas, com um seio incrivelmente duro. Tudo teria ido bem se, na praça José de Alencar, não saltasse um sujeito e não desse lugar à entrada de outra passageira — por coincidência, a Carmen lá de casa.

(Entra a EMPREGADA, e ficam em cena os três, espremidos, ocupando os caixotes que constituem todo o cenário no palco.)

— Percebo que a coitada se constrange horrivelmente com a peça que a democracia nos pregou. Mas não posso aliviá-la, conversando. Faço-me de desentendido. Simulo cochilos. O aperto, entretanto, nos empurra muitas vezes um contra o outro. É o diabo. E só na praia de Botafogo eu me apercebo de que ela vê a bolsa da vizinha comigo. Tento, em vão, encobri-la, com o chapéu. Vem à mostra o que o chapéu estava encobrindo antes e os olhos da Carmen fuzilam duplamente de raiva. Nesse momento, ela se torna uma delegada de minha mulher contra a minha falta de vergonha. Felizmente, a cabrocha desperta quando a gente entra em Copacabana, toma-me a bolsa com um sorriso que Carmen não vê, e desce, sossegada, em Santa Clara. Agora, é Carmen que finge dormir para passar o ponto em que eu desço e chegar depois de mim.

Os risos, provocados pelos plins! e pelo sincronismo aflitivo com o puxar da alça e o flexionar da perna, desviaram um pouco a atenção da fala do PATRÃO, dita por minha irmã com a seriedade de uma profissional, a que adicionou justo o pouquinho de maldade desejável para o sucesso doméstico. Ao sacudir-me todo cada vez que a Vagabunda, adormecida, emitia o plim! no momento exato, sincronizando com Rosalie graças a uma espécie de transe vidente, exagerei de propósito, por fidelidade às intenções do *sketch*. Tínhamos tentado, Anita e eu, por baixo da alusão ostensiva a um episódio do Diário, uma alusão mais sutil — à fala noturna de Espártaco e à sincronia perfeita lograda pelo gesto amansador e incentivador de minha mãe, de que só eu fui testemunha e um tanto confusa. (Sutil demais, hoje reconheço.)

A intenção da grande psicóloga minha irmã fora sondar que tipo de repercussão causaria em papai mexermos com o seu diário. Ele achou tudo ótimo. Adorou a "homenagem". Adorou o bolo de aniversário (o literal e o figurado). Ficou pasmo com a revelação de que as enérgicas medidas tomadas por mamãe para abortar a dança do ventre eram fingimento da primeira à última. — Que atriz! — comentou. Adorou o exagero que jogamos em cima do episódio do bonde. Adorou a interpretação de Anita. A barriga-melancia. O meu plim! E — mais discretamente — as robustas pernas de Rosalie, ainda que por baixo de calças compridas, flexionando-se "como uma caixa de música" (queria dizer: "tão certinho", imagino).

Nem menção do Diário. Só parabéns pela criatividade.

Mamãe já não se pode dizer que tenha gostado tanto. Gostou da emoção nova de fazer um papel que ninguém desconfiava que tal fosse (aí Anita acertou em cheio, inventando essa sutileza). Mas acabrunhou-a o desempenho de Clarisse — a que não fiz ainda nenhuma referência — no papel da EMPREGADA, que, diversamente da VAGABUNDA e do CONDUTOR, não tinha qualquer conotação erótica e era uma testemunha indignada da esbórnia do PATRÃO.

Clarisse fora pouco convincente na sua indignação. Meio tímida, meio constrangida, má atriz e sem seriedade em cena, pusera-se a rir o tempo todo das nossas palhaçadas, volta e meia desviando, em pleno palco, o olhar para papai na platéia, interessada em observar o que ele estava achando. Anita também escrutou as reações de papai ao *sketch*. Era parte do seu "plano". Mas Clarisse fazia isso rindo. Ria para o PATRÃO nas suas atrapalhações com a bolsa e o chapéu, e, logo em seguida, para o próprio Espártaco.

Havia uns ângulos obscuros nas relações de papai com ela, Anita me contou depois (Anita descobria tudo!).

Estou me desviando do assunto principal que é o plano concebido por minha irmã para descobrir onde papai havia escondido o tesouro. Vamos a ele.

2
BUSCA DO TESOURO

Os Diários foram "liberados" em 1943 (há pouco me enganei, dizendo que estiveram ocultos dois ou três anos; corrijam para cinco). Provavelmente por seu número excessivo (vinte e tantos), os cadernos de capa dura transbordaram das gavetas trancadas da escrivaninha de Espártaco e, da noite para o dia, surgiram perfilados nas prateleiras superiores das estantes do gabinete, acessíveis com uma escada ou com a ajuda de pessoas altas (Rosalie tinha um metro e setenta e nove, a mesma altura de papai). Isso se deu sem mais nem menos, sem uma explicação (nem a que seria de esperar encontrar-se no próprio Diário, nem a que teria podido introduzir-se numa simples conversa em família). O tema foi tabu acho que até 1945 ou mesmo 1946, quando Anita, na transição da casa da avó para a nossa, começou a falar de coisas que antes não se falavam. Foi nessa época que papai deu à Vodica os cadernos para ler, ela deve ter comentado com Danton, possivelmente com Lúcia e Zizinho, com Anita certamente. E a notícia correu. Antes disso, nem mesmo o *sketch* da vagabunda fora capaz de trazer à luz a trabalheira que ficava depositada no alto das estantes. Fizemos a provocação, no palco, mas faltou-nos coragem para citar a fonte. Haveria algum mal em citá-la? me pergunto eu hoje. Diz Anita que foi pelo meu medo de que viesse tudo à tona: d. Camila, o Orestes, as jóias. A gente tinha começado a consultar o Diário para procurar pistas que levassem ao esconderijo das jóias.

Papai estava cansado de saber que líamos os seus cadernos. E teve a confirmação disso no dia do *sketch*. Qual o problema, se o texto era previamente censurado todas as noites na cama? Quanto a mamãe, afetou indiferença. Na verdade, não precisava ler o que já tinha ouvido debaixo dos lençóis. Com sua pouca altura, menos de um metro e sessenta, os volumes lhe eram inalcançáveis, e escada não havia lá em casa, era preciso pedir a do porteiro. Todos ficariam sabendo! Anita e eu, também incapazes de alcançar a última prateleira, recorríamos a Rosalie, mas o orgulho de mamãe não admitiria envolver no assunto uma pessoa estranha à família.

Foi assim que, por ignorarem a existência do Diário, espalhou-se pela parentela que a fala do PATRÃO tinha brotado inteirinha do cérebro de Anita. Papai não desmentiu e mamãe, não sei por quê, sustentou diante dos parentes que a parte em que entra a empregada e se inflama de indignação era de minha autoria. — Meu filho é solidário — ouvi que dizia. Tampouco desmenti. E notei um risinho de troça em papai.

Sempre vimos papai escrevendo nos cadernos de capa dura, mas pensávamos que fossem anotações para o seu trabalho ou... podia ser tanta coisa! Um diário! Quem diria! Acho, mas não tenho certeza, que o único parente a perguntar o que eram aqueles volumes na última prateleira foi tio Danton. Recebeu de papai uma resposta evasiva e, como também não tinha altura para verificar por si próprio, deixou ficar o assunto por isso mesmo. Mais tarde, vindo a saber da existência do Diário, ironizou o mistério de que era cercado o passatempo, estigmatizado por ele como "masturbação mental".

Todas essas histórias de pouca altura, escada com o porteiro, recorrer a Rosalie etc. se resolveriam facilmente com qualquer banquinho, enfim, com trinta centímetros a mais que a gente pusesse no chão para chegar à última prateleira. Ninguém, que eu saiba, usou o banquinho (mamãe? será? mas não creio). A barreira dos trinta centímetros foi uma das tantas que, uma vez estabelecidas lá em casa, eram respeitadas com a concordância de todos para preservar a anormalidade da família. Era o que meu tio Danton, com treze para catorze anos, ao descrever num relato humorístico a vida e os caracteres de seus parentes no começo do século, chamou de "cinematographia" das Flores Cheirosas (em alemão, Duftenblumen, nome do tronco de que saiu a primeira Anita, a Vodica). Uma tendência para fazer "fita", para ser "fiteiro". Das

Flores Cheirosas lá de casa (considerando-se mamãe como tal pelo casamento) poder-se-ia dizer, com mais propriedade, que faziam "teatro". O próprio Diário era puro teatro, em sua essência, e gerava acontecimentos teatrais como esse, da sua instalação nas estantes da noite para o dia, e a comédia de sua pretensa inacessibilidade aos menores de um metro e setenta e nove.

Um diário! Anita, que vivia pensando nas jóias do Orestes, na mesma hora decidiu qual a estratégia que deveria ser adotada para descobrir onde estavam escondidas (se jóias eram, de fato, esse tesouro que ela nunca vira, mas de cuja existência tinha íntima certeza). Faríamos uma consulta metódica aos volumes, ficando eu encarregado de anotar todos os registros em que aparecesse o nome de Orestes ou o de d. Camila.

— Que tem a ver a dona Camila? Também é cúmplice? — indaguei, com esse espírito sempre preparado para as piores hipóteses, que as revelações de minha irmã e, sobretudo, o quadrinho com a legenda "O mundo não é o que parece" haviam formado em mim.

Anita explicou, sem titubear, que a posse ilícita das jóias devia provocar sentimentos de culpa em papai. A paixão pela promotora, idem. Como não admitir, então, a possibilidade de que, a cada menção de Orestes ou de d. Camila, correspondesse, quem sabe, próximo ou distante desses nomes, não necessariamente na mesma página mas nos registros do mesmo dia, algum indício do esconderijo (um móvel, um aposento da casa), posto ali discretamente pelo Inconsciente de Espártaco como uma descarga para sua ansiedade acumulada?

— Não importa que sejam culpas diferentes. Mexendo numa, a gente está mexendo na outra também.

A idéia era engenhosa. Na verdade, ocorrera-lhe por um primeiro equívoco, que logo se desfez, sem que por isso desistíssemos da estratégia. Quando surgiram nas estantes, os volumes tinham colado na lombada um rótulo manuscrito por papai que dizia: "Caderno de sonhos". (Mais "cinematographia"!) Como ainda ignorávamos tudo sobre o Diário, minha irmã acreditou que se tratasse mesmo de uma anotação de sonhos e alimentou, com seus férteis pendores psicanalíticos, a esperança de encontrar associações que pudessem levar à confissão que buscávamos.

O primeiro registro do primeiro volume do Diário é, de fato, um sonho. Ou, pelo menos, papai assim o faz parecer. Mas todos os outros?...

Madrugada de sono difícil, entremeado de sonhos libidinosos. Num deles, levo alguns processos para ler no bonde, rumo ao Silvestre. Temperatura abafante. Utilizo os primeiros momentos no simples prazer de respirar os bons ares da mata. O bonde está meio lotado, apenas. Tenho a meu lado o juiz ***, que não me identifica e vai, como eu, gozando a fresca. Pela altura do França, porém, quando tiro da pasta o primeiro processo, a Companhia resolve suprimir o reboque e faz a baldeação dos passageiros dele para o elétrico. Este se superlota. E, como os bondes de Santa Teresa não comportem "pingentes", pois é proibido viajar nos estribos, o meu banco sofre a contingência de fazer sentar cinco onde mal cabem quatro. Para felicidade minha, entre esses cinco há um velho louro, com cara de alemão expatriado (pelo menos tem nas mãos o *Après* de Remarque), e uma filha louríssima. Louríssima e linda. Não terá mais de quinze anos. O corpo, todavia, já é bastante promissor. E o rosto, muito novo, de olhos tratados, cachos de permanente e um riso do outro mundo, inutiliza inapelavelmente os meus propósitos de estudo. O pai não gosta de falar. E ela, por sua vez, não gosta de ficar silenciosa. De modo que, por longo tempo, ouço-a fazer umas oitenta a cem perguntas que não conseguem mais que oito a dez respostas. Isso me impacienta. Ela percebe-o, mas insiste. Como compensação, todas as vezes que passamos por um trecho mais bonito, ela bota o *lorgnon* e se debruça sobre mim com uma sem-cerimônia encantadora. Quando chegamos ao Silvestre, não me animo a saltar. O "aconchego" é tão bom! E o mais interessante é que os outros passageiros não parecem tampouco dispostos a fazê-lo. Para que se decidam, é preciso que o condutor avise que chegou "o fim da linha" e que há quinze minutos de espera. Meus vizinhos não se afastam muito. Andam pela própria plataforma. Faço o mesmo, apenas para desenferrujar as pernas. Quando o bonde dá o sinal, subo, pacatamente, para o último banco. E, incontinenti, vejo, ao meu lado, o alemão e a menina. Já vou pensando no prazer da volta, em condições idênticas às da ida, quando a pestinha ouve falar no Cristo, debruça-se mais uma vez em mim para espiá-lo e tão entusiasmada fica que salta de um pulo, carregando o pai, visivelmente contrafeito... Noto que ela ainda se vira e me olha de soslaio, logo retirando o olhar. Teria ficado com medo?

Aproveito a "viuvez" para ler os meus autos. De quando em quando recordo a figurinha loura que talvez não torne a ver. Mas a atenção se vai fixando nos processos e, ao chegar à Carioca, tenho-os todos já lidos. Salto, contente. Como um *lunch* pequeno no Pascoal. E me disponho a procurar o bonde de Ipanema, quando, ao subir num banco do reboque, vou me sentar precisamente ao lado do alemão e da menina...

Impressiona-me a coincidência e o romance continua. Já agora ela se ri quando me olha. Uma como que intimidade se estabeleceu entre nós. E, como o pai continue a ler calado, e a curiosidade dela continue a lhe fazer perguntas, animo-me a uma "aproximação" maior. Toco-lhe o braço. Depois, chego-me um pouco mais ao corpo. Numa volta mais forte, piso-lhe, sem querer, o pé. Como ela é que peça desculpas, retiro o meu polidamente. Daí a pouco, todavia, sem voltas novas, sem mais nada, sinto-o de novo junto ao meu. E não se afastam mais. O que fizemos, então, não se descreve. Devo ter parecido muito rubro. Ela não me pareceu menos. Mas o fato é que as perguntas ao pai cessaram e que, além dos nossos pés, também as nossas pernas se colaram. Se isso foi "bolinar", não sei. Só sei que foi uma impressão deliciosa de conforto e bem-estar, de que só despertei quando ela levantou-se para mandar parar o bonde. Tinha passado a minha rua.

Restava saber se o que era válido para a interpretação de sonhos poderia aplicar-se sem distorções à investigação de um diário. Anita tinha começado a ler o primeiro volume retirado da estante por Rosalie. De repente virou-se para nós dois e disse: — Mas não são sonhos! — O que estava ali anotado eram impressões do dia-a-dia. E engraçado: vez por outra, o estilo do narrador ao evocar essas impressões era mesmo o de quem estivesse contando sonhos. Isso Anita sentiu e eu senti, não foi apenas mais uma das intuições psicológicas dela, quando, algum tempo mais tarde, recorremos ao Diário em busca de inspiração para o nosso teatro doméstico provocativo. Quem não seria capaz de pensar que o episódio da vagabunda no bonde fosse um sonho?

Concluímos o seguinte: ou ele pretendeu, com o disfarce ingênuo daquele rótulo e, aqui e ali, de reforço, um estilo propositadamente equívoco, desinteressar dos seus escritos a indesejável curiosidade alheia (as pessoas não têm paciência de seguir sonhos que não sejam os seus próprios), ou então, desde o primeiro registro, teve algum tipo de consciência de que os textos que escrevia nesses cadernos vinham-lhe "como em sonho". A esta última conclusão é evidente que só chegamos depois que confiei a Anita o meu espanto diante das falas noturnas e ela teve o lampejo de associá-las ao Diário. Feita essa associação, as dúvidas que havia quanto à legitimidade de aplicar ao Diário as regras de interpretação dos sonhos desapareceram.

(NG) No capítulo deste "Trem" intitulado "Magda Mou fala à imprensa", Anita dá como mais provável a hipótese de que, com a escolha do rótulo "Caderno de sonhos", Espártaco estivesse querendo, não repelir, como os dois pesquisadores chegaram estranhamente a pensar, mas sim atrair o interesse da família. E aí tudo muda de figura. (NG)

Aconteceu, então, o inesperado. Que não era tão inesperado assim. Passadas algumas semanas, a estratégia de localizar o esconderijo pelas associações inconscientes que papai pudesse ter feito por escrito com Orestes e d. Camila teve resultados decepcionantes. O Diário raramente menciona móveis ou lugares específicos da casa, e, quando o faz, não coincidem na data com registros do Orestes e de d. Camila. Há referências à janela do gabinete, de onde ele tem uma visão do dia que está fazendo e do que estão fazendo nas janelas fronteiras as suas vizinhas. Fala-se de mudanças na posição da escrivaninha do gabinete, para um melhor aproveitamento da luz natural; de um vão em cima do banheiro, onde ficavam guardados volumosos manuscritos do meu avô e do meu tio-avô (o lugar, independentemente de haver ou não associação, era suspeitíssimo e foi vasculhado com auxílio de Rosalie usando uma escadinha dobrável que Anita trouxe escondida da casa da avó; nada se encontrou); e do terraço do prédio, onde Anita fez "cinematographia", certa vez, escondendo-se por duas horas para que pensássemos que havia desaparecido. Isso pensou papai e registrou no Diário, mas a verdade é que ela havia cismado com o lugar depois de eu lhe ter apontado umas associações meio inverossímeis do terraço com o Orestes, e resolveu dar uma busca por conta própria; voltou apavorada quando, segundo me contou, pareceu-lhe ter ouvido passos lentos na escada que comunicava o nosso andar (o quarto e último) com o terraço, e, achatando-se no alto da caixa-d'água para passar despercebida, esperou que alguém "muito parecido" com o Orestes (entrevisto numa fração de segundo, pois logo ela grudou o rosto, de pânico, na laje) assomasse à porta, desse umas voltas, detendo-se num e noutro canto, até apanhar do chão um "vulcão" extinto que sobrara da queima de fogos na última festa junina.

Não é preciso dizer que Anita não insistiu mais nas associações com o Orestes. Já que as associações com menções explícitas de d. Camila tampouco estavam dando resultado, ela imaginou fazer um levantamento das "lacunas" nos horários minuciosos que papai assinalava para dar conta de onde estivera e do que havia feito ao longo do dia; as lacunas bem podiam significar encontros com d. Camila, e, portanto, dentro da mesma lógica psicanalítica, redutos de culpa capazes de repercutir em associações inconscientes. Mas, aí, minhas pesquisas passavam a tomar uma feição policialesca (descobrir papai em falta) e, pela primeira vez, o sentimento de estar sendo mesquinho com ele, espionando a sua vida, impediu-me de atender à sugestão de minha irmã. O escritor daqueles cadernos impunha-se à minha admiração cada vez mais, eu não acreditava em jóias escondidas e sempre estive disposto a aceitar as explicações dadas por papai sobre a espiritualidade de suas relações com d. Camila. Limitei-me a assinalar minha estranheza diante do problema inacreditável de Espártaco com os bondes: na volta para casa, os motorneiros estão sempre trocando o letreiro depois que ele já se sentou e o resultado é o bonde tomar um rumo imprevisto, ele ter que saltar no meio do caminho e chegar invariavelmente atrasado ao jantar em família. Isso sempre o surpreende e ele o declara, espumando de raiva. Mas não há, em tais dias, onde encaixar esconderijos, a menos que a muamba tivesse ficado numa das salas da Procuradoria ou das Varas Criminais, sempre citadas, seja qual for o dia. Ou seja, o Diário, como mapa do tesouro, não era lá grande coisa, por excelente que fosse (eu o achava e acho ainda) do ponto de vista literário, só comparável, para mim, na época, às histórias de Emília e do visconde de Sabugosa.

Anita irritou-se, uma daquelas tardes, ouvindo-me louvar as qualidades literárias.

— Lamartine, aprenda! Aprenda! Nós não estamos atrás de um tesouro literário! Você não colheu pista nenhuma que prestasse!

— Anita me olhava como se eu fosse um idiota. Uma seriedade no rosto, que eu nunca lhe tinha visto antes, uma dureza que me pareceu... teatral mas que podia não ser.

Era o seguinte: eu não devia me envolver com a trama urdida pelo escritor dr. Espártaco, os enredos e o estilo de apresentação do escritor dr. Espártaco não eram o que devia merecer minha atenção, não estávamos ali para um entretenimento. O estilo do Diário era divertido, muito bem, mas, enquanto isso, o tempo ia passando e um belo dia não haveria mais tesouro. Um menino de dez anos que fosse saudável e inteligente teria corrido atrás desse tesouro, teria desejado esse tesouro, como ela, em vez de ficar se hipnotizando com palavras, disse-me.

— Nosso pai de posse do tesouro é um. Nosso pai o autor do Diário é outro. Não confunda os dois. Ele não confunde, aposto.

O tesouro ia sumir como? — pensei. E essa história de saudável! O projeto de ficar com as jóias seria saudável? O desprezo com que me olharia se lhe fizesse esta pergunta! — Ter noção da realidade é agir. Você fica aí mergulhado nesse Diário... o Diário é pura fantasia, seu bobo! — Eu não sabia distinguir entre realidade e fantasia. Foi o que ela disse. Ah! isso não sabia mesmo. D. Camila, o Orestes, as jóias, o Diário falado, a participação de mamãe no Diário falado, o próprio Diário escrito — como separar, na vida que estávamos levando, o que era realidade do que era fantasia? Me disse Anita que sua identificação comigo foi por ter me achado uma cabeça simples e, ao mesmo tempo, apesar da pouca idade, capaz de lidar com realidades difíceis. Por isso contara-me as ligações de papai com o Orestes e com d. Camila, por isso entendera que eu precisasse desabafar sobre a cena presenciada na cama do casal. Não aceitara como a coisa mais natural do mundo o meu posto de observação debaixo da cama? Não me oferecera as amigas para satisfação desse gosto?

— E o "decenário"? Você se esqueceu que completou seu decenário? — Irônica pra burro. — Se esqueceu das promessas de me ajudar?

Papai e mamãe, prosseguiu ela, tinham uma realidade difícil mas, em vez de atacá-la diretamente, ficavam dando voltas complicadíssimas (o Diário, a cumplicidade nos transes noturnos). Distinguiam, entretanto, realidade e fantasia.

— Para papai, dona Camila é realidade ou fantasia? — perguntei-lhe.

— As duas coisas.
— Então papai não distingue entre realidade e fantasia.
— A realidade de papai é mamãe e dona Camila.
— E a fantasia?
— Também.
— Entendi. Papai não distingue entre mamãe e dona Camila.
— Imagine só!

Não vou insistir na disputa silogística, que nunca foi o meu forte nem o dela, e bem imagino como já não estará ficando chata para o leitor. Digo apenas que o majestoso *finale* dessa controvérsia foi a entrada — inesperada, como sempre — do Orestes, que ficou na sala de visitas esperando por papai e que, quando este chegou, comunicou-lhe e em seguida mostrou-lhe ter perdido todos os dedos das duas mãos num desastre de trem.

Em nossa casa era impossível separar fantasia e realidade, se entrelaçavam de uma tal maneira que era impossível.

No dia seguinte, não conseguíamos (pelo menos, eu e Anita) esquecer as mãos sem dedos do Orestes. Teria que ver com as jóias? Alguém de fora estaria exigindo a devolução das jóias? Ouvíramos papai conversando com ele umas coisas sem sentido. Queixas de Anita, do trabalho que lhe dava Anita ao insistir para que lhe tomasse as lições. Anita estava com dezesseis anos!

— É assim sempre! Chego em causa, exausto. Penso em descansar mas não consigo. Ela tem de estudar para um teste de desenho geométrico. Está completamente desambientada. Procuro, com muita paciência, explicar-lhe as primeiras noções. Consigo. Ponto, linhas, ângulos, tudo isso vai bem. Nos triângulos, já sinto algum cansaço. Mas é a geometria toda! espanto-me. E ela explica, inocentemente, que são as aulas de um mês que deixou de estudar pensando "que não fosse preciso".

E outras queixas, outras lamentações. Nem uma palavra sobre as jóias. Tampouco sobre os dedos decepados. O expediente de reclamar da própria situação foi o que sempre adotou quando tinha de tratar com o Orestes. Queixava-se das empregadas. Ou do difícil que estava sendo conseguir a reintegração de Danton na cátedra perdida ao ir para a cadeia em 1935.

— Já se passaram oito anos!
— Oito anos! — repete o Orestes, dando a mim e a Anita a impressão de que se refere ao tempo transcorrido desde que as jóias foram para as mãos de papai.

Ocorreu-me, na hora — mas preferi deixar para comentar depois com minha irmã —, que essas lamentações eram cópia perfeita de umas que eu tinha lido no Diário quando fiz a consulta para Anita. A queixa da geometria está lá, com as mesmas palavras (fui verificar). Os maus presságios em relação ao desenrolar da Segunda Guerra Mundial reproduziam um registro feito muito antes e que já não tinha cabimento àquela altura.

— Não imagina como tenho dormido mal, o sono entrecortado de visões. Não sei o que será a vida daqui por diante. Um vago pressentimento me anuncia duros dias. A Alemanha não bombardeará o Rio de Janeiro. Mas há de torturá-lo a fome. Nossa marinha "invicta" não saberá furar o bloqueio. E os Estados Unidos, se chegarem, chegarão muito tarde.

Orestes se queixa de um pouco de dores e de sensações esquisitas no vazio onde antes eram os dedos, e papai, que não lhe fizera qualquer indagação sobre se estava sofrendo, responde no mesmo tom com uma longa descrição de martírios na cadeira do dentista.

— ... achou que era conveniente serrar um dente morto do meu *bridge* inferior da esquerda. Um horror, uma barbaridade. Sem falar que a dicção ficou muito comprometida pela falta de mais um dente embaixo. Pois não lhe conto nada: a criatura acaba me sugerindo que substitua toda a vizinhança do *bridge*. Reajo. Não! Nem mais um dente me sai da boca! Chega! Já era a minha luta com o outro dentista, essa de não sacrificar os dentes. Agora a coisa se repete! Será obrigatória em todos os dentistas? [Também uma transcrição inteirinha do Diário. Incrível.]

Na hora eu não disse nada, mas fiquei abismado, pensando no poder que tinha o Diário sobre o cérebro de meu pai no sono e na vigília! Deveria haver alguma razão para ele renovar todas as noites a criação desse texto em presença de mamãe e para repeti-lo mecanicamente sempre que tinha um interlocutor indesejável. Mas qual?

Quando lhe contei (não no mesmo dia) mais esta descoberta, Anita parou um pouco para pensar no proveito que se poderia tirar dela, em termos de pistas que levassem ao tesouro (a única linha de pensamento que lhe parecia legítima, na época). Era estranho, sem dúvida, imaginar algum motivo que obrigasse papai a falar com o Orestes por meio de citações do Diário. Falta de assunto? Intenção deliberada de não tocar no assunto melindroso do parcelamento da dívida? Não deixar que aflorasse um sentimento de culpa associado à posse das jóias (mas haveria mesmo jóias e haveria do que se sentir culpado por causa delas? indagava-me eu, com o cuidado de não transmitir essas dúvidas a minha irmã). Anita concluiu que se tratava de uma demonstração típica de "falta de confiança de papai em suas próprias palavras quando não tinham sido filtradas pelo Diário". E, a partir desse dia, começou a chamar de "vivo" o diário que antes chamava de "falado", ficando para o diário depois de escrito a denominação de "morto", e, para mim, a pecha de interessado no diário morto. Era óbvio que, com essa insinuação de necrofilia e com o atestado de óbito passado para todos os volumes perfilados na estante, o que queria era afastar-me do Diário para que eu acompanhasse do seu lado os acontecimentos que, segundo ela, não esperariam por nós e terminariam por escapar-nos. Do tema da repetição mecânica, por mim observada na conversa de papai com Orestes quando teve os dedos decepados, Anita passou para o da criação viva, todas as noites, diante de mamãe; ambas, segundo ela, com a mesma finalidade: — Ocultar. — Mas as falas noturnas ocultavam para conservar. Aí era que estava a diferença.

Muito tempo depois, eu com quase quarenta anos, já separado de minha mulher e triste com essa separação, Anita me daria uma formulação poética mais completa da sua teoria do equilíbrio entre o oculto e o revelado. Pela repetição mecânica, voltou ela, papai conseguia uma suspensão momentânea de sua vida psíquica. O que tinha de ficar oculto não aflorava, estava desligado, como não afloraria se papai estivesse morto. Na criação noturna do Diário ele estava vivo e bem vivo, era uma comunicação exclusiva, suscitada unicamente por minha mãe e a ela exclusivamente destinada. O objetivo? Muito simples: ligar-se no que precisava ficar oculto (d. Camila), por influência do que podia ser revelado (mamãe).

A linguagem arrevesada e o conteúdo obscuro ter-me-iam causado muito mal, se ouvidos aos dez anos, primeiro porque eu não teria entendido nada, o que faria com que me sentisse indigno da irmã que tanto admirava. E, se entendesse, pior: suas palavras teriam tornado para mim irremediavelmente ambígua a noção do que se passava entre meus pais. Sim, porque a teoria de Anita fazia do Diário uma declaração de amor às duas: a mamãe e a dra. Camila.

Perguntamos a papai se o Orestes havia caído do trem. Ele nos respondeu:

— Acho que sim.

Agora me lembro que omiti um achado importante na consulta feita aos cadernos do Diário. A tal pista geográfica (móveis, aposentos que serviriam de esconderijo para as jóias) não surgiu nas semanas iniciais da pesquisa (quando Anita se mostrava mais interessada) nem depois, quando o principal interessado era eu, motivado pelo prêmio de contemplar pés e sapatos, além da atração, considerada idiota por minha irmã, que me produzia o estilo literário de papai. Não surgiu esse tipo de pista mas encontramos uma informação preciosa relacionada justamente com o Orestes. Orestes tinha ciúmes de papai com a mulher dele! Foi nessa passagem que ficamos sabendo o motivo do Orestes ter sido preso: tentara simplesmente matar a mulher (isto eu lembrei de contar lá atrás). Uma conversa meio marota em que o ex-presidiário expõe suas suspeitas de que tenha havido um caso entre os dois.

> 11/07/39. Saio do Tribunal com o O. [Orestes é sempre "O.", no Diário]. Ele achou, nos seus papéis, uma carta da mulher, dirigida a mim, falando na "noite de prazer que tínhamos passado juntos". Pela data, coincide com a estada dele na prisão. Felizmente, o ciúme já não mora n'alma desse Otelo suburbano; por muito menos, alojou quatro balas no peito da pobre rapariga, que escapou da morte por um triz. Afiançolhe, então, que o caso só podia ter sido um estratagema para intrigá-lo. E a prova é que a carta nunca me chegara às mãos, ficando entre as suas, propositadamente. O mulato, entretanto, quer saber se, de fato, ela nunca "esteve" comigo. Dou-lhe a minha palavra de que não. Ele diz que não duvida mas que a irmã dele afiançou que durante os oito meses que ele passou na cadeia nós vivemos juntos. "Depois de casado, nunca passei uma noite fora de casa", digo-lhe. E, para que acredite no que digo, sou, então, forçado a confessar que, realmente, um dia, quando me demorara um pouco mais no serviço, ela me convidou a dormir com ela. Recusei-me, alegando que respeitava o meu casamento e que seria uma torpeza

feita com o marido. E bem me lembro que ela disse, desapontada: "Pois olhe que nunca me ofereci a ninguém!"

Ele se ri, incrédulo. E me fala de um beijo na Vara. Recordo-lhe, então, o que foi esse "beijo". Ela me procurara na 2ª Vara Criminal, onde eu então me achava interinamente. Eram quatro e meia da tarde. Não havia ninguém. Eu estava escrevendo num gabinete contíguo à sala de audiências quando a vi entrar. Vinha toda perfumada e com um vestido cor-de-rosa muito decotado, que lhe deixava o colo e os braços nus. A hora, o ermo, o perfume e o decote me deviam ter perturbado. Porque ela notou. E, chegando muito perto, perguntou se "não era digna de mim". Tímido, como sou, como sempre fui, afastei-a com o braço, delicadamente. E me ia levantando quando ela, agarrando-me pelo pescoço, colou a boca sobre a minha e beijou-me profundamente. Sei que a agarrei com força, depois disso. Mas ela, rasgando a faixa do vestido, desprendeu-se e saiu a correr... Foi tudo. Durante um mês, não me tornou a aparecer. Quando o fez, foi para me avisar que o marido sairia no dia seguinte, e, aí, nem de longe aludiu ao beijo que me dera.

Rimo-nos muito, os dois — o O. e eu.

Eu, sistematicamente, não acreditava que meu pai fosse infiel a mamãe, nem com d. Camila, quanto mais com a mulher do O.! Mas Anita andou uns tempos refletindo sobre a possibilidade de que o vínculo com o Orestes houvesse sido mantido por interesse em ter a fulana por perto (a cabecinha de minha irmã!). Até o dia em que me apareceu, feliz, com a dúvida desfeita:

— A mulher do O. foi ser prostituta depois que largou ele, acabou se casando com um português e vive em Minas, de onde nunca mais voltou e está com cinco filhos!

É que Anita animara-se a fazer perguntas a papai sobre o Orestes, inclusive sobre o "caso" com a mulher do vestido cor-de-rosa. Ele se surpreendera um pouco mas tinha dado as respostas certas do Diário, acrescentando apenas a informação nova que ela acabava de me trazer. Anita virou-se para mim e disse:

— Vai, me pergunta se não desconfio que as jóias possam estar nas gavetas trancadas da escrivaninha, de onde um belo dia bateram asas os cadernos de sonhos.

Perguntei-lhe.

— Claro que sempre desconfiei! — respondeu, com impaciência. — Mas você, não! Isso que me irrita!
— Você conversou com papai sobre isso?
— Claro que não.
— Por que não pede a papai para ver o que tem dentro?
— Pedir?! Então eu vou pedir?! Lamartine, você não está entendendo nada. Papai não vai nunca mostrar essas jóias. E, depois, eu não quero que ele mostre nada. Vou ficar com elas para mim.
— Mas, sem abrir as gavetas, você também não vai nunca ficar sabendo se elas estão lá ou não. Se existem ou não.
— Elas existem. Mas não estão lá.
— Como é que você pode saber?
— Já abri e vi que não estão.

Sem ninguém perceber, Anita tinha feito uma chave para a fechadura da escrivaninha. O chaveiro tinha ido lá, tirado a fechadura, levado e trazido de volta, com uma chave que minha irmã guardou só para ela, sem ninguém ver.

— E o que é que tem dentro? — perguntei, incrédulo.
— Ah! isso não vou te dizer.

(NG) O texto de "Trem sem maquinista", enviado por Lamartine à Samuel Pepys Foundation, segue com esses dialogozinhos meio tolos (um pouco a SPF tinha razão: não parecem tão necessários assim a uma melhor compreensão do Diário), até o momento em que Anita faz ao irmão a revelação-bomba de que quem lhe contou sobre a existência das jóias foi o próprio Espártaco. (NG)

Anita e papai tinham esse canal de comunicação que só era usado em ocasiões muito especiais, por iniciativa ora de um ora de outro. Anita parecia saber muito mais da relação dele com d. Camila do que qualquer um de nós. E Clarisse fora procurá-la algumas vezes para se queixar do assédio que lhe fazia papai e pedir-lhe que comentasse com mamãe, pois queria tranqüilizar mamãe quanto ao seu procedimento. Anita não foi até d. Emília mas transmitiu a queixa energicamente ao próprio Espártaco, que desconversou.

Muitas vezes ouvi-o declarar que, *moralmente*, Anita era mais sua filha do que eu. As hesitações eram as mesmas, dizia ela. Os complexos. Os arroubos. Daí ser capaz de, num rompante, confidenciar-lhe que estava de posse de um tesouro de jóias. E depois nunca mais falar nisso. O assunto viraria tabu, como o Diário. Bor-

bulhando no caldeirão familiar das fantasias-realidades, mergulharia, sem jamais vir à tona nas falas noturnas, até o dia em que...
Queria, talvez, ouvir uma recriminação de Anita? Certamente não esperou nunca que ela planejasse roubá-lo. Anita entendeu a fraqueza dessa confissão como um alerta de que, atrás daquele ato impensado, estava por vir mais outro. A intenção, segundo ela, era fazê-la participar de sua ansiedade. Daí em diante, desesperada para encontrar a tempo o "tesouro ilícito" e poder desviá-lo para si, minha irmã acelerou as turbinas e entrou no que aparentemente era uma fase de agressões, nervosismos, caprichos, pirraças, manias, toda uma parafernália de reflexos daquela ansiedade — mas que se desenrolou, na verdade, como um plano de batalha, cujo objetivo era desmontar a duplicidade de papai.

(NG) Como essa batalha (embora não identificada como tal) vem minuciosamente descrita na transcrição de algumas seqüências do Diário de Espártaco, feita no bloco "A doutora angélica", o espaço que Lamartine lhe dedicou em "Trem sem maquinista" foi nenhum. Tomando o partido de apanhar as situações pelo lado leve e engraçado, ele preferiu referir-se a essa época juntando dois documentos que então lhe chegaram às mãos, mas que pertenciam, um, ao começo do século, e o outro, ao período fatídico da prisão de tio Danton. Lamartine abstivera-se de participar da batalha contra a duplicidade. Medroso e de espírito pouco aventureiro — sobre essas qualidades, mais adiante em "Trem sem maquinista", há o testemunho da ex-mulher quando fala de seu casamento malogrado —, os embates da vida sempre o intimidaram sob qualquer forma em que se apresentassem. Não apoiou Anita quando os planos dela irromperam com inusitada violência no plano da realidade. Fez uma pausa, na narrativa referente a esse período, copiando, como parte de um mesmo bloco, as cartas que a irmã escreveu ao tio preso, quando tinha oito anos, e a descrição que este faz, aos treze, do ambiente familiar das Flores Cheirosas (Duftenblumen) na primeira década do século. A propósito das cartas, Lamartine conta um episódio interessante. (NG)

Ambos os documentos haviam sido conservados por Anita. As cartas são rascunhos das que foram efetivamente enviadas ao tio; têm erros ortográficos tão escandalosos (durante 1935-1936 Anita deixara de freqüentar colégios) que meus pais preferiram refazê-las em escrita correta, dando a ela em seguida para copiar e pòr no envelope. Dessas mesmas que Anita afirma serem originais, algumas, entretanto, quase não têm erros; e são tão melhores do que as piores que a gente fica em dúvida se os horrores ortográficos não são propositais, pura molecagem de Anita. Pequeninas como se fossem para correspondência entre bonecas, com lindos desenhos impressos, coloridos, representando crianças e bichinhos, as minúsculas folhas duplas tinham vindo da loja numa caixa de papelão cor de cinza, que era como uma cômoda em miniatura, com três gavetinhas para guardar os papéis e os envelopes. Presente da dindinha (e tia) Lúcia, para que ela escrevesse a tio Danton. Nas gavetinhas ficaram desde 1936. Mesmo ouvindo insistentemente dos pais que tio Danton teria preferido receber cartas no papel da caixinha, ela considerou um ponto de honra só cobrir aqueles papéis com a sua ortografia própria, que nunca era aprovada.

Minha irmã inventou uma maldade muito sutil para vingar-se da tirania dos seus revisores e obrigá-los a deixá-la em paz com sua ortografia pessoal. Numa das últimas cartas menciona para o tio que havia recebido de presente a caixinha com os papéis novos e que justamente num deles estava lhe escrevendo. Dessa vez não haveria como não aprovarem o seu original, concluiu ela, e usou deste argumento com os opressores: já pensaram no que pensaria o tio Danton ao receber uma carta assim noutro papel que não fosse da caixinha? A ortografia estava particularmente monstruosa nesse dia ("12 Dijunio 1936") e os pais imploraram que, só dessa única vez, ela consentisse em passar o bilhetinho para um outro dos papéis novos, com correções mínimas. Anita tirou da caixinha mais um papel, meus pais se animaram a pôr na sua frente as correções, ela fez a cópia mas não respeitou nenhuma e a carta seguiu para a detenção com todas as barbaridades da outra. Na carta seguinte (a última), os revisores resolveram já não se meter e liberaram o original sem comentários. Ela então copiou o texto num outro papel dos novos e guardou na caixinha "para não desfalcar a coleção". Minha irmã sempre foi uma provocadora.

No dia em que me entregou a coleção completa e o manuscrito de tio Danton, este com a tinta já marrom, intitulado "Uma nação interessante", entendi que se tratava de uma cerimônia simbólica. Tio Danton presenteara-a com a descrição dos Duftenblumen, depois de ter saído da prisão. E deve tê-lo feito com o mesmo sentimento, que ela experimentava agora, de doar carinhosamente sua própria autenticidade.

— Repare — minha irmã fez questão de observar — que, tantos anos passados, foi daí, de "Uma nação interessante", que papai tirou o modelo para o seu diário.

(NG) No texto original de "Trem sem maquinista", na parte que vinha logo em seguida à transcrição das cartas de Anita e do tratado sobre a família Duftenblumen, os diretores da Samuel Pepys Foundation depararam, perplexos, com um parágrafo em que Lamartine contava sumariamente que a irmã lhe havia mentido (para obter sua adesão ao plano de batalha) quando lhe falou da confidência de Espártaco sobre as jóias; Espártaco jamais mencionara coisíssima nenhuma sobre essas jóias. Não obstante, a batalha se travou, e, em princípios de 1947, o pai afastou-se da família e da carreira para sempre, partindo com a dra. Camila ninguém nunca soube para onde. Conclusão de Anita, reiterada (apenas em parte) no capítulo "Magda Mou fala à imprensa": as jóias devem ter existido, sim, e devem ter ido com eles; pois, desse paradeiro ignorado, Espártaco M., sem outra fonte de recursos conhecida, durante mais de duas décadas não deixou um mês sequer de amparar financeiramente os seus. "Apenas em parte", digo, porque naquele capítulo temos a revelação de que a quantia supostamente enviada todos os meses por Espártaco provinha na verdade de uma herança recebida por Emília nesse mesmo ano de 1947. Magda Mou vira de pernas para o ar a história de Espártaco. Não percam. O motivo por que não figura nesta edição o tal parágrafo surpreendente de Lamartine é que estava preso aos originais por apenas um clipe e se extraviou numa das idas ou vindas durante o trajeto Londres—Rio de Janeiro. O motivo de Lamartine ter dedicado tão pouco espaço ao episódio... Bem, é só terem um pouco de paciência e vocês saberão no devido momento. (NG)

3
NAS GAVETINHAS

Anita, oito anos, escrevendo para Danton na prisão:

tio tomtom cerido
espero ve vose aci comigo e vovo
eu resebi a sua cata
eu aida nom sei le a sua leta mais espero sabe muto breve a sua leta. eu sai do colejo mais vou ter alas paticolares. eu nom ia ao colejo purce nom gostava di fica sozina.
camdo e ce vose vEm.
um bejo da sua
Anita Rio 3 Dijanero 1936

(NG) A vogal maiúscula no meio de uma palavra é para ser lida com inflexão interrogativa. Invenção lingüística de Anita. (NG)

meu cerido tio tomtom
vose nom vei Ouje. eu esto esperamdo. ai pasa vEmto. sito calor.
um bejo di Anita
10 Dijanero 1936

meu cerido tio tomtom
vose nom si aflija com a demora di sai. Vovo esta muto trites com a sua demora.
Um bejo di sua sobrina Anita

Rio 19 Dijanero 1936 Notra cata vai uma lisom para vose coriji

    tio tomtom. eu tirei os demtes com boticom.
    nom quize toma injesom.
    tive mais coraje do ce papai. ele tei medo di demtrita. eu dei
a Vodica uma grade aligria.
    Rio 4 Difevferero 1936.

    tio tomtom cuais som as novidAdes. mamdo para vose o dezenio di eu na cadera do demtrita.
    todas as nutisia som inutia eu so acridito camdo ve vose intra.
lenbrasas
    Rio 7 Difevferero 1936

tomtom
sei ce vose vai gosta do meu reitrato.
foi com a fatazia do carnauvau.
fricou trremido purce o zizinio trremeo.
um bejo di
Anita

    ao cerido tio tomtom
a novidade ce eu tenio e so do carnauvau.
como vose nom gosta eu nom comto.
mutas saldes di sua Anita

    eu tambei esto escreivemdo e oliamdo para o seu reitrato.
muto setimetal.
    Rio 20 Difevferero 1936

    meu cerido tio tomtom. as saldes som mutas. eu estava boramdo mutos papes escreivemdo a timta.
    Amaniã eu vo faze corso no autoumove.
    Rio 22 Difevferero 1936
    Anita

    Ce pena ce acabo o carnauvau. eu ceria ce fose um meis.
vose fataziOu-se.

e teve lasaperfUme.
rOdo pierO ou colubIna.
voses fizerao comfEte. eu pasei os 3 dias em caza di Vodica.
Rio 26 Difevferero 1936
Anita

meu cerido tio tomtom
esto com MUTAS saldes suas. nom ti escreivo mais purce nom tenio o ce ti conta. esto trites purce cebrei a bocinia do meu bebe fazemdo di demtrita. um bejo di Anita
Rio 28 Difevferero 1936

meu cerido tio tomtom
gostei muto das cartinias ce vose mi escreiveu. as istorias ce vose comta som muto bonitas. eu cero ce vose fasa tambei os dezenios das sardinias e do filiote de jacare.
um bejo muto saldose da
Anita
Rio 16 Dimarcio 1936

tomtom
como vai vosE. esta melior dos dEdos. e da vIsta. tenio mutas saldes suas. camdo vose vim para a demtemsom eu vo visita vose. cero ve si vose esta difereite. purce vose nom continou a conta suas istOrias. camdo conta di novo fasa os dezenios. mutos bejos di
Anita

meu cerido, tomtom eu gostei muto de ti ve naquela seista fera pasada vose estava tom bei. eu ceria era ve vose, com barba lora eu ganiei uma caixinia, de papeu. tom bonitinia este papeu, ce ti escreivo pretemsi a caixinia.
um bejo di sua cerida
Anita 12 Dijunio 1936

meu cerido tomtom
ouje camdo eu fui na praia eu vi uma menina ce saiu do andar 2 com um tenes igual o ce eu ceria para ir ti visitar mas Vodica

aida vai mi dar. na seista fera vai o Larmatim purce papai cer. eu
axo ce ele nom agoemtarar. nom Axas.
  Rio 15 Dijunio 1936
  Anita

UMA NAÇÃO INTERESSANTE

Danton M., treze anos, descrevendo os Duftenblumen:

Leitores:
Lede com attenção estas linhas.

Antes de qualquer sumidade geographica, ides conhecer a existencia de uma grande nação, que, apezar de já ter caido do pinaculo da gloria, ainda é mais ou menos prospera e, fiada na nova geração dos seus filhos, baseada no seu passado venturoso, tem ambições e se crê bastante coisa.

Não penseis, caros leitores, que vos queremos enganar com invenções nossas; absolutamente: essa nação existe desde 1870.

Vamos descrever methodica, geographica, historica e verdadeiramente o seu venturoso passado, o seu presente regular e o que deve ser o seu futuro.

Preparae-vos para conhecer essa grande republica que, se ainda não figura na lista das potencias, é por modestia do seu povo.

Resumo historico

Quando o Brasil começou a atrair pelos seus encantos inegualaveis os povos apreciadores da natureza, vieram para as nossas plagas, entre muitos outros, alguns allemães, povo que então resurgia nos escombros do Imperio Francês.

Subditos da aguia prussiana vieram fundar nas brazilicas terras uma colonia do Kaiser.

No ano de 1870 desembarcavam na Bahia os formadores da futura nação. Ajudados com sucesso pelos Bahianos, ahi mesmo lançaram os germens do país das flores cheirosas (assim chamado pelo nome do seu fundador, Duftenblumen, no idioma complicado do ilegível Goethe).

Varios nucleos coloniaes já estavam em vigor (Annitopolis, Adelopolis e Olgopolis, este o mais antigo, pois foi fundado no seio do grande imperio germanico e para a Bahia levado) quando a grande colonia mudou de lugar. Veio para o Rio de Janeiro, lá por 1880.

Fundaram-se ahi novos nucleos (Carlitopolis ou Carlitus, Elviropolis ou Elviria, Carmenopolis ou Carminia, Mercedopolis ou Mercidia, Eddyburgo ou Eddiania, Fritzburg ou Fritzia e Elzstadt), alguns tendo-se desligado da União, arrendados a povos estrangeiros (Carminia aos Hostilios, Carlitus aos Almeidaregos, Mercidia aos mesmos, Elviria aos Montenegrinos, Eddiania aos Ahehedos).

Sobrevivendo a varios abalos financeiros, decorrentes de negociações infelizes, impingimentos e "contos" de amigos e conhecidos, falta de expediente, incapacidade de resistir às seduções de sua própria fantasia (como, aliás, era de se esperar numa nação com o nome de Flores Cheirosas), hoje a Nação já compra Victrolas e os seus habitantes veraneiam em Therezopolis. De uma situação de beira-mar passou, é bem verdade, a uma que nem sequer é de beira-bonde. Mas esperem os leitores e ainda verão, estou certo, passar as Flores Cheirosas, ufanas, na Avenida, rasgando com orgulho sedas e velludos, às vistas embasbacadas dos Hostilios, Almeidaregos, Montenegrinos, Ahehedos e todos esses povos que se julgam superiores e não admitem o menor progresso na Grande Nação. E há de acontecer que, embriagados com a gloria desse resurgimento, darão tantos jantares (como no passado) que tornarão à bancarrota e verão os que na sua casa comiam passarem virando-lhes a cara (como hoje).

Podia-se falar muito mais das finanças do país, por ser este o unico assumpto de que tratam as Flores Cheirosas, mas isto aqui é um resumo; passemos adiante.

Producções

Espanta ao explorador da Republica dos Duftenblumen, logo ao entrar, a quantidade de objetos velhos que encontra por toda parte e d'onde se destaca em quase todos a figura marcial de Bismarck: são as reliquias de familia. Entre ellas se notam: uma galeria espantosa de retratos, documentos da guerra prussiana, autographos de litteratos brazileiros, estatuetas sem braços e muitas outras coisas que num resumo não se contam (vide o Museu de Antigüidades, adiante). A Republica das Flores Cheirosas produz: enorme quantidade de "cartas", cujo imposto consome as raras economias do paiz; jantares e almoços para qualquer um em qualquer dia; uma proliferação de livros, na minoria lidos, pois são na maioria ilegiveis já que são alemães — e também porque as Flores Cheirosas preferem tudo à leitura. Notável producção de ratos, baratas etc.

Cidades principaes

AGLOSBURG. Gorda cidade de origem teutonica. Suas ruas são celebres pela quantidade espantosa de pannos molhados que as limpam. Sua principal industria é a de costuras para crianças, de que fornece a muitos povos. É uma cidade tristonha, onde os habitantes sempre se estão lastimando e lutando contra o desrespeito estrangeiro às tradicções da Nação. Nela está o Museu de Antigüidades.

ANNITOPOLIS. Cidade eternamente jovem. É ahi que reside o *Grand-Chic* da Republica. Centro do *Grand-Monde* e das obras artisticas do paiz, entre as quais se notam as celebres interpretações pintadas das madrugadas de Paquetá. É ahi que mora o Corpo Diplomatico e é d'ahi que surgem os raios de talento da Nação. Em constante relação com as summidades litterarias e artisticas do *Monde civilizé*, seus alegres habitantes estão acostumados às difficuldades da aristocracia. São esses seus habitantes dotados de uma alegria barulhenta sem rival; nunca estão tristes e, se alguma vez parecem estar, é simples cinematographia, simples fita, pois soffrem em extremo gráo do "romantismo" agudo. Preferem estar na "pinda", contanto que tenham um chapéu enorme, um vestido confeccionado no atelier da rue de la Paix, em Paris, um camarote no Municipal para olharem por um binoculo as toilettes, nas estréias da Duse ou do Mascagni (não fazem questão do genero) ou simplesmente que morem n'um Palacete da Praia do Flamengo, de onde vejam os automoveis! Suas unicas industrias são a de fitas cinematographicas (desde as tragicas às comicas) e a de quadros. Além d'isso servem os seus habitantes para receber as visitas de cerimonia, pois sabem falar cinco idiomas. Em summa, Annitopolis é a alegria da Nação, a rainha das artes e das lettras, o centro da erudição, da prosa e do bom gosto do paiz.

FRITZBURG. Cidade universitaria, com alguns conhecimentos de Direito. Vive em constante communicação com as "pequenas" do bairro.

ADELOPOLIS. Cidade barulhenta de aspecto alemão. Seus habitantes falam aos berros e se queimam por qualquer coisa. É a cidade administrativa dos bens publicos.

Bastante fiteiros, os Adelopolitanos discutem por tudo. Actualmente contêm succulentas fabricas de lacticinios. Seus habitantes, ao contrário dos de Annitopolis, só não guardam o que não têm porque não podem; preferem ter o nome nas cadernetas do que gozarem os prazeres já tão raros da vida; por esta razão estão sempre gritando e de máo humor.

PLINIOPOLIS. Praça forte da Nação. Seus habitantes, também barulhentos, são por demais economicos. Tem um bom arsenal de guerra e uma biblioteca naval, quase sempre fechada.

OSWALDOPOLIS. Jovem cidade, bem formosa. Contém um Museu de Brinquedos, em cujos objetos ninguém pega. Sobre os seus habitantes já pesa a perniciosa lei do "antes guardar do que gozar".

LUCIAMAR. Linda cidade de aspecto latino. Nela brilham dois pharóes que attraem pela sua luz os navegantes. Seus habitantes amam o que é bom e procuram gozar das delicias do bello. Nos palacios em construcção já se nota o fino gosto artistico, herdado dos seus fundadores, os habitantes de Annitopolis, que para ela passaram muito do seu "romantismo *dilettanti*". Seus habitantes não toleram as antiquadas formulas da tradicção; são jovens e tudo o que é velho arruinam, para formarem com as "pensões do governo" monumentos dignos da sua epoca. "O dinheiro só tem um fim: comprar bonecas grandes", pensam eles na sua encantadora inocencia. Possue Luciamar uma já importante fabrica de fitas cinematographicas; prommete um feliz futuro...

ELZSTADT. Cidade de aspecto allemão. Seus habitantes, os exbororós allemães, são em geral pouco affeitos ao trabalho e gostam do suave *dolce farniente*. Educada com esmero pelas outras cidades irmãs, é Elzstadt o seu alfenim. A cidade prima pelo capricho na confecção de bordados e exporta diariamente milhares de cartas. Prommete futuro, pois ainda é jovem.

DANTONIA. Corresponde à Ragdeburg dos allemães. Cidade de feio aspecto, porém os seus habitantes foram os idealizadores de muitas das leis que governam a Republica das Flores Cheirosas. Sede d'uma importante bibliotheca (a maior do paiz) com 650 000 volumes, arrecadados nas bibliothecas extintas de Eddyburg, Carlitopolis etc. As ruas dessa cidade andam mais ou menos sujas, pois os seus habitantes preferem uma boa leitura ao refrigerio de um bom banho e demais regras de asseio. Esses mesmos habitantes, no afan de não perder um segundo da preciosa vida, andam sempre em occupações, e, quando dessas são desviados, ficam de um máo humor que só cessa com algumas agradaveis "discussões".

ESPARTAQUIA. Berço da poesia dos Duftenblumen, essa cidade tem um especto de burguez gallego, na imundice de suas ruas.

Ahi reina a poesia em demasiado gráo, pois n'isso gasta todo o seu tempo. É o centro do *turf* nacional, *sport* que encanta de tal modo os seus habitantes que lhes tira o tempo para estudar e limpar... os dentes! Seria o nome de Espartaquia registrado nas paginas revolucionarias da historia do paiz, se a sua destemperada opinião pudesse ser manifestada, livre das algemas do Internato; antes assim, pois na Republica dos Duftenblumen pode faltar tudo, menos revolucionarios. Apezar de empregarem as outras cidades esse meio torpe de tapar a sua boca — o Internato —, os Espartaquianos, bem como os Dantonianos, não deixam de protestar contra qualquer opinião que opprima a liberdade individual e que ultraje as leis da igualdade e da fraternidade.

PLINIOPOLIS (mirim). Cidade redonda ha pouco edificada sob um plano semelhante ao de Oswaldopolis. Suga para si toda a industria de lacticinios de Adelopolis. Pelos sinais, que já tão cedo aparecem, de um geniozinho difficil, prommetem os seus habitantes no futuro uma grande contribuição para a algazarra das Flores Cheirosas.

VICENTINA. Cidade ha vinte annos transportada das costas d'África. Sem grande importancia. Há ainda algumas de menor valor.

Considerações geraes

HUMOR. O humor do povo é indescriptivel, tal a sua mudança e variedade. Ora as Flores Cheirosas berram de alegria, ora gritam de raiva. É mais comum, porém, o segundo caso. Alguns, quando se zangam, ficam sem dormir a noite inteira (os de Annitopolis), outros dão para chorar (os de Aglosburg e Elzstadt), outros gritam esganiçadamente (os de Adelopolis, os de Pliniopolis mirim), outros dizem certas palavras (os de Pliniopolis, Espartaquia e Oswaldopolis), outros discutem (os de Dantonia e Fritzia) e, finalmente, outros não dizem nada (Vicentina). Observe-se que os habitantes de Annitopolis não dormem por hypothese ou antes por fita!

COSTUMES. Para descrever os costumes de um povo tão interessante, para descrever apenas um minuto d'um theatral dia da existencia tragicomica desse "pessoal d'arrelia" (como os chamam os estrangeiros), gastariamos muito tempo e seria necessaria a penna de um Zola ou de um Balzac, pois as suas excentricidades são tamanhas que dão assumpto para um "tratado de psychologia cinematographica". Imagine-se uma multidão em que todos berrem ao mesmo tempo, produzindo um barulho capaz de ser ouvido quando se toca uma ópera de Wagner! Imagine-se um paiz em que se jante ao meio-dia e se almoce à meia-noite, em que se coma na sala de visitas e se recebam visitas na sala de jantar, um país em que, talvez só para causar aporrinhação, os relogios que ahi funcionam estejam entre si n'uma diferença de um dia, pelo menos. Imagine-se, ainda, um paiz invadido constantemente por multidões de animaes phantasticos, ora pachidermes *elephantiasis* como Chiquinha e Noca, ora girafas *palitorium* como Mlle. Bonjour e Frau Peretti, sem fallar nos ursos brancos carecas. Não, nem Newton, o imortal descobridor das leis da atracção universal, nem elle, que conseguiu conhecer o governo do universo, seria capaz de comprehender as regras que governam as Flores Cheirosas, tal a variedade d'ellas, tal a estupendidade que encerram. Nem Darwin, nem Augusto Comte, os classificadores por excelencia, poderiam classificar monstros tais como os que se vêem algumas vezes em Duftenblumenia. Alguns desses monstros, carecas e gorduchos, cospem na sua mão recurvada. Outros, apezar de mulheres, têm bigode e barbas maiores que os dos Carlitopolitanos, afinal homens. Há os *minusculi herniculares* que, de tanto falarem dos outros, foram minguando, sumindo e cobrindo-se de hérnias (os Pachecozinhos etc.). Outros, verdadeiras lupas humanas que exageram tudo, pertencem à classe *Exageratus zefoides* e se chamam Maria Eulalia, Tonica e Gladys. Outros ainda e outros... e tantos outros que é impossível se descrever. Só vendo!

E, por isso, leitores amigos, só conhecemos um meio de poderdes fazer uma idéia da grande Republica que resumidamente descrevemos. O meio é irdes lá. Sim, não tenhais medo dos seus habitantes, que não têm rivaes na maluquice, mas ficarão logo vossos amigos, se seguirdes os conselhos que passamos a dar-vos:

Conselhos

1º) Visitai a Republica n'um Domingo, pois é o dia de maior barulho. É o dia em que todos se reunem para discutir!!!

2º) Chegae antes do jantar, pois é neste que se passam as melhores scenas da grande peça theatral d'aquellas existencias.

3º) Pedi para ouvir a Victrola, gloria nacional da terra, elogiai principalmente as musicas allemãs, e chorai ouvindo o *Tanhauser*.

4º) Na mesa, comei de tudo, pois do contrario a isso obrigarvos-hão. Conversai ahi do dever d'um filho para com o pai, elogiai a educação antiga, reprovai a bilontragem e o zunzum quando se diz "Mãe", pois assim commovereis a Mãe de todos.

5º) Achae bonitos os gurys e elogiae a mania da economia, porque assim agradareis a Ministra da Fazenda.

6º) Sede hermistas, para a alegria do indescriptivel Horacio, e civilistas para a conquista da aprovação geral.

7º) Enaltecei as glorias da Allemanha para fazer sorrir o retrato de Bismarck e as glorias para o regozijo do retrato de Victor Hugo e o de Mlle Bonjour.

8º) Fallae em montepio e em theatro para obterdes a honra de conversar com a *Grande-Chic*.

9º) Enfim procurae discussões e assumptos commoventes, que sereis considerados "bons amigos". Em nenhuma hyphotese vos esqueçaes de perguntar pelo primo da Europa, capitão do exercito prussiano, dragão, uhland, granadeiro, lanceiro da imperial legião germanica, e, acima de tudo, real lacaio e guarda agaloado do augusto corpo da elevada personagem de sua serenissima majestade Wilhelm de Hoenzollern — o official Fullano von Duftenblumen Rüe, gloria primeira da incomparavel Republica das Flores Cheirosas!!!

Ultimas palavras

Este folheto foi escripto n'uma hora vaga em que o auctor, não tendo nada que fazer, quiz registrar alguns dos sensacionaes feitos da cinematographica Republica das Flores Cheirosas, não querendo privar as gerações futuras de um exemplo tão valioso de ordem e disciplina. Parece que o auctor descreveu aproximadamente da realidade, pois todos reconhecem nos habitantes da Republica os membros tão interessantes da grandiosa familia Duftenblumen.

Não vale de nada este folheto. Para os outros, isto é. O auctor nele vê a descripção fiel d'aquilo que divertiu a sua infancia: as fitas da familia.

Não vão os parentes do auctor se queimar com algumas das criticas, é pura brincadeira, é um reclame para a Companhia Jardim Botanico, pois todos aquelles que lerem estas linhas tomarão, sem sombra de duvida, o *bond* para a rua 19 de Fevereiro 96, onde está instalada a nossa capital, nossa sede, nosso canteiro.

4
AS MULHERES PASSEIAM
PELO DIÁRIO

Espártaco M., dos trinta e nove aos quarenta e tantos anos, escrevendo no seu Diário:

A dra. Camila está diante da minha mesa às quatro e meia. O trabalho a desfavorece muito, fisicamente. Voltou à magreza antiga, às olheiras, ao abatimento evidente. Um passeio ao campo pode restituir-lhe o encanto que chegou a ter. Não sendo assim, se masculinizará. Acompanho-a, por gentileza, até o Monroe. No caminho ela me diz que um inimigo meu, depois de recorrer a vários argumentos contra mim, disse-lhe que a minha urbanidade era só aparente. No íntimo, eu era um bruto. Quem terá sido esse pândego? E com que intuito terá dito isso? Temerá a concorrência? Julgará que eu pretenda insinuar-me à intimidade da moça? Estúpido, no mínimo.

Na praia, o banho das empregadas do comércio é antes das sete. Fixo, hoje, principalmente, as duas irmãs da Vantajosa. São, realmente, lindas de corpo. As caras, mesmo no banho, não são desprezíveis. Depois, têm muita vida, muito movimento, e, com seus belos braços, e as belíssimas pernas, tudo o mais se tolera. As ondas, calmas, me auxiliam muito.

Detenho-me diante de um arrastão. Doloroso o debate dos peixes apanhados. Ficam, todos, sangrando, da luta. E os pequeninos, desprezados, com que fúria voltam a nadar, quando restituídos à água! Um belo espetáculo. A freqüência ao banho é diminuta. Ainda assim, há o que ver. Três mulatas, sobretudo, chamam a atenção para seus corpos, verdadeiramente esculturais. A maior se descarta, atenta à hora, preocupada com os patrões. A segunda aceita a corte de um mulato malandro que só falta possuí-la em plena praia. A terceira, uma menina quase, de seus quinze anos no máximo, faz as delícias de um quarentão entusiasmado, que a ensina a nadar. Em meio à lição, se descontrola e dá-lhe um beijo em plena boca. A pequena se zanga, dá-lhe um bofetão e o patife, longe de encabular, lhe sai no encalço aos gritos da "platéia" interessada na disputa. Mas a garota safa-se com vantagem. E ganha a Barão de Ipanema, deixando o sedutor a rir amarelo na praia. Já vinha para casa quando vejo sair de uma das ruas transversais uma morena acompanhada de dois meninotes. Por solidariedade natural, espero-a. Ela se anima a enfrentar os vagalhões. Acanho-me da minha "abstinência". E caio n'água também. Em menos de dez minutos, já éramos onze ou doze. O brasileiro é, por essência, imitador. Entre os "novos-vindos" há uma pequena, de seus quinze anos, extraordinariamente despudorada. Dá pulos fantásticos na areia só para que os seios saltem do corpete. Ao fim de meia hora, ela é o centro do banho. Em torno de seus pulos e dos seus seios se arregimenta toda a gente. Eu prefiro a "minha" morena, que é bem mais bonita e bem mais discreta. Outro qualquer se teria valido da situação para convidá-la a se arriscar um pouco. Entradas não faltavam para isso, pois as ondas democraticamente nos atiravam uns contra os outros. Mas a minha doentia timidez fazia-me morrer as palavras na garganta.

Vou à praia, tarde, com as crianças. Mar esplêndido. Nenhum conhecido. Nenhuma conversa. E — contra os hábitos — muitas caras novas. Mesmo antes do verão, a construção diária dos "arranha-céus" vai operando a migração de outros bairros. Seduz mais do que se pensa o rótulo de superioridade que advém de morar em Copacabana neste inverno de 1938. Há meninas que olham muito para a gente e que gostam de ser vistas nos seus *maillots* Vencedores, de etiquetas ainda penduradas. Isso, positivamente, não é de moradoras. É de adventícias.

Tenho o pressentimento de que vou encontrar o O. quando chegar em casa. E lá está a minha sombra. Duzentos mil-réis. Sempre a mesma história: negócios que irão enriquecê-lo, mas que não se realizam, e mulheres que se realizam e o empobrecem.

À noite, fico em casa e ouço, pelo rádio, uma entrevista estupidíssima que um sr. T. T. faz com a famosa ***. Tem-se a impressão de que um gaiato ligou o microfone quando os dois se roçavam e cochichavam palavrinhas lúbricas.

Passo a manhã despachando os processos que trouxe para casa. Um é particularmente interessante, pois se refere a maus-tratos infligidos por patroa a uma empregada de dezesseis anos. A experiência doméstica faz-me hesitar na denúncia. As lesões, de que se queixa a menor, estão pericialmente constatadas. Mas pode-se excluir a hipótese de terem sido feitas, ou, pelo menos, agravadas, pela própria menor? Temos em casa, atualmente, uma menina, ama de Lamartine, que parece capaz dessas perfídias. É de uma indiferença absoluta às recriminações e já fugiu de dois asilos. Tem dezesseis anos, também. Diz Emília que ela conversa com rapazes sobre coisas sexuais com uma desenvoltura impressionante.

Não íamos à praia. O temporal de ontem não permitia a espera de uma areia enxuta. E, de incômodos, bastam os que a gente não pode prever. Mas... fomos assim mesmo. Tempo ameaçador. O mar interditado, com as bandeiras vermelhas do alarme. Em meia hora, todavia, um solzinho medroso, apenas perceptível, se aventura, e é o bastante para que alguns *habitués* se animem. Poucas famílias. Muitas meretrizes. De permeio, algumas crianças.

À tarde, na Vara, intervenho no sumário de um defloramento já por duas vezes adiado. A ofendida me procurou antes da própria denúncia, quando se discutia ainda a sua miserabilidade. Era, então, uma menina bonita, de olhar bom, profundamente simpática. Agora, com os adiamentos, a gravidez chega ao termo e a enfeia impiedosamente.

À noite, encontro a casa em rebuliço. O problema doméstico, que fora resolvido pela manhã, com a admissão de duas empregadas novas, torna a se complicar com a manifesta imprestabilidade de ambas. A cozinheira, que se apresentou como "de forno e fogão", torra os croquetes, salga tremendamente a sopa e dá-nos um arroz infame. A ama do Lamartine tem uma cara de negra safadíssima, de sobrancelhas cuidadas, coberta de jóias e traços de ariana autêntica. Alega ter dezesseis anos, mas aparenta vinte pelo menos. Opulenta, esbelta, de ancas fartas e de seios úberes, estaria melhor no Mangue do que aqui. Em todo caso, pode ser que iluda.

O vaticínio sobre as empregadas não falhou. Quando acordo, às seis e meia, verifico, na cozinha, que nenhuma dormiu em casa. Meia hora depois, Emília as recebe com o dia de ordenado e a ordem de despejo.

O problema doméstico se soluciona, novamente, com uma cozinheira gorda, viúva, mulata, de meia-idade, que parece estável, e uma ama xucra, rústica, roceira, ainda de casca e tudo, quase preta, feia como a necessidade, mas que parece de bons sentimentos, pois chora de verdade ao se despedir da tia.

Antes que eu me esqueça: ontem, durante a conferência sobre positivismo, estive reparando na Lúcia Miguel Pereira, que disfarçou o sono com trejeitos de boca que a fizeram, por vezes, bonita.

À noite, apesar do cansaço, faço parte da caravana familiar que vai à festa da Glória. Subimos o morro, a pé, acotovelando a pretaria que atravanca o caminho. Dentro da igreja, o ambiente é irrespirável de "bodum". E os empurrões são de tal ordem que eu quase ejaculo sob a pressão das ancas fortes de uma cabrocha moça que me fica na frente e que sou obrigado a empernar por mais de meia hora. Agora, compreendo a razão da afluência que, desde o tempo do Império, faz tão concorridas as comemorações da santa.

Na Vara, sou procurado por d. Flausine de Barros, que vai reclamar contra um novo seqüestro do seu filho pela avó, sua sogra. Embora já soubesse do caso pela imprensa, afeto ignorá-lo. Por mais de meia hora a escuto, pacientemente, não só porque a seriedade do assunto o exige, como porque a mulher é realmente interessante. Não será bonita. De fisionomia, lembra a Amélia de Oliveira, com mais frescor talvez, com mais vivacidade sem dúvida. Os mesmos olhos negros oblongos, achinesados, de olheiras fundas e de cílios longos. A mesma voz arrastada de paulista do interior. O mesmo riso bom, sincero, comunicativo. O mesmo penteado liso, cabelos divididos ao meio em bandós. O corpo, entretanto, impressiona. *Fausse maigre*, dir-se-ia mais alta do que realmente é. Tem, contudo, um contraste acentuado entre a cintura muito fina e os quadris amplos. Tem, sobretudo, uns seios lindos, de volume normal, mas de consistência jovem, e encantadoramente à mostra por um decote mais que "camarada". Acompanha-a outra senhora, de mais idade, e um garoto endiabrado de seus onze ou doze anos. Ao fim de muitas queixas, de muita parolagem, e, mesmo, de algum choro, ela concretiza o que deseja: que cesse a "má vontade" que lhe manifesta o juiz de órfãos. Prometo-lhe interceder, não como subprocurador, que isso não se justificaria, mas como "amigo" dele, o juiz. Ela se dá por satisfeita e promete voltar amanhã para saber do resultado.

Vou conversar com o juiz de órfãos sobre o caso de d. Flausine, que não é de Barros, é Barroso. Surpreendo-me de vê-lo inteiramente do lado dela. Quando digo isso a ela, às quatro horas, agradece-me efusivamente. E pergunta-me se se tornará importuna voltando a incomodar-me sempre que se sentir desamparada da Justiça. O vestido, hoje, foi mais rico, porém menos "camarada". E a companheira já não foi a mesma. Noto-lhe uma preocupação excessiva de dizer que mora numa pensão muito discreta e que, se me contasse o de que a acusam nos autos, eu mesmo me escandalizaria. Disse isso *três* vezes. Quando, depois de ter saído, voltou para dizer que se esquecera de me mostrar um retrato do filho com ela, em roupa de banho, em Paquetá, o secretário da Procuradoria teve este comentário: — O senhor só não terá esta mulher se não quiser. — Não me deu, entretanto, essa impressão. Acho-a tão natural, tão despreocupada, que não vejo como se possa deduzir tamanha "barbaridade". Enfim...

Perco tanto tempo com quem me invade a sala por não ter o que fazer na sua, e entram, e ficam, e não saem mais, e acenam para outros no corredor, que também entram e ficam etc. etc. Ainda bem que, para compensar essas caceteações, visita a minha mesa uma mulher em prantos. Tinha uma casa relativamente feliz. Ela, o marido e uma única filha, de dezesseis anos. Um belo dia, a filha se enamora de um *chauffeur* casado. E se "perde" com ele. Mas o pior ainda não era isso. Seduzida, a menor não lhe entregou o corpo apenas. Foi além. E se prestou a acusar, como autor de sua desonra, o próprio pai. Diante da "embrulhada", o promotor move o processo contra ambos: contra o *chauffeur* e contra o pai. Agora, o juiz, na dúvida, absolveu os dois. Ela pede que o promotor apele da decisão quanto ao *chauffeur* e se conforme quanto ao marido.

Tenho a visita da mulher do *chauffeur* envolvido no defloramento da menina cuja mãe me procurara. É uma mulata bem posta, quase bonita. E humilde, arrasada pela idéia da prisão do marido. — Ele não foi culpado, doutor. Qualquer homem, no lugar dele, faria o que ele fez. A menina vivia solta que nem cabra vadia! E "sitiava" o homem. E se entregava toda. Só vendo... — Tento, em vão, acordar nela o ciúme contra o cônjuge infiel. Como se justificava que ele possa fazer o que fez, sendo pai de cinco filhos e marido de uma mulher ainda moça? Ela não demorou a réplica. — Lá por ser moça, sou. Apesar dos cinco filhos, tenho ainda vinte e dois. Casei muito criança. Mas, por isso mesmo, já não tenho interesse para ele. A outra tinha mais. É humano! — Como lhe prometa reexaminar os autos, ela pede licença para esperar na própria sala e, depois de perguntar se havia o risco de que entrasse alguém sem avisar, tirou o seio e deu-o ao filho, um garoto de dois a três meses. Achei curioso aquilo! Tinha o cuidado de indagar dos "outros" se viriam. Mas, da minha presença, da minha "humanidade", ali, diante dela, pouco se incomodou. Respeito à Justiça? Excesso de preocupação, abstraindo de tudo o mais? Ou confiança exagerada nos meus trinta e nove anos? Se o motivo foi este, deve ter se arrependido quando me viu olhar, guloso, para aquele pedaço palpitante do seu corpo, muito mais alvo que o rosto. A dra. Camila visita-me a seguir. Não sei se por efeito da "morena" sadia, cheia de vida, acho-a mais pálida e mais feia do que nunca.

    Aniversário de Lamartine. Teve, este ano, um presente vivo: a ama. Filha do vendedor de ovos. Os pais são portugueses. Irmã da Marina, que foi empregada de Olga por muito tempo. Quinze anos alegados. Branca. Talvez loura. Espigadinha. Não aparenta mais de doze. No máximo, treze. Subalimentada. Sem desenvolvimento físico nenhum. Lamartine, entretanto, afeiçoou-se logo a ela, Anita também; é de crer, portanto, que continue. Chama-se Clarisse. Meu filho perguntou-lhe se estava com sono e em seguida quis mostrar-lhe o quarto em que vai dormir com ele. Achei-lhe um riso bonito. Discreto (e, hoje, meio apagado, cansado, em gritante contraste com o riso barulhento e rasgado do meu filho)...

    Comparece à minha mesa a mulher do *chauffeur* acusado de estupro, contra cuja absolvição a Procuradoria se manifestou. Vem mais bonita do que nunca. Mas, dessa vez, não tem a boa idéia de amamentar o filho à minha vista.

Manhã ensolarada de domingo. Levanto-me às nove. Desde que passou a dormir a noite inteira na cama dele, sem medo porque divide o quarto com Clarisse (antes vinha enfiar-se de madrugada na nossa, arrastando pelo chão o travesseiro inseparável), Lamartine deixa-nos o sono livre, embora me custe muita saudade, que já me habituara àquele corpinho quente, àquela cabecinha sempre cheirosa, agitada no travesseiro pequenino, o rosto roçando na minha mão aqueles beijos bons que ele dá, mesmo dormindo, quando me sente perto dele. As vezes em que adormeceu sobre o seu beijo, tantas!

Vou à detenção para tratar de alguns casos urgentes. Quem me faz sala, enquanto o diretor não chega, é uma bela mulher, de que não sei o nome, mas que trabalha no presídio há mais de cinco anos. Diz-se que é amante do almoxarife. Não duvido. Há quem avance, mais, que gosta de fazer os seus "favores" avulsos. Acredito, também. De qualquer modo, agrada ter a sua companhia. Principalmente a sós, como eu a tive hoje. Por mais de uma vez, senti-lhe o corpo junto ao meu. E, durante a conversa, tem o hábito de falar a meio palmo do nosso rosto, o que constrange enormemente. A certa altura, diz que ganha só seiscentos mil-réis e que o marido ganha um conto e trezentos, mas não dá para a casa senão a terça parte, pois tem três mulheres, duas além dela. Irrita-me tanta intimidade. Mas sempre arrisco uma piadazinha, perguntando-lhe a idade. Ela diz que "já passa dos quarenta". Entretanto, antes que eu lhe aventure qualquer outra indagação, acrescenta: "Para mim, todavia, é como se já tivesse cem, pois há mais de dois anos que não comungamos do mesmo leito". Pouco antes de chegar o diretor, dá-me o nome da rua e o número da casa, e ainda me escreve o telefone. Como se fosse pouco, diz com a máxima sem-cerimônia: "Qualquer coisa de urgente que o senhor deseje, é só comunicar". A seguir, a situação dos presos, discutida com as autoridades locais, me distrai a atenção de sua pessoa. Só na saída, uma hora depois, torno a vê-la. Acha um pretexto para me deter o passo, mostrando umas fichas que confecciona sobre a vida dos presos. Então me fala baixo: "A minha hora de sair daqui é às cinco e meia". Na confusão, em que me deixa o inesperado da sem-vergonhice, nem encontro ânimo de lhe estender a mão. E aí está a que perigos se expõe, num dia quieto, um homem de bem.

Uma notícia desagradável: denunciado o *** por falência fraudulenta. Por mais distante que esteja, hoje, dele, não posso esquecer que o vi criança, de grandes cachos louros, há vinte e dois anos, quando o vim a conhecer, recém-chegado do Norte. Estúpida, a vida. E tudo, ao que se diz, por causa da mulher, uma "loura dolicocéfala" por quem se escravizou.

Almoço no José, o que já não fazia havia muito tempo. Cobram-me o mesmo que na leiteria Nevada. De onde concluo que não tenho economizado nada. O ambiente ainda é o mesmo que nos meus tempos de jornalista de *A Esquerda* (já lá vão dez anos). A comida não será das melhores, mas os garçons o são. E a caixa, sobretudo. Espanhola, morena, os anos não lhe fizeram mossa. Tem ainda o mesmo riso e os mesmos olhos. Lembro-me, então, de um fato que se atribui ao ***. Arrastado pelo sorriso fácil que ela tem para todos os fregueses, o *** aventurou uma entrevista. Marcou-a para lugar discreto. E foi-se a esperá-la. Na hora exata, quem lhe chega é o marido, o proprietário do restaurante. E, com o mesmo sorriso, explica ao "sr. ***" que a mulher não comparece porque a hora é de intenso movimento na casa e a sua falta prejudicaria muito... Fico a evocar esse bom tempo, olhando-a. Penso no ***, que nunca mais me deu uma palavra. Penso no Pedro, desterrado por uns quatro anos no mínimo. Penso no Rosas, feito auxiliar modesto de um escritório de advocacia. No Holanda, reduzido a arranjador de anúncios... E a mulher continua com o mesmo riso fácil, com os mesmos olhos cheios de promessas e o mesmíssimo decote, deixando ver a divisão dos seios, muito alvos, muito duros, muito cheios.

Na 5ª Vara Criminal, uma surpresa: a presença de um rosto feminino conhecido, que me fixava com insistência enquanto eu conversava com o Paixão. Esforcei-me por identificá-la, mas não pude. Ao sair, ela falou-me. Só então me acudiu a lembrança do nome: era d. Flausine Barroso, que me falara na Procuradoria a respeito do filho seqüestrado pela avó paterna. O processo é contra *A Tarde*, que noticiou o fato com escândalo. A mulher é, realmente, bonita. E se mostra "profundamente agradecida" pelo que lhe fiz.

Recebo a visita da mãe de uma ofendida por quem muito me bati e que, em recompensa, deu ao filho o nome de Espártaco. *Not bad.*

Entro no Automóvel Clube para a conferência do Ivan Lins. A assistência continua enorme. Instalo-me numa cadeira vaga, entre duas moçoilas faladoras. Por duas vezes, ofereço o lugar para que elas conversem mais comodamente. Recusam. Entretanto, continuam a falar copiosamente, como se nada houvesse de permeio. Meia hora depois, o conferencista chega à mesa. Recebemo-lo com palmas. Ele convida para a mesa os almirantes Colônia e Castro e Silva, que sempre a constituem. Depois, convida o general Tasso Fragoso. A assistência festeja com palmas a lembrança. E, a seguir, quando eu já me ajeitava na cadeira, colocando a pasta e o chapéu sobre os joelhos, ouço, em voz alta, o meu nome. Afobo-me. Quando percebo, então, que também batem palmas, quase caio. A conferência é magnífica. Mas a evidência em que fico não me deixa apreciá-la. Constrange-me horrivelmente. Afinal, estou entre dois almirantes e um general... E, na assistência, quantas figuras de destaque! Nem me lisonjeia o fato de ser alvo de muitos olhares femininos. Reconheço que alguns partem de moças bem bonitas. A começar pelas minhas vizinhas, que agora estão juntas e protegem no colo, com as mãos, avaramente, a minha pasta e o meu chapéu. Que juízo farão elas de mim? Quando a conferência acaba, já não as vejo. No bonde, todavia, torno a achá-las. Minha presença, todavia, as constrange. Não dão uma palavra. Julgam-me, positivamente, um "figurão". E acham-me moço talvez para almirante ou general. Quando salto, chamam a atenção da mãe, que me assenta o *lorgnon* agressivamente. Ah, seu Ivan, não caio noutra!

A Vara está cheia de sumários interessantes. Um, então, se me afigura interessantíssimo, dada a beleza, realmente invulgar, da ofendida, de quem vejo apenas as pernas no cartório. As pernas e o rosto. Ambos mereceriam bem que eu mandasse às urtigas a recomendação do Lamartine, de que eu voltasse cedo para acompanhá-lo à *Branca de Neve* que o Roxy exibe em *matinée* para os garotos. Mas, como até a uma e meia o sumário não comece, e eu perceba a "consciência" que a pequena tem do valor do seu rosto e das suas pernas, olhando com insistência para o seu "tutor legal", acho prudente levantar-me antes que o juiz se resolva a inquiri-la. Não me arrependo de o ter feito. A alegria de Lamartine vendo-me chegar às duas horas em casa vale todos os rostos e pernas reunidos.

Gasto metade da minha pequenina cota de paciência acordando a cozinheira farrista que sai invariavelmente todas as noites e só chega de madrugada. Um dos tabus de Emília. Capacitou-se de que, apesar de péssima, é insubstituível. É o maior penhor que levo aos céus para a purgação dos meus pecados. Ainda bem que foi uma noite sem pulgas, o que contraria a crença de que a chuva sempre as traz, confirmando a minha convicção de que uma limpeza séria sempre as remove. Levantei-me às sete e meia. Depois de perder algum tempo na operação dificílima de acordar a cozinheira — manobra em três fases: aviso, insistência e verificação —, visto a roupa de banho e vou comprar jornais.

D. Flausine Barroso foi me avisar que o Supremo lhe deu ganho de causa unânime no conflito de jurisdição, o que se lhe afigura um grande passo para a posse do filho. Agradeço-lhe a comunicação, que ela justifica dizendo que o fazia por ter-me eu revelado tão "bonzinho" quando ela precisou de mim. O diminutivo aborrece-me. E intriga-me. Mas a tarde ainda me reservava outra melhor. Já tinha eu me despedido do juiz, quando me chega o escrivão com uma bruxa velha que desejava me falar. Quis evitá-la, mas a desgraçada me barrou o passo. Acompanhava-a uma pequena de seus quinze anos, já desenvolvida, muito interessante. Fala-me a bruxa de um processo que eu arquivei, há dias, contra um médico acusado de haver estuprado a menina. Fiz-lhe ver que não havia prova do crime. Mostrei-lhe os autos com o laudo negativo dos peritos. E um exame de idade asseverando que a ofendida aparentava mais de dezesseis e menos de dezoito anos. A mulher se exaspera, diz que tudo era mentira, que todo o mundo foi comprado pelo réu. E, a certa altura da conversa, pega-me pela manga, arrasta-me para uma janela do cartório e, abrindo a blusa da menina, tira-lhe um dos seios para fora e me diz: — Pegue, doutor! Veja como o canalha mordeu a pobrezinha! Ainda tem a marca... — A menina enrubesce como um pimentão. O seio fica túrgido e escaldando. E, como eu, delicadamente, me limite a olhar, o escrivão não tem dúvida e apalpa calmamente para dizer um tanto embaraçado: — Sente-se perfeitamente! — Pobre do promotor que não tiver muito controle!

Nova crise doméstica desencadeada pela despedida da cozinheira. Era boa rapariga e, por isso, faz pena. Viúva, quando entrou para o serviço tranqüilizou-nos com a certeza de que nunca saía. Creio que até veio de preto, para maior fiança da palavra. Ultimamente, todavia, tinha perdido a cabeça. Toda a sua atenção estava no telefone, que tilintava seguidamente. Passou a sair, e a sair muito. Depois, entrou a dormir fora. Agora, despediu-se. Parece que está grávida.

Fazemos, hoje, eu e Emília, mais um aniversário de casados. Ainda bem que a data decorre em harmonia, pois nossa vida conjugal, a despeito do muito que nos queremos ambos, tem andado também às voltas com uns "armistícios" mais ou menos semelhantes ao europeu, que hoje igualmente faz anos.

À saída da Vara, sou abordado pela meretriz acusada de tentativa de suborno. É curioso. De longe, parecia um bofe. De perto, muda muito. Tem uns modos bonitos que não parecem de mulher da vida. E um riso bom, quase bonito. Depois, a blusa deixa-lhe ver até a metade uns seios pequeninos, cheios, corados de sol. Ao fim de uns dez minutos, estamos camaradas. Acha-me parecido com um primo, norueguês. Mas esse, embora *também* bonito, não era tão alto. Acaba por me declarar que, aos sábados, costuma sempre ir a Paquetá, à tarde. Acha a ilha uma beleza. Sobretudo as praias. — O senhor não gostaria de me acompanhar... amanhã, por exemplo? — Respondo-lhe, polidamente, que costumo trabalhar mesmo aos sábados. Ela, então, discorre sobre a inconveniência do trabalho excessivo com a maior seriedade deste mundo. Ao despedir-me, ainda aventura: — E eu falava num passeio, não sei bem como diga... simples... inocente.

Depois do almoço, toco para o Silvestre. A insipidez do passeio, aos sábados, é completa. Subo, ainda, com algumas pessoas. Depois do França, todavia, sou o único passageiro. Mergulho na leitura, sem que nada me perturbe. Quando chego ao fim da linha, continuo lendo. O fato intriga o motorneiro, que vem a mim. Diz-me que tenho quinze minutos para passear. Respondo-lhe que não quero passear. Insiste em que, como somos sós, poderá prorrogar o prazo para meia hora. Agradeço-lhe, mas declino do favor. Aí, porém, é ele que me pede: é que tinha um "arranjinho", se eu ficasse no carro não se justificaria a sua espera, ao passo que se eu saísse... sendo o único passageiro... Faço-lhe a vontade. Desço pela estrada do Redentor. Tomo por um atalho. Vinte minutos depois, volto. O homem está a conversar com uma preta, que não sabe mais como ria, com seus dentes muito grandes e muito brancos. Quando me vêem, se afastam. Como se fosse o meu *chauffeur*, ele se despede da diva. E vem para o carro. Aventura única do dia.

Por cúmulo do azar, nem posso dormir até mais tarde. Desde seis horas, ouço bater, com insistência, a campainha da porta. Às seis e meia, levanto-me. Vejo, então, que é a cozinheira nova, a Carmen. Estranho o fato, mas ela diz que a culpa foi da porta que não abriu, com a chave que deixamos por dentro. O tom de raiva, com que fala, parece sincero. Quer me parecer, contudo, que passou a noite fora. É uma mulata nova, nem feia nem bonita, de seus vinte e poucos anos. De qualquer forma, poderia ser mais discreta nos seus sábados.

A dra. Camila surpreende-me com um convite para jantar no Palace Hotel. À primeira vista, perturbo-me. E só tenho como resposta uma exclamação: — A senhora está louca! — Depois, porém, ela se explica: o jantar é organizado pela campanha pró-saúde que tem a direção de d. A. T.

Na Procuradoria, uma visita inesperada: d. Flausine Barroso. Pede-me, novamente, que a auxilie, recomendando-a ao juiz. Prometo-lhe fazer o que ela quer, mas noto-a diferente do costume. Tem modos que não são, ou, pelo menos, não eram os seus. Fala-me com o rosto muito perto do meu. Por duas vezes, roça os seios em mim. E, ao despedir-se, quando lhe digo que só na segunda-feira posso ter uma resposta do que falar ao juiz, diz textualmente: — Mas, não lhe seria possível, antes da segunda, procurar-me em casa? Moro numa pensão familiar em Laranjeiras. Sou eu só e uma amiguinha. Se o senhor quiser me dar a honra de sua visita, basta telefonar-me avisando que vai, porque eu às vezes saio. — Acho isso esquisito. Das outras vezes, nunca me falou assim. Será que algum canalha lhe tenha aconselhado "isso" comigo? Francamente, o caso preocupa-me. E não é sem dificuldade que eu insisto, secamente, por que ela passe pela Procuradoria, na segunda-feira.

Também a dra. Camila esteve na Procuradoria. Foi dizer que o jantar de d. A. T. esteve animadíssimo, que compareceram cinqüenta e nove pessoas, que ela fez discurso, que d. A. T. estranhou minha ausência. Acabou insistindo por que eu comparecesse, ao menos, a um chá. Recuso-me, formalmente. E ela se agasta com o negócio. Paciência. Se os aborrecimentos têm de vir mais tarde, que venham logo, e já.

Telefonema da dra. Camila, indagando de um lugar onde possa encontrar-me. Recuso-me terminantemente.

Tenho diante da minha mesa d. Flausine. Confirmam-se as suspeitas que eu já manifestara quando de sua última visita. A mulherzinha está, positivamente, pensando que me seduz. Desta vez, sem propósito nenhum, saiu-se com esta: — O senhor compreende. Sou mulher, e mulher nova, e não de todo feia. Toda gente sabe que eu estou desquitada há mais de três anos. E o que nem todos sabem é que, ainda no tempo de casada, eu já não tinha marido fazia muitos anos, pois minha sogra proibia que o meu marido tivesse relações comigo. O senhor avalia como podem andar os nervos de uma mulher assim! — E, ao se despedir de mim: — O senhor não me leve a mal o que lhe digo. Acredite que ao doutor ***, por muito bom que ele seja, eu não me lembro de ter dito nunca o que quer que fosse de mais íntimo. Mas o senhor é diferente. Eu sinto que me dá coragem, que me inspira confiança. — E a desgraçada estava linda, com uma *toilette* de menina, que lhe punha, mais do que petulantes, agressivos, os seios.

Vinte e quatro horas depois, lá me aparece outra vez d. Flausine. Dá-me notícia de uma nova chicana com o seu caso. E continua a me fazer sentir que está cada vez mais triste e mais só. O ***, que lhe assiste à conversa, revolta-se com a minha placidez. — Que diabo! Eu não digo que o sujeito prevarique pelo puro prazer de prevaricar. Mas esse caso é diferente. Essa mulher já está te "comendo" com os olhos. Isso é uma perversidade.

Por infelicidade, engasgo com um processo volumoso que me consome a manhã toda. É um defloramento em que funciona na defesa o Evaristo, que pretende provar a impossibilidade do coito praticado com mulher virgem, sentada ao colo do deflorador em cima de um sofá. Vários médicos legistas asseveram a "dificuldade" do ato. Mas não o dizem impossível, como quer o defensor, dando-me a brecha por onde escape ao fogo de barragem do seu raciocínio arrasador. Entre as respostas dos legistas, uma há, curiosíssima: é a que sustenta que o estado emotivo que deve ter um namorado ao copular com a virgem a quem seduz nunca lhe permite o membro em estado de ereção completa. Nesse caso, os deforamentos seriam sempre impossíveis. Aliás, há muito que o estudo dos processos me convence que raríssimos são os casos em que o defloramento ocorre com a primeira cópula, iludindo, assim, sempre, a Justiça, quanto ao seu momento consumativo. A manhã toda a arrazoar um único processo!

Vou à praia. A temperatura convida. O calor está forte. E quase não há sol. Pela primeira vez, depois de passados muitos anos, tenho o prazer de ver mamãe no mar. Sua mocidade resiste a mais essa prova. Não fica ridícula. Mesmo dentro d'água, conserva a linha de sempre. E acha um roupão que calha com o seu jeito, um chapelão vistoso, tudo quanto se torna necessário ao realce de sua extraordinária vivacidade. Algumas caras sofríveis. Corpos, sim, excepcionais. Na areia, sobretudo. Há uma senhora, possivelmente estrangeira, de seus trinta e poucos anos, que é um primor de estatuária. O rosto não deslumbra, se bem que harmonioso e de boca lindíssima, com dentes invejáveis. Ela sente que me interessa. E não poupa atitudes que a tornem mais bela. Chega, sem necessidade alguma, a se deitar de barriga para baixo, agitando levemente as pernas, para que as nádegas se firmem e se desenhem num contorno realmente embriagador. Decididamente, se os defloradores provassem que o seu crime fora concebido nas praias, diante de uma vista assim, eu perderia pelo menos oitenta por cento do meu ardor acusatório.

Ao me encaminhar para o quarto, percebo luz nas janelas de uma vizinha que há muito me interessa. Do meu posto de observação, vejo-a sem ser visto. E os meus olhos se regalam com um espetáculo imprevisto. Chegada do teatro, com os pais, não imagina que, sendo quase meia-noite, ainda haja quem se preocupe de bisbilhotar vizinhos. E despe-se, de luz acesa, com a mais absoluta sem-cerimônia. Chegada à combinação, já me daria por bem pago. Mas prossegue. Vai para a cama e ainda acha jeito de levantar o saiotinho de seda, libertando as coxas e se preocupando com qualquer coisa que se aninha no mais íntimo dos locais, sombreado por uma penugem encantadora. Por mais de meia hora a vejo assim, como se a tivesse a meu lado, na mais completa intimidade.

5

AS MULHERES PASSEIAM PELO DIÁRIO
(continuação)

Não fui a nenhum *réveillon*. Que razão tive, então, para me levantar tão tarde? Nada mais simples: o Lamartine. Há nesse sujeitinho um hábito terrível de levar a sério a vida. Entrou-lhe na cabeça que toda gente espera a chegada do ano. Ele há oito anos que o faz. Portanto, obriga-me ao pernoite. Emília foi dormir às dez e pouco. Clarisse virou o ano em casa dos pais. Ele mostrou-se irredutível. E se pôs ao meu lado, impedindo-me de dormir e mesmo de trabalhar. Ficamos jogando ludo real, ouvindo rádio e conversando. À meia-noite, formalizou-se, beijou-me, agradeceu e foi dormir. Aí é que eu fui ler. Li até as duas horas. E acordei, muito razoavelmente, às nove e pouco.

A noite, apesar de quente, foi bem suportável. Dormimos juntos, eu e o Lamartine. Emília passou para a cama do filho, no quarto ao lado, onde ele não quis ficar sozinho, sem a Clarisse. Ótima criatura, acordado, o Lamartine é péssimo, dormindo. Joga-se. Atira-se. Escouceia. E — o que é pior — arrisca-se, a toda hora, a beijar o chão. A vigilância, a que obriga a gente, é extenuante. Entretanto, coisa curiosa, a Clarisse tem um sono de pedra e ele nunca sofreu acidente nenhum.

O meu juiz está amando. A eleita é uma mocetona de seus vinte e poucos anos, bem-lançada, bastante simpática. Como conciliará o meritíssimo a frechada de Cupido com os rigores da doutrina católica, levada nele ao auge?

No Roxy, um filme com Kay Francis. Faz pena ver como a artista caiu. É uma sombra do que foi. Não tem mais nada. Nem a beleza física nem a moral. Em todo caso, ainda "beija bem", o que, para os franceses pelo menos, é um sintoma de velhice (ver Marestan).

Tenho a visita de d. Luísa Pereira, uma antiga cliente. Está ainda moça e, para quem aprecia o gênero viúva, bonita. Conserva o hábito de prender a mão da gente nas suas. E tem uma expressão no olhar que, positivamente, não é de inocência. Mas, não me sinto com ânimo de aventura. Minha fidelidade conjugal será menos uma questão de virtude que de preguiça. Em todo caso, por isso ou por aquilo, minha mulher pode dormir tranqüila.

Recebo, quase às últimas horas da tarde, a visita de uma moça da Assistência Judiciária. Tipozinho *mignon* de puberdade precoce. Vem me dar um recado da ***. Mas sibila tanto, faz tantos sestros para dizer coisa tão simples, que eu não resisto à tentação de rir. Ela se ri, também. E, quando eu me dispunha já a lhe dizer por que me rira, ela me atalha com esta observação desconcertante:
— Não é o senhor o primeiro que simpatiza comigo. — E mais baixinho: — Meu telefone é ******. Ou então qualquer dia das quatro às seis da tarde no Hotel Bom Jardim. — E foi-se rindo como se me houvesse apenas prestado uma informação judicial. Noutro tempo é possível que eu topasse a parada. Porque, afinal, o sexo tem a sua dignidade, uma espécie de amor-próprio que é preciso salvar mesmo nas horas mais difíceis. Hoje, porém, já não me sinto em condições de ceder à aventura. Se fosse só a aventura... Mas um "senhor" de quarenta anos se afigura sempre um porto respeitável, um ancoradouro seguro, para esses barquinhos a vapor que ainda não sabem dos perigos do mar alto a que se atiram...

Leio um pouco da *Defesa de lady Chatterley* de Lawrence. Uma tentativa de salvar a "sexualidade pura" do esforço "corruptor" de sublimá-la...

Emília me faz prometer que a acompanharei, à noite, a qualquer distração. Vamos ao teatro do Cassino de Copacabana ver uma "dançarina científica", La Meri. Mulher complicadíssima. Cara bonita e moça. Mas já autora de vários livros de poesia e história da dança. Membro de academias científicas de todas as partes do mundo. Um coquetel danado, que, pelo menos, distrai.

Acordo cedo. A indisposição súbita de ontem faz-me pensar na inadiabilidade do regímen. Já não espero por começos de mês, nem de estação. Será imediatamente. Farei, primeiro, a restrição alimentar séria. Nada de selecionismos. Isso é bobagem. O que desengorda é, mesmo, comer menos. É deixar de comer. Para começar, o domingo é excelente. Não comerei senão o estritamente necessário. No almoço e no jantar. Suprimirei a água na mesa. Suprimirei os lanches. E retomarei os exercícios. Sem isso, tudo será inútil. Portanto, mãos à obra. Levantarei às seis e meia. Com frio ou sem frio, irei à praia para a minha matinada. Vou comprar uma camisa de malha grossa, forte. Não pretendo tomar banho. Pretendo andar. Desenferrujar. Irei, um dia ao Leme, outro à Igrejinha. Se a coisa for difícil nesse resto de inverno, irei, mesmo vestido da cabeça aos pés. Mas irei. Nada de cafés com leite e, muito menos, pão. De manteiga, nem quero ouvir falar. Comerei frutas (tangerinas ou laranjas) antes de sair. Depois, quando voltar, duas bananas. Açúcar, não. Açúcar engorda. Começarei a trabalhar entre oito e meia e nove horas. Trabalharei até as onze, já vestido. Às onze e meia, almoço. Simplesmente um bife seco, dois ovos quentes, legumes e laranjas. Saio a pé. Desço Copacabana. Santa Clara, variante do túnel, Juliano Moreira, Pasteur, até o Mourisco. Aí, bonde. Chego à Vara à uma hora. Demoro-me até quatro. Às quatro e meia, laranjada e salada de frutas. Só. Haja o que houver. Custe o que custar. Depois, bonde, até o Leblon. Do Leblon à casa, a pé. Jantarei às sete. Apenas um prato, do que houver, e pouco. De preferência, coisa vitaminada. Sobremesa: frutas. Se possível, maçãs. Se não, banana e laranja mesmo. Adexilan e Vinho Quina-Carne Silva Araújo. Depois, rua. Passeios sem rumo, sem destino certo. De oito às nove. Durante a "Hora do Brasil". Saio e volto ao som do Hino Nacional. À noite, com exceção apenas dos sábados, estudo e trabalho. Se puder comprar a lâmpada General Electric, comprarei. Se não puder, paciência. Estudarei até a meia-noite, no máximo. Aí, cama. Aos domigos e dias feriados, procurarei não alterar a coisa. Passearei com Emília e as crianças o mais possível. Se não der resultado — se não baixar a oitenta e cinco quilos, paulatinamente — desistirei da vida. Mas, como disse, acordo cedo. Venho para o gabinete trabalhar às oito horas. Trabalharei a manhã toda. À tarde, sairei com as crianças. Vamos andar à toa. Sem programa. Pelo mato. Pelo inferno. Onde nos der na telha.

    Começo o mês, já em pleno regímen. Essa, a vantagem dos ensaios de ontem e anteontem. Acordo às seis e meia. Levanto-me às sete. Como laranjas só. Às sete e meia estou na rua, com o Lamartine. Vario a minha caminhada com um atalho, a que o filho me obriga, e a que não esperava chegar tão cedo: alcançada a rua Sá Ferreira, subo, por Saint Romain, ao morro do Cantagalo. Deslumbrante o percurso e, sobretudo, a vista lá de cima. É toda Copacabana e Ipanema, de um golpe. Subimos muito além da rua macadamizada. Lamartine se maravilha com o contato do mato, um mato petropolitano, que ele nunca imaginou possível a poucos passos de casa. Chega a dizer que viu um filhote de elefante num simples peru cinzento. A mim me maravilha, além da vista, o mulherio. Há incríveis espécimes de beleza. Mulatinhas de quinze a dezoito anos, quase em estado de natureza, fazem a delícia de cantores e sambistas mal-encarados, que as acompanham de longe, com os olhares, como na *Favela dos meus amores*. Reivindico para mim, apenas, uns olhares solidários de Rousseau amigo, de egresso de uma civilização que não as tem e já não as repele. Calculo, então, o que não será aquele morro, à noite, com lua ou sem lua, na proteção daqueles mil atalhos que põem luxos de alcova e confortos de prostíbulo na mataria sem dono. Descemos pela encosta da rua dos Jangadeiros para sair em plena praça General Osório. O Lamartine, maravilhado. Eu, cansadíssimo.

Na Polícia, sou muito bem recebido pelo pessoal da 2ª Auxiliar. Até uma moça, funcionária, se diz minha "admiradora" por causa das minhas promoções e adianta que, de futuro, quando eu quiser dizer o que não posso dizer nos autos, que lhe escreva, em separado, um bilhetinho.

Na farmácia, compro o Tyroxine que, receitado para o Danton, quase o matou. O precedente fraterno não me assusta. Tem de ser assim mesmo. Se o que não mata engorda, o que não engorda mata... Se até o fim do mês não descer a noventa quilos, apertarei as cravelhas. Agora, ou vai ou racha. Durmo à meia-noite. Mas durmo mal. Não consigo conciliar o sono nem às duas da manhã. Estou propenso a acreditar que seja do remédio. O regímen, por si só, não levaria a isso. A cabeça lateja. O estômago aperta. Os intestinos se contorcem. Há um verdadeiro estrangulamento das minhas pobres banhas.

Na Vara, uma senhora me procura. Pela fisionomia não a identifico. É alta. Clara. Deve ter sido loura. Hoje, o cabelo não tem cor definida. Tende para o grisalho. Mas ainda está russo. A fala é mista. Ora parece alemã. Ora, polaca. Ouço-a por mais de meia hora. E não sei, ao certo, o que ela quer. Diz-me que todo mundo me aponta como "a verdadeira encarnação do Cristo sobre a Terra". E apela para mim. Ofereço-me a atendê-la, aterrado que seja para um pedido de dinheiro. Mas não é. O caso é apenas este. Um engenheiro de São Paulo amasiou-se com ela há cerca de dez anos. Viveram os dois em harmonia. Depois, porém, ela se sentiu demais e veio para o Rio. A princípio, o trabalho distraiu-a. Mas veio a lhe faltar. E, hoje, está na miséria. Não sabe se prostituir. Não quer também matar-se. Já procurou por várias vezes o ex-amante. Mas, quando chega perto dele, perde a fala. Mesmo pelo telefone, não consegue falar. E quer de mim APENAS que lhe escreva contando tudo isso e perguntando-lhe se a quer ainda em sua companhia. Custo a me descartar da pobre, mas, como lhe prometo escrever para São Paulo, ela se vai. Marco-lhe daqui a dez dias para que volte a saber de uma resposta. E esta, agora!

Em casa, de volta, nada fiz: procurei, apenas, dormir. Não consigo, aliás, achar o sono a noite inteira. Estou com os meus nervos em estado deplorável. A menor emoção, a menor coisa que me tira dos eixos determina logo uma reação exagerada assim. Para cúmulo do azar, uma barata cisma de aterrissar sobre o *abat-jour* da mesa-de-cabeceira. Levanto-me enfurecido. Tento matá-la. Mas quem quase ia morrendo era o *abat-jour*. Chego à conclusão de que todas as noites as baratas devem passear sobre a gente. Não as vemos porque dormimos. Se todas as noites fossem de insônia, todas seriam de baratas.

Passo a noite em casa de mamãe, diante do mar. Acordei às quatro e meia. O sofá desajeitou-me. E o vento era muito. Quando fui fechar as janelas da sala, deparei, na rua, com um espetáculo inédito. A avenida Atlântica estava vazia. As luzes se haviam apagado. Mas o sol já era bem forte para clarear tudo. No banco fronteiro ao edifício, um carnavalesco se atracava a uma carnavalesca. Parecia uma despedida simples. Ela o abraçava. Ele correspondia. A folhas tantas, contudo, o rapaz toma-lhe o rosto e beija-a na boca. O negócio demora. De pé, que estavam, eles se sentam. Ele avança, resoluto, para os seios dela. Ela se apassiva. Ele os tira do corpete e chupa-os desordenadamente. Ela toma-lhe das calças e tira-lhe o membro. Beija-o. Ele se descontrola. Agarra-a, suspendendo-lhe as saias. Ela foge. Ele a alcança. Enlaçam-se de novo. Beijam-se na boca. De repente, ele torna a levantar-lhe as saias. Ela se debate, mas ele subjuga-a. Nisso se aproxima um automóvel. Eles se atiram na areia. Quando o automóvel passa, ela corre para a calçada, mas tropeça. Ele agarra-a pelas costas, senta-a no colo, tira o membro avantajado, senta-a de novo com mais força, ela ainda se defende, mas ele dá-lhe uma dentada maluca no pescoço e aí ela se vira de frente, abraça-o, beija-o e ficam a tremer convulsamente por espaço de um minuto. Uma cópula completa, integral! Pouco depois, ela se levanta, limpa-se, fica de pernas expostas, enquanto ele parece morto, estendido no banco. Não seriam passados dez minutos, e quando ela procurava esconder-se de um ônibus que descia para a cidade, ele salta como um tigre, aproveita-se de ela estar de costas, aperta-a de encontro ao posto de salvamento e "enraba-a" valentemente! Nunca pensei assistir a uma coisa dessas! Meia hora depois, afastavam-se de mãos dadas como um casal de namorados. Não encobrirei que o caso me fez mal. Custei a dormir e dormi pessimamente. Às cinco e meia, deixei definitivamente a cama improvisada. Fiquei lendo *O Rio de Janeiro do meu tempo*, de Luiz Edmundo, até as oito e meia da manhã.

Depois do almoço, leio para Emília o primeiro capítulo da *Biologia educacional* do Almeida Júnior. Gostamos. Eu gosto, sobretudo, da companhia que me permite uma verificação satisfatória da "revitalização" do Vikelp.

Todos me acham irritadiço. Eu não me reconheço assim. Estou é com uma profunda indiferença por tudo. De modo que o se dar mais atenção a qualquer coisa enerva-me. Neurastenia? Esquizofrenia? Talvez. De qualquer modo, evito de me comunicar com os outros, e isso é o máximo que posso sacrificar aos outros.

Ao deitar-me aproximo-me mais de Emília. E tenho a ilusão de que não nos afastaremos mais.

Sonhei que estava em Petrópolis, sozinho, em um hotel. Neste, como era natural, havia moças. E por duas (logo por duas!) que andavam sempre juntas eu me apaixonei. Lembro-me que a primeira conversa que tivemos foi sobre o Amazonas, de que eram filhas. Tinham vindo, pequenas, de colo. E não sabiam como era

Manaus. Perguntaram-me. Tudo o que achei para dizer foi que tinha as avenidas largas, obedecendo a um traçado magistral, como está escrito na carta de Euclides da Cunha a Alberto Rangel. Quanto ao que não fosse Manaus, montei nas impressões do *Retrato vertical do Brasil* do aviador Pollilo. E sei que agradei às pequenas. Acharam-me superior aos outros hóspedes. E uma delas, sobretudo, se grudou a mim. Passávamos os dias na varanda, uma varanda igualzinha à do antigo Hotel Higino, em Teresópolis, de que tão nítida recordação me ficou da infância. Certa vez, à noitinha, trocamos o primeiro beijo. Delicioso! Diferente de todos os que eu tinha dado! Indaguei do mistério à pequena. Ela se limitava a rir. Afinal, como eu insistisse muito, revelou-mo. Era um defeito de nascença: tinha duas línguas. Sonho ilógico, em que não vejo a menor relação com a realidade. Enfim, antes que algum psicanalista me calunie, fico por aqui. Direi, apenas, que o beijo era divino. E que foi pena que não durasse mais do que durou. Que beijo!

Visito a minha Vara. Acho o juiz remoçado, alegre, satisfeito. Talvez influência da dra. Camila Soares. Chego a ver, por duas vezes, o cotovelo dele tocar no braço dela. A sexualidade é um capítulo cheio de surpresas. O meritíssimo já deve ir perto dos sessenta. Deus sabe lá a que se expõe um tronco velho com disposição para rir "no riso em flor das parasitas"!

Acho a dra. Camila abatida. Mais magra, de olheiras muito fundas. Explica-me a colega que é de trabalhar à noite. Aceito. Se até a mim o expediente obriga a esses serões, quanto mais aos novatos. Mas quer me parecer que há outras causas. Não sei a idade da colega. Deve ter mais de vinte e cinco. Em todo caso, menos de trinta. Não é feia de rosto. De corpo, é bem sofrível. Namorará? Sem dúvida. E morando, como mora, numa pensão, em Botafogo, cheia de rapazes, ficará no namoro? Deus me perdoe se a calunio, em pensamento. Mas aquelas olheiras!

Às seis e meia, estando eu ainda a trabalhar em meu relatório, no DASP, houve um acontecimento curioso. Faltou-nos a luz! O fato deu lugar a muitos incidentes pitorescos. Comigo, não. Comigo, houve apenas um, lamentável. Quando saí da sala, o corredor estava cheio de gente. Cheio de moças, que o funcionalismo do DASP é quase todo feminino. Como ninguém se visse, às apalpadelas, aconteceu-me dar um encontrão, e, nesse encontrão, agarrar uma menina pelos seios. A sensação foi das melhores, porque a pequena os tinha admiráveis. Mas o diabo é que depois ela agarrou-me com as mãos nas minhas e... eu me descartei dela, receoso do escândalo que provocaria se a luz voltasse. Quem teria sido esse flerte relâmpago? Cruzar-nos-emos, amanhã, nos corredores austeros do DASP? Será bonita? Será feia? Será séria?

Dia inteiro de DASP. O relatório acaba. Manhã e tarde se consomem na sua ultimação. Páginas e mais páginas. A pobre da datilógrafa, não tendo mais o que dizer, me lança em rosto esta objurgatória: — Como o senhor é fecundo!

À noite, vou com Emília ao cinema Rex, que tem a vantagem de ser de graça, pois entramos com permanentes. Um filme regular: *Mulher contra mulher*. A velha história de um divorciado que volta a se casar. E que não se liberta, de todo, do casamento anterior, porque tem uma filha, que a mãe usa como joguete de seus caprichos. O pai é Herbert Marshall. A mãe, Mary Astor. A "segunda", Virginia Bruce. Voltamos para casa às onze e meia. Eu gostei. Emília, não. Foi um sábado chocho, reconheço. E eu fui o culpado. Eu, não. A falta de dinheiro... Mais ou menos como na fita. E, como sempre, na vida. Durmo mal, com o nervosismo acentuado. Não há regímen que o resolva. Hei de levá-lo como um lenho até o fim da vida.

Está de volta a judia que me procurou há tempos para que eu conseguisse do amante recebê-la, de novo, em sua companhia. Foi saber da resposta. Disse-lhe que nada perguntara, por achar que não me cabia agir. Não se magoou, como eu pensava. Limitou-se a me fazer outro pedido: que eu procurasse esclarecer por que os maiorais da colônia israelita a perseguem. Prometi-lhe sindicar. Temo, entretanto, que as intenções da mulherzinha não sejam muito puras. Ela já disse que não tem do que viver. Entretanto, mora na praia de Botafogo. E, hoje, apareceu de vestido novo, pintada, bem diferente da que era há dias. Por quê? Temo que amanhã me envolva numa chantagem. Ou, pelo menos, se sinta autorizada a me pedir dinheiro.

Diante de mim, uma ofendida em processo que está correndo ainda pela Vara. Pedi uma diligência qualquer, habituado como estou a ver nos processos simples amontoados de papéis referentes a pessoas que sei de carne e osso mas que não procuro conhecer. Mais de uma vez tenho prefigurado belezas louras onde só há pretas retintas. Desta vez, porém, deu-se o contrário. A prova de defesa tais coisas disse dessa rapariga, operária de fábrica, contra a qual se arrolou até um irmão, que eu passei a encará-la como um monstro. No entanto, apareceu-me, hoje, um palminho de cara e alguns palmos de corpo que fariam inveja a muitas grã-finas de Copacabana. Por cúmulo dos cúmulos, chorou. E eu não sei me conservar indiferente diante de uma mulher que chora. Ouvi-a durante uma meia hora. De vez em quando o juiz me olhava de soslaio, intrigado. Os advogados se mordiam de curiosidade. Mas ela não se perturbava. E prosseguia, falando cada vez mais baixo... Acabou confessando-me que se desinteressava do processo. Já achara um companheiro, médico, de bons haveres, que a chamara para sua casa. Viviam muito bem. A idéia de ter de se casar com o seu deflorador aterrava-a. Tranqüilizei-a com a inexistência dessa obrigação. E ela prometeu voltar, para saber do processo. Não voltará. Fará como tantas outras. Amanhã, nem se lembrará mais do seu "protetor legal". Talvez que esqueça o próprio réu, a quem cedeu "por amor", seduzida na sua "inexperiência".

Tenho, mais uma vez, a visita da judia. Hoje, porém, o caso chega ao *clímax*. A mulher é, positivamente, desequilibrada. E eu não posso continuar a assisti-la, sob pena de me vir a aborrecer muito. Disse-me que, esperançada de que eu lhe endireitasse a vida, resolvera mudar-se para Copacabana. E, agora, ameaçada de despejo, precisava que eu telefonasse para o seu senhorio, pedindo-lhe que esperasse. Fui franco, recusando-me. Ela compreendeu e chorou em altas vozes. Se me voltar, serei forçado a agir com grosseria ainda maior. Paciência.

À tarde, tenho a oportunidade de me aproximar de Emília, com quem, havia muito tempo, não tinha uma tarde tão íntima. Mas o cansaço e as emoções do dia não auxiliam muito a empresa, realmente temerária. E passo a noite mal, indisposto, insone, inquieto. Durmo, se tanto, umas duas ou três horas. Nada mais.

O grande encanto do Lamartine é a aula de tráfego. Acha estupenda a brincadeira que se está fazendo na Avenida para reabituar os pedestres às faixas. Ficamos quase uma hora em frente à Casa Carvalho, sem que ele se cansasse de rir com o *speaker* e com as distrações dos transeuntes.

Vou com as crianças à praia, às nove e meia. Movimento grande. Sobretudo, de meninotas de catorze a dezessete anos. A precocidade já não é só mental. É física, também. São mulheres perfeitas, em miniatura. Qualquer delas está apta para copular e para conceber. Os olhares dizem isso. E as bocas como que pedem. Quantas, no entanto, saberão se defender da investida do sexo? É difícil dizer. O cinema só ensina o desejo e os prelúdios. Dos prelúdios ao ato a religião não deixa que elas sejam instruídas. E é aí que está a casca da banana!

Acordo às sete e pouco. A noite não foi das melhores. O encarregado do edifício fez retirar para conserto mais uma janela. De maneira que, agora, o sol não tem impedimento algum de penetrar pelos dois lados do nosso quarto de dormir. Por outro lado, o Lamartine, impressionado com as conversas que ouviu acerca de gatunos, fez questão de dormir na nossa cama, atravancando-a com seu corpinho cheio de arestas e movimentadíssimo durante o sono. Não vou à praia. Conformo-me em tomar banho de banheira, ainda aí atravancado pelo Lamartine que agora gosta de fazer comigo um concurso absurdo de mergulhos para a verificação da maior permanência debaixo d'água.

Várias visitas na Vara. Uma delas agradável. É de uma portuguesinha de dezessete anos. Está grávida. De gravidez adiantada. Mas, pelos olhos, verdes e serenos, dir-se-ia incapaz de explicar como ficou naquele estado. Interrogo-a por curiosidade. Perturba-se. Responde tão baixo que mal ouço o que diz. Quando folheio os autos, entretanto, e leio no laudo do deforamento a referência aos "seios túrgidos e de auréola rósea", quase me esqueço de que sou apenas promotor. Devo ter conservado uma expressão maldosa nos olhos porque a dra. Camila Soares, entrando pouco após a saída da menina, achou-me "mudado". Contestei-lhe que estivesse, mas, durante todo o tempo em que a ouvi dissertar sobre um caso de furto que lhe parecia ser mais apropriação indébita, tinha a atenção absorta, vagueando atrás de uns olhos verdes e de um buço castanho-claro.

À noite, vou com Emília ao cinema Rex, na cidade. Filme bom, de Lupe Vélez. Gostamos. Às onze e meia estamos de volta. Mas não consigo ter a noite que esperava. Emília obstina-se na convicção de que ainda está doente. E eu vou curtir a minha viuvez na cama do Lamartine, que passou agora a ser a minha, sabe Deus até quando.

Dormi melhor, graças a meio frasco de água de flor de laranjeira. Às três e meia, todavia, Emília me chamou para fechar a porta do quarto, que o vento abrira. Foi o bastante. Depois, não pude mais voltar ao sono. Vi o despontar do dia em todas as suas fases. Desde o vermelho carregadíssimo até a luzerna clara e intensa do sol pleno. Tenho a cabeça pesadíssima.

Na praia, o espetáculo de sempre. Agradável, sem dúvida, que é um encanto para todos os sentidos ver o desnudamento de tantas puberdades ávidas de se expandirem. Mas, no fundo, é monótono. E já não interessa mais, pelo menos à vista.

Lamartine dormiu em nossa cama. Contentíssimo. Acha que os dez anos que completa hoje representam o fim de sua infância, a chave da sua "independência". Escreveu um poema, *Meus dez anos*, de versos sôfregos, que me mostrou. Essa mistura de sôfrego e cauteloso que é a marca registrada de sua timidez. ("Sôfrego", neste caso, vai por conta da falta de pontuação no poema, tudo embolado, sem pausas, "moderno".)

Ele sai de casa à hora habitual. Mas, diferente. Vestidinho de novo. Com sapatos novos. Camisinha de seda. Roupa nova. Todo de cerimônia. Fiquei a vê-lo da janela. Enquanto esperava o ônibus do colégio, tinha os olhos nos pés. E ria-se sozinho.

Na festa, os coleguinhas do Bennett representaram com ele uma adaptação que a mãe fez de *O Minotauro* do Lobato, com as cenas mais marcantes do livro e a que ela deu o nome de *Por onde andará tia Nastácia?*. Encontro o espetáculo já começado. Isso não impede que o Lamartine corra a me abraçar, satisfeitíssimo com a minha chegada, apesar do atraso. "Papai, você é a bandeira nacional de minha vida!" diz-me, todo ele um sorriso só. Nunca o vi tão contente como neste ano. Muito à vontade, na peça, em que faz o papel da superfalante Emília.

Um defloramento complicado. A ofendida quer, a todo o transe, inocentar o sedutor. Não conseguindo impressionar o juiz, esperneia, chora alto, diz muito desaforo ao pai e acaba dando na mãe em pleno cartório. Tipo acabado da histérica, profundamente sensual. Como fosse muito bonitinha, toda a gente se interessou por ela. *Me too*. Uma ducha de água fria acabou, entretanto, com o nosso interesse. Quando a mãe lhe propunha que voltasse para casa, ela lhe disse textualmente: — Para quê? Para lavar sua roupa, puta velha? Nem que eu tenha de viver dando a bunda aqui fora! — *Tableau*... Era bonitinha, mas era portuguesa.

Na Vara, uma visita: a ***. Loura. Bonita. Criança, quase. Funcionei no seu desquite. Quer, agora, anular o casamento, para "desembaraçar-se". A carinha faz pena. Não parece a ordinária que o marido acusa. E, ao que diz, continua *virgo et intacta*, apesar dos dois meses, que teve, de coabitação. Seria um precipício, noutras circunstâncias. Presentemente, é apenas um caso a deslindar.

Saio às seis da manhã, descalço, pela praia. Não caio n'água. Limito-me ao exercício desenferrujante das pernas. Nenhum encanto a essa hora. Nem mesmo as criadinhas de outros tempos. Um ou outro corpo, só, de mulatas bonitas. Mas, tão cercadas de machos sequiosos, que mal se pode lobrigar-lhes o rosto.

Acordo às seis. Ando desconfiado de que o controle sobre a gordura está sendo burlado pelas minhas glândulas. Não basta, positivamente, o peso. Este se mantém estacionário nos noventa e dois. Mas a "forma" não cede. Tende a recuperar a melancia antiga. E a recuperará, mesmo com os noventa e dois quilos. Isso me disse o meu alfaiate, ontem. E estou muito inclinado a admitir que seja exato.

O dia amanhece enfarruscado. Parece que o calor excessivo vai ter o seu epílogo de chuva. Levanto-me às cinco e meia e venho logo para o escritório. Os apartamentos novos, fronteiros, já têm os seus primeiros inquilinos. De minha mesa, só lhes devasso os fundos. Nenhuma criadinha interessante. Uma carcaça horrenda no segundo andar. E uma mulata sem maiores atrativos no quarto. Vamos aguardar os outros. Ou as patroas.

Janto pouco. Quem cozinha é Emília. A cozinheira não apareceu hoje o dia todo. Tive de almoçar na cidade. E de jantar um tanto "de assobio". À noite, ela nos chega. Estremunhada. Esteve presa! A Polícia agarrou dezesseis casais de namorados e atirou-os no xadrez. *A Tarde* dá o nome e o retrato dos casais. Nossa respeitável cozinheira figura como Carmen Cunha, brasileira, de vinte e nove anos. Emília dana-se com essa idade. Cinco anos mais moça do que ela, quando podia ser sua mãe!

À saída do pagamento, encontro a dra. Camila Soares. Abateu com recente enfermidade. Mas lucrou. Não direi que tenha embelezado. Mas ficou mais razoável. O olhar, sobretudo, ganhou uma expressão mais intelectual. Dá quase a impressão de ser bonita.

Ao sair da Procuradoria, cruzo com a dra. Camila no corredor. Amola-me com as suas eternas queixas. Não há juiz que lhe agrade. Nem escrivão que a satisfaça. Livra! Está, porém, engordando, o que positivamente a favorece. Poderia dizer mesmo que está embelezando, se quisesse forçar um pouco a expressão. Não creio, todavia, que as minhas instituições domésticas corram risco. Ainda que fosse linda, só o pavor de ouvir falar o dia todo de processos me faria arrepiar carreira.

Vou com Emília à praia. Ela estréia roupa nova. Indecente. Colante. Mas bonita. Fica-lhe muito bem. Banho divertidíssimo.

A dra. Camila reclama contra um parecer que dei, discordando de um recurso seu. O histerismo com que me fala, em plena rua, faz o *** supor que estejamos brigando. É que mulher não dá para esses encargos de homem. Levam as coisas muito a peito. Personalizam tudo. E não concebem que outros pensem e procedam de maneira diversa.

À uma e meia, na Procuradoria. Hoje, sem o procurador, fico *seul coq dans le pannier*. Gozo essa superioridade *ad hoc* consentindo que o **** se ausente para Porto Alegre. Ele fica na dúvida se é comigo que se entende. Quando me ouve dizer que, hoje, "sou o procurador", percebe, empertiga-se, entrega-me o ofício e abaixa a cabeleira grisalha, obediente... Gozo-a, também, atendendo a uma desquitanda que chora comigo as suas mágoas. Vinte e dois anos! Casou com dezenove. Por amor, diz ela. Teve um filho, que morreu. O marido, ótima pessoa. Mas, jogador. Vive mais nos cassinos do que em casa. E já não é só o amor que falta. É, também, o dinheiro. Ela não precisa deste. É rica, pelos pais, fazendeiros em São Paulo. Lamenta aquele, o amor, "que imaginou tão lindo". Ouso perguntar-lhe se conhece os versos de Vicente de Carvalho. Diz que não, mas, ouvindo-os, acha belíssimos. Pergunta-me se sou poeta. Acaba pedindo-me que escreva o nome do livro. *Poemas e canções*, ponho lá. Já de pé, ri. Veio disposta a suportar algumas citações de leis. E sai com um verso. Prometo-lhe falar ao procurador sobre o processo dela. Agradece-me. Dá, então, o nome.

E diz-me que segue, amanhã, para São Paulo. — E o processo? — pergunto-lhe. — Há de correr, não é? A mim, pouco interessa. Meu marido há de procurá-lo. A ele, agora, é que importa a partilha dos despojos. — Já na porta, dá-me a mão. — Não lhe fale de poetas! Seria capaz de desmaiar. Nunca soube o que fosse isso. — Três minutos depois, volta. — Esqueci-me de uma coisa... — Corro os olhos pela sala, a ver se acho uma luva, um chapéu, uma bolsa. — Não. Nada disso. Esqueci-me de saber o seu nome! — Acho graça. Dou-lho. Então me diz, num novo cumprimento: — É que a minha memória é muito má para nomes. Vou escrevê-lo no livro. Assim, os associarei sempre. — E foi-se! Um romance de vinte minutos. Como tantos outros, de que nem guardo mais o nome. Será que faria o mesmo com o procurador? Não creio. Ele não sabe quem é Vicente de Carvalho.

Às dez e meia da noite, venho, com Emília, a pé, pela praia. Ela está com idéias boêmias. Toma um sorvete na rua. Come uns sanduíches do Alvear. E ficamos sentados num banco até a meia-noite.

À tarde, saio. Logo depois do almoço. O chuvisco me faz levar o guarda-chuva. Mas não me assusta. Nas Lojas Victor, onde entro à procura das "festas" prometidas ao Lamartine, o movimento é descomunal. E justifica tudo. Que se pise nos pés das velhas. Que se tropece nas crianças. Que se pegue nos seios das mocinhas como se fosse a coisa mais natural do mundo. Vi uma que protestou. Mas outra logo censurou-a. Não havia tempo para esses "luxos". E a rapaziada, com o estímulo, arrastou as duas numa "onda" de que eu não vi o fim. Às quatro horas, vim para casa. Uma tragédia! A chuva aumentou. E, quando fui abrir o guarda-chuva, verifiquei que ele estava rasgado. Tratei de fechá-lo depressa. Mas não me furtei à humilhação de conduzi-lo, inútil, sob o braço. A uma moça que me pediu para atravessar a rua com ela e os filhos tive de confessar o caso. Mas ela não acreditou.

O calor chega ao auge. Há muito tempo não experimentava a sensação de ter de levantar por não poder ficar na cama. A primeira nota do dia é a cozinheira nova. Da altura da outra. Da mesma cor. Apenas, aparentando menos idade. E menos corpo. Veste-se de preto. Da cabeça aos pés. É que perdeu o marido há quatro dias. Isso deve recomendá-la como propensa a hábitos caseiros. Mas dar-lhe-á cabeça para o trabalho?

Nova crise doméstica. A cozinheira demitiu-se com três dias de casa.

Às dez horas, na praia. Mar esplêndido, o do Posto 4. E freqüência indiscutivelmente superior à do 6. Entre as mulheres, uma que, quando pequena, eu e Emília levamos a uma festa de Carnaval em Cambuquira, em 1928. Nos anos transcorridos progrediu muito. Casada, com duas filhas já, de seus quatro ou cinco anos, toma banho com uma roupa excêntrica, que mais parece um *peignoir*. O resultado é que os seios constantemente se libertam da prisão liberalíssima. E a carcereira não se mostra muito apressada em fazê-los voltar ao presídio. Lindíssimos, aliás. De uma alvura rara. E de alvéolos rosados, incríveis.

Abafante, Paquetá. A caminhada para a Pedra da Moreninha é dolorosa. Duas praias inteiras, a pé, e sob um sol inclemente. Mas, lá, a temperatura é magnífica. A viração, constante. Dá vontade de dormir ao bafejo da brisa. Como o Lamartine queira ir "para o mato", satisfazemo-lo. Só então verificamos que a brisa está estimulando demais. Deitados sobre a relva, em trajes de banho, casais se enlaçam, seminus, com uma desenvoltura de pasmar. Um se beija na boca como se estivesse em casa. Outro nem tem tempo de fazer com que a mulher recolha o seio, acabado de chupar, e o macho ostenta, ainda, em pleno clímax, o "marzapo" em ereção. Um último se mostra surpreendido com os nossos passos. Interrompe as suas práticas, enquanto atravessamos pela sua frente. Mas, logo após, como eu me volte, vejo-o, de novo, em franco amplexo, atritando-se às pressas para não desperdiçar o espasmo que íamos frustrando. Emília se revolta e quer protestar ao administrador. Felizmente, não o encontra. Mas é o caso de saber-se o que faz a Polícia, que fecha hotéis e *rendez-vous* e deixa que o amor se perpetre ao ar livre, como se fossem cães vadios.

Depois de um fortíssimo Alcobaça, tomado com a roda de advogados micos (que tais me pareceram, por efeito da bebida) num restaurante da Lapa, vamos caminhando até a Avenida. Como sinta que o álcool me sobe muito à cabeça, reservo-me, ainda, para espantar a "camoeca", outro estágio — uma longa viagem de bonde —, pois não quero chegar "tumultuado" em casa. Lá pelas dez e meia da noite, pego um "Jardim Leblon" que faz a cura completa. O ar, chuvoso e frio, espanta todos os "eflúvios etílicos". Por cúmulo, uma mulatinha bonita senta-se a meu lado. E, como a chuva faça entrar no banco mais gente que o normal, cola-se a mim exageradamente. Disfarço o mais que posso a emoção do contato. Sinto que diversas vezes ela procura conversar, falando baixo várias coisas. Não respondo, porque, em verdade, não escuto. E aferro-me à leitura de um jornal salvador. Quando passamos, entretanto, pela "favela" do Leblon, ela me toma da mão, com um olhar que falava mais que a língua. Os meus óculos devem ter lhe dado, entretanto, uma impressão de extraordinária austeridade. Porque ela saltou, atarantada, como se tivesse sido mordida por uma cobra.

À saída do Foro, encontro a dra. Camila. Tem o nariz marcado por um ponto falso, que lhe oculta uma espinha. Rimo-nos muito do fato. Eu, sobretudo, sem dar a perceber que tenho na boca um desastre maior (o *bridge*, fortemente abalado, que só não cai porque é de baixo). Pouco nos demoramos em conversa, contudo. Nem dez minutos.

Às seis e meia da tarde, tomo, com o Lamartine, um banho em comum na banheira da casa. Fazemos o nosso campeonato de mergulhos. Eu, que de outras vezes resistira cento e trinta segundos debaixo d'água, só consigo hoje chegar a setenta e quatro. O Lamartine exulta! E vence-me, com setenta e seis — ele, cujo máximo fora sessenta e dois.

Quando me dirigia para o ponto dos bondes, encontro a dra. Camila. Queixa-se de que a fiz esperar no Foro com o livro que me trouxera de São Paulo — *E o vento levou* —, o que não foi das coisas mais delicadas porque o livro pesa, tem oitocentos e cinqüenta páginas. Conversamos um pouco. Até as cinco e meia. Tanto bastou para que o *** e o **** nos vissem e nos olhassem com insistência como se estivessem lavrando um flagrante de adultério.

A Companhia Doméstica, de Emília, não fez o ensaio, marcado para hoje, das *Pupilas do Senhor Reitor*. Mas um dos artistas vem: o Lico. E as meninas se assanham extraordinariamente com ele. Anita ainda se domina. Mas a Tuca descontrola-se. E Clarisse só se preocupa em vestir-se, em enfeitar-se, em arrumar o cabelo. Há muito venho prevenindo Emília quanto ao que possa resultar de aborrecido desses namoros. Se ficasse só nisso não haveria mal.

Mas, outro dia, já surpreendi uns gestos mais equívocos. Vi o malandro abraçar a menina pelas costas e depois apalpá-la nas nádegas. Se ela reagisse, tudo estaria bem. Mas não teve a menor reprimenda. E ainda se riu. Hoje, surpreendi-os, por acaso, novamente. Estavam sós na saletinha da entrada. Ela abriu a porta para sair. Ele pôs a mão na mão dela, impedindo-a. Ela voltou-se, rindo, dengosa, rendida, entregue. Ele enlaçou-a pelos seios. E beijou-a, afobado, no pescoço. Se não fossem as outras meninas descerem do terraço, não sei até onde iriam. Ele tem dezoito anos. Ela, dezessete. Isso me amola muito. Já não falo mais a Emília porque ela me diz enciumado. E, com essa brincadeira, ainda me amola mais. Lavo, portanto, as mãos na bacia deste Diário. Do que houver, não serei responsável.

A noite me reserva um aborrecimento. Sem razão aparente nenhuma, Clarisse se pôs a chorar. E não há meio de explicar por que o faz. Deve haver alguma coisa na vida dessa menina. Emília sai com ela, a ver se a ouve, em confidência. Se a ouviu, não fiquei sabendo. É provável, no entanto, que tenha saído qualquer coisa de desagradável, pois passou todo o resto do dia sem me dizer uma palavra.

Um filme interessante: *Dois homens e uma mulher*. Episódio da Guerra Civil Norte-Americana. Magnífico, o Wallace Berry. Horrível, a Dolores del Rio, simples sombra do que foi. O único momento em que se torna interessante é quando inicia, com vestido de baile, uma caminhada em plena mata. Pelo decote do colo, os seios ameaçam saltar a toda hora. Seios bonitos de mulher de quase quarenta anos. De mulher "feita, refeita e perfeita", como diria Machado de Assis. Mas, é só. Mesmo beijando, e à larga, não comunica nenhuma emoção sexual. *Finished*.

Estréia da nova cozinheira. Fisicamente, um monstro. Busto grande, pernas curtas e tortas, cara indescritível. Digna escolha de Emília. Profissionalmente, porém, parece ótima.

Às onze e meia, banho de banheira, com Lamartine. Consigo ter com ele uma conversa, que havia muito adiava, sobre as nossas origens. Ele as ignorava ainda. Fazia uma idéia confusa do casamento, da aproximação do homem e da mulher. Dei-lhe a noção segura, embora rápida. Com seriedade. Com firmeza. Ele gostou. Perguntou se os livros davam isso. Se as aulas comportavam tais noções. Quando eu lhe respondi que sim, arrepiou-se. — A turma ainda não está preparada para ouvir falar nisso assim. — Depois, em reação mais individual: — Que coisa pensar que eu sou o resultado do líquido de você com o de mamãe! Que nojo! — Como era natural, logo pediu maiores detalhes. Queria saber como é que o homem "extraía" o líquido dele. "Afinal, se é assim, não é só a mulher que sofre com o parto; o homem, também, sofre para tirar o líquido." Tranqüilizei-o, só, respondendo que, para o homem, era até um prazer. Mas não lhe esclareci por quê. "Isso você saberá depois..."

Ao meio-dia e trinta, acabamos a lição e o banho.

6
AS MULHERES PASSEIAM PELO DIÁRIO
(conclusão)

Deixo a casa de mamãe, às quatro da manhã, com a esperança de encontrar, na rua, onde tomar o café, e depois seguir para a estação ferroviária. Combinei com o meu pessoal que estaria às nove e meia em Javari. Não acho abertos os cafés de Copacabana, todos em arrumação de cadeiras, depois da lavagem do chão. Espero, então, o bonde, que só aparece às quatro e meia. Vem cheio de soldados, pescadores e jornaleiros. Mistura barulhenta e muito pouco cheirosa. Só na praça Serzedelo é que aparece uma mulher. Baixinha. Bonitinha. Toma o bonde com o marido e uma mala na mão. Vai viajar, sem dúvida. Como eu. Compro um jornal. O único jornal que se vende de manhã: *A Manhã*. Salto na Lapa. Tomo café no Indígena. A freqüência é ainda, na sua maioria, de soldados. Soldados e oficiais. Pego o bonde "Praça da Bandeira". Ainda soldados. Já agora de mistura com alguns operários. Outra mulher de mala — para viajar, sem dúvida. Efetivamente, salta na praça. E se encaminha, como eu, para a estação de Alfredo Maia. Cinco e meia da manhã, quando chegamos ao guichê. A imensidão da rua deserta aproximou-nos. Começou por indagar onde era a estação. Acabou por se sentir na necessidade de dizer quem era, para onde ia e por que ia. Como seja rapariga moça, agradável, mais bonita do que feia, não me desgosta a parolagem. Dirige-se a Arcozelo. É cançonetista. Vai contratada pela direção do hotel para cantar. Quer saber de mim o que é Arcozelo, qual é o hotel e quem é o seu dono. Como não sei dizer, impacienta-se.

Continua, entretanto, a falar com grandes gestos, segurando-me no braço, interrogando-me a respeito de tudo. Afinal, quando,

compradas as passagens (para a dela concorri com quatrocentos réis que ela não tinha trocados), dirigimo-nos para a plataforma, acontece o investigador reconhecer-me, descobrir-se e dizer aos outros quem sou, o que os faz ter idêntico gesto. Estava eu, ainda, de conversa com um deles, quando outro me pergunta "se a senhora não tem também qualquer documento que lhe prove a identidade". Eu, que já me havia esquecido do "apêndice", pergunto:
— Que senhora? — A sua... — responde-me, risonho. Desfaço, então, o equívoco e sinto o olhar de raiva que ela me atira de longe. Procuro, depois, inutilmente encontrá-la. Não entrou... O trem sai às seis em ponto. Viajo só. Ainda, por curiosidade, percorro os três carros da composição, a ver se encontro a cançonetista. Sem o menor propósito de ser infiel a Emília, sempre é menos desinteressante fazer as três horas e meia de viagem em companhia de uma moça desembaraçada do que tentando dormir a prestações.

DOIS MESES DEPOIS

Vou à praia com o Lamartine. Praia cheia. E, aos meus olhos desabituados de Copacabana, parece mais bonita. A nudez das mulheres me parece maior. Um seio, que consigo surpreender a um movimento menos controlado de uma americana, positivamente perturba-me. Pura desambientação, sem dúvida.

Na Procuradoria, aparece uma estagiária loura, paranaense, que pede autógrafos. E fica esperando, em pé, pelo que a gente escreva. Acho que esse diabo pensa que escrever é como dar de mamar: tirar o seio e pronto. Em todo caso, como tinha de escrever alguma coisa, escrevi isto: "Inimigo dos álbuns literários, reconcilio-me com o gênero em homenagem à portadora deste". Deu-me um sorriso mas não gostou. Preferiu os do *** e do **** que falavam no sol dos seus cabelos e no verde-jádico dos seus olhos. Paciência.

Praia sem alterações. A mesma preponderância de meninotas amadurecidas à força. Poucas mulheres de verdade. Uma, entretanto, valeu por todas: um belo tipo de morena sem artifícios, cor da terra, cabelos, olhos e lábios naturais. Por uma rara coincidência, Emília também apreciou-a. O Lamartine, de máquina em punho, andou tirando uns instantâneos "à Orson Welles", isto é, de muito perto. Mas não teve coragem de fotografar as mocinhas bonitas. Preferiu os pais e a irmã.

Saio às onze e meia para a praia, onde já estão Emília e o Lamartine. O frio não convida muito. Mas o sol, ainda que fraco, me há de fazer bem à flebite renitente. O que sofre com o inverno, nas praias, é a freqüência feminina. Fica reduzida às estrangeiras e às nacionais comprometidas. Só se expõe ao frio quem conta encontrar o noivo, o amante ou o namorado. Encontrando-os, agarram-se. E o mundo passa a não contar, a não existir para elas. Quanto às estrangeiras, é rara a que valha a pena. Raríssima! Hoje, havia uma. Loura. Alta. Vistosa. Razoavelmente nua. Mesmo assim, as opiniões dividiram-se. Eu achei bonita. Emília, horrível. Anita e o Lamartine, suportável. Aí está...

Às onze, vou à praia com o Lamartine. O movimento habitual. O mesmo excesso de estrangeiros. Algumas caras bonitas. Um ou outro corpo aproveitável. O Lamartine reclama contra o interesse que revelo por estes. — Papai! Você parece lobo atrás da caça! — Está ficando perigoso, esse menino.

Quando durmo, sonho coisas horrorosas. Uma dessas, para dar uma idéia: que eu cortara a cabeça do Lamartine, não sei para que fim, com a esperança de reanimá-la depois, ficando alucinado quando Zizinho e Danton, ao vê-la escurecer e murchar, duvidam muito de tal possibilidade.

E outro sonho que reclama registro. Sonhei que, indo de ônibus para Petrópolis, a certa altura notei que uma moça loura, viajando a meu lado, tinha a cabeça deitada no meu ombro. Não estranhei, porque isso já me acontecera umas duas vezes, no trem e no próprio ônibus. Mas a loura, além de não estar dormindo (como fora o caso das duas outras), tomou-me de uma das mãos e me disse: — Meu bem, acho que vamos chegar muito tarde à casa de papai. As crianças já devem ter chegado! — Não tinha a menor idéia de ser marido daquela mulher. E "as crianças", nossos filhos, quem seriam? E o sogro? Para evitar o escândalo que adviria da confissão de minha ignorância, usei de um expediente promotorial — perguntei à vizinha: se ela fosse interrogada por algum policial, no caso de um desastre, o que diria? Se sabia o seu nome, de quem era filha, com quem era casada, os nomes dos filhos... Mas o truque não pegou e eu fiquei agoniadíssimo. Dessa agonia escapei, mudando bruscamente de cenário. O segundo ato já se passou no Rio, sem a loura. Assim que saltei do ônibus (já de volta) na praça Mauá, corri a um telefone. Liguei para casa, 27-5312, chamando pelo dr. Espártaco M. Ninguém me soube responder. O mesmo, na Procuradoria. Felizmente, acordei antes de novas tentativas. Contando o sonho ao ***, psiquiatra forense, disse-me ser interessante como índice de desintegração de personalidade. Mas estranhou que eu não tivesse procurado um espelho para ver se era eu mesmo, e justificou cinqüenta por cento do absurdo com o fato de estarmos instalados, neste fim de férias, em casa de mamãe, fora do nosso ambiente, e isso depois de uma permanência de dois meses em Javari.

QUATRO ANOS DEPOIS

Noite má, péssima. Não sei se foi por terem feito limpeza no chão, ou se por ter vindo do cinema cheio de pulgas, não sei pelo que foi, mas sei que não dormi de tantas mordidelas.

Quando me vestia, alegremente, para fazer o programa em família, a chapa de baixo me pregou outra peça — saiu com os dois *pivots* do lado esquerdo! Emília e os meninos não deixaram, por isso, de cumprir o que estava programado. E eu corri para o Santos Silva. Mas não o encontrei. Como o dia era santificado, achou que deveria ficar em casa. Ao meio-dia e trinta, todavia, com a correção que lhe é habitual, o velho me telefona marcando hora para hoje mesmo às três e meia da tarde. Lá estarei sem falta.

Às três e meia, no consultório do Santos Silva. A chapa fica para ser enviada ao protético amanhã. Ele, entretanto, fixa os *pivots* caídos, o que já representa alguma ajuda. Para isso, tenho de passar por maus momentos, pois a verificação do bom estado dos canais é sempre dolorosa.

Aviso à Procuradoria que não vou hoje. A "benguelice" não m'o permite. Ficarei, assim, por conta do Santos Silva, em cujas mãos, mais uma vez, coloco o meu destino. Ele telefonou às nove e meia, dizendo-me que poderia ir às duas. A chapa estaria pronta. Desnecessário dizer que não me adaptei à chapa consertada. Todos os seus defeitos se agravam com esses remendos. Os *pivots* sofrem uma pressão excessiva, que não podem suportar. Enfim, como ele diz que é devido à "relaxação" das vinte e quatro horas que passei sem a chapa, eu me conformo.

Volto à casa às seis e meia. Pelo caminho, vários encontros desagradáveis. A começar pelo ***, que certamente há de dizer na Procuradoria que me viu — quando eu mandei declarar que estava de cama...

Levanto-me, estremunhado, às sete. Entro numa banheira quase fria, que me reconforta, entretanto. Não posso usar sabão porque o banho vai ser para toda a família. Sempre a falta d'água!

Bate a sineta das obras. Sete horas. Providencio logo para o banho de Anita. Na água dela, privilegiada, tomaremos, depois, todos, o nosso banho.

Boa, a comida da nova empregada, Prisciliana. Como arrumadeira, mostra-se muito melhor do que a antecessora. Se a vencer, também, como cozinheira, estamos de parabéns.

Mas como é feia, meu Deus! Autêntica figura de Portinari, com os pés, as mãos, a boca, tudo enorme. Tem sido a norma invariável de Emília, em todos estes anos de vida conjugal. Só abriu uma exceção para Clarisse, que entrou com doze anos. Todas as outras empregadas nossas têm sido assim, abomináveis de feiúra. Arre!

Acordo às sete e pouco. Levanto-me. Tomo banho. Aparentemente, tudo em paz. Mas não me iludo: Emília não se mostra a mesma. Venho a saber, depois, por Anita, que ela voltou às desconfianças antigas e "não está mais disposta a continuar assim".

Exatamente o que eu pensava. Mas tenho a consciência leve de que nada fiz para modificar a vida que temos vivido. Não deixarei, portanto, que uma bobagem sacrifique o nosso lar, mantido até aqui — não por amor aos filhos, como ela acredita, mas pelo amor a ela mesma, como reafirmo e hei de reafirmar sempre.

Nenhum fato novo surgiu em minha vida: acontece que escutou uma telefonada minha (dada daqui de casa, e não da rua, onde fosse escondê-la) para dra. Camila, que sabia agoniada em nova luta funcional. Mesmo tendo sido promovida *por antigüidade* (o que é, mais que uma injustiça, um verdadeiro desaforo, para quem tanto se dedicara à Promotoria), vem um crápula e requer mandado de segurança ao Tribunal de Recursos para ser ele, e não ela, o promovido. Sabendo-a alucinada com esse novo golpe, telefonei-lhe para saber como estava e limitei-me a aconselhar-lhe calma e confiança. Só porque disse "descanse, fique quietinha!", ou outra expressão equivalente, veio o mundo abaixo!

A tarde me reserva mais uma surpresa dolorosa: meus *pivots* de baixo não podem ser recolocados. A radiografia condenou-os. Um estava com "cisto". O outro, com "cisto já em estado de degeneração purulenta". Santos Silva me diz que terá de arrancar as duas raízes. "E a chapa?", pergunto-lhe, ansioso. "Não sofrerá nada", assegura-me. "Com um único, farei o trabalho dos três." Animo-me tanto que me sujeito à extração imediata. Lá ficaram os dois bons companheiros.

Chego ao consultório às quatro e meia. O Santos Silva me recebe mal: minha hora era às três e meia. Desmarcara, para isso, a de outro cliente. E eu que chegava com uma hora de atraso! Não sei tratar com ninguém amolado. Fiquei sem dar palavra. E sofri horrivelmente. A tirada dos moldes, com as gengivas ainda ultra-sensíveis, é um suplício chinês.

Novas surpresas me aguardam: a chapa não pode ficar "coisa que preste" porque depende da de cima, e, se esta não for mudada, continuará tudo na mesma. Revolto-me. Então, mais quatro contos postos fora? "Não", responde-me ele. "Se o senhor se dispuser a fazer a de cima, deixo-a pela metade..." Que poderia fazer senão aceitar? Por mais honesto que acredite o Santos Silva, entretanto, o negócio me cheira a chantagem. E isso me indispõe para tudo o mais. Estranho a tirada dos moldes. Tudo me dói. Vomito pelos reflexos exageradíssimos. E, ao fim de tudo, fico convencido de que não me vou acostumar à novidade, pois a dentadura de cima vai me abaixar os dentes, modificando-me inteiramente a fisionomia. Essa perspectiva me aterra.

Durmo mal, com as pulgas que resistem a tudo — ao flit, ao detefon, ao pó-da-pérsia. Uma calamidade autêntica. Levanto-me às seis para garantir o banho morno à Anita. Emília entra em casa às sete, depois de passar a noite à cabeceira de sua avó agonizante. Cedo-lhe a cama em que pensava cochilar, compensando a insônia. Tomo, então, o banho deixado por Anita. Nele ainda se banharão outros.

Telefonando para casa, sei que a chuva acarretou um acidente na instalação elétrica: queimou a mufa, de maneira que estamos sem luz. Mais uma conseqüência da velhice da casa. Agravada, talvez, pela sem-vergonhice com que os proprietários procuram fazer "guerra de nervos" para expulsar-nos.

Nossa noite decorre triste. Sem luz em casa. O pior, porém, veio depois. Anita exagerou no sofrimento pelas pulgas. A princípio, conversamos. Depois, discutimos. Por fim, ela deu berros incríveis, bateu portas, disse-nos desaforos crespos. Acabou soluçando. O único meio que tive para tangenciar a situação foi ir vê-la no quarto e ficar até duas e meia sentado, a ver se ela dormia. A essa hora, ela, mais calma, pediu que eu fosse para a cama. Fui. Durante uma hora, ainda, conversamos, comunicando-nos de quarto a quarto. Afinal, entre quatro e quatro e meia, devo ter cochilado de cansaço.

Manhã cheia, agitada. O Santos Silva estava no consultório. Mas a chapa, não. Foi preciso que o próprio saísse para buscá-la, deixando-me à espera até oito e meia. Ainda não ajustou! Quer dizer: ainda não ficou padronizada, regularzinha, como os cânones odontológicos pedem. Por mim, preferia a irregularidade. Para Santos Silva, o que não é perfeito deve ser recusado. Que luta!

Vou à Procuradoria às nove. Às dez e meia volto ao Santos Silva. Mais a contento dele as duas chapas. A mim, indiferentes. A de cima está me fazendo cócegas na garganta e dando náuseas invencíveis. É possível que seja enquanto molde, só. É possível. De qualquer modo, é um mau presságio.

Acordo às cinco e meia quando Emília chega da casa da avó nonagenária. Até então, dormi maravilhosamente. Nenhuma pulga! Com a chegada da *wife*, que nem se deu ao trabalho de despir-se, e se atirou à cama como estava, as pulgas afluíram. Fiz o possível para não me levantar, pois seria desumano privar do sono a companheira tão cansada. Suportei até as sete. Aí, não pude mais.

No Santos Silva, faltando quinze para as cinco. As duas chapas estão lindas. Parecem retiradas de um mostruário americano! Desgraçadamente, quando vou experimentá-las, pareciam feitas para outra pessoa. Folgadíssimas. Sem contato. Verdadeiras pinóias! Santos Silva não desanima: procura corrigi-las, põe a broca, coloca, tira e recoloca. Nada! A de cima causa engulhos, inteiramente frouxa. A de baixo nem entra no *pivot* que ia ser seu sustentáculo! Tenho vontade de chorar, desesperado que já ando. Quase peço a devolução do dinheiro fabuloso que paguei. Mas noto o incômodo do velho. Não tem cara para me olhar. Sucumbiu de todo. "Nunca me aconteceu isso, em trinta anos de profissão! Nunca! É um caso virgem!"

Afinal, depois de aventar mil hipóteses para o fracasso, marca para amanhã, apesar de sábado, às oito da manhã. "Fique tranqüilo: nem que tenha de refazer tudo, o senhor só sairá levando o trabalho perfeito!"

Duvido muito. O que não se fez no primeiro momento não se fará nunca mais. Agora, virão as desculpas. Depois, os aborrecimentos. Chegaremos, talvez, aos desaforos. E eu que me arranje...

Encontro Santos Silva lendo, no consultório. Recebe-me amável, mas visivelmente contrariado. Essa contrariedade ainda se faz mais visível com a experimentação das chapas. Ordena-me que as articule pondo o queixo mais para a frente. Obedeço. Então, ele grita: "Está aí! Perfeito! Por que não fez assim ontem? Perfeito! Não precisava ter desmanchado nada! Tudo foi questão de jeito!" Como eu acusasse a dor noutros pontos, retifica-os com a broca. Vendo que a articulação falhava de novo, fica outra vez nervoso. E dá-me o espelho. "Oriente-se por aí. É preciso que o queixo avance um pouco!" Cumpro-lhe a ordem e a coisa lhe parece certa. Mas não me furto ao comentário: "Será que, toda vez que *desajustar*, eu terei de puxar pelo espelhinho?" Sorri, mas amarelo. "Com o tempo, tudo se normalizará."

É o que ponho em dúvida. Quando ele der o trabalho por perfeito, anatomicamente, acaba a função do dentista — e aí é que começa a minha, de cliente: a parte fisiológica... Quanto tempo gastarei *treinando*? Quantos dias? Quantas noites?

Em casa, enquanto espero o almoço, evoco mamãe. Quatro meses faz, hoje, que morreu. Como partilharia comigo dessa agonia de não saber como vão ficar os dentes! Quantos conselhos não teria a me dar! Quantas propostas não faria para solucionar o aspecto financeiro do caso! Que a sua memória me proteja na sua ausência.

Como se já não bastassem os dentes, em que o Santos Silva positivamente falhou, e que agora não sei como possam ser remediados, surgiu outra novidade, ontem, à noite, quando já estávamos deitados: o Lamartine, pelo esforço feito com a subida da escada, na falta do elevador, estaria outra vez com dor no apêndice, que já não tinha havia muito tempo. Sob todos os aspectos, a operação, agora, me encontrará desprevenido. Não tenho nervos que a suportem. Não tenho possibilidade de obter dinheiro. Não tenho nada. E, qualquer que seja a solução, não operando, a espada de Dâmocles estará sempre sobre a nossa cabeça, impedindo-nos de ir passar as férias fora, longe do operador (Zizinho).

O último dia do ano amanhece ainda enfarruscado. Não tenho tempo nem de vir ao gabinete. A preocupação com os dentes leva-me logo ao Santos Silva. Chego ao consultório às oito em ponto. O velhote me recebe dizendo que já ia telefonar para mim. O protético trabalhou ontem até dez horas da noite para me dar a chapa pronta hoje. Eu poderia voltar às onze, que ela já estaria à minha espera.

Às dez e meia estou de volta. E o que o Santos Silva me diz é que o protético se atrapalhou e misturou o gesso à baquelite, comprometendo a chapa. Cheguei a dizer que ele estava brincando comigo. Mas ficou sério e disse ser verdade. Só às duas horas ele veria se podia mandar.

Às duas, me atende. A chapa chegou. Mostra-a com orgulho. É linda! Realmente. Mas... De duas às três, fico sendo torturado. Ele raspa a baquelite, de todos os lados, a ver se se adapta. Todas as tentativas fracassam. Afinal, quando ele quer ainda insistir, reajo. Então, exaspera-se e atira a chapa ao chão, quebrando-a em vários pedaços. Depois de amanhã, às oito, lá estarei para tirarmos novo molde. *Si cette chanson vous embête...*

Às quatro e meia, o secretário da Procuradoria me encontra por acaso na rua e diz que justamente dirigia-se para minha casa, com um presente de festas que dra. Camila fazia questão que me fosse entregue hoje sem falta. Recebo o grande embrulho, emocionado. Sei muito bem o que ele encerra: o retrato de mamãe. Quando resolvi ampliar o pequenino instantâneo, de que foi tirado, mostrei-o à dra. Camila. Ela o achou esplêndido. E, como eu lhe dissesse que a Lutz Ferrando me afirmara só ser possível executar o trabalho com o negativo, que eu não tinha, ela tomou a si o encargo: conhecia quem o executava mesmo sem o negativo. Dei-lhe a fotografia. Um mês depois, me disse das dificuldades que o artista estava tendo, mas asseverou que as venceria. Hoje, vi que as venceu. Chegando à casa, quando pude abri-lo, maravilhei-me. Dra. Camila, aliás, colocou-o em linda moldura de mesa. Calculo o preço louco por que lhe devem ter ficado as duas coisas. Não tive meio de evitá-lo, contudo.

No consultório do dentista, às oito em ponto. Não está lá o Santos Silva. Dou várias voltas para fazer hora. Às oito e meia, já o encontro. De nervos melhores, o velhote. Não obstante, ainda me acusa de ter prejudicado o molde com a língua. Refizemos o trabalho, pacientemente. Com bom resultado, ao que parece.

A tarde, como eu previa, foi passada, toda ela, no dentista. Dele só saí para o protético, em companhia do próprio Santos Silva. Parece que o molde tirado pela manhã ficou bem claro. Assim, se não houver outro "acidente" amanhã, terei a chapa pronta às onze horas. E ficarei com todo o sábado e com todo o domingo para experimentá-la na boca, o que é mais sério do que no laboratório.

Mesmo sem dentes, para não atrasar meu agradecimento à dra. Camila, fui procurá-la no serviço. Teve a delicadeza de dizer que "quase não se notava a falta" na minha boca. Deve, entretanto, ter notado, e bem, porque momentos antes o Santos Silva me havia castigado com sacudidelas bestiais para "altear" os dentes da chapa preparatória. Foi, ainda, delicadíssima, quando, ao lhe dizer que Lúcia, minha irmã, gostara muito do retrato, *pediu licença* para oferecer-lhe também um em nome dela. Em todo caso, mostra como ela está prevenida contra a possibilidade de qualquer grosseria por parte da minha família.

Às onze em ponto, no consultório do Santos Silva. Conversamos até onze e meia. Ele foi pessoalmente ao protético orientar o trabalho. Assegura-me que ficará perfeito. Enquanto a chapa não chega, todavia, fico conjeturando mil coisas. Afinal, às onze e quarenta, experimento. E me pasmo de não encontrar defeito! É possível que esteja um pouco folgada. Mas o certo é que, assim, me habituarei melhor. E o essencial é que, já pelo aspecto, já pelo som de minha voz, tudo se apresenta o mais normal possível.

Venho para casa, satisfeito com os resultados obtidos no dentista. Mas, em casa, não tenho o acolhimento que esperava. Emília e os filhos pouca atenção dão ao que tanto me preocupou nesses últimos dias.

Almoço com a minha nova "companheira". Sinto-a perfeitamente natural. O pouco que me faltava reajustar, o Corega reajusta. Acho que Santos Silva venceu. Isso mesmo digo a Danton, que se rejubila com o fato. Queria festejar meu êxito odontológico com a família. Projetei irmos todos, à noite, ao cinema. Emília se opôs. Está com dor de cabeça. Aconselhou a que os filhos fossem de dia. Paciência. Manhã linda de sol. Mas quente. Muito quente. O gabinete, em todo caso, está fresco.

A primeira manhã com a nova prótese não dá bom resultado. A antiga, a de cima, se adapta admiravelmente. A de baixo, entretanto, resiste. Está muito frouxa. Se fosse o contrário, eu não estranharia. O aperto tenderia a ceder, com o tempo. Mas o afrouxamento, ao contrário, só se pode agravar. Terei de incomodar o Santos Silva, o que procurarei fazer na hora do almoço, entre meio-dia e uma hora.

O sol convida à praia. Mas não me sinto ainda disposto à convivência que a praia exige. Não estou com ânimo de conversar com estranhos. De exibir a minha plástica ainda um tanto excessiva. Soluciono o impasse, deitando-me no próprio chão do gabinete, onde o sol entra forte e direto. Fico "exposto" de dez e meia às onze e meia. Acho que o ergosterol só não sairá se não quiser...

Ao meio-dia, telefono para o dentista. Atencioso, como sempre. Mas, como sempre também, vaidoso. Pergunta-me se a chapa "incomoda". Incomodar, a rigor, não incomoda. Não machuca. Não fere. Não dói. Mas, não se ajustar, dar a impressão de insegurança, não deixa de ser também um incômodo. E não creio que isso seja mal que se corrija com o tempo, como ele diz. De qualquer forma, combina estar comigo amanhã, no consultório, às nove da manhã. Se puder apertar o anel, está tudo resolvido. Se não puder, talvez dê outro jeito, que a um velho dentista deve ocorrer mais facilmente que a um calouro com um dia só de chapas conjugadas.

O calor continua, e forte. E a falta absoluta de água o torna insuportável. Por que teria sido isso, se ia tudo tão bem? Já há mais de quinze dias que não temos falta d'água. Temos tido, até, fartura.

Anita vai à praia, com o Lamartine. Emília ainda não se anima, todavia. Está de mau humor, mesmo. Que poderei fazer? Mudar?

Agir? Mas, como? Os procuradores da proprietária não são homens que se mexam com reclamações. Zombam delas. Contam muita lorota. Prometem agir. Acumulam desculpas, sugestões, providências. Mas, no fim, fica tudo na mesma. Já temos longa experiência disso para cair em novas esparrelas.

A noite foi inexplicavelmente fria. Como é possível? No mais forte do verão! Insuportável, mesmo. Por várias vezes, vi Emília acordada. E senti Anita agitar-se na cama, no quarto ao lado.

Mal poderia imaginar, porém, que, pior do que a noite, muito pior do que a noite, me seria a manhã.

Levanto-me às sete horas. Venho para o gabinete, como é do meu costume. Logo depois, porém, contra todos os hábitos, vem Emília. E trava comigo a pior discussão de toda a nossa vida. Tudo por causa de dra. Camila. Insiste na desconfiança de que a minha "paixão espiritual" está destruindo a nossa paz doméstica e exige o rompimento imediato das nossas relações. Faço sentir o quanto há nisso de infantil. Trata-se de uma amizade profunda, com identificações sérias, e não de um namorico pecaminoso e vulgar, que possa ser suprimido num instante. Ela não se conforma. Fala em separação. Não se detém mesmo diante de Anita. Desce a perguntas absurdas como a de saber qual das duas eu prefiro, e por quê. Francamente, não tenho veia teatral. E o teste é sempre desfavorável à minha simplicidade desprevenida.

Saio de casa às oito e meia, deixando o temporal estupidamente desencadeado.

Vou ao dentista, primeiro. Sofro tremendamente, porque o velho é vaidoso e vingativo. Foi ele mesmo que admitiu a hipótese da chapa não se ajustar. Só porque a formulo, entretanto, deblatera. Ao fim de muito tempo, consente em apertar o anel, mas fá-lo de tal modo que passo o dia todo atormentado.

De volta à casa, encontro-a ainda perturbada. Emília me diz que está decidida a tomar a resolução que anunciou, que já falou longamente com Anita, que falará com o Lamartine e procurará hoje mesmo Lúcia. Faço-lhe um último apelo à razão. Que não meta Lúcia nisso. Que resolvamos nós, e só nós, a questão. A divulgação dessas coisas é uma humilhação injusta para nós dois. Lúcia não é pessoa de guardar a reserva que isso impõe. Não me promete nada. Mas fico certo de que me atenderá.

Passo o dia agoniado, pensando na repercussão horrível que o caso possa ter na cabeça, já tão pouco segura, de Anita, e nos nervos, já tão castigados, do Lamartine. Se dispusesse de dinheiro, a idéia de passarmos as férias fora do Rio resolveria tudo porque eu haveria de mostrar minha perfeita integração no espírito da família, a que nunca traí, interessado sempre, embora nem sempre com êxito, em lhe proporcionar tudo o que me permita o trabalho honrado. Desgraçadamente, os dentes me agravaram demais a situação econômica. Não tenho como fazer face a uma temporada de verão. E aqui, sujeito às contingências de uma vida apertada, na casa sem conforto, com o orçamento ainda à espera de um aumento que não se efetiva, não sei que será da nossa sorte.

Na Procuradoria, passo, com a minha meia cabeça, disputada por tantos pensamentos diversos, uma tarde horrivelmente trabalhosa, tendo ainda a agravá-la o dente dolorido pela vingança do Santos Silva.

Em casa, às seis e pouco. Encontro só o Lamartine. Emília e Anita foram à casa de Lúcia. Quer dizer que nem isso, nem a contemporização do meu caso doméstico, eu consegui. Fico ao lado do menino até as sete e meia, quando Emília e Anita chegam. No jantar, não dou uma palavra, com o dente doído e a alma ralada.

À noite, Anita me convida a dar uma volta, em que possamos conversar. Emília realmente falou tudo a Lúcia. E se mostraram ambas de acordo quanto à "insustentabilidade" do nosso desentendimento. Mas, disso, eu não preciso que ninguém me convença. Disso estou eu convencido e dispostíssimo a remediar o caso da melhor maneira. Prometo a Anita várias coisas concretas para acabar com o injusto mal-estar de Emília. Providenciarei a mudança. Concorrerei, em toda a plenitude, para aumentar o orçamento doméstico, mesmo que tenha de abrir mão do essencial. Suprimirei os motivos de desconfiança, as saídas aos sábados e aos domingos, viverei uma vida doméstica mais sociável, visitarei, terei visitas. Tudo isso é possível nas férias. E, depois, é provável que o hábito perdure, mesmo quando voltar ao trabalho. Nisso me empenharei sinceramente.

Deitados, sem dormir. Eu ainda dormi alguma coisa. De Emília, nem isso posso dizer. Várias vezes, à noite, senti-a de olhos abertos. Às três e meia, levantei-me e vim para o gabinete. Até quatro e meia, não consigo dormir, nem ler, nem nada. Fico matando o tempo, só. Quando for oportuno, sem incomodar Emília, voltarei ao quarto. Não tenho o que fazer pela manhã. Poderei dormir (se o conseguir) até a hora do almoço. O Observatório anunciara para hoje menos frio do que ontem. Mas a noite — a madrugada, sobretudo — está sendo gelada. Quem pode entender?

Voltei à cama às cinco horas. Com a minha chegada, Emília se levanta. Espero-a para cumprir minha tarefa de aquecê-la. Ponho nisso a dignidade de um dever conjugal. Mas ela hoje não se mostra à altura dos meus desvelos. Fica lendo no gabinete. Em vão, lhe peço que volte. Diz que não tem sono. Quando finalmente se decide a vir para a cama, fere-me no que tenho de mais sensível: censura-me o exagero com que faço este Diário — último refúgio de minha frustração geral para a vida. Pergunta-me para que o faço com essa minúcia de guarda-livros, por que não emprego em atividades úteis o meu tempo... Tem toda a razão. Só não compreende é que, com isso, eu me iludo a mim mesmo. E que mal há nisso, meu Deus?

Ela nem sabe o mal que me fez. De imediato, deixo a cama. Não posso suportar a companhia de quem se mostra tão distante do que me é tão íntimo. Mais remotamente, sinto que cortou uma grande amarra que me prendia à Casa.

Minha situação doméstica continua no mesmo pé. Emília se mantém no estúpido propósito de dar a nossa vida em comum por terminada. Insiste em que eu não a suporto mais e que ela não tolera mais a humilhação de viver "de empréstimo" na sua própria casa. Tudo isso é uma miséria. Mas não me adianta dizê-lo e redizê-lo. Concorri, sem dúvida, com omissões deploráveis, de que se originaram equívocos diversos. Reconheço isso e me disponho, de coração aberto, a reparar os erros. Não vejo, todavia, tolerância, nem compreensão. E, para resolver tudo a ferro e a fogo, teatralmente, isso não vai com o meu feitio. Dessa maneira acabarão me impelindo para o que eu não quero, que é aceitar e admitir a destruição de um lar contra cuja dignidade tenho a consciência de nunca haver atentado.

Sem água. O frio, em absurdo desrespeito às regras do planeta, me fez perder a hora. Fica Anita prejudicada no banho, de que me descuidei. E o elevador há três dias parado: a Otis não cumpriu ainda a sua palavra de consertá-lo, o que seria concluído hoje. Nenhuma providência foi tomada. E esse frio, de repente.

São perspectivas que não me animam a considerar melhor a minha vida doméstica, com todos os seus problemas por solucionar e eu sem energia para enfrentá-los.

Nem os dentes foram resolvidos. O colocá-los constitui um verdadeiro suplício, todas as manhãs. E passo os dias todos, de cabo a rabo, com dores que me tiram todo o ânimo de reagir.

Às nove horas, estou ainda perplexo diante da minha mesa. Que farei das minhas férias? Que farei de toda a minha vida?

7
MEU PAI

(NG) Na versão completa de "Trem sem maquinista" havia a conversa de Lamartine com um gramático, que se prolongava por muitas páginas. Em justificativa da inclusão dessa conversa, ele alegou à Samuel Pepys Foundation que o gramático era o interlocutor perfeito para o tipo de problema que precisava abordar na ocasião.

— Como se livra alguém do sentimento de dever tornar-se obrigatoriamente autor-personagem de um diário que já existe e que não é seu?

Na longa conversa ele tentava explicar ao professor Guaraná (que sou eu, mas que os leitores farão a gentileza de subentender isso, sem obrigar-me ao uso da primeira pessoa, descabido a não ser por esta única circunstância) as origens um tanto confusas de tal sentimento: a necessidade de descobrir a própria identidade quando desmonta, peça por peça, o fascínio que o artifício literário do pai continua a exercer sobre ele; a necessidade de, com esse objetivo, reescrever e misturar tudo, fazendo do diário um verdadeiro apócrifo; enfim, a percepção de que ao texto composto por Espártaco faltavam o tumulto e as emoções originais da transmissão feita na cama, em transe, a Emília, todas as noites. Cético quanto à possibilidade de serem os mesmos o conteúdo dos transes e o do Diário, o professor limitar-se-a a observar com ironia: — Estou curioso de saber como você irá repor a presença de sua mãe. — Na verdade, quando Lamartine vai ao gramático, é por circunstâncias apenas indiretamente ligadas ao seu problema, como se verá no momento em que reproduzirmos a conversa (ainda demora). Mas acontece que um gramático — explicava ele, Lamartine, à Samuel Pepys Foundation —, experiente na arte de acomodar a liberdade de construções literárias ao rigor das leis lingüísticas, talvez fosse a pessoa indicada para dar a receita do milagre, livrando o filho da influência obsessiva do diário do pai, quem sabe, por meio de alguma astuciosa licença poética (o raciocínio, nessa passagem, não era dos mais claros, de modo que vamos só mencioná-lo aqui, como está, e passar adiante).

Na conversa com o professor Guaraná, que a Lamartine causou forte impressão (não compartilhada pela SPF), discute-se uma grande dúvida: se, para fugir à influência obsessiva de um texto, melhor seria perseguir sem tréguas a chave para o seu entendimento e recorrer até mesmo ao extremo de recriá-lo (recurso que adotará o filho de Espártaco com o diário paterno) ou abandonar, destruir, esquecer definitivamente todas as associações com ele feitas. Psicanálise ou eletrochoque? perguntava Lamartine ao gramático, no "Trem sem maquinista" original. A SPF fez algumas críticas ao espaço excessivo tomado por essa entrevista ("dispensável", segundo eles), e ao que considerou uma inclinação para o pedantismo nas formulações teóricas tentadas "canhestramente" por Lamartine, em nenhum momento analisadas pelo professor ("provavelmente por não haver entendido do que se tratava"). Nós ficamos em que a fala do gramático, no final do encontro, tem muito a ver com "Trem sem maquinista", razão por que a conservaremos, reproduzindo-a onde ela entra na narrativa de Lamartine. Na verdade, tanto o final (aproveitado) como o início e o meio (descartados) da entrevista falam da questão que é essencial neste "Trem" e que vai retornar, de forma um tanto esquisita, nos "Acréscimos", também assinados por Lamartine: como fazer para desligar-se do Diário. O sentimento, que tanto aflige o filho, de estar amarrado aos cadernos do pai por uma certa incapacidade de sintonizar com o núcleo do escritor, com o centro incandescente de que se irradiam todas as suas ambigüidades e "duplicidades", a sensação de estar boiando nelas, sem bem saber para onde o levam, é, sem dúvida, o que move Lamartine a escrever este seu depoimento. (NG)

Lembram-se de que Anita não quis me dizer o que tinha encontrado dentro das gavetas trancadas da escrivaninha de papai? Não eram as tão procuradas jóias mas algo tão espantoso quanto. Abriu a primeira, a do alto à esquerda: nenhum mistério no caderno do Diário, com metade de suas páginas tomadas pelos registros mais recentes e um mata-borrão branco assinalando onde se interrompera o trabalho. A grande surpresa estava no conteúdo das cinco outras gavetas — as duas restantes da esquerda e as três da direita (era uma escrivaninha de modelo antigo, que pertencera a meu avô) —, onde havia pilhas de cadernos cobertos com a escrita regular e sem rasuras de Espártaco, em tudo fiel ao esquema do Diário, só com uma diferença: os episódios narrados aconteciam no futuro.

Minha irmã não se casava com um editor nem se tornava uma autora de romances policiais, como aconteceu na vida real. Minha mãe conformava-se com uma vida de dedicação à família, sem as fantasias associadas ao teatro, assistindo ao neto José (filho de Anita, que na vida real teve um menino e uma menina) e cuidando da saúde de papai mas distanciada dele afetivamente por causa das nebulosas relações que o marido continuou mantendo com a doutora, muito embora a perda de saúde (marcada por diarréias brutais e imprevisíveis) tenha acabado por criar uma barreira intransponível entre Espártaco e a amante. Ele próprio aparece tomado de uma melancolia crescente, à medida que a doença o tolhe em sua atividade, aumenta o seu isolamento em casa e no trabalho, cria uma dependência de todas as horas em relação a mamãe, tirando-lhe cada vez mais a vontade de viver. Meu personagem começa sendo o de um adolescente presunçoso, sujeito em seguida a crises de misticismo livresco e que acaba na pele de um padre moralista convidado aos domingos para o almoço em família. Padre Lamartine aproveita essas ocasiões para fazer pedidos de dinheiro e lançar ao pai, discretamente, farpas de veneno antigo, sublinhadas por sorrisos de solidariedade à mãe sacrificada.

Teriam sido simultâneos, escritos paralelamente, o diário real e o fictício? E o fictício teria passado também pelo crivo das sessões noturnas, em programação extra? Papai tagarelando adormecido horas a fio na cama, mamãe sem dormir pela vida afora! Parece pouco provável.

Meus amigos da Samuel Pepys Foundation, vocês vão ter que me dar um tempo. Falando desses dois diários de repente fez-se um branco (ou um preto) e não está dando para cruzar além. Lamartine, puxa outro assunto, pro teu próprio bem! Lamartine, confessa que você tem outras preocupações no momento, o Diário não tem por que ser relembrado, lambido, dissecado, a história que envolve teu pai escrevendo o Diário está no ponto de misturar-se com a tua própria, você ia contar com a maior cara de pau que Espártaco tinha dois diários porque um dia sentiu que não dava mais para descrever a vida com um diário só, a vida em marcha de boi, e precisou do segundo para estourar. Hoje é você que está precisando estourar. Laminha, quer um conselho? Larga esse diário. Ia contar, sim, com a maior cara de pau: sabem que a revelação da existência de um segundo diário me impressionou mais que a própria saída de meu pai?... Laminha, você não vai fazer passar essa história de que teu pai partiu e que tudo continuou na mais absoluta normalidade, que dinheiro não faltou porque lá do paradeiro desconhecido o pirata fazia chegar reflexos de seus prazeres reluzentes, que tua mãe nem piou, nem deu bola de olhar para o diário fictício, ela que durante anos recebera ajoelhada na cama o outro diário fictício, não precisava acontecer mais nada porque tudo que interessava estava lá no diário ou era transmitido sem explicações e sem maiores conseqüências pela irmã, e então lá vem esta com novas e intermináveis especulações sobre o destino das jóias... Dizer que só você se debruçou sobre essa preciosidade que era o Diário 2! Parabéns, Laminha! Só você na família lhe deu o devido valor, sempre seduzido pela fantasia e, ao que parece, esquecido de viver a vida com sangue seu, como no poeminha chamado de "sôfrego" no Diário. Casou-se, e Aurora levou dez anos sem querer acreditar no que via: esse sujeitinho tão especial, o seu marido, o ensimesmado Lamartine, com um diário cravado no cérebro. Um belo dia acreditou e também partiu. Você não vai vir com essa história de que teu pai inventou um futuro tão horrível, que era tão horrível só para que ele afinal tomasse uma decisão e fosse embora. Não vai pretender que foi tudo uma história de diário. E, muito menos, de diário fictício. Respeite os leitores. Respeite-se. Cale-se.

Que é que a Samuel Pepys Foundation vai pensar disto, meu Deus?! Enfim, vou em frente.

Aurora é uma outra história. Contando, ninguém acredita como foi que nos conhecemos, a maneira menos natural possível. Mil novecentos e sessenta, vinte e sete anos, o Lamartine agitado e falante, que eu era, tendo se convencido finalmente de que não seria o músico dos seus sonhos de dezessete (bom ouvido mas cadê as mãos e os dedos que se entendessem para tocar o que gostariam?), vê-se na imprevista situação de vender, de porta em porta, um método audiovisual importado de "inglês sem mestre", com livros ilustrados, fitas cassetes, um toca-fitas e um joguinho eletrônico que responde ao aluno acendendo luz vermelha para os seus erros e verde para os acertos. Aurora, por influência da família muito bem relacionada (uma família de condes, era o que se dizia), estava, aos dezoito anos, como gerente de recursos humanos de uma companhia de aviação no Rio, uma improbabilidade até maior que a do músico por convicção íntima que resolve vender linguafones. Aquele tamanhão todo, saia curtinha (não era ainda a minissaia) azul-marinho, blusa branca, os cabelos presos em rabo-de-cavalo, alguns fios rebeldes cortando os reflexos saltitantes dos óculos, os sapatos de salto moderado, num azul-marinho menos intenso que o da saia, tudo (a não ser os óculos, talvez, e os fios rebeldes) no melhor estilo aeromoça. Pois bem. Começo a falar, faço das vantagens do método uma exposição que me pareceu brilhante, os caras impressionadíssimos (fico achando) com a técnica (que eles não sabem improvisada) do vendedor, quando chega a menina gerente e pergunta, como único comentário à minha lengalenga, o que é preciso fazer para conseguir a devolução do Inglês sem mestre que ela comprou na semana anterior e depois se arrependeu. Sorrio. Ela sorri também e espera. Olho para os cabelos muito negros, dali para os olhos pícaros e amendoados fulgindo por trás das lentes, peço que ela me mostre o sistema, a ver se é o mesmo que eu estou oferecendo (e ganhar um pouco de tempo para pensar no argumento com que a enfrentarei). Aurora traz uma embalagem que evidentemente continua tal como chegou da loja. — Mas você nem abriu! — digo-lhe. — Claro! Pois se queria devolver! — Nova lengalenga do vendedor, desenvolvendo o tema "como pode querer devolver uma coisa que nem conhece?" etc. Resultado: dez sistemas vendidos para a companhia. Aurora desiste de devolver o seu. O vendedor de linguafones faz uma pausa para respirar. As pessoas, quando eu conto como fiquei atraído por Aurora por causa desse primeiro contato, me dizem que não houve nada de mais, o obstáculo funcionou como estímulo, essas coisas. Confundem o sucesso da venda com a atração despertada no vendedor. Posso garantir, entretanto, que o sucesso sexual da gerente (que é o que importa na história) consumou-se, não quando vi o seu belo tamanhão nem os seus belos olhos, mas quando senti a iminência de uma colisão catastrófica. Quando sinto a iminência de uma colisão catastrófica, minha resposta é sempre a paixão (melhor dito: o enlouquecimento) sexual. Isso vem de garotinho. A visão, nos banhos de mar, de uma onda se formando e ficando cada vez mais alta diante de mim, que me obrigava a nadar desesperadamente ao encontro dela antes que rebentasse e desabasse me empurrando com todo o seu peso para o fundo, dá uma idéia do que é esse enlouquecimento sexual. As aventuras no esconderijo debaixo das camas, que contei mais atrás, estavam meio impregnadas dessa sensação, também. As mulheres cresciam infinitamente no espaço que não era visível para mim do meu esconderijo. É coisa de quem, não sabendo lidar com a realidade (não sabendo agir, "distinguir realidade e fantasia", como dizia minha irmã), sonha com o momento de colidir com essa realidade, pois o contato não pode ser de outro modo, e se apaixona sempre que entrevê essa possibilidade de estilhaçamento. Não vou dizer mais, por enquanto. (Posso estar dizendo besteiras, mas não duvidem de que têm tudo a ver com o Diário. Estou escrevendo estas coisas antes de saber, eu mesmo, o que significam.)

Aurora já desenhava bem aos dezoito anos, mas o destino colocou na minha frente, para o primeiro encontro, a gerente empistolada. E o músico por convicção íntima (de que outra maneira definir um músico que não toca instrumentos e nem ao menos canta?) foi substituído na hora decisiva pelo vendedor fogo-de-palha, quero dizer: atraímo-nos pelo que não éramos. Um ano depois estávamos casados.

Da fase do namoro há uma outra lembrança forte, uma noite que atravessamos conversando, em sua casa, até de manhã (a avó, que morava com ela, tinha subido para Teresópolis; dessa avó índia, viúva de um "conde" antropólogo, espero ter ainda ocasião de falar mais alguma coisa, porque merece). Os dois sentados no chão e encostados à parede, Aurora de calça comprida vermelha, as longas pernas estiradas com os pés descalços balançando meio exibicionísticos enquanto ela desenhava no cantinho livre da folha que era um programa de concerto (minha identidade musical e a sua, gráfica, finalmente liberadas e irmanadas em trocas deleitosas) (o estilo assim alambicado é inevitável, reflete uma certa hesitação, na verdade estou sem coragem de dizer a vocês, mas vou acabar dizendo, JÁ ESTOU DIZENDO que houve um problema com a minha memória para tudo o que é anterior a 1972. A reconstituição dos enlouquecimentos sexuais é meio inventada, porque não vou dizer que me lembre, mas reproduz bem de perto o que eu sinto quando me imagino em tais situações. Meu recurso para lembrar o que ficou para trás têm sido os rascunhos de romances sobre o Diário, de que fiz uns quatro ou cinco, ao longo do meu casamento, sem prosseguir além das primeiras páginas. Em contraste, de janeiro de 1972 para cá tudo me incomoda porque é vivo e presente demais, ocupa o espaço inteiro que ficou vago em 1971. Em 1972, ano passado, Aurora tornou a esconder a desenhista e foi trabalhar com uma equipe de gramáticos, em menos de um mês enamorando-se de um deles, velho metido a galã, interessado em provérbios, um metro e noventa de altura; foi quando enjoou de mim. E o chefe da equipe, um sábio — (NG) é deboche (NG) — que eu vejo carinhosamente como uma espécie de visconde de Sabugosa ressurgido da minha infância, usava deleitosos, deleitosas, tinha esse modo alambicado para falar de tudo. Mas muito simpático. (NG) Sei. (NG) A memória real recente está fazendo pressão sobre a memória antiga meio inventada. Daí, as trocas deleitosas, essa coisa toda).

O disco que ouvíamos puxava uma trama melódica que poderia estender-se pela madrugada sem necessidade de terminar, e acho que isso me influenciou a começar uma carícia nos pés de Aurora que ia na mesma linha do disco, os dedinhos tocados como uma cítara, depois encerrados num forte aperto da mão, a mão resvalando pela planta até o calcanhar, apertado o calcanhar como um diálogo com os dedinhos e outra vez a passagem pelo côncavo e outra vez os dedinhos no caminho — pra encurtar: quando a direita soltou o tornozelo e enfiou-se pela calça vermelha adentro e subiu em espiral até a batata da perna, a esquerda partiu do calcanhar e retomou o tema da direita e durante horas uma estava onde a outra tinha estado antes e iria estar depois, sem jamais se encontrarem.

Tudo isso eu conto agora porque o desenho feito por ela enquanto o disco ainda tocava era o meu retrato com o diário de Espártaco cravado no cérebro e, pousado em cima, um pica-pau (com o rosto dela, Aurora) errando as bicadas frenéticas que estavam dirigidas para o diário mas que acabavam me estraçalhando o cérebro. Exemplo típico do seu humor gráfico e de como logo logo ela juntara e captara tudo tão direitinho: o amarramento paterno, a missão libertadora confiada à mocinha e convertida em fracasso para atender à expectativa de colisão catastrófica que me atraía irresistivelmente para ela.

Humor, inteligência e um agudo sentimento da própria aristocracia, que lhes permite desafiar toda sorte de convencionalismos, são traços que sempre estiveram presentes na família de Aurora, pelo menos desde o bisavô (do tataravô ela nunca me disse nada, só o que podemos garantir é que era um Conde, assim mesmo, com maiúscula inicial, por tratar-se de nome de família). O bisavô, Álvaro Conde, teve a bizarra idéia de batizar o filho com o nome de Nabucodonosor, de modo que o eminente antropólogo chamar-se-ia pela vida afora Nabucodonosor Conde, se não fosse, também ele, inteligente, bem-humorado e com suficiente bom gosto e ousadia aristocrática para impor à sociedade o seu nome em ordem inversa, Conde Nabucodonosor, que foi como assinou todos os seus notáveis trabalhos científicos, e o que deu origem à confusão promovida pela imprensa (e nunca desmentida pelos descendentes) de que, pelo casamento com o nobre antropólogo, a índia Juracy se tornara a primeira e única condessa de sua raça em todo o mundo. Nem Juracy, nem seus filhos, nem seus netos (Aurora era chamada por mim de condessa descalça, mas por gozação, em lembrança daquela noite em que ficou me desenhando com o Diário cravado no cérebro enquanto eu a acariciava de perna a perna) jamais usaram o título nobiliárquico astuta e sutilmente forjado por Nabucodonosor. Em compensação, adotaram todos o sobrenome de Nabucodonosor. Essa ambigüidade cultivada pela família Conde ao longo de três gerações (até agora) produziu na mais nova da série — teoricamente e a rigor, Aurora Conde, mas, na prática e sem rigor (porque não estamos no mundo para botar camisa-de-força em ninguém), Aurora Nabucodonosor — um caráter particularmente irônico e debochativo que não podia deixar de identificar no diário de Espártaco uma ficção, um artifício, por analogia com as patranhas que ela conhecia muito bem, urdidas, como se tais não fossem, pelo avô miscigenador. Foi isso. Aurora detectou a "fita" em Espártaco e no círculo familiar de Espártaco, quando foi apresentada ao Diário e soube dos pormenores que cercavam a absorção do Diário pela família. A revelação de que o texto estava protegido da curiosidade alheia porque não havia escada em casa a não ser a do porteiro rendeu, inclusive, uma história em quadrinhos sensacional em que a autora nos representa a todos como pigmeus, umas manchinhas, umas formiguinhas movendo-se no apartamento, enquanto ela, uma espécie de Gulliver sempre com um sorriso sarcástico na boca larga, chega para provocar o pânico, divertindo-se a mais não poder com fazer voar os cadernos da estante por efeito de simples petelecos, como se fossem raios lançados de céus inacessíveis. Com base na mesma analogia, ficou apreensiva quando me viu assumindo a patranha, como os seus assumiram (sem jamais tocar no assunto) o título nobiliárquico. Vai ver que por isso, pela animosidade das duas em relação ao Diário, ela e Anita sempre se entenderam muito bem. Na família Conde (ou Nabucodonosor, como queiram) ela fora muito ligada ao avô, quando vivo, e teria gostado mais da avó se não vivessem tão próximas; não se dava bem com pais, tios, primos (todos "condes"), sendo que os pais afastaram dois coelhos com uma só cajadada, fixando residência na Europa (o filho do antropólogo é diplomata) e deixando que a índia e sua neta também meio índia ficassem morando juntas no Brasil (outra razão para ela se entender bem com Anita: a convivência imposta com a avó). D. Juracy tinha (tem) um sarcasmo parecido com o de Aurora e as duas viviam às turras uma com a outra. Mas ela admirava a independência da neta e esta me contava deliciada a irritação que tomava conta dos condes quando d. Juracy ia para a vitrola e enchia a casa com o som tonitruante de Wagner, sua paixão, em aberrante contraste com as inclinações, mais para camerísticas, da nobre família. Aurora tem tias e primas que sabem tocar piano e mesmo já cantaram no palco (os *Lieder* de Schubert, quase sempre). O diplomata Constantino Nabucodonosor, pai de Aurora, nas raras vezes em que vem ao Brasil, com sua mulher francesa, Iris (pronuncia-se Irriz), depois de uns quantos uísques toca cítara (sem exagero) e tem um irmão, Conrado, que se fez monge de uma ordem rigorosíssima, nunca aparecendo em casa da mãe nem em lugar nenhum, que eu saiba, e que toca órgão e canta gregoriano (diz a sobrinha que com voz de barítono). Quando eu estava casado com Aurora, d. Juracy foi o único membro da família a visitar-nos em casa de minha mãe (onde moramos de princípio a fim; isto é, de princípio a fim do nosso casamento). Os Nabucodonosor (com exceção das duas índias) não tinham contato com minha mãe nem com Anita, havia um constrangimento por causa do episódio da partida de papai, mas não se constrangiam, por exemplo, em tratar comigo dos Diários 1 e 2 — inclusive, achavam fantástica a hipótese de ser o Diário 2 uma espécie de tônico para fortalecer em meu pai a vontade de sair de casa. No dia do batizado de nossa filha Isolda, fiz tocar na vitrola a Cavalgada das Valquírias o tempo todo em que lá tivemos a presença da bisavó materna. O nome de batismo foi escolhido por ela. Eu tinha preferido Valquíria (em alusão ao porte de Aurora). Mas não foi por picuinha que toquei o disco da cavalgada, foi porque d. Juracy, sempre que eu aparecia em sua casa, me recebia festivamente com ele. Retribuição, apenas. Gosto muito de d. Juracy (adorava vê-la na rua, saindo de bicicleta para fazer compras no supermercado, de tênis, óculos escuros, walkman na cestinha e Wagner discretamente nos ouvidos). O nome de Aurora não foi por causa da marchinha carnavalesca, muito popular na época de seu nascimento, mas sim uma homenagem de Constantino a suas aristocráticas leituras nietzschianas. Na verdade, quem primeiro pensou nesse nome foi minha sogra francesa. — Se for menina, há de chamar-se Aurore [dita por ela, a palavra soava muito parecida com horror, que ela dizia *horrór*]. Se for homem, que seja Crépuscule. — Aurora e Crepúsculo! Nasceu menina e Constantino Nabucodonosor lutou para que se respeitasse a forma original que o nome tinha na obra de Nietzsche, Morgenröthe, mas d. Juracy opôs-se terminantemente. O irmão caçula e único de Aurora, exímio tocador de gaita, mais recentemente cantor de um coral misto, é dois anos mais novo do que ela, estuda há dez nos Estados Unidos, puxou o tio Conrado numas certas manias e chama-se, na sua certidão de nascimento, Gotterdamerung ("Crepúsculo dos deuses"). A oposição terminante da avó não funcionou ou simplesmente não houve, sei lá, vai ver que porque dessa vez a homenagem a Nietzsche incluía Wagner. Gotterdamerung foi uma solução radical mas inteligente encontrada por dr. Constantino para chamar e ao mesmo tempo não chamar o filho de Crepúsculo. A família só o conhece como Zaratustra (Zarrá, para a mãe francesa. Zara, para a irmã e para os colegas universitários americanos, que pronunciam "Zera". "Zero", para um professor brasileiro que ensina na universidade e não gosta dele). Mesmo para dr. Constantino, Gotterdamerung é "Dâmi". Diz Aurora que, por trás de todos esses Nabucodonosores, Constantinos, Conrados, Morgenröthes, Gotterdamerungs, há uma intenção manifesta de não dar nome aos bois, intenção que era a mesma do Diário lá em casa.

Isolda, minha garotinha, que tem muito orgulho da família materna, uma vez armou um berreiro porque queria chamar-se Isolda Nabucodonosor Conde, apesar de que o sobrenome do pai é outro e que nem a mãe, nem d. Juracy, nem dr. Constantino, nem o bendito Conrado, nem o mal chamado Dâmi, ninguém se chama assim. O argumento de nada valeu.

— Azar! Eu seria a única! — respondeu, soluçando. O irmão caçula, Cláudio Aquiles, de quem ainda não falei porque não se associa a Wagner (nele prestamos uma homenagem a nossas preferências pessoais por Debussy, minha e de Aurora), é mais chegado aos M., ao passo que Isolda diz que não entende uma pessoa que passa a vida inteira escrevendo um diário, depois vem o filho e DE NOVO passa a vida inteira escrevendo sobre esse diário.

8
AURORA

Na tarde de 31 de dezembro de 1971, ausentes de casa os demais (meus filhos, minha mãe, a empregada) e em meio à conversa que estávamos tendo na cama, Aurora me fez, rindo, uma comunicação séria. Em seguida, perdi a memória de todos os fatos de minha vida anteriores àquele momento e já não sabia quem era ela, quem eu era, que era ser uma pessoa, que era ser. Nem sequer o significado da manchinha preta que passeava pelo meu braço, e que fiquei olhando em silêncio, de cujo nome, entretanto, bem me lembrava. Pulga.

Vai aí um certo exagero, mas não tão grande como pôde parecer a Aurora no primeiro instante. Ela continuou rindo, me fez cócegas com o pé para que eu risse também, perguntou quê que foi, que queria dizer aquela cara vazia. As palavras dela não me eram estranhas, mas não entendia o que significavam. Não entendia a situação. Incapaz de responder sequer com exclamações ao que ela me dizia, permaneci mudo, transferindo-me, pelo olhar, da pulga para o rosto de Aurora, seus olhos ainda lacrimejantes de ela ter chorado enquanto ria, eu sem entender nadíssima daquilo. Bateu palmas de impaciência. Mas era o quê, essa impaciência?

Aurora achou que eu estivesse brincando, que estivesse me fingindo de ausente para cortar a seriedade da comunicação (que ela mesma julgara necessário acompanhar de um sorriso ambíguo). Resolveu quebrar-me a resistência com novas cócegas, o pé se enfiou entre as minhas coxas, por cima da calça, e foi aí que, em nova transferência, ao retirar-me do seu rosto para esse pé, tive a impressão de finalmente começar a entender alguma coisa quando vi e senti os primeiros empurrões dele acordarem forças adormecidas. Com a ação repetida e silenciosa de Aurora sobre as terminações nervosas muito especiais em contato com a calça, recuperei o uso e o entendimento das palavras, comecei a perceber quem eram os personagens da situação, eu, minha mulher, o seu pé, o "músculo alegre", embora ainda permanecesse confuso diante da situação mesma, do riso com lágrimas de Aurora, sem saber quem éramos nós para além da identificação básica de um homem e uma mulher. Isolda (oito anos) e Claudinho (seis) chegaram em seguida trazidos de volta da rua pela cozinheira, e as preciosas explicações que eu desejava de Aurora tiveram que ficar para depois. Pediu-me segredo, selando os lábios com o indicador. Repeti o gesto, em sinal de entendimento e com um vasto sorriso para demonstrar o quanto me agradava estar entendendo. Ergueu-se da cama e jogou-me em cima um lençol para cobrir a ereção. Ouvi minha inteligência (minha memória? minha ligação com o mundo?) fazer um fuiiim e apagar-se. Alguma coisa Aurora depois foi me dizendo em voz baixa, já os pés distantes e os olhos enxutos, enquanto nos entretínhamos com os comentários alvoroçados, para mim inteiramente confusos, dos filhos sobre o movimento nas calçadas da avenida Atlântica; eu escutava as palavras, mas passavam e não se grudavam em mim. Além de seu marido — transmitiu-me ela —, eu era o pai das duas crianças que voltaram da rua com a empregada mas sem minha mãe que até o último momento procurava um presente para levar a tia Lúcia e ao tio Zizinho, em cuja casa festejaríamos a passagem do ano. Aurora depois me contou que eu parecia hipnotizado, sem nenhuma expressão no rosto, sem nenhum movimento, ao ouvir o que ela murmurava para situar-me. Mas que, quando chegou minha mãe, levantei-me da cama, juntei-me a mulher e filhos, reanimei-me ao sentir o contato de pé com pé, e assim, imantado o meu ao dela, não me separando da fonte magnética aonde quer que fôssemos, consegui salvar as aparências e disse até coisas razoáveis, como quando observei para minha mãe que o último dia do ano deixava as pessoas pensativas e mesmo melancólicas. Na casa dos tios a parentela me olhou como se eu já tivesse chegado bêbado. Aurora, meio sem acreditar que eu estivesse mesmo inteiramente desmemoriado, e achando que tudo não passasse de mais uma ficção do tipo das que, segundo ela, eu adorava encenar no dia-a-dia, divertindo-a, de início, para em seguida provocar-lhe fortes acessos de irritação, passou a festa fornecendo-me umas indicações soltas para que eu não me perdesse no meio do rodízio de caras e das conversas entrecortadas. Nas horas de maior aperto, quando visivelmente eu fraquejava diante de alguma situação ou assunto imprevistos, lá vinha o pé dela e me salvava por meio de um contato energizador, como quando, sentados lado a lado, ela de pernas cruzadas, fiz cair um dos ombros vinte centímetros e segurei-a pela sola do sapato. Adorei a sensação de flutuar na festa com tão pouca memória estocada, comentei mais de uma vez isso com Aurora no decorrer da noite, mas combinamos que nos dias subseqüentes ela teria a paciência de tentar para mim a reposição do material esquecido, evidentemente que usando os pés (o plural era rememorativo, sem dúvida, de velhas fantasias atreladas ao que fora dito na conversa a sós da tarde de 31 de dezembro, mas que a consciência desfalcada mostrava-se incapaz de associar). Mal fiz essa observação e surgiu no rosto dela um sorriso irônico, com os lábios cerrados alongando-se nos cantos, mais lindo do que qualquer das lembranças que eu começara a organizar naquelas últimas horas do ano.

Acordei, em 1972, com o rosto de Aurora encarando-me, muito próximo do meu; o tal lindo sorriso denunciava, no quarto, a luz ainda incerta do amanhecer. — Será que agora você está me entendendo? Voltou a memória?

Trouxe o pé de Aurora para o lugar certo e com um pouco de dificuldade inicial, logo atenuada, respondi-lhe:

— Entendo a pergunta. Se você fala, eu entendo, mas das coisas de antes não me lembro nada.

— Lembra que somos casados?

— Você me disse. Temos dois filhos. E minha mãe estava aqui nesse dia e fomos juntos à festa.

— Isso foi ontem. Sua mãe mora conosco. Estão todos dormindo. É muito cedo ainda.

— Aurora, me conta tudo o que aconteceu antes. Não sei como era minha vida. Não sei como foi. O que aconteceu para eu ficar assim.

Aurora levou um tempo pensando por onde iniciaria a longa narrativa. Tomou a decisão de deixar para o fim a explicação de como eu perdera a memória. Queria preparar-me melhor para receber pela segunda vez a "comunicação séria" que na véspera produzira um impacto tão devastador.

Teve uma idéia. Perguntou-me sobre Espártaco. Nenhuma lembrança. O diário de Espártaco não era possível que eu não lembrasse, comentou. Nesse momento não sei se ela sentiu, mas eu senti o pênis se encorpando um pouquinho, atochado pelo seu pé.

— Vai por essa pista que é boa — disse-lhe, com o vislumbre de uma vaga lembrança.

Aurora então contou que dr. Espártaco, meu pai, tinha o hábito singular de, anos a fio, escrever dois diários: um tratava do que lhe ia acontecendo cada dia, desde a hora em que saía da cama para o primeiro parágrafo até o momento do registro final antes de recolher-se e dormir; o outro, rigorosamente no mesmo estilo, só que todo inventado, sobre um hipotético dia-a-dia quinze ou vinte anos depois.

— Há uma festa de fim de ano em casa dos teus tios Lúcia e Zizinho, exatamente como a de ontem. A descrição aparece numa página do Diário do futuro. Na imaginação de doutor Espártaco, muitos anos se passaram e continuam os teus parentes a tradição de reencontrar-se lá, como das vezes anteriores, todos, a família inteira, tios, primos, sobrinhos, avós, netos, fartura de comida e bebida, de cada casa vem uma especialidade, tortas disputadíssimas. No melhor da festa, os alegres comilões morrem (donos da casa e convidados) vítimas de uma intoxicação fulminante.

Um estremecimento do pênis — testemunhado também por Aurora, que riu — era expressivo indício de que as lembranças começavam a vir-me. Soltei a descrição de um jato:

— Nessa festa, a gente se atrasa e desiste de ir, porque mamãe e papai começaram uma briga tremenda lá em casa. Anita delicadamente resolve passar a meia-noite conosco. Traz uma bandeja de salgadinhos e doces da casa dos tios. Mamãe, comovida, na última hora resolve que vamos virar o ano na festa dos tios, presenteia com os doces e salgadinhos a porteira do nosso edifício e Anita telefona para avisar à avó que estamos indo para lá; quem atende é um policial e comunica que morreram todos. Da família da porteira tampouco há sobreviventes.

Divertida com essa golfada de memória (reprodução bem fiel do que meu pai havia escrito) e curiosa de avaliar até onde alcançava o retorno das minhas recordações, Aurora retomou o fio do Diário:

— Doutor Espártaco fecha o registro do dia comentando que "a partir da tragédia, Anita se junta definitivamente aos seus". Quer dizer que sua irmã ainda não tinha vindo morar com vocês, quando foi inventada essa parte do Diário 2. E aí começa uma história fantástica dos parentes colaterais. Os parentes colaterais que não estiveram presentes aos comes e bebes passaram a se interessar pelo Diário, antes muito malvisto, por inútil, coisa de desocupado, masturbação mental. Agora era a única fonte de informações restante sobre os Duftenblumen. Os colaterais não deixavam passar um dia sem perguntar, pelo telefone, se o Diário mencionava tal fato ocorrido em tal mês de tal ano com tal ou qual parente por afinidade. A todos Espártaco responde que já não escreve e tampouco consulta o diário, pois não esqueçam que, mesmo tendo-lhe sobrado a mulher e os filhos, perdeu a adorada mãe, a irmã, o irmão, a sobrinha, os cunhados, tantos! Os colaterais propõem fazer, eles próprios, a consulta, diretamente nos volumes manuscritos. Não me apoquentem, responde-lhes Espártaco.

Tudo isso estava muito vivo na minha lembrança, como Aurora pôde depreender, sentindo na planta de seu pé a turbulência incessante em que eu tinha o pênis, sintonizado com cada alusão que ela fazia ao texto de meu pai.

— Do Diário eu me lembro sem faltar nada — achei que devia dizer, em justificativa das palpitações eróticas. — A porteira e o marido são muito criticados, durante anos e anos de falta d'água no prédio, porque acionam a bomba em períodos curtíssimos e impróprios.

— O autor do Diário 2 é muito cruel e nas situações mais dramáticas consegue sempre efeitos cômicos — comentou Aurora. — Lembra-se que eu gostava mais do Diário 2 que do Diário 1? — Respondi-lhe que não, não me lembrava. — Esse assunto da porteira e a família da porteira serem exterminadas junto com a família Duftenblumen não é fantástico? — perguntou-me, movendo brincalhona os dedos do pé como se fossem pinças. — Afinal, eram personagens que precisavam ser eliminadas porque faziam o Diário perder tempo. O importante eram as figurinhas dentro do apartamento. Ou não? — Engatilhou uma série de beliscões com as pinças.

— O quê? — Não entendi, porque minha atenção estava em outra. Nem havia o que entender na fala artificialmente prolongada. O interesse de Aurora concentrara-se agora no método recém-descoberto de puxar pela minha memória abordando-me com os pés. Só que, ao ter sua intensidade aumentada, o estímulo tornara-se contraproducente. Eu não conseguia ligar-me no que Aurora pudesse estar dizendo. O jogo das pinças me deixara ainda mais confuso de cabeça e, mudo, só tinha resposta para os dedos do seu pé. Uns espasmos com que ela se divertia muito.

— Você tem que se lembrar de alguma coisa — disse, rindo e provocando-me mais a fundo. Quando constatou que suas práticas meio infantis davam certo sabe-se lá por quê, Aurora pareceu não entender que elas ativavam a minha inteligência das palavras e abriam um canal de comunicação com o Diário mas não com experiências que eu houvesse vivido por mim mesmo. Continuava sem lembrar-me de nada do que ficara para trás da tarde do dia 31. As linhas do Diário eram uma exceção: retornavam intactas, inteirinhas, antes tendo apenas que passar por aquelas alegrias sexuais de um tipo específico, meio aberrantes, o que fica esquisito de dizer mas era o que estava acontecendo. Com um tom de voz que parecia dirigido a outra pessoa, e baixando-lhe o volume, Aurora perguntou-me se eu me lembrava de ter recebido antes as carícias (se assim se podiam chamar os empurrões e os beliscões) que estava me fazendo. Tinha um motivo para perguntar-me isso, como vai ficar esclarecido mais adiante; queria ligar-me comigo mesmo e, formada essa ponte, utilizá-la como um "gancho" para iniciar a longa fala que reproduzo, abaixo, sob o título de "Queixas de Aurora", cujo desfecho é a revelação do que me havia comunicado em 31 de dezembro.

— Figurinhas dentro do apartamento? — indaguei-lhe, trazendo a conversa para o tom que tinha antes da pergunta íntima formulada por Aurora. Aflito por não conseguir a ligação comigo mesmo, que ela pretendia, foi a única saída que encontrei. Aurora es-

perou a resposta que não veio, surpreendeu-se um pouco com a minha indagação, esteve pensando e por fim deu marcha a ré à estratégia direta, optando pela corrente elétrica que passava do seu pé para o Diário.
— O que doutor Espártaco sempre quis foi escrever sobre si próprio, a mulher e os filhos. O foco estava nas figurinhas dentro do apartamento. — Como da primeira vez que ela falou nessas figurinhas, criou-se logo em mim uma associação espontânea com os dedos em pinça. Senti as figurinhas, com seu peso pluma mas obstinadas, se agarrando ao meu sexo, Aurora um balão cativo crescendo e tomando todo o quarto sem conseguir soltar-se, entre nós as figurinhas interpostas unindo e separando. Nenhum peso. Só uma coisa elétrica. — Lembra-se do final, em que os únicos que permanecem em cena, praticamente, são ele e ela?

(NG) Ele e ela = Espártaco e Emília. É o final do Diário 2, "Mico-preto", que acabou funcionando como uma espécie de epílogo para o relato de Lamartine. Na verdade, um texto que ele falsificou e que suscita freqüentes comentários neste "Trem". (NG)

Para o tema de "ele e ela", a coreografia das pinças foi substituída por jogos musculares mais amplos: com o pé todo Aurora empurrava para trás o pênis erguido (sólido, empolgado joguete) e não relaxava enquanto não o tinha por terra, joão-teimoso dizendo amém; depois soltava-o. Ele se reaprumava. Brincadeira de gato e rato.

Lembrei-me do final, sim, a que Aurora se referia. Um final acrescentado por mim ao Diário. Mas, naquele momento, não lembrava que fosse de minha autoria. Minha mulher sabia disso muito bem e estava me testando; as lembranças que me restaram, então como hoje, se reduziam ao texto do Diário, sem alcançar os acontecimentos que o haviam produzido. Escrito por meu pai? Escrito por mim? Dava na mesma. Persistente em sua investigação, e sempre sem entender que eu me tornara incapaz de recuperar a experiência do que vivera por mim mesmo, Aurora arriscou:

— Mas estamos esquecendo a doutora... — "Doutora" veio sublinhado com um toque especial do calcanhar, mais caloroso e envolvente do que impactante como tinham sido os anteriores. — Dona Camila, a grande paixão.

(NG) O capítulo "Aurora", na versão original enviada por Lamartine à Samuel Pepys Foundation, era uma barafunda infernal, de que ficaram não poucos vestígios, apesar da revisão que por mim foi feita a pedido da Foundation. Ao contar como perdeu a memória nesse 31 de dezembro de 1971 e os esforços que, a partir do dia seguinte, empreendeu, em vão, para recuperá-la, o narrador dava voltas e mais voltas em torno do acontecimento, com ênfase num arrolamento exaustivo e irrelevante das carícias fetichistas que recebeu da mulher (bastaria ter descrito uma ou duas, descreveu dezoito, de que conservamos três), e o mais surpreendente é que o texto, tal como o encontrei, convidava o leitor a uma dúvida sobre a causa das tumultuadas ereções que aparecem em cena: seriam mesmo as carícias? ou o retorno da memória? ou o diário de Espártaco? Fiz o que pude para atenuar imprecisões e contradições, mas elas estavam tão entranhadas no relato que dar-lhes maior coerência poderia significar, talvez, desfigurá-lo. A carícia apelidada por Lamartine de "joão-teimoso", cuja condição *sine qua non* é haver caminho livre para as idas e vindas, não dá para acreditar que tenha sido feita com o joão todo constrangido dentro de uma calça de pijama. O texto original, entretanto, sustentava que sim. Uma ereção fortíssima? Um tecido levíssimo? Nem assim, quero crer. Alterei o original. Mas, e se houvesse no aparente descuido uma "rima" intencional com outra inverossimilhança narrada por Lamartine muitas páginas antes — o metrônomo que ele via mover-se sob o pijama do pai e sob as cobertas (!) em resposta aos gestos rituais maternos concebidos como "música" para acalmar e ao mesmo tempo estimular Espártaco em seus transes noturnos? Afinal, o exagero está sempre presente na narrativa de Lamartine e é uma característica que ressalta, inclusive, no seu trato pessoal. Por causa de dúvidas como essa foi que evitei, no trabalho de revisão, substituir frases ou palavras, embora cortasse muito excesso. Não sei se estão me entendendo. Cortar, sim; algumas vezes. Substituir, nunca. O texto enviado à SPF era, em certas passagens como a de que estamos tratando, um verdadeiro ninho de ratos. O capítulo "Aurora" só começa a aprumar-se quando Lamartine, graças à extraordinária capacidade de retenção do presente, que os contatos com o pé de Aurora lhe proporcionaram como uma espécie de compensação pela perda das vivências do passado, transcreve, na íntegra, a fala da mulher contando para o desmemoriado como foi a sua vida conjugal até aquele 1º de janeiro de 1972.

No texto original, a fala de Aurora começa com o "Mas estamos esquecendo a doutora", que foi por onde ela escolheu entrar para chamar de volta a memória do marido. Nem a malícia no tom de voz nem a qualidade envolvente dos toques com o calcanhar mostram-se capazes de devolver a Lamartine a imagem da perturbadora presença de d. Camila Soares na vida amorosa de Espártaco. Ele só se lembra da doutora como aparece no Diário e das referências que ali são feitas a essa "amizade espiritual". Meio de brincadeira, meio assustada, Aurora comenta com Lamartine que sua memória parece ter se convertido numa gravação do diário do pai. E então, pacientemente, durante horas, já sem a pretensão de ligar o marido consigo próprio e com seu passado, mas tendo compreendido que os toques de pé ajudam Lamartine a, de algum modo, reter como lembranças pessoais o relato que ela lhe for fazendo, Aurora reconta para seu ouvinte o que ele lhe contou, em outros tempos, sobre a infância passada em família, a cumplicidade com Anita, o tesouro, d. Camila, o diário falado, o teatro doméstico, as emoções embaixo da cama.

Por aí fica o leitor sabendo que as reminiscências narradas no início deste "Trem" são de segunda mão, Lamartine as ouviu recontadas por Aurora e, na falta de uma memória pessoal com que pudesse conferi-las, reproduziu-as tais quais, quando muito desconfiando que a imaginação da mulher talvez tenha abusado um tanto do cérebro indefeso que tinha diante de si. (NG)

9
QUEIXAS DE AURORA

Essa coisa estranha de você ter esquecido tudo o que te aconteceu na vida mas lembrar perfeitamente do diário de teu pai.
[Bocejo de Lamartine.]
A gente foi dormir tão tarde, e eu nesta falação desde que raiou o dia, não sei como os meninos não tentaram abrir a porta. Dona Emília deve estar preocupada com o jeito meio esquisito que você tinha ontem na festa; vai ver levou os dois para a rua a fim de que a gente descanse um pouco mais. Como é que se perde a memória assim! Me deixa aflita, olhar para você. Se quiser, interrompemos e a continuação fica para depois. [— ...] Também acho que não há tempo a perder. Mas vem cá: você lembra algum pedaço disso que eu estou rememorando para você? [— ...] Não, eu sei, do que eu disse você se lembra, mas lembra de ter acontecido? [— ...] Nenhum pedaço? [— ...] Nada de nada?
Mas lembra de seu pai? [— ...] Fora do Diário, como uma pessoa, como um pai? [— ...] Da letra, sim? Veja só. E Diário 1... Diário 2... nenhum problema? [— ...] Fantástico.
Bom, vamos seguindo então pelo Diário, e ver como é possível te informar de tudo o que você precisa saber. O que não estiver entendendo você me diz. A posição do pé pode continuar? Está confortável? [— ...] Parado faz o mesmo efeito? [— ...] Pra mim está bom assim.
Esse romance, ou esses romances — porque hoje são cinco ou seis, todos em cima do Diário, misturados, incompletos —, o que restou deles são umas anotações, uns rascunhos. E assim: misturados e incompletos. Apesar de você ter levado anos pen-

sando nessa história, a verdade é que, no papel, não avançou grande coisa. Mas é só pegar com disposição e... [— ...] Não, outra linha de pensamento, por favor! A memória pode muito bem voltar, que isso! [— ...] Pois bem. Digamos que não volte. Muito bem. Sabe o que eu estou pensando? Só uma hipótese. Numa dessas não seria até melhor? Desaparece o passado. Pronto! Vida nova! Tantas Auroras não luziram ainda! Você entende tudo, você raciocina, tem suas emoções, só perdeu o passado, e o passado você tem tudo para recomeçar. [— ...] Claro, recomeçar a vida era o que eu queria dizer, não o passado. Pegou a besteira voando, hein? A inteligência está dando de longe na minha. [— ...] Não, fique sossegado, não vou fazer a experiência de tirar o pé, por enquanto. Tem tempo. Mais um pouco, só. [— ...] Não, não estou com medo de que te aconteça nada, não vai te acontecer nada. Você está sugestionado, o pé não pode fazer tanta diferença assim. Sua inteligência não foi afetada, seu bobo. [— ...] Eu sei, esse pé funciona. Mas é só para ir te ajudando a criar uma memória nova. Tem umas coisas que eu ainda preciso te dizer. Quando chegar ao fim... [— ...] Vamos com calma. Não vejo que vantagem possa haver em tirar o pé. Não neste momento.

(NG) Aqui começava, no original, uma passagem irrelevante que suprimi. (NG)

Logo que nos casamos, e antes mesmo, você já lia para mim, na cama, trechos do Diário, como se estivesse contando Snoopy ou Popeye, a gente ria muito, sobretudo da pura ficção que era o Diário 2. Eu, com esse "talento extraordinário para o traço humorístico" — ah! os seus exageros! —, tinha porque tinha de passar para os quadrinhos a personagem de doutor Espártaco, você fazia questão absoluta. As aventuras completas de Espártaco com passageiras de bonde, banhistas na praia, seduzidas queixosas na Justiça! Os temas sairiam do Diário 1 porque o Diário 2 era proibido. A menos que fosse feito escondido de dona Emília. Mas acabou que os quadrinhos não saíram (a não ser a historieta "Muito calor", tirada do Diário 1) e quem se divertiu produzindo escondido de sua mãe — não os desenhos, mas esses projetos misturados de romances — foi você. E aí houve uma mudança. Para mim, as lembranças associadas ao diário de teu pai foram sempre engraçadas. Como eram, para você, naquela época. Só que depois mudou de atitude, começou a identificar-se com os "silêncios" do Diário 1 (pensamentos que ele tinha mas não escrevia, fatos que haviam acontecido mas que ele não contava, relacionados com dona Camila), e foi quando o Diário 2, de que nos ríramos tanto, começou a te parecer tristíssimo. Não sei o que aconteceu para você tomar o partido de complicar assim as coisas. Só vamos saber no dia em que voltar tua memória.

Pensa no mico-preto. Um baralho com as figuras dos bichos, todos casados, menos o mico-preto, que faz de coringa. [— ...] Pois é, perto do final do Diário 2, na fase mais sombria daquele futuro inventado, você se torna um padre. [— ...] No final que você acrescentou, lá está o padre, mas antes também. Doutor Espártaco estava inventando acontecimentos para dali a vinte anos, e não podia prever, por exemplo, quem seriam os seus colegas de trabalho, digamos. Teve então a brilhante idéia de dar nomes como Tucano de Tal etc. e a idéia mais brilhante ainda de, falando desse ou daquele, aludir a alguma característica ligada à figura correspondente no baralho: bengala, flor na lapela e gravata-borboleta do Papagaio de Tal, nariz em forma de cenoura mole da mulher do Peru de Tal, o rabinho saindo do pijama do Porco de Tal. O final pode te parecer tristíssimo, mas o baralho do mico-preto está lá, de pura gozação.

"Muito calor" tinha como tema um dia de verão em 1946 ou 1947, temperatura recorde de 42,2 graus, em que dona Emília atirou ao lixo, sem contemplação, um relógio de mesa "maluco" que começou a dar muitos defeitos depois de haver acompanhado o casal por mais de dezoito anos, uma relíquia. Nesse mesmo dia, Espártaco escapa de ser atropelado na porta de casa, chega e não encontra a mulher, mas encontra o relógio jogado, vai até a janela, numa amargura, ao calor que ninguém mais agüenta sucedeu um vento estúpido, agressivo, que só serve para agravar a situação, espalhando as nuvens e afastando qualquer possibilidade de chuva, Espártaco telefona para a mãe, Emília está lá, vem ao telefone e diz que o cunhado Danton chamou-a de safada, Espártaco sai ao seu encontro para tomar satisfações de Danton, na rua a ventania é tal que começam a cair objetos pesados dos parapeitos dos prédios, inclusive um relógio também de mesa, ele desiste das satisfações, tomado de uma preguiça que é um desespero, e em casa fica remoendo tristes pensamentos sobre como será o Natal em família depois da briga com o irmão. Eu sei, no Diário era diferente, mas estou contando como ficou a seqüência na historieta. A gente se divertiu tanto, fazendo! Ano passado, você viu uma notícia de jornal que mencionava esse dia funesto como tendo sido o mais quente de todos os tempos no Rio de Janeiro (praias cheias, os salva-vidas tiveram que socorrer pra mais de não sei quantas pessoas que se iam afogando, crianças desidratadas aos montes). Colou a notícia na página do Diário de 1946 em que tinha sido feito o registro e quando abria nessa página costumava dizer que era "o Diário continuando a ser escrito".

Essa conversa do Diário continuar a ser escrito é que eu, francamente, não gostava.

(NG) Por alguns parágrafos Aurora se estenderá, na versão original, sobre a necessidade, tantas vezes alegada por Lamartine, de interferir no diário do pai, cruzando-lhe a escrita com outra, "atravessada", de sua própria lavra, que lhe dava vida pelo contraste. O tema da colaboração Espártaco-Lamartine sempre foi aflitivo para o filho, sei disso porque o abordamos uma vez e ele me dizia coisas muito confusas. Para sugerir a imagem dessa "trama musical que vivifica", Aurora mencionará até referências feitas pelo marido a antigas cartas da Vodica, mãe de Espártaco, em que as linhas se cruzavam, todas, a primeira série devendo ser lida na posição normal da folha, a segunda com a folha tombada para a direita. A avó era música, pianista diletante. Mas, além disso, econômica, inclinada a reduzir, por esse estratagema, o volume do papel em suas cartas, sem precisar reduzir a extensão das linhas. "Musical" não vejo por quê. Ele juntou ao texto enviado à Samuel Pepys Foundation exemplares das tais cartas: ilegíveis! E a atrapalhação introduzida pelo contraponto de Lamartine nos diários tampouco me parece justificável musicalmente. Isto, para dizer que suprimi a passagem. (NG)

Veja uma das vantagens de ter perdido a memória. Há muitas, mas veja só esta: você pode fazer uma leitura inteiramente nova do Diário! Acho até que fiz mal em passar essas informações que só servem para te tornar igualzinho ao que você era. Só não seria um começo perfeito, de qualquer maneira, porque você não desgravou esse Diário, está todo aí, pelo visto, na cabeça, mas imagine o Diário não havendo a obrigação de tirar conclusões, o Diário sendo uma distração, uma leitura agradável, sem segundas intenções, um prazer! Como era, quando nos casamos.

RETORNA A VOZ DE LAMARTINE

Maneira de dizer que voltei a ser o narrador. Desculpem-me aí na Samuel Pepys Foundation se entenderam a expressão no seu sentido físico. Influenciados por terem acabado de saber da perda de memória, imaginaram logo que seria a primeira de uma série! De certo modo, o foi, sem falar que, especificamente, a voz me vem falhando e diz Aurora que de há muitos anos, desde que começaram a se agravar as características negativas relembradas no 1º de janeiro de 1972 em suas "Queixas", de que falta transcrever a maior parte, o que farei, em seguida, livrando-me da insatisfatória condição de interlocutor cifrado ([— ...]) para retomar a onipotência da narração.

(NG) Haja fôlego! Esse desconcertante parágrafo dir-se-ia uma sugestão do último fôlego de Aurora desaparecendo, obstruído pela fala ciumenta do narrador oficial. Reparem que o espertinho não se preocupa em explicar por que tapou a boca de Aurora e voltou a contar o livro na primeira pessoa dele Lamartine. Medo de perder o fio da meada, talvez. Ou insegurança de abandonar o modelo do diário de Espártaco, narrador que nunca trocou sua posição com ninguém. (NG)

Se Aurora começou suas explicações por esse discurso sobre o Diário, não creio que tenha sido, como ela disse, para me pôr à vontade no único domínio acessível à minha memória, mas porque queria protelar a revelação que mais me interessava e que ela tinha medo de que me fizesse mal. Pedi-lhe que contasse como eu havia perdido a memória. Disse-me que estava deixando isso para o fim, porque primeiro queria contar tudo o que havia acontecido antes até chegar ao último momento que foi quando isso aconteceu. Insisti. Muito pálida, um meio sorriso para amortecer o impacto de suas palavras, ela então me contou que tinha proposto, durante a conversa de 31 de dezembro, a nossa separação. Minha memória se desmantelara a partir daí, um desligamento, um branco que me deu e não me lembrei de mais nada.

Então foi isso.

Agora, ouvia-a sem saber o que dizer. Ela me olhava, avaliando se me tinha feito perder, com a recapitulação do dia 31, algo a mais, além da memória. Estrebuchei duas ou três palavras sem nexo mas inteirinhas, o bastante para ela perceber que a fala não fora atingida. Voltou-lhe a cor. Brilharam os olhos negros amendoados. Espichados nas pontas que se voltavam para o alto, os lábios, sem abrir-se, compunham um sorriso fino, inteiramente outro, de sedução. Senti que ela armava uma jogada irresistível com o pé, pisando-me nos sensores como se fosse num acelerador (delícia! delícia!), e preparei-me para o que seria historicamente a sua última mensagem conjugal.

O que aconteceu em seguida superou as minhas mais ousadas expectativas.

Aurora estava me dizendo que nesses anos todos em que fomos casados o pior de tudo era eu me queixar tanto. Descreveu detalhadamente em que consistiam as queixas. Eu me esvaía em fraquezas de toda sorte. Qualquer esforço era um sacrifício. Qualquer dificuldade, uma condenação, e eu passava semanas sem ser capaz de ver outra coisa na minha frente que não fosse essa dificuldade, e as repercussões que acabaria tendo sobre o mínimo de iniciativa de que eu ainda fosse capaz. Meu maior sonho: alcançar um vigor isento de qualquer fraqueza sentimental (pensava nos beija-flores e na energia concentrada com que de repente disparam nos ares para cortejar as fêmeas). Os médicos não conseguiam explicar de onde vinham a fraqueza, a incapacidade, o desânimo, a náusea, as vertigens, o medo de dar um passo, o medo puro e simples. Exames e radiografias ótimos. E eu me indagava, dia após dia, onde encontrar forças para mudar de vida, para encarar a vida como uma aventura, para tentar experiências novas. A ser verdade o que ela dizia, fui sempre muito chato. Sempre com as queixas. Sempre me justificando com a falta de saúde. Egoísta ao extremo, de uma pequenez insensata até na avaliação de minhas próprias possibilidades, não tinha um gesto, uma palavra, que demonstrasse maior interesse por ela, por meus filhos, por minha mãe, com quem morávamos. Todo esse tempo, nada havia feito que fosse exclusivamente para agradar-lhes. Queria as pessoas fazendo parte da minha vida, mas não me sentia muito ligado na delas. Vivia num outro mundo, como se diz. (Um mundo que era nenhum, digo eu e sei perfeitamente do que estou falando. O mundo transfigurado no diário de Espártaco.)

Aurora não ia inventar de repente essas coisas. O desabafo era sincero, dava para perceber que lhe fazia muito bem descarregar-se do martírio que tinha sido a vida junto comigo. Dizia-me duras verdades, e o estranho era que eu, ao olhar para ela, e vê-la tão feliz por sentir que chegara o momento de dizer-me essas verdades sem causar-me outros danos que a perda da memória, crescia de admiração por ela, atraído mais do que nunca por essa força que dela emanava e que se voltava contra mim, esmagando-me.

Perguntei-lhe se a proposta feita na véspera continuava valendo. Não sei, talvez a felicidade que via no seu rosto, de poder exprimir-se sem censura, talvez o entusiasmo calculado com que os pés me tocavam, e que na hora, por alguma confusa fantasia, não me pareceu que fosse calculado mas espontâneo, algo naqueles sinais ambíguos alimentou em mim uma esperança de que a gente poderia recomeçar noutras bases. Sem mudar de expressão, nem alterar os estímulos para que eu me mantivesse atento, Aurora desconsiderou a pergunta e prosseguiu na enumeração de minhas falhas como marido, pai e pessoa de modo geral. Mesmo os melhores momentos de nossa vida, durante o namoro e no princípio do casamento, estavam centrados num equívoco, explicou-me. Eu tentara fazer passar por amor adulto a reconquista, a dois, de um paraíso infantil. Não posso concordar nem discordar das palavras dela, porque não tenho a minha própria memória para socorrer-me, mas foi isso o que me disse, intumescendo os lábios numa demonstração de misericórdia. (NG) Intumescer os lábios numa demonstração de misericórdia! Está assim mesmo no original. (NG) Comentou que eu não havia posto diferença entre a maneira de tratá-la e a maneira como tratara meus sobrinhos e tratei depois meus filhos. Nas leituras do Diário era como se nos deitássemos os dois para sonhar juntos um conto de fadas. E as histórias em quadrinhos desenhadas ao som dos Beatles. Mozart para tais e tais momentos. E tome Debussy, e tome Ravel. Béla Bartók, tudo bem, para desamarrar as invenções de um sexo adulto. Mas podia-se di-

zer — concluía ela com um muxoxo — que fosse *adulto* o nosso sexo?
  Aqui fiquei sabendo de coisas do arco-da-velha. Segundo Aurora, o sexo tampouco escapara às minhas queixas e lamentações eternas. De início, invadira as nossas vidas como um furacão. Nosso conhecimento mais íntimo se iniciara durante as comemorações da Semana da Asa; manobrávamos dentro do apartamento em sintonia com os mergulhos vertiginosos da Esquadrilha da Fumaça espalhando-se nos céus e quebrando vidraças. Foi uma preferida, por muito tempo, a cada retorno anual da Semana da Asa, a posição em que ela ficava de costas para mim e por cima de mim, os dois de braços colados e bem abertos, fazendo trepidar os corpos para um e outro lado, com as pernas de tanto em tanto fechando-se para um piquê esfuziante. Aurora achou motivo para crítica à minha "infantilidade" no fato de eu ficar esperando as dicas dos motores para fazer coincidir os piquês de dentro com os de fora. E tachou de decididamente infantil a minha atitude "dispersiva da concentração sexual", que consistia em estar sempre inventando posições aeronáuticas, posições circenses etc., aparentemente sem outra finalidade que a de rir e fazer rir.
  Pode ser. Como saber? Desmemoriado, tenho que admitir tudo. Perguntei-lhe sobre essa coisa dos pés, que vinha me excitando tanto desde a véspera. Não seria possível por aí reativar alguma lembrança? Se fosse uma prática comum entre nós, antes do dia 31.
  Bem, segundo ela, os pezinhos entraram em nossa vida conjugal justamente como uma conseqüência de eu ter trazido para as lides sexuais as queixas contra a velha praga da falta de energia, da fraqueza devastadora, do cansaço, do desânimo de eu ser como era.
  Ela disse que foi assim. Um belo dia, como eu prolongasse o ato sem concluí-lo, mas também sem entusiasmo, perguntou-me se estava mais enfraquecido que nos outros dias. Na versão dela, respondi-lhe com esta grosseria: que havia tempos tinha inventado um truque para esconder o cansaço nessas horas, não queria estragar ainda mais a nossa vida conjugal, e inventei o truque de, na hora H, fechar os olhos e imaginá-la nalgum outro lugar, sentada diante de mim, os dois inteiramente vestidos, e ela me dando trombadinhas no pau, por cima da calça, com a frente do sapato.

(NG) Sugestão do Revisor: substituir o termo chulo por ***. (NG) Focalizada a imagem, o orgasmo não tardava. Expliquei o mecanismo por uma associação com as explorações da infância, no meu esconderijo embaixo da cama, quando namorava os pés e as pernas das amigas de minha irmã exibindo-se diante de mim como num palco. Perguntou-me Aurora se indiretamente eu estava sugerindo, o preguiçoso de sempre, que dali por diante nossos encontros passassem a se resumir nisso. Respondi ao seu sarcasmo com este outro: e quem garantia que a realidade fosse capaz de repetir o efeito de uma imagem puramente mental? Isso tudo ela é quem conta, vejam bem. Estávamos nus, deitados na cama. Ela calçou o sapato, sentou-se diante de mim no lençol, e tentou as trombadinhas. Não deixava de ser excitante, mas o couro frio, o fato de já estarmos despidos (o que insinuava uma intimidade prévia que a imagem-truque fazia supor que não houvesse), a própria expressão de Aurora, investigativa, como querendo pegar-me numa mentira, foram fatores negativos para a obtenção do efeito desejado. Ela então concluiu que a mulher, na imagem mental, devia ser outra. Talvez uma das estrelas do espetáculo visto de debaixo da cama (que me apareciam sempre vestidas). Ou mesmo alguma amante idiota que na minha vida adulta se tivesse prestado a esse papel. Meu relato do "truque" fez com que Aurora evitasse intimidades por algum tempo. Até que um dia, experimentando de brincadeira o efeito de seus pés *descalços*, descobriu que eram detonadores de grandes surtos de vitalidade, e passou a usá-los como o *seu* truque infalível comigo.

Em 1º de janeiro de 1972, ouvindo de Aurora que tudo isso se tinha passado assim como ela estava contando, achei que o mais fascinante da história era ver que ela ria. Ri também.

(NG) Em seguida, lê-se uma porção de bobagens. Vou resumir as principais. Aurora conta a Lamartine como, com o passar dos meses, ele foi ficando viciado nas carícias de pé, a ponto de, ao primeiro toque, queimar logo todos os seus fogos de artifício e terminar a partida. Ejaculação precoce que, para Aurora, era preguiça. Como preguiça também era, para ela, a incapacidade de fazer o segundo gol, anunciada terminantemente por Lamartine logo depois que fazia o primeiro; a partir desse momento, o órgão explosivo entrava em apatia. Para não ficar sem ganhos no jogo, Aurora decidiu que doravante só permitiria ao marido festejar o seu gol depois que tivesse dado contribuição substancial e decisiva para ela fazer o dela. A trapalhice desse texto supera a de qualquer outra passagem no "Trem sem maquinista". Mau português. Má cabeça. Qualquer um pode ver que a metáfora do futebol é imprópria, pois a identidade orgasmo = gol cria a maior dúvida sobre se o gol festejado por Lamartine com sua pirotecnia precoce é Aurora que faz nele ou ele que faz nela. Um tema a discutir com as feministas? Ou haverá que levar em conta, aí também, uma intenção de ressonância, de "rima", como a que detectamos antes na passagem do joão-teimoso? Aurora está, todo o tempo, bombardeando Lamartine com críticas devastadoras, as "duras verdades" que ela lhe teria dito no dia 31 em justificativa da proposta de separarem-se. Ao repeti-las, dia 1º, diz o que diz sem raiva, exultante pela perspectiva de libertação que se abre para ela. E a reação do narrador não é de ressentimento, muito pelo contrário, reacende-se a paixão em Lamartine a cada petardo que lhe atira a adversária. Tanto vale dizer que festeja os gols que ela faz nele. Mas também pode não ser nada disso. (NG)

Aurora morria de rir quando me contou a indignação que lhe causava essa fixação nos seus pés. Durante muito tempo, disse ela, atribuiu o meu "desvio" ao golpe militar de 1964. Todos tinham sido afetados pelo golpe. Eu continuava idêntico, na chatice das minhas queixas. Nem pior. Idêntico. A única diferença surgida desde então tinha sido a imagem-truque dela vestida me dando trombadinhas com a ponta do sapato. E outra coisa: nessa época comecei também a comentar com insistência que ela estava aumentando de tamanho. Mas se eu até gosto que você aumente de tamanho, acrescentava, absolutamente sincero. Disse-me que teria preferido atrair-me pela beleza do rosto, do olhar, dos lábios. Os pés eram a última coisa. Minha cabeça andava tão ruim, concluiu, que o mais provável era que eu estivesse sonhando com pés grandes, sabido que os galanteios de homens normais são sempre para pés pequeninos.

Isolda e Claudinho, batendo com espalhafato na porta do quarto trancada, interromperam nossa conversa. Aurora retirou o pé e saltou da cama.

À noite, como eu pretendesse retomar o fio da memória perdida, encontrei, para minha surpresa, uma Aurora pouco receptiva, que não me deixou tocar nela. Para que não houvesse dúvidas quanto às suas disposições, sentara-se escondendo os pés debaixo das coxas.

Ela hesitava em levar adiante a separação proposta. Queria que eu fosse antes a um neurologista e fizesse exames para saber o grau em que minha memória havia sido afetada. Telefonara para os pais, em Viena, e eles se prontificaram a hospedá-la e pagar-lhe a passagem de ida e volta. Não me entendam mal, por favor. A idéia não era eu ir me consultar em Viena. A passagem que dr. Constantino e mme. Iris se ofereceram para pagar era a dela exclusivamente, para refrigério de suas mágoas. Aurora não quis levar os filhos, tampouco. Para levar os filhos teria que levar d. Juracy, exigência de Iris que não tinha paciência com crianças e não estava disposta a aturá-las nas saídas da mãe. Seria Wagner o dia todo nos ouvidos e a agitação dos meninos querendo soltar-se no continente desconhecido. Aurora não teria a paz que desejava para esse período difícil de transição. Ficou decidido, com minha concordância, que Isolda e Claudinho continuariam comigo em casa de mamãe um ou dois meses até Aurora voltar da Europa e se instalar em sua nova vida, para a qual já havia até mesmo uma promessa de emprego aqui no Rio. É óbvio que não tínhamos explicação satisfatória a dar aos meninos para esse afastamento, não achamos que fosse o momento de dizer a verdade (eu esperançoso de que ela ainda voltasse atrás). Mas Aurora lhes traria magníficos presentes e então contaria tudo sobre a separação.

Esse era o plano, só que minha mulher de repente cismara que os filhos não estariam seguros com um pai desmemoriado. Preguiça, desânimo, falta de energia eram males que poderiam ser superados em momento de crise, argumentava ela. Mas a perda da memória! Mesmo com o apoio garantido de d. Emília, dava o que pensar. Primeiro era preciso ouvir o neurologista.

Enfrentando a resistência de Aurora, puxei-lhe para fora os pés. Segurei os tornozelos com uma convicção que não lhe permitiu dizer mais do que: "Estou falando sério, Lamartine. E vem você com brincadeiras".

— Essa questão da memória, estive reparando hoje, tem dois aspectos — disse-lhe, mantendo uma espécie de pulsação rítmica acelerada nos apertões que lhe ia dando nos tornozelos. — Por exemplo, isso que você contou que quando menino eu me escondia debaixo da cama para namorar as pernas das visitas. Posso até, com os elementos que você me deu, reconstruir uma cena direitinho na cabeça. As pernas, as visitas, a cama, o menino escondido. Há uma memória-dicionário e outra coisa muito diferente que é a memória autobiográfica. Outra coisa é lembrar-me das pernas, das visitas e da cama formando um episódio que entrou na minha vida. Isso, se aconteceu ou não, não me lembro. Não me lembro de nada que aconteceu até ontem antes da nossa conversa. Agora eu te pergunto qual é o problema. Entendo tudo o que você me diz, o que me dizem na rua, o que os meninos me disserem. O que eu não souber responder, perguntas pessoais, essas coisas, mamãe estará aí e poderá responder por mim. Não vejo perigo, francamente.

(NG) Não era tão simples assim, mas parece que o mero fato de tocar os pés de Aurora enchia Lamartine de uma desmedida confiança. Um homem que não se lembra de nada do que lhe aconteceu e, no entanto, tem de memória o texto inteirinho do diário do pai é, no mínimo, uma criatura problemática. Vou cortar por aqui a dissertação muito artificial sobre memória-dicionário e memória autobiográfica, que se prolongava desnecessariamente no texto original e que Aurora se prestou a ouvir, vai ver que intimidada pela tal pulsação rítmica acelerada de apertões nos tornozelos. O que vem a seguir é uma inesperada declaração de confiança, de Lamartine, na recuperação de sua memória. Tampouco me parece necessária a transcrição do texto original. Começa com ele ainda agarrado aos pés da mulher, dizendo da sua estranheza por Aurora ter podido pensar que não lhe fizesse nenhum efeito a qualidade do seu rosto, do olhar, dos lábios! E de tudo o mais! Imaginar que ele não se interessasse pela ***! (Uso e continuarei a usar *** para evitar a vulgaridade do texto original.) Imaginar que ele só se interessasse pelos pés! Dos pés, diz ele, sobe em linha reta uma força que o guia até a ***, onde encontra outra em linha reta que desce do rosto. Não fosse o rosto excitante, os pés nada falariam e não se criaria o interesse oblíquo pela ***. Diz que quando segura os pés e olha fixo para o rosto de Aurora, é atraído para a *** pelos dois pólos, o pensamento eletrizado avançando num itinerário de idas e voltas obsessivas que passa regularmente pela *** mas sem lá se deter e que jamais se completa, circular e inestancável. Lamartine pretende ser um surfista sexual que brinca com o centro de gravidade e se mantém na crista da onda, resvalando ora para um pólo ora para o outro, dos pés para o rosto, do rosto para os pés, a energia a mil.

— Ô-ho-hô! Um espantalho na montanha russa — está escrito ali como único comentário da debochativa Aurora. Em seguida, ela faz uma pergunta, mas Lamartine intercalou entre o comentário e a pergunta estas anotações em letra miudinha, muito infeliz: "por espantalho ela quis dar a entender um cadáver a que não resta nem a última gota de sangue. Em lugar do sonhado beija-flor e do vigor isento de qualquer fraqueza sentimental, uma trouxa de trapos brancos e cinzentos empurrada artificialmente".

— Mas me diga uma coisa: essas sensações em linha reta, você está inventando ou está se lembrando?

— Sinto a força que me empurra dos teus pés para cima e a outra que me absorve pelo teu rosto e faz mergulhar para baixo — responde Lamartine. — Se é o que eu sinto, como vou estar inventando? Deve ter sido sempre assim. Você é que tem de me dizer se se lembra.

Aurora: nada. O marido, entretanto, lê uma afirmativa na expressão (irônica, sim, mas desanuviada) com que ela olha para ele. A passagem termina com esta declaração de Lamartine: *Vou para onde me levam essas forças. É como abrir a primeira porta para recuperar a memória.*

Final da última cena do primeiro ato, diria eu. (NG)

10
PRIMEIRA HISTÓRIA

Não me foi dada nova oportunidade de ir atrás daquelas forças. Fossem outras as circunstâncias, quem sabe eu teria chegado para minha mulher, como tantos maridos nessa situação, e dito:
— As lembranças então não contam?
Só que eu não tinha moral para invocar lembranças enquanto não estivesse de posse delas.

A memória anterior a 1972 não recuperei até hoje (escrevo em dezembro), Aurora viajou para a Europa na semana seguinte à conversa que tivemos sobre beija-flores e trombadinhas, e lá permaneceu por dois meses, aparentemente convencida de que eu não representava um perigo para nossos filhos. Foram dois meses em que, de início, saí da casa de minha mãe com Isolda e Claudinho para morarmos num sala-e-dois-quartos com dependências de empregada, no Jardim Botânico, prédio antigo, ar puro, aluguel barato e empregada quase de graça. Aurora não foi avisada da aventura. Falhas técnicas obrigaram-nos a voltar à casa materna uma semana depois, sem a empregada. Aurora foi avisada e escreveu uma carta com bons conselhos para todos. Por incrível coincidência, ao batermos em retirada do Jardim Botânico, no mesmo dia mamãe recebe uma visita que não via fazia vinte e cinco anos: Clarisse, minha babá em 1938, depois aproveitada em serviços mais leves dentro de casa, onde permaneceu como uma espécie de agregada até 1947; saiu para trabalhar numa companhia americana, foi o que constou. Está com cinqüenta anos, desempregada, e aceita o convite que lhe faz mamãe para reagregar-se, ajudando-nos com Isolda e Claudinho.

A semana no Jardim Botânico rendeu um colorido roteiro para história em quadrinhos, nunca aproveitado. Não sabendo desenhar, eu dependia de Aurora e, depois da separação, ela se recusou à parceria que funcionara tão bem em "Muito calor". A Samuel Pepys Foundation há de me perguntar por que essa insistência nas histórias em quadrinhos. Eu sei lá! Quando minha mulher voltou ao Brasil com a notícia de que éramos irreconciliáveis e levou os meninos para morarem com ela (depois com ela e o novo amor, um sexagenário de um metro e noventa, o irresistível Cristalino), as visitas à sua casa me foram proibidas, meus filhos me visitavam na minha, trazidos pelo motorista dos Conde, e a forma que me pareceu mais engenhosa para vê-la foi procurá-la no trabalho a pretexto de oferecer-lhe roteiros de histórias em quadrinhos para que ela desenhasse. Eu ia e contava em voz alta os roteiros. Só. A voz se espalhava da sua sala para os corredores e incomodava meio mundo. Aurora ouvia com indisfarçável irritação, mas não podia me recusar esse direito. Regra sagrada: não conversar sobre assuntos pessoais nem outro assunto qualquer que não fosse o dos roteiros. Eu que estabeleci a regra. Pode? Mas tampouco saía conversa sobre os roteiros, mesmo porque Aurora não estava nem aí para conversar, nada mais que um oi na entrada e tchau na saída. E eu acaso conversava? Nem pensar. Era entrando e contando. Visita de narrador. Fiz três roteiros (vou contá-los depois. Nem os leitores escapam). Não houve um que ela aceitasse. Nenhum que ela sequer comentasse. Ficava eu ali desfiando as histórias de princípio a fim, nos mínimos detalhes, sentindo a impaciência dela, o tempo contado, mas os dois juntos no mesmo espaço. Isso me dava muito prazer.

Um desastre, o retorno de Clarisse vinte e cinco anos depois. Instalou-se lá em casa como uma dama de companhia de mamãe, dividindo as duas o mesmo quarto, já que no quarto de empregada dormia a cozinheira e eu não havia querido que dormisse com os meninos. Onde era o nosso quarto, meu e de Aurora, pus a cama de solteiro que troquei com mamãe, mandando para o quarto dela a minha cama de casal que antes tinha sido de meus pais e que virou de mamãe e Clarisse. Trouxe para o quarto também os livros que, à época de meu casamento, se haviam transferido para a sala de visitas e de jantar, e desse modo reconstituí o gabinete de trabalho de meu pai, tal como era antes de ele sair de casa e de Aurora casar-se comigo e vir morar conosco. Isolda e Claudinho exultaram com as mudanças, não pararam quietos durante a peregrinação de camas e livros, estranharam que a cama de casal fosse acabar ficando com mamãe e Clarisse mas deram-se por muito felizes quando puderam ter certeza de que no cantinho delas ninguém mexeria.

Nos dois meses que os meninos passaram longe da mãe, Clarisse não ajudou rigorosamente em nada. Em parte porque eles tinham saído da experiência do Jardim Botânico encantados com a ficção de que agora eram independentes e não precisavam mais obedecer a ninguém. Minha primeira intenção era deixar para contar as três histórias em quadrinhos depois, reunidas num capítulo especial, mas estou vendo que, se contar logo a primeira, separada das outras, fica mais fácil para o leitor entender a seqüência de Clarisse em casa de mamãe. Com licença, aí vai.

O edifício tem três andares, quase uma casa; moramos no térreo. As janelas dos quartos e da sala são de frente, de duas folhas as dos quartos, de quatro a da sala, com os postigos de venezianas pintados de azul; dão para um jardinzinho.

Amanhece.

Mudamo-nos na véspera, arrumamos o novo lar na maior animação. Isolda e Claudinho arrumaram juntos o seu quarto, eu arrumei o meu, a geladeira não passou pela porta da cozinha e resolvemos que em nossa casa lugar de geladeira seria na sala, enfeitada com recortes florais de papéis coloridos, como um móvel-altar. Nessa primeira noite, ainda sem empregada, que combinou vir no dia seguinte, comemos, sujamos, lavamos e, brindando com milk-shakes, inauguramos a vida em república, com a proclamação de direitos iguais para os três.

Às seis da manhã ouço baterem tímida e quase imperceptivelmente no lado de fora da janela do meu quarto. Tá-tá-tá-tá-tá. Bicadas de pardal não são. A seqüência e os intervalos dos toques são humanos. Pelas frestas das venezianas não se vê nada. Abro a janela. Nada. Do chão do jardim sobe uma vozinha que também não pode ser de formiga e que me chama: Seu Martinho! Estico o pescoço e aí dá para ver o metro e vinte da Rosa, recomendada da Almeirinda, cozinheira de mamãe. O marido estava tentando sua chance junto à porta de entrada do edifício e vem juntar-se à mulher quando vê aparecer minha cabeça na janela. Superbaixote, ele também. Rosa faz um café para o marido que depois se despede dela e virá buscar notícias daí a uma semana. A mala com roupas de Rosa é minúscula, as roupinhas minúsculas que traz são como de bonecas e todas feitas por ela, o salário que lhe vamos pagar é outro minúsculo na história.

Rosa não lava nem passa porque uma vez por semana Almeirinda virá em casa se encarregar disso. A comida que prepara é triste (para o primeiro almoço, perguntou a Isolda: Coisinha, sabe fazer um bife?) mas Almeirinda lhe ensinará quando vier uma vez por semana. Deixa o chão da cozinha brilhando, só que com o lixo em cima formando uma pilha da sua altura (o ideal da vida em república era eu não ter que dar ordens nem aos filhos nem à empregada, mencionei que a lixeira ficava do lado de fora da entrada de serviço mas não insisti, Almeirinda voltará ao assunto). Não faz contas, não pode fazer compras (Almeirinda, quando vier, se encarregará da compra semanal de mantimentos e produtos de limpeza, do resto cuido eu com os meninos). À noite, depois de participar dos milk-shakes com torradas e requeijão cremoso, e antes de se juntar a nós na sala para assistir à televisão, Rosa toma uma ducha, deixando abertas a porta do único banheiro da casa e a porta do boxe, o que me permite ver a miniaturinha se ensaboando e me faz supor tratar-se de uma exibicionista. Os meninos acham graça, dizem que ela é muito desligada. E continuam rindo quando depois ela senta na sala para ver televisão conosco, as perninhas dependuradas, sem alcançar o chão. Dorme com as luzes acesas porque deve ter medo de escuro.

Tudo lhe é perdoado, entretanto, porque temos um plano e ela é insubstituível dentro dele.

Consagraremos os dias no apartamento do Jardim Botânico à feitura de uma boneca gigante que reproduza os traços fisionômicos e corporais de Aurora. Pé oitenta centímetros, perna dois metros, tronco dois metros, rosto oitenta centímetros. Por dentro será recheada com uma base de cartão duplo (para valer como ossatura) e flocos de esponja bem amarrados numa porção de pequenas trouxas de trapos cinzentos que ressaltem ao tato e iludam a vista, como uma intrincada massa de gorduras e músculos, sob o macio acetinado da pele feita com lençóis brancos. Transmiti a idéia a Isolda e Claudinho que se empolgaram e sonham da manhã à noite com a realização final. Falam sem parar em como ficará a sala com a presença da grande Aurora refestelada sobre uma pirâmide de almofadões, de costas para a janela e de frente para a geladeira-altar. A mesa foi empurrada para o fundo da sala, no canto livre da mesma parede em que encostamos a geladeira, a fim de que nenhuma interferência ocorra no espaço aberto para Aurora olhar, energizando-o, o altar, e dele receber o retorno. A casa vive dessas trocas energéticas. A família se alimenta basicamente de leite, iogurtes, sorvetes, manteigas e queijos guardados na geladeira, reduzidas ao mínimo as tarefas de Rosa no fogão. Da janela, quem estiver do lado de fora verá as gigantescas costas de Aurora no primeiro plano, a cabeça, o pescoço, os ombros, parte dos braços e do tronco, mas não verá os almofadões. Quem abre a porta de entrada do apartamento tem a visão mais completa do que está acontecendo: à direita, a odalisca-totem triunfa no seu trono de almofadões; à esquerda, o altar com as aplicações florais onde pulsa, emitida à distância, a presença dela; e, no espaço intermédio, o campo de forças processando as trocas de que depende a família para se manter física e espiritualmente. A magia do recinto é captada sobretudo à noite, com a sala às escuras, por quem abre a porta da geladeira e contempla a grande Aurora de pés, pernas e ventre iluminados, no alto o rosto insondável imerso em sombras. Tudo isso são sonhos de Isolda e Claudinho, insuflados por mim.

Um dia antes de virmos para o Jardim Botânico, na última noite em que dormimos no apartamento de mamãe, na rua Domingos Ferreira, 214, em Copacabana, eles não sabem ainda onde iremos morar e me perguntam. Digo-lhes que vamos para a casa da mãe Joana. Claudinho faz cara de choro. Isolda quer saber como é a mãe Joana. Digo-lhes que na casa da mãe Joana ninguém obedece e ninguém manda. Aquietam-se, mas ficam olhando para mim desconfiados. Entram no apartamento, cheios de cochichos e espiadelas para os lados. Querem saber se a mãe Joana está lá, quando vai vir e onde dormirá. Abro uma grande caixa de papelão, eles olham dentro e vão retirando os rolos de cartão, os lençóis, trapos de camisas, sacos e mais sacos com flocos de espuma, agulhas e linhas.

— Sejam bem-vindos à casa da mãe Joana, meus filhos — digo-lhes com a teatralidade necessária para que entrem no espírito da coisa. Explico a serventia que vai ter cada tipo de material. As carinhas se iluminam. — Amanhã, Rosa estando aqui, a gente começa a fazer a mãe Joana.

Desde o primeiro dia em que me vê cortando os moldes de cartão para construir a odalisca, Rosa, que ninguém diria ter um pensamento capaz de coordenar coisa com coisa, apaixona-se pela técnica de rechear os moldes e abandona todas as tarefas da casa para concentrar-se na confecção das carnes da mãe Joana, trouxas de esponjas que é preciso costurar ao cartão (na carnadura de apoio) e umas às outras (nas camadas mais próximas da pele). Depois que começa a trabalhar na boneca, Rosa não tem hora para dormir nem para mais nada. Seu ofício é minucioso e perfeito. Em dois dias, conclui o pé esquerdo da grande Aurora (canhota, pediu-me que começasse pelo pé esquerdo) a partir de dois moldes unidos em ângulo reto, que eu desenhei e recortei com especial fidelidade aos detalhes. Os meninos ficam no máximo da empolgação e eu não menos. Em cima dessa primeira amostra, nossas imaginações tecem o quadro majestoso da odalisca alva-lençol reclinada nos almofadões, a visão que se terá ao passar pela janela e ao transpor a porta de entrada, as trocas com a geladeira-altar, os reflexos e sombras projetando-se na pele de lençol, à noite, quando abrirmos a geladeira.

No terceiro dia a obra não avança porque surge uma dúvida. Meu projeto é fazer o pé esquerdo, depois o direito, prosseguir levantando a perna esquerda, depois a direita, sobre esse suporte emendar depois uma e outra coxa, unir nas nádegas e parar na cintura. Numa segunda etapa, vir descendo da cabeça, pescoço, ombros, braços, peitos, barriga e juntar na cintura. Os meninos querem ver o rosto imediatamente. Sugerem o crescimento dos pólos para o centro. Rosa se confunde.

— Essa Joana só vai vivê drobada — conclui, depois de longa reflexão silenciosa diante do pé terminado e alçado ao centro da mesa.

No quarto dia os meninos têm que ir ao colégio porque ficaram em recuperação em duas matérias. Só irão, dizem, se puderem levar o pé da mãe Joana. Mas eles são dois, o pé é um só e nenhum admite separar-se da mãe Joana. Argumento que o pé com oitenta centímetros de extensão vai voltar sujo e que lavando corre o risco de deformar-se. Eles não querem saber. Ao meio-dia levam a preciosidade acomodada no fundo de uma grande sacola de plástico transparente, cada um pega por uma alça, caminham sem balançar a carga, risonhos mas cuidadosos como se estivessem transportando peixinhos para um aquário. O colégio fica a três quarteirões. Como é preciso atravessar a rua Jardim Botânico, de tráfego intenso, Rosa lhes faz companhia, para aprender o caminho e saber onde apanhá-los na volta.

Passo a tarde em meu emprego no Depósito Público, onde tenho por função fazer listas dos objetos recolhidos em ações de despejo. O impasse surgido no planejamento da boneca obrigou-me a faltar à repartição na véspera, uma segunda-feira; encontro o serviço acumulado, muitos penicos e panelas sujas que me esperam para ficar registrados em certidões, o radinho de pilha que no fim do expediente um viciado em corridas de cavalos aparece para resgatar, implorando de joelhos ao depositário que o devolva. Resultado: saio tarde e chego à rua Jardim Botânico com o céu já escuro, ameaçando chuva. Do ônibus, no momento de descer, vejo do outro lado da rua a figurinha de Rosa, imóvel, olhando aflita para todos os lados. Sem os meninos.

Quando atravesso, a chuva cai e nem sinal de Rosa. Olho para baixo, entre as pernas dos transeuntes. Deve ter procurado um abrigo para não se molhar. Chego a fazer uma verificação inteiramente absurda embaixo das mesas do botequim na esquina. Torno a cruzar a Jardim Botânico e vou ao colégio. Isolda e Claudinho saíram no horário normal, com um bando de colegas, me informam na portaria. A maior discussão porque o grupo queria pegar num "amuleto" deles e eles não deixavam, explicando que era da mãe.

Faço o itinerário até em casa, perguntando pelos meninos no açougue, na padaria, na banca do jornaleiro. Somos moradores recentes. Dou a descrição deles mas ninguém se lembra de tê-los visto passar. Percorro o jardim debaixo de forte chuva e, através da cachoeira que me desce pelas lentes, chego a divisar na janela, de costas, o vulto grandioso do sonho em que nos embalamos desde que foi aberta a caixa de papelão.

Devo estar é meio apavorado. Ninguém em casa.

Daí a pouco, a vizinha de cima, que me viu chegar, faz sinal da sua janela, mostrando estar com Isolda e Claudinho na companhia dos filhos, um casal de três e quatro anos. Subo o lance de escada. Meus meninos da mãe Joana desencontraram-se da empregada, vieram para casa e, como ninguém lhes abrisse a porta, subiram para esperar na vizinha. Com a sacola de plástico numa das mãos e o pé de oitenta centímetros reverencialmente equilibrado sobre a palma da outra, a vizinha Manoela me presta contas de que a sacola molhou-se com a chuva, mas em compensação protegeu bem o pé. — Pai, a gente até agora não sabe pra onde a Rosa foi — diz Isolda. — Tem que pegar com muito cuidado — diz meu filho Cláudio Aquiles, preocupado quando percebe na garotinha de quatro anos a intenção de tomar da mãe o enorme brinquedo de pano. Está estampado na vizinha um sorriso meio irônico, depois redondo de espanto quando ela me vê atender ao pedido de Isolda para apalpar o pano e confirmar que não se deformou. O espanto é pela minúcia, a atenção recolhida como se eu fosse um cego sondando cada reentrância, cada saliência, os contínuos, os descontínuos. Durante a longa espera no andar de cima, houve um relato de como a boneca é feita com a participação de todos. Eu desenho e corto, Rosa recheia e o resultado é entregue a eles para conferirem, pelo tato, com as lembranças que têm da mãe. Vai ser assim quando forem feitas as pernas, os braços, as mãos, a cabeça, o nariz, a boca, tudo, tudo. Os mamás. O bumbum. Tudo. A mãe Joana tem que ficar igual perfeita a uma mãe. Com cinco metros de altura. E quem vai decidir se está pronta, se não está pronta, serão eles.

— Ah! essas cabecinhas sonham sem parar! — comento em seguida com a vizinha, e rio, meio contrafeito, querendo desfazer a impressão causada quando ela me viu há pouco inspecionando o pezão de pano. Manoela diz-se impressionada com a imaginação dos meus meninos. E que paciência do pai! Por um descuido meu, o pé quase volta para a sacola molhada, mas o alarme de Isolda ("Pai!") atalha a tempo esse gesto de distração.

Rosa escuta o alarme e olha para cima. Do apartamento de Manoela olhamos para o jardim e lá está Rosa, debaixo de toda a chuva, imóvel diante do portão fechado, a cabeça erguida para nós, como se há algum tempo esperasse que déssemos pela presença dela.

— Solta a tranca! — gritamos-lhe da janela, aflitos porque ela está sem guarda-chuva e ensopando-se com o aguaçal que cai. O portão tem só uma tranca passada, para abri-lo não há necessidade de chave. Mas Rosa não nos ouve ou não nos entende. Nem se mexe.

— Eu, se fosse você, não ficava com essa empregada mais não. Ela é muito esquisita — diz Manoela.

Desço a escada e vou abrir-lhe o portão. Já em casa, ela nos conta que foi buscar as crianças, ficou esperando com as pessoas para atravessar a rua mas as pessoas não atravessavam. A hora de muito movimento atrapalhou tudo. Vinham os ônibus, as pessoas entravam, outras saíam, havia as que continuavam esperando, mas ninguém atravessava. E os ônibus eram um atrás do outro. Rosa passou uma boa parte da tarde no ponto de ônibus, sem se dar conta de que o lugar para atravessar era no sinal.

No dia seguinte de manhã cedinho vem Almeirinda para lavar e passar, e para ensinar o trabalho à colega sua recomendada. Às onze horas me diz que tem um problema que precisa discutir comigo. O problema é que Rosa tem uma parte da cabeça que não funciona. Pergunto-lhe como assim. Ela me pede desculpas mas diz que não sabia desse defeito de Rosa, que só tem uma semana que Rosa e o marido chegaram ao Rio, diretamente do sertão, e não deu para ela ficar sabendo. Rosa não aceita a realidade de ser tão pequena como é. Problema de cabeça. O que sua altura permita fazer ela faz e até capricha, mas bastou estar um dedo mais alto, nem pensar. Recusa-se a subir em banquinhos etc. As portas são um problema, quando têm fechaduras altas (as de segurança, muitas vezes), trincos (que em geral ficam em posição superior, como o da porta do boxe no nosso banheiro e o da porta do próprio banheiro), trancas (como o portão do jardim), olho mágico (a nossa porta da rua). Não vai dar certo, porque não depende de boa vontade, é uma questão de maluquice. Rosa acha que pode fingir que não é pequena! A gente terá que estar o tempo todo trabalhando para ela, atendendo à porta da rua, abrindo e fechando portas internas, acendendo e apagando luzes, tirando e recolocando o que estiver em prateleiras altas.

Em último caso, penso, poderemos ficar com Rosa só para fazer a mãe Joana. É a própria Rosa que nos propõe isso, dizendo que adoraria. Não precisamos de quem cozinhe. Comemos diretamente da geladeira. Sucos, milk-shakes, queijos, sorvetes. Com Almeirinda lavando e passando uma vez por semana, teremos nossos problemas resolvidos. É bem verdade que Almeirinda ficou impressionada com a questão da maluquice, mas as duas só teriam um único encontro semanal e Rosa estaria da manhã à noite recheando a Grande Mãe. Para influenciar minha decisão, a empregada-miniatura entrega-se a um choro convulso, põe-se de joelhos e beija sofregamente o pé de pano. Claudinho se assusta com a cena, fica dizendo "Vai estragar! Vai estragar!" diante de Rosa, sem coragem de reaver o pé nem de tocar na mulher em prantos. Isolda se abraça a mim, de olhos fechados.

11
O PAPAGAIO FALADOR

— Então eu não sou uma pessoa alegre? Vocês também acham?
Noto meus filhos reticentes.
Eu me considero alegre. Isolda (oito anos) diz que eu era alegre, fazia palhaçadas, assobiava, mas que já me queixava muito de doença, cansaço e mal-estar quando morávamos com a mãe. Agora, sem a mãe para ajudar e com a avó decidindo tudo, diz ela, eu estou pra lá de chato ("pra lá de" é uma expressão que caiu de uso, ela deve ter ouvido de mamãe ou de Clarisse), tudo me dá preguiça, desisti de lutar pelos direitos dos dois, não enfrento mamãe (deveria ter dito "nem Clarisse" mas não diz, nem ela nem Claudinho jamais mencionam Clarisse), o único que faço é soltar uns comentários de lado e fico nisso. Comentários de lado. Meus filhos têm uma fala expressiva. Claudinho (seis anos) não fica atrás, quando menos se espera também dá suas cacetadas.
Para melhorar o meu conceito e aproveitar a facilidade de expressão dos dois, proponho criarmos um jornalzinho da casa, *O Papagaio Falador*, dando a eles toda a liberdade para criticarem o que não está justo etc. Gravo uma entrevista com a dupla. Prometem-me que, quando o texto se transferir para o papel, batido à máquina, vão cuidar das ilustrações. Claudinho não cumpriu a promessa porque Isolda exigiu legendas e ele se atrapalhava escrevendo. Das dez páginas, Isolda ilustrou só as duas primeiras. No cabeçalho, um desenho que representa os dois se dirigindo para a entrevista, de perfil, Claudinho na frente e Isolda um pouco atrás. No balão que sai de Claudinho, ela escreveu: vem Zô. No dela: To

indo. Mais para baixo, ainda na primeira página, o lustre de ébano que ficava no quarto de mamãe e que tanto terror causava a meus filhos (em cada ramificação senta uma negra com as pernas estiradas que se arqueiam numa curva sensual para acompanhar o desenho do lustre, as lâmpadas se acendendo nos seus pés e os peitinhos bem ostensivos. O traço da desenhista dava indicações bem confusas de tudo isso. Tanto Isolda como Cláudio, quando deitavam na cama da vó e olhavam para cima, viam um monstro negro com várias caras na cabeça e pernas de aranha, um conjunto que ameaçava desabar sobre os que dormiam). Sob o lustre, a vó Emília suspira e Isolda registra: aiai. Na segunda página, um flagrante da entrevista, em que aparecem os três sentados de frente no sofá: o entrevistador pergunta Que você acha? e os entrevistados respondem Bem, eu...

PAPAGAIO FALADOR: Estamos aqui reunidos. A meu lado, encarando com firmeza o repórter, Isolda, 8 e Cláudio Aquiles, 6. Dona Emília, 66, também está pelas redondezas, circulando, mas não quer participar. Declarou-se exausta.

EMÍLIA (ao longe): Ah! eu não agüento. A esta hora, não dou mais nada.

PF: São oito e quinze da noite e vou começar a fazer minhas perguntas. Espero contar com a boa vontade de vocês para responderem sempre que puderem. O propósito do jornal, neste primeiro número, é chegar a um esclarecimento sobre o que é que está certo e o que é que pode ser melhorado aqui na nossa convivência. Isolda, nós estávamos conversando, Cláudio Aquiles e eu, no pouquinho que você saiu, sobre o problema dos banhos. Havia umas queixas de que os banhos eram rápidos demais, das cismas da Vó com os xampus, a preferência que ela tem pelo sabão de coco, a Vó acha que vocês fazem muita bagunça com esses banhos superdemorados, eu sei que ela continua falando que o xampu faz cair cabelo e que por isso vocês têm umas certas briguinhas. Isolda deve ter muita coisa interessante e curiosa para sugerir em matéria de melhoramento dos banhos.

CLÁUDIO AQUILES: Primeiro eu.

PF: Está certo. Primeiro o Cláudio.

C.: A Vó, antigamente, aí que ela desligava quando a gente tava no meio do banho, assim, sabe, todo ensaboado. Agora a Vó tá melhorzinha, deixa a gente acabar de colocar o xampu, ensaboar e tudo, aí é que ela desliga. Agora ela tá compreendendo mais, tá aprendendo mais coisas sobre a nossa vida, como a gente vive. A Mãe que cuidava de tudo, né.

ISOLDA: Eu acho que o banho deveria ser um pouco mais demorado.

PF: Mas como é que é? Você concorda com o Cláudio, que agora a Avó deixa ficar mais tempo?

I.: É, agora sim, já são mais demorados.

PF: Quer dizer que a Vó está melhorando e compreendendo mais vocês? É a opinião do Cláudio.

I.: Sim, acho exatamente isso que Cláudio falou uma coisa certa.

PF: Mas, por outro lado, vocês ainda têm umas briguinhas aí, negócio de banho e tal, por quê?

I.: Às vezes, né. Raramente.

PF: Vocês estão muito delicados, muito amáveis. No jornal, devo prevenir a vocês, nós não gostamos de entrevistar pessoas que ficam assim o tempo todo muito delicadas, muito amáveis e coisa e tal. Nós gostamos de entrevistar pessoas sinceras, que falam o que pensam, ouviu?

I.: Eu sou sincera. E acho que raramente acontece isso. Uma vez ou outra.

PF: Bem, vamos passar para um assunto diferente, senão a gente fica repetindo as mesmas coisas que já disse. Que fim levou a tal lista que vocês ditaram, com todas as comidas que vocês se comprometiam a comer, desde que fossem preparadas exatamente como vocês assinalaram na lista? Como é que foi esse negócio? A lista foi aprovada pela Vó? As comidas que têm sido feitas são da lista ou não são? Isso está dando briga também ou vocês já chegaram a um acordo com a Vó, e a Vó tem sido camarada nesse setor?

C.: Eu quero falar uma coisa.

I. (*conseguindo berrar mais alto que os gritos de protestos de Cláudio Aquiles: "Sou eu! sou eu!"*): Nesse ponto, acho que tá tudo perfeito. A lista tá certa, a comida que a gente quer tá certa, fomos nós mesmos que ditamos a lista, acho que nesse troço de comida tá tudo certo.

PF: Pelo que eu estou vendo, a vida aqui na casa da Vó está um paraíso. Vocês acham tudo maravilhoso. Você também acha, Cláudio?

C.: Acho. Mas eu quero falar uma coisa agora. Agora vou parar uns dias de comer feijão porque senão eu vou acabar enjoando. Eu disse isso pra Vó, a Vó parou uns dias de fazer feijão.

PF: A Vó, então, tem procurado colaborar com vocês. Vocês pedem uma coisa, ela atende o que vocês pedem.

C.: Colaborar?

PF: Colaborar, ajudar, ter boa vontade com vocês.

C.: Ah! sim.

I.: Eu sou sincera. Só na hora de arrumar as coisas é que a Vó não arruma. Eu não posso falar, porque eu também não arrumo.

PF: Mas que são essas coisas que a Vó não arruma?

I.: Coisas assim que a gente desarruma, depois fica com preguiça de arrumar e a Vó tem que arrumar.

PF: Não, me desculpe, mas aí a Vó não tem que arrumar.

I.: Isso eu também acho errado, mas eu tenho preguiça.

PF: Ué, mas aí você não pode se queixar...

I.: Tá certo, mas eu tô dizendo a verdade, né.

PF: Eu sei, mas então o que está errado é você não arrumar. A Almeirinda é a empregada da casa. Não é babá de vocês.

I.: Antes tinha a Cecília que não era babá e arrumava.

PF: Nesse caso, esperem até vir uma empregada nova que não se incomode de arrumar.

I.: E se a Vó não deixar a empregada arrumar?

PF: Por que vocês não acabam logo com essa história, e arrumam vocês mesmos?

C.: Agora, eu vou falar. Eu arrumo. Hoje eu arrumei.

PF: Será?

C.: Eu arrumo! Eu arrumo!

PF: Nenhum dos dois arruma, eu sou testemunha, a pior coisa ainda que vocês estão é essa história. A Vó tem que pedir várias vezes pra arrumar, ninguém arruma.

C. (*chorando*): Eu arrumo, você não acredita!

PF: Não é questão de acreditar. Eu *vejo* como é isso de arrumar.

C.: Tem dias que eu esqueço.

PF: Quase todos os dias, né. A Vó tem razão em reclamar que vocês estão dando muito trabalho, por exemplo, pra vir comer, pra vir tomar banho, pra acordar. E agora são as férias. Eu fico meio preocupado pensando na época do colégio como vai ser.

C.: Mas eu acordo cedo. A Zô é que acorda mais tarde.

PF: Mas me diga: por que é que demora tanto a vir para a mesa quando a gente chama? Por que é que demora a vir pro banho quando a gente chama e se cansa de pedir? Não larga a brincadeira que está fazendo, não larga nada. Tem que chamar dez vezes, pedir, implorar. São coisas que eu acho que a gente pode melhorar aqui em casa se vocês tiverem boa vontade. Aí não é boa vontade da Vó, é boa vontade de vocês.

C.: É que eu gosto de brincar e na hora do banho não gosto de interromper a brincadeira.

I.: Eu acordo tarde mas almoço na hora certa. Claudinho é o meu ao-contrário.

PF: O que eu queria saber é quais as sugestões que vocês têm para melhorar. Vocês não deram nenhuma sugestão. Vocês estão muito... assim... acovardados. Parece que estão com medo do que a Vó vai dizer se vocês falarem tudo o que pensam. Aqui nós queremos é a OPINIÃO DE VOCÊS MESMOS. Vocês não estão dando opiniões. Na hora de reclamar, é aquele vozerio, vocês falam e falam com muita violência. Principalmente Isolda. É muito malcriada e responde à Vó de uma maneira muito grosseira. E agora, aqui, está de uma amabilidade! "Raramente acontece"... Eu acho que ela está com medo da opinião que o público leitor vai fazer dela. Vou botar no jornal que você me deu um beliscão, Isolda.

I.: Eu vou dizer uma coisa. Gosto de tomar o meu banho como eu quero, sozinha, sem ninguém me dando opiniões como deve ser. Eu coloco o xampu que eu quero, no dia que eu quero. Se cair cabelo, caiu!

PF: Mas ainda esse banho!

I.: Eu quero dizer pra esse jornal uma coisa muito importante. Tudo que a gente faz a Vó acha que é luxo. E não é. São coisas normais que as pessoas fazem. Quando eu coloco xampu, ela diz que "é demais! é demais!", quando eu ensaboo o corpo, coloco sempre o sabão no corpo que eu sempre coloco, né, então ela acha que é demais e "não coloque tanto!", às vezes não posso nem colocar creme rinse, porque ela diz que já são TRÊS xampus. Que três xampus!

PF: Eu não vejo mais vocês se queixarem, mas, logo que a Mãe viajou, havia uma certa falta de entendimento aqui por causa desse negócio de botar e tirar roupa, "essa roupa eu já botei ontem, não presta, está suja!", a Vó achava que não, que um dia só não dava pra sujar a roupa... Claudinho, pára de implicar com Isolda e diz o que você quer.

C.: É que a Vó não diz que a Zô coloca TRÊS xampus. Diz dois.

(*Brigam os entrevistados. Gritos. Xingamentos. O repórter desaparta.*)

PF: Nós estamos falando das roupas. Como é que está o assunto das roupas?

I.: Eu quero dizer da roupa... não, não era da roupa que eu queria dizer, eu quero dizer o assunto da cama. O troço dos lençóis. Por exemplo, coloca o lençol e não dá pra prender em baixo, só dá pra prender numa ponta, onde ficam os pés. Então a parte onde tem o travesseiro fica sem lençol. É um plástico. Incomoda na cabeça.

PF: Cláudio Aquiles quer falar uma coisa, senão ele esquece. Pode falar.

C.: A minha coisa é que às vezes de manhã eu acordo com as minhas costas todas no plástico. Eu se mexo muito na cama, o lençol vai descendo e o plástico aparece.

PF: Isso a Vó já disse que é porque o lençol é pequeno, e ela vai substituir por lençóis maiores.

I.: Pois é, mas nossos lençóis nunca foram pequenos! A Vó não está é deixando Almeirinda botar nossos lençóis pra fazer a cama. Disse a ela que eram pra guardar! Esses pequenos estavam sobrando de Almeirinda, e a Vó diz que é pra gastar os nossos só depois desses se rasgarem e não servirem mais. Agora eu reparei que *nos lados* também tá saindo o lençol. A Vó diz que não tem importância, aí a gente discute.

PF: Vocês acham que a Mãe não estando aqui conosco tem dado muita atrapalhação? A Mãe resolveria melhor todos esses problemas de que a gente esteve falando?

I.: Ah! A Mãe resolvia esses problemas melhor mil vezes. Mil!

PF: Por exemplo.

I.: Ah! O assunto dos sapatos, ela chegou de Viena, antes de ir pra Brasília, passou um instantinho aqui e resolveu. Estavam num lugar apertado demais, a Mãe veio e deu um jeito. Pôs na cesta. A Vó não queria, né.

PF: Mas depois nós demos uma solução melhor ainda, que foi botar os sapatos nas estantes, separadinhos, para que vocês possam pegar.

I.: Mas, se não fosse pela Mãe, os sapatos ainda estavam espremidos naquele canto. Você sabe que quando a Mãe tirou os sapatos tinha um pedaço amassado!

PF: E você, o que acha, Claudinho? A Mãe lá fora e nós aqui, dá muita confusão?

C.: Realmente, isso eu não sei. Mas eu quero falar uma coisa. Eu agradeço muito pelos talheres, pelas serpentinas e... o que foi mais que você comprou hoje, pai, sem ser os talheres e as serpentinas?...

PF: As pilhas para o gravador e a pulseira para o relógio.

C.: Agradeço por tudo. Agora, espera um pouquinho que eu preciso ir no banheiro.

PF.: Continua a entrevista só com Isolda. Fora o xampu, fora o lençol...

I.: Na mente eu tenho muitas reclamações a fazer. Só que eu não estou me lembrando. Mas, quando eu me lembrar, ih! vai ser reclamações saindo da boca em quantidades!

PF: Eu queria que ficasse claro para os leitores de *O Papagaio Falador* que nossa intenção não é só fazer reclamações. Nossa intenção é também começar a pensar numa maneira de chegar a um entendimento aqui com a dona da casa, que é uma pessoa que tem o seu sistema de vida já definido, já estabelecido, mas que mostra muita boa vontade para adaptar a vida dela às condições novas.

I.: Isso eu entendo. E acho certo.

PF: E nós vamos também tentar fazer umas... mudar nossa vida um pouquinho no sentido de nos adaptarmos à Vó. Não é, Isolda?

I.: Mais ou menos.

PF: Mais ou menos, mas vamos fazer algumas tentativas. Por exemplo, vamos lembrar aqui alguma tentativa que nós já fizemos, alguma concessão que a gente fez ao sistema de vida aqui da dona Emília e que já representou um passo nesse sentido de uma melhor convivência com ela. Vamos pensar... Deixa ver... (*Longo silêncio. Termina a fita de gravação*).

12
CLARISSE

Na entrevista com os meninos n'*O Papagaio Falador*, Clarisse não foi mencionada em momento nenhum. Dois meses haviam transcorrido desde a partida de minha mulher para Viena. Na semana em que fizemos o jornalzinho, ela voltara da Europa, passara um dia conosco na rua Domingos Ferreira, dormira a noite em casa de sua avó, d. Juracy, e no dia seguinte voava para Brasília a fim de sondar uma possibilidade de emprego graças à influência do pai diplomata. Nesse dia em que esteve no Rio, fez umas arrumações no quarto dos filhos (inclusive a dos sapatos, discutida na entrevista), mas as conversas que teve com Isolda e Claudinho foram mais sobre a viagem à Europa. Trouxe os esperados presentes, prometeu levar os meninos com ela na próxima, mas não achou que fosse oportuno, por enquanto, falar da separação.

E os meninos, por sua vez, não consideraram adequado o momento para falar de Clarisse. Principalmente porque a mãe não vinha ainda para ficar, embarcava no outro dia para Brasília, e até que voltasse eles teriam que lidar com a mente deformada da exbabá de cinqüenta anos. Havia detalhes na convivência desta com meus filhos que eu ignorava. A maior parte do que eles silenciavam era por medo, como fiquei sabendo depois que o segredo explodiu e veio à tona.

O pretexto de que se servira para voltar à nossa casa — ajudar a cuidar dos meninos no período de ausência da mãe — foi posto de lado desde os primeiros dias. Clarisse se oferecia para levá-los à praia, eles não topavam, ela então punha o maiô, calçava uns tamanquinhos, pegava a barraca e ia só. Ficava horas apanhando sol sem se molhar no mar, voltava lá pela uma da tarde, o almoço nunca era servido antes de ela sentar-se à mesa, e dava sempre um jeito de sentar-se quando os meninos ainda não tinham interrompido suas brincadeiras. Na hora em que Isolda e Claudinho apareciam para comer, já a travessa com os croquetes estava pela metade. Eles reclamavam com a vó, faziam cara feia, mas evitavam olhar para Clarisse. Nas vezes em que nos sentávamos todos ao mesmo tempo, Clarisse tinha um recurso infalível para tirar o apetite dos meninos (o meu também, diga-se de passagem) e garfar os croquetes sem que eles nada fizessem para tomar-lhe a dianteira na corrida ao prato: tirava do bolso um lenço sujo com as secreções que lhe escorriam do nariz ininterruptamente o dia inteiro, punha o lenço sobre a toalha de mesa junto do prato com os croquetes que trazia para perto do seu e daí por diante podia servir-se tranqüila, pois nem os olhos da gente se aproximavam do prato, quanto mais os garfos. Queixei-me disso diversas vezes a mamãe, mas d. Emília estava tomada de uns amores absurdos por sua ex-empregada dos anos 40. Achava que nós implicávamos com Clarisse e acusava-nos de sermos grosseiros com ela. Os meninos se queixavam a mim, mas nada comentavam com a avó nem muito menos com a própria. Aos domingos, jejuávamos. No intuito de fazer média com minha mãe, Clarisse se oferecia para substituir Almeirinda em sua folga, preparando o almoço. Isolda e Claudinho chegavam comigo da praia o mais tarde que nos era possível (duas e meia, três horas) para não assistirmos aos preparativos da comida: o espetáculo do nariz pingando, o dorso da mão recolhendo, depois limpando-se no pano de cozinha. Os três alegávamos que só tínhamos vontade de comer frutas, mamãe se desesperava com o desperdício, culpava o excesso de exposição ao sol, ameaçava-nos com uma insolação, queimaduras de primeiro grau, câncer de pele, eu dizia que o perigo maior estava numa congestão, se comêssemos — enquanto Clarisse saboreava a fartura na mesa e o jejum que nos impunha religiosamente no dia do Senhor.

    Almeirinda se recusou a lavar os lenços na mão e punha todos na máquina (os panos de cozinha também). Para vencermos a batalha dos lenços sujos sem melindrar Clarisse (ou sem que mamãe pudesse achar que a melindrávamos), a profanação dos panos de cozinha não foi mencionada. Argumentei só, em incisiva confidência à dona da casa, que a catarreira ia acabar enguiçando a máquina. — Depois, não é bom para a saúde lavar na mesma água as roupas e os lençóis com os lenços — acrescentei. Mamãe respondeu que lavaria, ela própria, no tanque. Embora fizesse isso muito às escondidas, Clarisse um dia acabou vendo e passou a usar lencinhos de papel.

Mas nem assim. Os lencinhos, empelotados depois de sujos, reinavam por toda parte, nas poltronas de assistir televisão, nas cadeiras em volta da mesa de refeições, sobre a própria toalha da mesa. Ao limpar a casa, Almeirinda recolhia sempre uma porção deles espalhados como petecas pelo chão. E havia a "reinação do lencinho" no jogo de cartas com mamãe, em que Clarisse roubava escondendo trunfos debaixo das coxas. Primeiro limpava o nariz segurando o lencinho com a mão direita, sem desviar a atenção das cartas na mão esquerda, depois ficava algum tempo empelotando o lencinho com a mão direita erguida, sempre estudando as cartas; nós (digo nós mas jamais joguei cartas com Clarisse, antes de mais nada porque não conseguia olhar nos seus olhos) com os olhos grudados no empelotamento, querendo seguir etapa por etapa o destino do lencinho, até que ela abaixava a mão para depositar a pelota no assento, errava de propósito ao soltá-la, a pelota caía no chão e ao cair abria-se como um pára-quedas, deixando o catarro à vista. Se mamãe ou os meninos estivessem olhando nesse momento, o nojo era tanto que tinham de olhar para outro lado, e aí era que Clarisse aproveitava e abaixava-se com as cartas até o chão para recolher o pára-quedas e voltar trazendo o trunfo clandestino.

Não quero deixar passar sem registro a impressão que me causou, no dia em que chegamos da aventura com a mãe Joana no Jardim Botânico, rever Clarisse vinte e cinco anos depois de ela ter vivido conosco no tempo de papai. Foi ela quem nos atendeu à porta. Olhares e cumprimentos foram trocados durante meio minuto, ela inclusive aludiu à semelhança de Claudinho comigo quando eu tinha a sua idade, e na mesma hora associei os traços dela com os de d. Camila na foto de um almoço da Associação do Ministério Público nos anos 40, que está colada no Diário e é a única em que aparece a promotora, sentada na extrema esquerda da mesa, com pelo menos meio centímetro de largura eliminado a tesoura por meu pai para que a foto coubesse no caderno. Na época em que foi documentado o almoço, terá algum de nós notado a extraordinária semelhança? A perda da memória não me permite responder. Tampouco constou qualquer observação a esse respeito na reconstituição de minha infância esboçada por Aurora no relato de 1º de janeiro de 1972. Em conversa, porém, tempos depois, com Anita, voltamos ao assunto (vejam em "Magda Mou fala à imprensa", mais adiante) e a conclusão foi que essa semelhança passara despercebida. A descoberta não ajudou a contornar as dificuldades com a ex-babá, e terá sido, sem dúvida, uma das razões (havia outras, mais fortes e inconscientes) que me impediram de olhá-la nos olhos durante o verão difícil que foi esse de 1972.

Pensei em lançar O Papagaio Falador, entrevistando Isolda e Claudinho, para que eles tivessem a oportunidade de desabafar sobre Clarisse. No dia-a-dia, queixavam-se tanto do estorvo representado por essa mulher em suas vidas! Mamãe, alegando falta de espaço na área de serviço, havia pendurado a roupa lavada de Clarisse (inclusive a roupa íntima, calcinhas, inclusive o maiô de lycra que, molhado, exalava um cheiro ativo muito desagradável) para secar na pequena varanda da frente que fazia a comunicação do meu quarto (outrora gabinete de trabalho de meu pai, antes de ser meu quarto com Aurora) com o dos meninos (meu quarto quando garoto, onde Clarisse havia tido uma cama para dormir e descansar). A comunicação pela varanda havia sido sempre um prazer, seja quando eu era menino e interrompia com minhas visitas o trabalho de papai, ou simplesmente ficava a espioná-lo sem ser visto, admirando a velocidade e a segurança com que fazia correr a caneta no papel, seja quando, mais tarde, Aurora e eu surpreendíamos os meninos ou éramos por eles surpreendidos em invasões festivas. A varanda de ligação funcionava como uma espécie de passagem secreta. Além de estarem afastados da mãe e obrigados à presença indesejável de Clarisse, Isolda e Claudinho ainda por cima tinham agora que enfiar a cabeça entre calcinhas, maiôs (que eles diziam "maiôres") e toalhas molhadas daquela senhora cada vez que queriam chegar a mim sem ser pelas passagens de uso extensivo aos demais habitantes da casa.

A hora de Clarisse pendurar as roupas lavadas para secar era logo depois que passava pelo chuveiro, de volta da praia. Entrava pelo quarto dos meninos e eles podiam contar no relógio que daí a quinze minutos ela estaria sentada à mesa para avançar nos croquetes. Mesmo assim, nunca chegavam a tempo. Outra coisa de que se queixavam era que na casa não circulava ar por causa de Clarisse (porta do quarto de mamãe sempre fechada). Clarisse assistia televisão na sala até de madrugada e no dia seguinte levantava-se às dez. Os meninos estavam proibidos de entrar no quarto da avó até essa hora ou quando Clarisse dormia a sesta, de duas às quatro, depois de encher-se com os croquetes. Ou quando lia jornais e revistas, uma hora antes do jantar.

Um dia providenciei com um amigo meu meia dúzia de baratas que o ideal teria sido colocar debaixo do colchão ou dos lençóis de Clarisse (como os besouros colhidos para infernizar o sono do tio, na história de *Juca e Chico*, uma preferida dos meninos para leitura à noite); mas, como mamãe dividia a cama de casal com Clarisse, nada feito. Recorri ao amigo por ser um especialista, um sufocador de baratas. E isso porque elas tinham que estar inteirinhas, sem faltar nada, nem podiam ter partes achatadas ou esmigalhadas, nem podiam ter o aspecto retorcido das vítimas de inseticidas, do contrário perder-se-ia a ilusão de que estavam vivas e o susto seria muito menor. (Vivas, mesmo, seria impossível prendê-las até a hora do efeito desejado sobre Clarisse.) A técnica de sufocação exigia grande paciência (sabida a extraordinária resistência do inseto) que o amigo tinha desenvolvido desde criança, quando não se incomodava de perder o tempo que fosse preciso para assustar as irmãs que tinham horror a baratas.

Depois de desistirmos da cama, por causa de mamãe, analisamos as possibilidades oferecidas pela varanda com seus maiôs e calcinhas pendurados. Clarisse tinha o hábito de recolher as roupas quando ia para a praia. A essa hora, o quarto dos meninos estava em geral desocupado (tinham ido para o colégio, se fosse no período das aulas, ou tinham descido para um passeio na praia comigo, ou vindo para o meu quarto desenhar ou ler livros da biblioteca). Se plantássemos as baratas dentro das peças de roupa, como pretendíamos, a descoberta por Clarisse aconteceria nesse momento, ao tirá-las da corda. E então? Aproveitaria ela o quarto vazio para devolver-nos as baratas? Três debaixo dos lençóis de Claudinho e três debaixo dos de Isolda? Ou, para cada um, duas debaixo dos lençóis e uma debaixo do travesseiro? Ou as seis na cama de um ou de outro (debaixo do travesseiro, todas!, especulou Claudinho). Ou cinco fosse onde fosse — e a sexta ela não poria, de propósito, para obrigar que a procurássemos por todos os cantos e ficássemos morrendo de medo de encontrá-la a qualquer instante e não a encontrássemos nunca? (Especulação da Zô.)

A imagem mais assustadora de todas foi também sugerida por Isolda, com um filete de voz, quando achou possível que Clarisse, enfurecida com o achado das baratas, escolhesse uma hora (à noite, de preferência) em que os meninos estivessem no quarto e eu não estivesse no meu, fechasse a porta que dava para o corredor e carregasse com os dois para a varanda, levantando-os nos seus braços, um de cada vez, para que enfiassem a cara nas calcinhas e nos maiôs com as baratas dentro.

Perguntei-lhes por que tinham tanto medo assim de Clarisse. Nenhuma resposta. Depois de uma pausa, Isolda, pouco convincente, explicou-me que era por serem capazes de imaginar o medo que ia sentir Clarisse quando desse com as baratas. Afinal, disse ela, trocando olhares com o irmão, quem estava pensando em meter medo éramos nós. Claudinho comentou que poderíamos dar o susto sem meter medo, se puséssemos as baratas no lugar onde ficavam escondidos os trunfos durante o jogo de cartas. Não seria engraçado? Mais medo teria ela de ser apanhada roubando do que pela presença inesperada das baratas, Isolda apressou-se em esclarecer quando notou que eu não havia entendido bem o significado de dar susto sem meter medo. Achei o raciocínio elaborado demais para ter brotado ali, sem mais nem menos, do irmão de seis anos. Havia tempos deviam vir matutando nessa vingança! — Mas como? Esconder as baratas debaixo da perna de Clarisse? — perguntei. — Debaixo da almofada — respondeu-me o pilantra, com o risinho de quem saboreava uma imperdível travessura. De fato, Clarisse se sentava, para jogar, sobre uma magra almofadinha de veludo bege e os meninos mais de uma vez tinham encontrado, em diferentes horas do dia, ases e reis debaixo da almofadinha; as cartas ali ficavam na clandestinidade à espera de que, numa segunda etapa, ela as levasse para debaixo da coxa. — A bunda pode causar um esmigalhamento e aí jogar fora todo o nosso esforço para conseguirmos assustar com baratas intactas! — observei, sem que a menção do esmigalhamento provocasse o impacto que eu esperava. Explicaram-me que Clarisse, ao chegar, a primeira coisa que fazia era levantar a almofada para ver se os trunfos estavam mesmo no lugar. Nossa dúvida ficou sendo se ela teria sangue-frio bastante para olhar as baratas e conter-se por causa dos trunfos que a denunciariam. Os meninos estranharam a minha convicção de que ela não se alteraria nem um pouco: — Está acostumada a fingir. É uma sonsa. — Isolda foi prudente: — Pode até fingir, mas vai se assustar muito. Será que vale a pena pregar esse susto à toa?

Claudinho e Isolda entreolharam-se mais uma vez.

— O plano é brilhante, Cláudio Aquiles — decretei, para pôr fim às dúvidas. As baratas seriam colocadas depois do almoço, quando ela já tivesse ido fazer a sesta.

(NG) Susto vai ter o leitor amigo quando souber que, deste ponto em diante, as folhas com o texto datilografado de Lamartine se extraviaram. Não houve negligência minha, é bom que fique esclarecido. Aliás, nunca em tempo algum perdi nada que me tenha sido confiado, é bom que também fique esclarecido. A tal história de que vivo perdendo fichas na minha Gramática é típico folclore alimentado pelos invejosos que incessantemente sabotam meu trabalho. Estou escrevendo no dia 6 de junho de 1974. A remessa do que em minhas notas designei por "texto original" foi-me feita pela Samuel Pepys Foundation em 19 de março de 1973. Dela não constavam os "Acréscimos", apesar de que desde fevereiro esse material ("A série Mozart" e "Mico-preto") já se encontrava em Londres. A SPF relutou quase um ano até decidir-se a deixar-me vê-lo (28 de dezembro de 1973). Meu convívio com Lamartine foi muito breve (abril-maio de 1972) e bem anterior tanto à produção do texto original como à dos acréscimos. Em 13 de setembro de 1973, restituí a Londres o que me remeteram em março, com a revisão crítica por eles solicitada. Só em dezembro iria chegar-me o texto dos "Acréscimos"! Durante dez meses, eles não quiseram aceitar que se tratasse de um texto sério, tomando-o por alguma brincadeira irresponsável de Lamartine. No mesmo envelope vinha incluído o que supostamente deveria ser o texto anterior completo por mim revisto. Tive o desprazer de constatar que o já revisto estava incompleto, faltando a conclusão do capítulo sobre Clarisse, um capítulo que se intitu-

lava "Duas outras histórias" e versava sobre dois roteiros de histórias em quadrinhos para serem contados a Aurora, o capítulo "Magda Mou fala à imprensa", a "Entrevista com o gramático" (relato de uma conversa que tivemos em meu escritório na sede da Gramática Aproximativa) e o capítulo "Samuel Pepys Foundation". Imaginei que a SPF pudesse ter guardado cópias do texto extraviado, mas não.
 Reclamações e averiguações foram infrutíferas. Os correios não souberam explicar o extravio nem assumiram responsabilidade pelo mesmo, uma vez que não havia sinais de violação do envelope e não fora passado recibo sobre o número de folhas enviadas mas sim sobre a remessa como um todo.
 Restava a possibilidade de ter ficado alguma cópia ou rascunho em poder de Lamartine. Perdêramos contato com ele desde a cartinha que enviara à Foundation, acompanhando os "Acréscimos", datada de fevereiro de 1973, de que igualmente só tomei conhecimento em dezembro. No Rio, sua ex-mulher Aurora (colaboradora da minha *Gramática*, hoje casada com o principal de meus colaboradores, Cândido Cristalino), tampouco conseguiu localizá-lo nem à irmã, a escritora Magda Mou. A última vez que Lamartine procurou os filhos, Isolda e Cláudio, que hoje moram com a mãe e Cristalino em casa deste, foi em abril de 1972, à época em que escrevia as "Duas outras histórias". Dessa época data também o último encontro com a ex-mulher, quando ele lhe veio ler aqueles roteiros, e a última conversa comigo, descrita na "Entrevista com o gramático". O ano de 1972 foi também o da morte de d. Emília, sua mãe, ocorrida uma ou duas semanas antes da entrevista jornalística concedida por Magda Mou.
 Eu me pergunto o que devo fazer, hoje, 6 de junho de 1974. De repente, não há ninguém da família qualificado para autorizar ou desautorizar o reconhecimento do texto como tal, assim desfalcado, ou permitir a sua publicação. Aurora, em vista das numerosas referências nele feitas à intimidade do antigo casal (a maior parte, pura invenção, diz ela, e não é preciso ser um leitor muito inteligente para deduzir isso do tom geral da narrativa), sente-se constrangida autorizando-o, e, mais constrangida ainda, desautorizando-o. Sua situação já é complicada pelo fato de não ter havido separação judicial do marido (Lamartine

simplesmente sumiu) e ela estar morando com Cristalino, por assim dizer, sem amparo legal.

Em 1973, Lamartine recusara-se a levar em conta as críticas, que recebeu da SPF, dirigidas ao trabalho por ele realizado com o financiamento da instituição. O relato das experiências do filho seria irrelevante, e, portanto, dispensável, pelos critérios da SPF, para a compreensão do texto do pai. Lamartine justificou-se alegando que o objetivo desse trabalho era libertá-lo do diário de Espártaco, o que acreditava finalmente ter acontecido. Com os "Acréscimos" ele pretendeu ter dado uma refutação frontal (ainda que inexplícita) a essas críticas. Para ele o assunto estava encerrado.

Aí é que entro eu na história. Não sou um admirador do "Trem sem maquinista". Se ainda estivessem à mão as folhas que tratam da "Entrevista com o gramático", o leitor poderia verificar como, de fato, aconselhei Lamartine a desistir do texto híbrido que ele tinha em vista, e a ater-se exclusivamente à preparação dos originais do diário paterno, cuja eventual publicação parecia-me revestir-se de certo interesse, mais como um curioso documento de época do que propriamente um documento psicológico — ou mesmo literário, como queria o filho do autor. Fui eu que lhe propus dirigir-se à Samuel Pepys Foundation, jogando com a possibilidade de que a instituição se interessasse por um diário que, na sua preocupação de registrar as trivialidades do cotidiano, se parecia bastante ao do singular patrono seiscentista da Foundation. E deu certo. A carta enviada a Londres com o projeto, depois a resposta favorável daquela Sociedade, aceitando financiar o trabalho, achavam-se incluídas no último dos capítulos que se extraviaram, "Samuel Pepys Foundation". De como o projeto original transformou-se num romance, no "híbrido" que acabou sendo o "Trem sem maquinista" com todos os seus meandros e reviravoltas difíceis de justificar, pode-se ter uma idéia lendo os "Acréscimos" — estes, poupados aos caprichos do acaso e conservados com o resto do calhamaço que tenho em mãos.

Perdidas as esperanças de contar com o autor para um acabamento final da obra, que guardasse maior conformidade com os parâmetros lógicos e estéticos da instituição, foi então que a SPF lembrou-se de recorrer a este Revisor, de certo modo um avalista da capacidade e probidade do postulante ao financiamento; solicitaram-me os londrinos que desse uma olhada geral no texto e opinasse em sã consciência sobre o que deveria ser eliminado e o que poderia ser mantido, com toda a liberdade para promover as alterações que me parecessem adequadas.

Não me recusei à tarefa, que obrigava à leitura de quase quinhentas laudas datilografadas; fiz, muito hesitante às vezes, a revisão crítica e remeti o material de volta à SPF, com a observação de que o romance causara-me, como leitor, uma forte impressão de inacabado. Essa observação deve ter decidido os ingleses a me mostrarem os constrangedores "Acréscimos", que ficaram retidos em Londres, sem que a Foundation soubesse o que fazer deles, de fevereiro a dezembro de 1973. Três meses depois de ter lhes enviado a solicitada revisão crítica do original e o juízo, oferecido espontaneamente, de que faltava um fecho à obra, lá estava eu com o "Trem" novamente nas mãos, mais os "Acréscimos" e mais a perda aflitiva de quatro capítulos.

E agora? Reconstituir os quatro capítulos? (Como?!) Explicar, por uma nota, que se haviam perdido e resumi-los, na medida do que me houvesse ficado na memória três meses depois de tê-los revisto? Ou não explicar nada e deixar que o leitor (se é que haveria mesmo algum dia outro leitor além de mim) se virasse sozinho, descobrisse as lacunas e tratasse de preenchê-las com a própria imaginação?

6/6/1974. Mãos à obra. Vou fazer o seguinte. Mesmo não sendo um admirador do "Trem", forçoso é reconhecer que me liguei, se não por uma apreciação literária e estilística, pelo menos afetivamente, à produção do texto e ao seu autor, essa personagem absurda e inconveniente que é o nosso Lamartine, irresponsável capaz de pôr em livro a primeira infantilidade que lhe venha à cabeça, como é capaz de invadir escritórios, pacificamente, para fazer-se lembrado da mulher de que se separou e sonhar que a terá de volta, lançando mão, com esse fim, do recurso mais inverossímil de todos: contar roteiros de histórias em quadrinhos. O argumento central, em que insistiu sempre, de que as histórias por ele inventadas (em quadrinhos ou não) funcionavam como uma ressonância, uma centelha para descongelar o fio narrativo de Espártaco, tão distante no tempo mas reativável pela

estimulação das circunstâncias lamartinianas, a alegação de que o diário do pai vira uma pedra silenciosa e nada transmite se não for à custa das energias do filho, esse argumento me comove (embora sabendo que é uma forçação de barra), como me comovem e me divertem suas próprias histórias quando contadas de viva voz. O que não me convence, não me convenceu nunca, é o resultado por escrito, essa trama mal urdida, que se arrasta, mais dominada pela confusão do que pela emoção. Vou passar por cima disso.
    Conversei com Aurora sobre o livro em numerosas ocasiões. Dei-lhe para ler o texto quando me chegaram faltando os quatro capítulos e precisei dela para localizar Lamartine. Cristalino também leu. Suportaram com muita dificuldade os "Acréscimos". Aurora já conhecia a parte intitulada "Mico-preto", composta quase dois anos antes de "A série Mozart"; continua a repelir, como no passado, a morbidez da escrita em que Lamartine se faz passar por Espártaco, forjada para figurar no Diário 2 como a motivação detonadora do abandono da casa pelo pai. Disse-me ter sido tão forte sua repulsa, na época, diante do texto produzido por Lamartine que bastaria para explicar a separação ocorrida meses depois (confirmando uma declaração nesse sentido que era feita por Anita no extraviado "Magda Mou fala à imprensa"). Ficou-me a impressão de que, não estivesse desaparecido o autor — com a possibilidade, até, de estar morto —, Aurora e Cristalino teriam sido contrários a qualquer divulgação de "Trem sem maquinista". Aurora chegou a invocar o efeito negativo sobre os filhos. Curiosamente, o desaparecimento de Lamartine criou nas pessoas (em mim posso atestar que isso aconteceu) um certo sentimento de obrigação para com o coitado, obrigação de tornar do conhecimento público a fusão Espártaco-Lamartine por ele tentada no *Livro de Espartamartine* (título de brincadeira que dava ao "Trem") e de assim fazer cumprir-se o compromisso que sempre esteve no pensamento do filho em relação ao diário do pai.
    Vou fazer o seguinte. Vou tentar uma sinopse dos capítulos extraviados, que dê o essencial para o leitor não perder as relações que neles se estabeleciam com o restante do livro. Quanto aos roteiros das histórias em quadrinhos que Lamartine fez para ir contar a Aurora na Gramática, estão nas minhas mãos, graças a Aurora que os conservou. Vão poder voltar

ao livro sem qualquer intermediação de minha memória. Antes de transcrevê-los, só me falta contar como terminou o capítulo de Clarisse, interrompido na preparação do susto com as baratas. O Lamartine com que nos deparamos nessa história de Clarisse é meio perturbador. Desde a primeira vez que li as observações dele sobre sua ex-babá achei que havia ali uma antipatia exagerada, o assunto do catarro (teria sido mesmo como ele conta?), o terror que de certo modo é ele quem põe na cabeça dos meninos, alimentando as especulações sobre como pode ser a vingança de Clarisse quando encontrar as baratas. Parece um maluco contando aquelas coisas. É bem verdade que, na ocasião em que aconteceram (ou não), estava abalado com o afastamento da mulher; nem os filhos, nem d. Emília ficaram sabendo que ia haver uma separação, Aurora ainda não havia falado disso com mais ninguém a não ser com ele (pelo menos, era o que pensava; diz-me Aurora que abordou o assunto com os pais, na Europa, e com a avó, d. Juracy, no Rio, antes de seguir para Brasília; e que o tema teria transparecido também em algumas conversas um tanto vagas com Anita). Não havia uma decisão sobre com quem ficariam os meninos. Ele tinha largado o emprego no Depósito Público, para não deixar Isolda e Claudinho o dia inteiro nas mãos de d. Emília, cansada nos seus quase setenta anos, e Clarisse, aquele terror que ele nos pinta, capaz de atrocidades imprevisíveis. O dinheiro de d. Emília (que se imaginava, ainda naquela época, fosse dinheiro mandado por Espártaco "de seu paradeiro desconhecido") dava, apertado, para os gastos. Intermitentemente, Lamartine fazia traduções em casa, revisões para livros e revistas. Os prazos de entrega não eram respeitados, o dinheiro que esses trabalhos rendiam era mínimo. Para os meninos e d. Emília ele dizia que estava escrevendo "o romance" sobre o diário de Espártaco, uma tarefa que iniciara atabalhoadamente muitos anos antes e seguira por diversos caminhos, todos deixados pelo meio. Não tinha a menor idéia do terreno que pisava, de como seria sua vida nas próximas semanas. E, ainda por cima, sem memória de 1971 para trás! Em tais condições, nada mais natural, portanto, do que povoar a cabeça de lenços sujos que ajudavam a trapacear nas cartas e de calcinhas e maiôs com baratas dentro.

A conclusão do capítulo sobre Clarisse nunca foi escrita. Hoje tenho certeza. Lamartine chegou até ali e certamente não quis contar como continuava a história. Não deu bola e passou adiante. Como é que eu não percebi isso na leitura que fiz o ano passado! Será que alguém de lá percebeu, procurou se não estaria perdida essa conclusão dentro do calhamaço, mexeu na ordem das páginas, pôs algumas de lado para facilitar a procura, não encontrou o que procurava e simplesmente esqueceu de repor no lugar as que havia posto de lado? Vai ver que foi assim que se extraviaram "Duas outras histórias" e os capítulos seguintes. Há pouco escrevi que a conclusão tinha sido extraviada junto com aquela penca de outros capítulos, mas me enganei. Nunca foi escrita. Só fui me dar conta disso depois de saber o desfecho como aconteceu na realidade, ouvindo-o diretamente de Aurora. A cabeça pode me enganar em certas coisas, mas jamais teria esquecido tal desfecho se houvesse a mais leve alusão a ele no texto de Lamartine.

Chega a hora do jogo de cartas, Clarisse senta-se sem inspecionar a almofada, Emília toma seu lugar diante de Clarisse, começa o biriba, a que Lamartine assiste, estarrecido com a quebra de hábito de Clarisse e ansioso por que Isolda e Claudinho (atrasados) cheguem a tempo de presenciar o grande susto. Disfarçadamente, de tempos em tempos, olha na direção da almofada, para ver se as partes esmigalhadas estão extravasando líquido branco. Nada. Os trunfos aparecem no jogo, pinçados debaixo da coxa de Clarisse com a maior facilidade. E limpos. Clarisse ganha. Os meninos não aparecem. As baratas tampouco.

O que houve foi o seguinte. A Zô e o Claudinho, aterrorizados com a perspectiva de uma vingança de Clarisse, tinham tirado as baratas de sob a almofada numa hora em que o pai não os via e foram correndo contar para Clarisse o susto que lhe preparava Lamartine. Traziam em mãos a prova, que mantiveram a uma distância respeitosa (sobre o prato de papelão envolvido com delicadeza numa folha de papel de seda semitransparente, as seis cascudas impecavelmente arrumadas em duas fileiras de três poderiam passar por chocolates finíssimos!).

Quando indagados por Lamartine por que não tinham comparecido para assistir ao jogo, os meninos alegaram uma diarréia de nervosismo que os confinara no banheiro enquanto se desenrolava a partida. Ficou sem explicação o desaparecimento prévio das baratas. Isolda e Claudinho manifestaram hipocritamente o seu medo de que elas fossem reaparecer no quarto deles, por vingança, como haviam imaginado no dia em que planejaram dar o susto usando as calcinhas e os maiôs pendurados na varanda. Lamartine tranqüilizou-os. Inspecionaria as roupas ele mesmo. Não desconfiou em momento algum que os meninos pudessem ter se aliado a Clarisse.

Aurora me explicou as razões dessa aliança que, à primeira vista, não fazia o menor sentido. Na semana seguinte ao episódio das baratas, de volta de Brasília, ela se instalara no apartamento de d. Juracy, na praia do Flamengo, para onde se transferiram pouco depois Cláudio e Isolda. Ficara sabendo pelos meninos que não se sentiam seguros com Lamartine porque ele não enfrentava diretamente Clarisse. Queixar-se, ele se queixava, continuamente, a d. Emília, enumerando um por um os abusos cometidos pela ex-babá a cada dia, mas a vó achava que era implicância deles e que tinham ciúmes porque Clarisse tratava-a com carinho e ela retribuía. Nas horas em que se via a sós com os filhos, Lamartine tramava sustos e vinganças que eram ao mesmo tempo cômicos e terríveis; mas que nunca foram executados (na vingança com auxílio das baratas ele até que estava decidido, mas aí foram os meninos que não embarcaram, por falta justamente dessa confiança em que o pai tivesse força para impedir o revide). Nem uma só vez ele fora capaz de partir para uma briga, frente a frente, com a Folgada. Se não a olhava sequer nos olhos!

As seis baratas reapareceram menos de vinte e quatro horas depois, no quarto de Lamartine. Era um sábado, meia-noite passada, ele voltara do cinema, Isolda tinha ido dormir na casa de uma amiga que tinha dado festa, Claudinho dormia em casa, a porta do seu quarto aberta. D. Emília e Clarisse dormiam também, de porta fechada. O maior silêncio. Lamartine foi para o quarto, acendeu a luz e viu sobre sua cama o pijama estendido com as seis baratas em cima, distribuídas como se fossem botões. Três no paletó e três na braguilha. Saiu pela varandinha de comunicação e alcançou o quarto dos meninos. A lâmpada azul, enfiada na tomada, não deixava o ambiente ficar às escuras.

Claudinho dormia. Nenhuma outra presença no quarto. Mas, bem junto à cama, no chão, onde o móvel interceptava a iluminação direta da lâmpada e, portanto, bem pouco havia para se ver, Lamartine divisou os contornos de uma sombra maior do que uma barata, erguida na vertical e com uns dez centímetros de altura. De leve, deu um passo em sua direção, sem levantar o pé, pouca coisa e logo parou, à espera. Nenhuma resposta. Espaçando cuidadosamente os movimentos, os olhos sem soltar-se da sombra junto à cama, recuou, transpôs a porta, até chegar ao corredor que dava para os quartos. Acionou o interruptor e com a luz que vinha de fora melhorou a visibilidade em volta de Claudinho sem perturbar-lhe o sono. Não havia dúvida possível: o que estava no chão, tão perto da cama, fininho, esguio e pontiagudo mas plantado com firmeza na base, era um cocô. Fechou a porta, cobriu com a ponta do lençol o rosto de Claudinho para que não recebesse em cheio a luz do quarto, acendeu-a e completou a verificação: um cocô sem absolutamente nada em torno, em pé por suas próprias forças. Lençóis limpos, nádegas limpas. A hipótese de ter saído de Claudinho, enquanto se dirigia para a cama meio dormindo, ou dela se retirava aflito, sem tempo de chegar ao banheiro, essa hipótese não se sustentava porque não ficara nenhum outro indício fecal no quarto. Nem a obra se depositaria em pé se não houvesse, em quem a fez, agachando-se a dez ou quinze centímetros do chão, a intenção expressa de deixá-la assim posta. Não dava para trazê-la de fora e colocá-la ali, como se procederia com uma barata. Cocô em pé, só tendo sido feito no próprio local, garantiu Lamartine ao denunciar à sua mãe, no dia seguinte, a infâmia perpetrada por Clarisse. Com um envoltório de papel higiênico, enfrentou de perto o mau cheiro, recolheu e jogou fora a peça, para que não chegasse a ser vista por Claudinho ao acordar. O produto, de fabricação recente, nem grudou no chão.

Perdoem-me os diretores da Samuel Pepys Foundation e os possíveis leitores, no futuro, as grotescas minúcias, de que não os poupei, no relato (elegantemente silenciado por Lamartine) dessas porcarias. Não creio ter chafurdado em excesso, todavia, se considerarmos que em conseqüência desse ato absurdo Aurora tirou os meninos da companhia do pai e da avó e que, profundamente contrariada com o conflito que ainda se prolongou por alguns meses, sem a presença dos netos, d. Emília acabou falecendo em junho daquele mesmo ano (1972).

  Os meninos no dia seguinte ficaram sabendo do cocô porque ele foi trazido à discussão como peça principal do libelo contra Clarisse. Mas, ainda dessa vez, não houve enfrentamento direto com a Folgada. Lamartine falou muito do formato pontiagudo e da posição em pé, mas era como se estivesse se referindo a uma assombração. D. Emília achou o cúmulo inventarem um motivo tão torpe para perseguir a ex-empregada que se tornara sua amiga. Recusou-se a mandá-la embora. Aurora apareceu à tarde, levou os filhos (que, por espontânea vontade, nunca mais voltaram) e, à noite, explicou a Lamartine pelo telefone que ele, com sua perda de memória, não estava lembrado mas que, quando tinha oito para nove anos, era seu costume, no fim da tarde, tão logo escutava a música-prefixo do "Homem-Pássaro" tocando no radinho de seu quarto, usar a passagem secreta, vindo do gabinete do pai, entrar no quarto, em que a essa hora Clarisse descansava na cama lendo a *Revista do Rádio*, fechada a porta que dava para o corredor, e procurar uma posição aconchegante ao seu lado para deleitar-se com mais uma aventura do herói da Rádio Nacional. No desenrolar da aventura, Clarisse, dezessete anos, sem tirar os olhos do texto da *Revista do Rádio*, desviava uma perna para cima do corpo dele e plantava o pé sobre o pequeno sexo, pressionando-o de leve e depositando nele energias desconhecidas.

  Era uma confidência que tinha sido feita por Lamartine a Aurora quando introduziu-se a rotina do pé como estimulante nas relações amorosas do casal. Na longa conversa do dia 1º de janeiro, em que, a pedido dele, contara-lhe o passado esquecido de uma só vez na véspera, não ocorrera a Aurora mencionar a diversão do "Homem-Pássaro". Depois do delírio com as baratas e o insólito "presente" deixado junto à cama de Claudinho, lamentou não o ter feito há mais tempo. (NG)

DUAS OUTRAS HISTÓRIAS

13
A BONECA-SURPRESA

(NG) Segundo roteiro de história em quadrinhos, bolado em colaboração com Isolda e Claudinho pouco antes de eles terem ido morar com a mãe e a bisavó materna, d. Juracy, em abril de 1972. (NG)
    O diretor do Depósito Público faz-me passar dentro da caixa-forte que comunica a repartição com os cômodos em que reside na companhia da mãe velhinha. Isso, só porque eu me decidi a deixar o emprego e ele não quer aceitar o pedido de demissão. Digo-lhe que planejo uma vida nova, com projetos criativos que o emprego não me permite realizar. — Mas que projetos? Que projetos? — Vai na frente, dirigindo-me os passos dentro da caverna metálica. A cada pergunta joga as mãos para cima, sacudindo um molho de chaves que segura com a direita. — E eu? Vou me abrir com quem? Vou confiar em quem? São uns espiões! Sobem nos sanitários e comunicam-se falando por cima da divisória para que eu não fique sabendo! — Refere-se aos dois outros funcionários administrativos do Depósito, um rapaz e uma moça, que trabalham no andar térreo. E aos banheiros instalados nesse andar, um de uso masculino e outro feminino. Ele e eu ficamos normalmente no sobrado, de salas mais amplas, onde também se acomoda a residência, do outro lado da caixa-forte. É a primeira vez que percorro a passagem.
    A velhinha está sentada curvadinha para a frente. Tenta erguer um pouco o rosto para ver-me e falar-me: — Não faça isso com meu filho.
    A outra cena já é em nosso apartamento, na Domingos Ferreira. Aurora viajou para a Europa. As crianças moram comigo e mi-

nha mãe. Pouco dinheiro em casa, depois que deixei o emprego. Para fazer face às despesas, temos um inquilino, senhor de meia-idade, que ocupa o que antes era o quarto dos meninos. É cheio de exigências, quer almoço e jantar servidos na hora certa, reclama muito das tampas de plástico na pia, no bidê e na banheira. Faz questão de que sejam do tipo antigo, de borracha. Isolda e Cláudio Aquiles foram incorporados ao quarto da avó. Não se acostumam. Teriam preferido ficar no meu. Ou *com* o meu, melhor ainda, mas entenderam, afinal, não ser possível eu me deslocar para a sala até que termine o projeto criativo que é meu sonho (para realizá-lo deixei o emprego no Depósito). Tranco-me no quarto por muitos dias e muitas noites, de lá não saio para nada, nem deixo ninguém entrar. O maior mistério. Meus filhos sabem que trabalho incansavelmente, acreditam que seja no romance sobre o Diário, que eu sempre quis escrever. Um belo dia, abro a porta. Muito satisfeito, vou sentar-me à mesa, onde já estão, almoçando, mamãe, a Zô, Claudinho e o inquilino. Este, visivelmente, se dependesse dele, não faria a refeição em minha companhia, tal como me apresento (barbudo, esquálido de não comer, malcheiroso de não tomar banho dias e dias, as roupas sujas, amarfanhadas e coladas ao corpo pelo suor). — Podia antes ter passado pelo banheiro — comenta. Os meninos riem e tapam as narinas por causa do mau cheiro. Rio para os dois. Dirijo-me ao inquilino em tom sério mas amável: — Desculpe-me o incômodo. Queria apenas rever minha mãe e meus filhos. Agradeço-lhe ter completado o orçamento doméstico enquanto durou meu trabalho secreto.

Retiro-me da mesa e volto ao quarto. Daí a pouco ouço baterem à porta. A Zô e o Claudinho vieram trazer-me o almoço (as narinas sempre tapadas e muito riso). Convido os dois a entrarem. — Que cheirinho! Que cheirinho! — passam-me a bandeja e avançam colados um ao outro, rindo, sempre. — Pai, não vai dar pra você comer aqui! Hummm!

— Esperem até vocês verem uma coisa.

Aponto para a cama. Está uma boneca deitada. Tem articulações, é de madeira, o tamanho de Aurora, os traços, na medida do possível, também.

— Você que fez?! — Espanto dos dois. — É linda!

— Vocês não viram nada.

Apanho um pequeno aparelho de controle remoto e faço a boneca abrir os olhos, sentar-se e depois piscar para eles.
— Fala? — pergunta Claudinho.
— Só falta falar. Anda pra todos os lados, faz ginástica, abre e fecha a boca. Se falasse, achei que não ia ser legal. Voz de boneco.
— Pai, você vai ganhar um dinheirão! — diz Isolda. — Você é um gênio!
— Mas, antes de ganhar um dinheirão, escutem só o plano que eu tenho pra ficarmos todos felizes da vida.
Conto para eles como vamos matar de susto o inquilino. Daí a uns quinze, vinte minutos, a gente vai ouvir o barulho dele entrando no quarto. É a hora da sesta. A gente dá um tempo. Aciono o controle remoto, a boneca sai caminhando devagarzinho, chega à varanda de comunicação, vira para a direita e segue em direção ao quarto ocupado pelo inquilino, que se abre para o outro extremo da varanda. Quê que a boneca faz? A porta que dá para a varanda está aberta, ele gosta de dormir deixando entrar o ar, a boneca empurra uma das bandas da porta para dentro, passa e aparece onde possa ser vista por ele, no espaço aberto pela outra banda (o surgimento da boneca não tem como não ser percebido porque o inquilino se deita com o rosto virado para a varanda). Aí ela lhe dá as costas, sobe nuns degrauzinhos mínimos que eu cravei na mureta (outro dia, quando ele tinha saído) para permitir que ela chegue ao parapeito e, uma vez lá em cima, possa criar a ilusão de que vai atirar-se à rua.
— Que horror! — exclama a Zô.
— Mas ela não se atira não, não é, pai? — pergunta-me Claudinho.
— O pai faria outra, seu bobo — diz Zô.
— Não é para ela se atirar, não. É só para matar de susto esse chato que pensa que é o rei aqui em casa. Mas, se o chato não morrer, também não faz mal. Pelo menos, a gente ri dele. A boneca desce e ri dele.
Ouvimos barulho no quarto ao lado. Damos um tempo. Soltamos a boneca. Ficamos assistindo, na varanda, escondidos por trás de uma das bandas da minha porta, com a cabeça de fora. A boneca lá vai caminhando.
— Ela mexe o corpo todo — diz Isolda.

— Legal — diz Claudinho.

A banda da porta do vizinho é empurrada pela boneca para dentro. Ela passa pelo espaço que se abre. Com a banda recolhida, a visibilidade da mureta do vizinho é perfeita. Faço a boneca dar as costas para o interior do quarto. Controlo a subida. Lá está ela em cima do parapeito. Qualquer um diria que vai se atirar. Os meninos tapam a boca para não rir, nervosos.

— Será que ele ainda não viu? — pergunta Claudinho num sussurro.

Faço a boneca levantar os braços.

Nenhum som no quarto do inquilino.

Lenta e suavemente a banda da porta de seu quarto é empurrada para fora, voltando à posição que tinha antes da boneca passar. Quem a empurrou?

De nosso reduto, no outro extremo da varanda, estamos impedidos de ver o espetáculo, o que me deixa sem condições de manobrar o controle remoto. Claudinho não se contém, desprende-se do grupo de observadores a distância e vai checar de perto o que está acontecendo.

Foi a mão do inquilino, é óbvio, que afastou a banda da porta para poder com mais facilidade abarcar a cintura da boneca em seus braços. Claudinho empurra a porta para que torne a recolher-se e o espetáculo, agora, visto por todos nós, é o inquilino carregando a boneca, abraçado à sua cintura, o rosto grudado às pernas de madeira, sem querer (ou sem saber como) soltá-la. Aciono o controle. Os braços da boneca, levantados desde que ela simulou atirar-se, abatem-se brutalmente sobre a cabeça do inquilino. Ela esperneia e dá choques.

Estamos vingados, penso.

— Assim não, vai acabar ele jogando ela pela janela — Isolda grita.

Desligo o controle. O inquilino respira aliviado.

— Põe ela no chão — ordena Claudinho.

O inquilino deita a boneca em sua cama. Ele está todo sorridente. Com cara de Papai Noel.

— Você não viu logo que era uma boneca? — pergunta-lhe a Zô.

— Linda — é tudo quanto ocorre dizer ao inquilino.

— Mas assustou-se? — insiste a pequena.
— Um pouco.
Ele se interessa pelo aparelhinho de controle remoto que vê na minha mão.
— Posso experimentar? — pergunta-me. Ante a minha recusa, os meninos começam uma algazarra:
— Primeiro eu! Primeiro eu!
— Faz ela me agradecer — diz o inquilino, olhando para a boneca e não para mim. O olhar é libidinoso, ridículo.
— Ridículo! — exclamam em coro os meninos, e saímos os três, em procissão pela estreita varanda, a boneca erguida como uma santa, mais infelizes do que divertidos, como esperáramos.

DUAS OUTRAS HISTÓRIAS

14

INVENÇÃO DOS
PROVÉRBIOS-DOMINÓS

(NG) Terceiro roteiro de história em quadrinhos, escrito por Lamartine também em abril de 1972, porém já depois de os meninos estarem morando com a mãe em casa de Cândido Cristalino. (NG)

Pelo telefone, Aurora confirma que Isolda e Claudinho não voltarão mais para Domingos Ferreira, que ela está morando com Cristalino, um colega de trabalho, com quem os meninos se dão muito bem. Que eu não procure meus filhos. Eles me procurarão. Que, por favor, não apareça na Gramática para procurá-la. Nem para contar histórias em quadrinhos? Não, por favor. Então acabou-se? Acabou-se.

São os meninos, nas raras visitas, que me dizem como é Cristalino, sexagenário de cabelos brancos, atlético, um metro e noventa. Fala pouco com eles (não é verdade, portanto, que se dêem tão bem). Pergunto se a mãe continua crescendo. Isolda me diz que ela tem ido ao médico, mas que não se preocupa com isso. Claudinho acha que, mesmo se continuar crescendo, vai custar muito a ser do tamanho de Cristalino. A mim já me passou de longe. Tenho vontade de perguntar se são carinhosos um com o outro, mas acabo indagando de como Cristalino ocupa seu tempo. Na Gramática, é o especialista de provérbios. Em casa, ouve música e está sempre pesquisando os tais provérbios. Devem viajar para o Rio Grande do Sul, passar um mês, e os meninos irão juntos. Aurora trabalha, na Gramática, comparando expressões regionais. Ela já me havia contado isso logo que chegou da Europa, quando explicou que a *Gramática* era "aproximativa" porque a intenção do professor Guaraná era aproximar os falares das diferentes regiões do Brasil. Cristalino, segundo Isolda, teria dito que era porque aproximava almas irmãs. Muito engraçadinho.

Há uma cena de Aurora, empolgada, descrevendo-me o que será essa aproximação dos falares regionais. Digo-lhe que mais interessante seria sair pelas ruas com um gravador colhendo ao acaso conversas de banhistas na praia, passageiros nos ônibus, gente que faz filas nos bancos, no correio. Interesse literário, não gramatical, é claro (até gramatical, se for um pobre de um gramático que estiver gravando). Essas conversas têm um desencadear que surpreende, porque as pessoas vão esquecendo o que foi dito mais para trás e trabalham só com as falas imediatas. Quem ouve a gravação completa ouve um conjunto que nunca esteve na consciência dos conversadores. Aurora ri, diz que sente um cheirinho do Diário nisso tudo, faz cara de quem está farta, esses meus projetos fantasiosos que não se realizam nunca. Se eu quero mesmo saber, o tipo de leitura atraente para mim — mas para isso precisaria ter uma paciência e uma perseverança que nunca tive — seriam os provérbios. O riso continua, irônico.

Como é que são as coisas. Passo a noite mergulhado na leitura de provérbios. Pena que as crianças não estejam mais em casa, para me ver, noite e dia trancado no quarto, estudando provérbios. Se estivessem comigo, pensariam que era o famoso romance. De novo, uma atividade febril, como no caso da boneca de controle remoto. Mas interrompo para fazer as refeições, junto com mamãe e Clarisse. Clarisse continua na casa, com a justificativa de atender mamãe, doente desde que os meninos foram morar com Aurora. Nas atuais circunstâncias, mais ainda do que antes, faltam-me condições de enfrentar a ex-babá e exigir de minha mãe que a mande embora. Continuo a não a olhar nos olhos, o que não me permite saber se ela alguma vez ensaia olhar nos meus. Observo-a quando está de costas, ou de lado, ou quando baixa a cabeça sobre o prato. Nessa última situação, é freqüente imaginá-la erguendo de repente o olhar sem erguer a cabeça, quero dizer, olhando-me enquanto leva a comida à boca. Olhos negros que cintilam mesmo na sombra, fixos, provocadores. Vem-me a lembrança excitante de ter batido com olhares assim de Aurora (seriam mesmo de Aurora?), mas não com comida na boca, com outra coisa.

Penso em d. Camila com meu pai. Em Aurora, casada com outro. Por mecanismos tão estranhos, essas obsessões persistem na cabeça da gente anos a fio. Deveria mais era ganhar dinheiro, sair de casa, poder chamar meus filhos para morar ou passar períodos comigo, livrar-me de Auroras ficcionais, Clarisses ficcionais, Camilas ficcionais, diários ficcionais. Ser menos fantasioso, ter as pessoas ligadas a mim por laços reais. Haverá absurdo maior que o meu pai ficcional? Existe uma Aurora não ficcional que até pode ser que goste de mim, mas que, "em termos de vida" (como ela mesma me disse), preferiu o proverbioso Cristalino. A Aurora ficcional irá comigo até o fim da vida. Mas isso consola alguém? Meus filhos ficcionais estão aqui do meu lado, envolvidos numa nova aventura para ajudar-me a recuperar a Aurora ficcional. O simples fato de uma Clarisse de cinqüenta anos (com quem, dizem, me envolvi quando eu tinha oito para nove anos, e ela dezessete) de repente olhar-me nos olhos seria capaz de perturbar-me tanto, se isso viesse de fato a acontecer? Na ficção, sim.

Da próxima vez que meus filhos vierem me visitar ficcionalmente, terão uma surpresa: o jogo de provérbios-dominós que inventei para eles. Está pronto. Consta de três cadernos: 1) Amplo repertório de provérbios (mais de cinco mil), em rigorosa ordem alfabética, com entrada pelo primeiro substantivo que apareça no enunciado. Na falta de substantivos, a preferência é para os verbos, depois para os pronomes, por fim para os advérbios. 2) Índice em que estão incluídas *todas* as palavras que compõem os provérbios relacionados no primeiro caderno. Quando uma palavra é a que está no final do provérbio, vem assinalada com um asterisco. (A palavra final tem muita importância no jogo.) 3) Relação de palavras finais que são especialmente raras (às vezes, usadas uma única vez) nos provérbios.

O jogo se joga como uma partida de dominós. De preferência com dois jogadores, mas pode ter mais. Claudinho, aos seis anos, está um pouco perdido na consulta aos cadernos. Isolda, oito, vai pegando as regras direitinho, mas irrita-se demais quando o irmão faz alguma bobagem. Precisarei fazer uma cópia a mais de cada um dos três cadernos, porque eles não se conformam de ter que ceder as listas de palavras quando chega a vez do outro jogar. Brigam e quase destroem os cadernos. O jogador A abre a partida pondo na mesa um primeiro provérbio escolhido ao acaso. Claudinho escolhe (soprado por Isolda) "Dois bicudos não se beijam". O jogador B tem que pôr na mesa um segundo provérbio que inclua a última palavra do primeiro (no caso, *beijar*). Isolda consulta o caderno nº 2 e, da lista de "beijar", escolhe "Quem come nêsperas, bebe cerveja, aspargos chupa e velhas beija, nem come, nem bebe, nem chupa, nem beija". O jogador A responde introduzindo um terceiro provérbio que contenha a última palavra do segundo (*beijar*, novamente). Os três procuramos no caderno nº 2 e Claudinho fica com "Quem meu filho beija, minha boca adoça" (rejeitando a variante com plural "Quem meus filhos beija" etc., mais do agrado de Isolda). O jogador B tem que apresentar um quarto provérbio em que figure a última palavra do terceiro (*adoçar*). Jogada de Isolda: "Uma gota de mel adoça um mar de fel". Jogada de Claudinho: "Quem come fel não cospe mel". Como ainda é um jogo sem regras estabelecidas, não há proibição de repetir um provérbio que já tenha entrado (vamos pensar nisso, mas por enquanto não há), e, assim, Isolda responde ao último lance de Claudinho, repetindo uma gota de mel adoça um mar de fel, Claudinho protesta, esse não, esse você já disse, Cláudio Aquiles não seja bobo, insiste ela com superioridade, não está vendo que aqui ele encosta em MEL ao passo que antes encostava em ADOÇAR? Claudinho não quer saber.

Começa a briga do fel contra o mel.

— QUEM COME FEL NÃO COSPE MEL!
— UMA GOTA DE MEL ADOÇA UM MAR DE FEL!
— QUEM COME FEL NÃO COSPE MEL!
— UMA GOTA DE MEL ADOÇA UM MAR DE FEL!

Só consigo conter os dois depois de ficarem se encarando mais de um minuto aos gritos. Pacificados, a Zô comenta:

— Pai, você não vai ganhar muito dinheiro com essa invenção não.

— É um jogo meio enjoadinho — reforça o outro.

— Não tem malícia, não tem maldade — diz ainda minha filha de oito anos, folheando sem maior interesse os cadernos. — Sempre igualzinho. E tanto material, tanta consulta!

O jogo é para terminar só quando chegue ao ponto de não haver um provérbio-dominó que encoste no final do último provérbio apresentado. Quem empurre o outro a essa situação ganha. No duelo entre mel e fel quem ficou acuado visivelmente foi Claudinho, mas a situação de repetir um provérbio (porque encostado a dominós diferentes) não estava prevista e, a rigor, podia ser impugnada. Primeira partida: empate.

Revelo à Zô de que maneira o jogo pode ganhar malícia e maldade. Mostro-lhe o caderno n? 3, onde está a relação de palavras finais especialmente raras. Embaixo de cada uma dessas palavras há colunas com palavras em tipo miúdo. São as demais palavras que figuram no provérbio que termina por uma palavra rara. Exemplo: no provérbio "Pedra que muito rola não cria musgo", a palavra final, *musgo*, é rara (pelos nossos cálculos só aparece nesse único provérbio). No caderno n? 3, logo abaixo de *musgo*, vêem-se em letrinhas menores: *pedra*, rolar e *criar*. *Pedra* tem aos montes no caderno n? 2. Sem precisar consultar a lista, há uma que todos conhecem: "Água mole em pedra dura tanto bate até que fura". Mas tem que procurar a *pedra* que seja palavra final de um provérbio. Lá está: "Trás apedrejado, chovem pedras". E mais: "Quem filhos não tem, mais duro é que as pedras"; "Não bulas baralhas velhas, nem metas mãos entre duas pedras"; "Deus castiga sem pau nem pedra"; "Contínua goteira deixa sinal na pedra"; "Com açúcar e com mel até se comem as pedras". Ao ser lançado como dominó qualquer um desses provérbios, o jogador malicioso pode usar, em resposta, a cartada decisiva: "Pedra que muito rola não cria musgo".

Rolar, pelas nossas pesquisas, só aparece mesmo no provérbio do musgo. Figura, aliás, no caderno n? 3, como palavra rara também. Isolda arrisca: "As águas vão rolar". Não é provérbio. Mas todo mundo conhece! Bem, a gente pode aceitar como dito popular. — Põe então na lista! — diz ela, começando a entusiasmar-se pelo jogo. — Essa lista ainda pode crescer muito! — vaticina.

Criar aparece em numerosos provérbios. Os meninos só me deixam citar os quatro primeiros. Já entenderam como é a "malícia" do jogo.

— Não é muita, mas sempre é melhor do que nada — comenta Claudinho, que adora repetir, a propósito de tudo, que sempre é melhor do que nada.

Proponho-lhes que experimentem o joguinho com Cristalino.

— Mas sem deixar ele consultar os cadernos — atalha rápido a Zô.
— Ele não precisa, ele é especialista — justifico.
— E se ele tiver provérbios que a gente não tem? — pergunta Claudinho.
— Vocês anotam no caderno nº 1.
— E se a gente tiver algum que ele não tem?
— Vocês deixam ele anotar para uso da *Gramática*.

Dou força às partidas dos meninos com Cristalino, explicando a eles que será uma maneira simpática de se aproximarem mais do dono da casa em que moram.

— Afinal, vocês também estarão dando sua ajuda à *Gramática Aproximativa*.

Passam um mês em Porto Alegre. Nas partidas jogadas com Cristalino, o proverbista impugna uma porção de provérbios em nossa lista, por considerá-los "máximas", "sentenças", "apotegmas" (escreve do próprio punho no caderno nº 1. E completa: "Provérbios é que não!"). Sobre o trabalho minucioso dos três cadernos, diz que "representa um grande esforço, mas pessimamente orientado". Apesar do quê, diverte-se muito jogando as partidas e, parece que mais ainda, corrigindo as falhas e completando as lacunas. Ganha uma partida com a palavra final *ridículo* em "O fim da vida é triste, o meio nada vale e o começo é ridículo" (o caderno nº 2 tem apenas *ridicularizar* que entra em "É mais fácil ridicularizar uma boa ação que imitá-la"). Meus filhos ganham com palavras finais como *cachimônia* ("É ligeiro dos cascos ou tem fraca cachimônia"), *catarro* ("Nem tudo o que reluz é ouro, nem toda tosse é catarro"), *flauta* ("Nem sempre sinhá Lili toca flauta", que Cristalino se recusa a aceitar como provérbio, depois que os meninos recusam pela mesma razão o dominó que ele propõe, "levar a vida na flauta", uma simples locução, denunciada por Aurora que assiste à partida), *trasfogueiro* (em "Dona sem escudeiro é como fogo sem trasfogueiro"), *avental* — quem diria? — (em "Não o quero, não o quero, deita-mo neste avental"), *poeira* (em "Queda de velho não levanta poeira", sendo que aqui os meninos exultam com a bobeada do adversário: pelos cadernos, há um dominó para encostar nesse, "No duro ninguém se atola, nem faz poeira no mole", que fazem questão de mostrar a Cristalino depois da derrota). E muitos mais, que eles anotam com o maior cuidado, desprezando os dominós vitoriosos de Cristalino com exceção daquele que tem *ridículo* no final, por ter sido o primeiro (depois deu preguiça). Tanto que eu lhes pedi que se fortificassem com o arsenal de Cristalino! Dentre os provérbios que desfilam nas partidas de Porto Alegre, o favorito de Claudinho é o já lançado na primeira partida aqui no Rio, "Dois bicudos não se beijam", com que ele abre também o enfrentamento com mestre Cristalino, mas que este leva a outros caminhos que não o do mel e o fel. Favorito de Isolda: "Não mexe um pé, sem pedir licença ao outro" (segundo lhe explica Cristalino, aplica-se aos tímidos). Lance mais divertido do torneio: o engano cometido por Claudinho ao propor o dominó "Dois pássaros empoleirados no mesmo ramo não fazem boa farrinha por muito tempo". O correto é *farinha*.

A título de curiosidade transcrevo o desenrolar da partida inaugural entre o sr. Cláudio Aquiles e o prof. Cândido Cristalino em Porto Alegre. Foi reproduzida pelo atlético sexagenário num bloquinho de assentamentos em que registrou na íntegra, uma por uma, as partidas do torneio. O bloco não foi dado mas emprestado aos garotos, para os instruir com os lances das derrotas. Eles me mostraram. Só posso dizer que fico muito satisfeito com o interesse de Cristalino por minha despretensiosa invenção.

Porto Alegre, 30/4/72. **Cl.** Dois bicudos não se beijam. **Cr.** Por causa dos santos, se beijam as pedras. **Cl.** Água mole em pedra dura tanto bate até que fura. **Cr.** No dia de são Martinho, fura o teu pipinho. [Não houve dominó que encostasse em pipinho.]

Volta de Porto Alegre. Intercâmbio com Cristalino, proporcionado pelos meninos. Trocam-se blocos de lá por cadernos de cá, Cristalino dá um desenvolvimento fantástico ao meu projeto inicial, cria uma terminologia (o dominó que decide uma partida — como esse "No dia de são Martinho, fura o teu pipinho" — é conhecido em nosso círculo como um "apocalipse"; com base no meu caderno n? 3, de palavras finais raras, Cristalino organiza com impecável rigor o seu Caderno de Apocalipses onde só são admitidos provérbios com uma terminação que não se repita em nenhum outro, até que a continuação da própria pesquisa de Cristalino prove o contrário; a palavra final de um apocalipse é denominada a "besta" do apocalipse: *pipinho* — ou *pipo*, se desprezarmos o diminutivo, como facultam as regras introduzidas por Cristalino — é a besta do apocalipse "No dia de são Martinho" etc.).

Nos fins de semana, aos sábados mais que aos domingos, Cristalino realiza longos torneios em casa que começam depois do almoço e não têm hora para terminar. Aurora participa mas nem sempre, às vezes prefere ficar lendo no quarto. Empolgam-se os garotos, a consulta aos cadernos feita num ritmo de gincana, por nervosismo custam a localizar os provérbios, se desesperam, de repente aparece um "Quando o troque troqueleja, já a cereja vermelheja" que tira do sério até o próprio Cristalino (claro que *vermelhejar* é uma imbatível besta de apocalipse, e, com *troque* e *troquelejar*, forma o que, em nosso círculo, reverenciamos como um "dominóbestiário", monstro sagrado por excelência na classificação de Cristalino). O proverbista não pára de fazer anotações, exulta quando transpõe a barreira de um falso apocalipse, estimula a participação dos meninos, aceitando as regras, que inventam, de efeito puramente psicológico. Claudinho inventou a regra de que o perdedor deve ser o primeiro a proclamar a derrota; dirá baixinho e discretamente: "Apocalipse". Mas, se contados quinze minutos no relógio, ele não tiver aberto a boca e não tiver encontrado um dominó para continuar a partida, cabe ao mestre-de-cerimônias perpétuo dos torneios, que é ele mesmo, Claudinho, martelar na tampa de uma panela e gritar com toda a força do seu entusiasmo: APOCALIPSE! Depois que os meninos se deitam, é freqüente Aurora ir assistir aos filmes na TV enquanto Cristalino segue pela madrugada afora estudando e traçando a genealogia das bestas dos apocalipses. Cristalino empreende essa façanha hercúlea com inigualável competência. Seria o que em linguagem de leigos poderíamos definir como um levantamento exaustivo de redes de detonadores que levam à explosão final e, por conseguinte, à vitória no jogo dos provérbios-dominós.

Uma besta de apocalipse como *pipinho* tem em sua rede de detonadores o substantivo *dia* e o verbo *furar* (Martinho fica de fora, nomes próprios não são considerados para os fins do jogo — outra das numerosas regras técnicas introduzidas por Cristalino). Isto significa que o jogador malicioso deve estar atento ao surgimento de *dia* ou de *furar* no final de um provérbio-dominó lançado pelo adversário, porque tanto um como o outro, encontrando-se nessa posição, permitem ao jogador deflagrar o apocalipse "No dia de são Martinho, fura o teu pipinho", como tal identificado no Caderno de Apocalipses de Cristalino, de que foram feitas cópias xerox gentilmente para meus filhos e para mim. Isolda estava contando que outro dia pensou ter dado um quinau em Cristalino com o provérbio "Arrenego do homem de muitos barretes", arrolado como apocalipse na minha lista. Mas que o atlético sexagenário ergueu-se no seu metro e noventa, deu alguns passos até um maço de rascunhos ainda não transferidos para o Caderno e desarmou a rede com este dominó de recente descoberta: "Para a noite todos os barretes servem". Como sempre faz, citou em seguida a fonte (*Provérbios*, coletânea de Mario Lamenza, Rio de Janeiro) e cedeu o rascunho para que os meninos o copiassem no exemplar deles e depois no meu, que fica por lá para beneficiar-se com as constantes atualizações. O trabalho de Cristalino é ininterrupto. Isolda e Claudinho agora o admiram, interessam-se pela pesquisa, consideram o maior privilégio entender e participar de um jogo que ninguém mais conhece. A linguagem dos provérbios está entrando nas suas conversas do dia-a-dia. Quando digo, por exemplo, que de onde menos se espera pode vir dinheiro e alegria (referindo-me a uma não impossível comercialização do joguinho, que no início tão pouca fé inspirava a Isolda), Claudinho me adverte, zombeteiro: Não conte com o ovo no cu da galinha. Que a Zô corrige para: Espere pelo melhor e se prepare para o pior. Ou seja, pela familiaridade adquirida com os provérbios eles já estão criando um novo jogo, justapõem os dominós espontaneamente, sem o artificialismo de regras e consultas, sem se fixar na posição convencionalmente estratégica das palavras, mas descobrindo uma linha de pensamento na seqüência natural da conversa, guiando-se tão-só pelo sentido do que dizem — com malícia e maldade, de preferência.

    Aurora conseguirá desenhar sua história em quadrinhos em cima de um material tão pobre de imagens? O roteiro que eu tinha na cabeça não era este, mudou sabe-se lá por quê. O pérfido idealizador do joguinho, na verdade, trama acirrar o vírus que já existe dentro de seu rival de um metro e noventa — a paixão pelos provérbios —, usando como pretexto o objetivo de melhorar a convivência dos meninos com ele. O que o inventor sempre almejou foi afundar o proverbista na pesquisa obsessiva de detonadores e bestas de apocalipses, para que se afaste cada vez mais da mulher. A minúcia na descrição das regras e do próprio desenrolar das partidas é pejorativa — quem não vê logo isso? Mas os provérbios, pelo imprevisto da maneira como trabalham seus significados, são uma atração à parte. E se impõem aos artificialismos e aos convencionalismos do jogo. Isolda tem toda a razão quando se encanta com o tímido em que um pé não se mexe sem pedir licença ao outro.

Gostaria que Aurora aparecesse no fim da história, tomando o café da manhã com Cristalino antes de irem para a Gramática. Os meninos, ou porque estão no banheiro ou se vestindo ou já no colégio, acham-se ausentes do quadrinho. Aurora faz um comentário estranhando meu recente interesse pelos provérbios. E então conta a Cristalino o projeto, que uma vez lhe descrevi, de gravar nos lugares públicos, versão integral, as labirínticas conversas de desconhecidos, meus vizinhos de praia, de restaurante, de ônibus, de filas em bancos ou em agências de correios. E diz que também não entende o interesse que possa haver em recompor o fio dessas conversas-dominós. A expressão é inventada por ela ali na hora, conversas-dominós, um achado que desvenda em poucos segundos a afinidade entre duas extravagâncias — o joguinho dos provérbios e a escuta clandestina — em que ninguém veria, à primeira vista, afinidade nenhuma.

Cristalino dá-lhe um beijo e abraça-a fortemente, que era o beijo e o abraço que eu também lhe daria se ali estivesse nesse momento. Um carinho, um amor, uma paixão que irresistivelmente me atraem para ela e que vêm de coisas assim, de coisas que ela diz assim, como se não estivesse dizendo nada.

Para aproveitar que se trata de uma história em quadrinhos, sugiro que, como reforço expressivo, seja dado às personagens o seguinte tratamento imagístico. O grandalhão Cristalino deve aparecer com a fisionomia de um bobo completo, cada vez mais bobo à medida que se aprofunda na pesquisa dos apocalipses. Não faz mal que o inventor Lamartine elogie o "atlético sexagenário", destacando a admiração que os meninos começam a sentir por seu trabalho de beneditino, sua generosidade em facilitar o acesso ao repertório atualizado. É para ser assim mesmo, tudo são ironias. Os rostos de Isolda e Claudinho lembram os traços fortes e a expressão alegre da mãe, como ela aparece no comecinho da história. Refulgem de inteligência. Os olhos da ex-babá Clarisse erguendo-se para encontrar os de Lamartine não precisam ser mostrados, já que tal movimento não passa de uma especulação (o texto diz: "se isso viesse de fato a acontecer"). Mas, se for feito o quadrinho, todo cuidado é pouco. Eu, Lamartine, que não dê em momento nenhum a impressão de estar vivo como os outros. Pode-se sugerir isso turvando a imagem, desenhando-a e colorindo-a com pouca nitidez.

A Aurora que se vê, depois que os provérbios tomam conta da história, é uma Aurora grande e triste, que vai crescendo, como se o tamanho desse uma medida de sua tristeza. Mas a razão verdadeira de ela aparecer tão grande e crescendo cada vez mais, vamos admitir que é porque o autor do roteiro gosta dela assim e sempre sonhou com ela assim. A tristeza vem de um pensamento que é o seguinte: então isso é destino que uma mulher possa ter? Se não é um idiota com a idéia fixa de reescrever o diário do pai, a alternativa é levar pela vida afora um babaca que só se excita com provérbios!

A personagem não dirá isso, evidentemente. Onde estaria a graça? No café da manhã, tendo ela mencionado as conversas-dominós e depois de beijada e abraçada por Cristalino, fica só o grande rosto triste ocupando, inteiro, o último quadrinho.

E precisa mais?

OS CAPÍTULOS EXTRAVIADOS

15

MAGDA MOU FALA À IMPRENSA

(NG) Vou fazer um esforço para reconstituir os pontos principais que me ficaram da leitura dessa entrevista, quando revisei o texto para a Samuel Pepys Foundation em 1973, antes de ter se perdido na remessa que me trouxe os "Acréscimos".

O repórter literário Porfírio Papletes (diz-se o *e* aberto) reuniu-se com Anita, seu marido o editor Franco Zéfiro, e o irmão Lamartine, estando presentes os filhos do casal, Tico (doze anos) e Teca (dez), no mesmo apartamento da rua Domingos Ferreira, onde, muitos anos antes, Espártaco M. havia morado com a família. D. Emília morrera fazia menos de um mês. Lamartine, bolsista da Samuel Pepys Foundation, alugara, ainda em vida de sua mãe, um quarto-e-sala na própria Domingos Ferreira, a cinco quarteirões da residência dos M., onde se dedicava à preparação dos originais do diário do pai. Anita e o marido, enquanto faziam obras em seu apartamento na Lagoa, resolveram instalar-se provisoriamente em Domingos Ferreira, com esse pretexto desalojando em definitivo a ex-babá Clarisse.

O leitor precisa saber, em primeiro lugar, que, nos vinte e cinco anos transcorridos desde que Espártaco M. saiu de casa até a realização da entrevista de que estamos tratando, Anita, com o pseudônimo de Magda Mou (tirado de uma personagem das histórias do detetive chinês Charlie Chan, sua paixão), tornou-se uma romancista policial com prestígio de público, mas em quem a crítica não vê grandes méritos, isso porque os especialistas sentem antipatia pelo hábito de ela trabalhar com heróis-detetives que são incapazes de usar o raciocínio ou a dedução para chegar à solução de um crime; sempre que resolvem algum caso é por intuição. Freqüentemente não o resolvem e então põem a culpa no azar. Os leitores morrem de rir. A verdade é que os detetives de Anita, todos sem exceção, detestam raciocinar. Num de seus romances mais recentes, ela criou um detetive paranormal que é dotado de visão a distância: vê, na hora mesma em que acontecem, os crimes passando como um filme em sua mente, sai do transe e infalivelmente apanha o criminoso, já que presenciou tudo e sabe reproduzir a cena nos mínimos detalhes, o local e a hora da ocorrência, as frases ditas, os motivos, tudo. Só que ele ignora sua condição de paranormal e não consegue explicar para si mesmo, muito menos para os outros, a origem de uma intuição tão poderosa. Os outros aceitam que intuição é isso mesmo, não se explica, até que vem um caso, de circunstâncias muito obscuras, em que, para solucioná-lo, a intuição do detetive chega a ser tanta que se torna suspeita e ele acaba sendo indiciado e condenado como autor do crime. Lamartine comentou uma vez com Aurora que achava esse traço, essa presença constante na literatura da irmã — a intuição —, uma remanescência da mágoa que lhe ficara de ter "sentido" que o TESOURO ILÍCITO estava em casa e, por mais que tentasse, não ter conseguido chegar até ele.

    O repórter foi informado de que o próximo livro de Magda Mou é, ainda dessa vez, um romance policial, mas um romance-documentário, calcado na realidade da história familiar. A saída de casa de dr. Espártaco, em 1947, vai ser reconstituída, e, pela primeira vez, alguém se empenhará em obter notícias do seu paradeiro. Teria ele permanecido em companhia da amante, d. Camila, com quem supostamente fugiu? A autora vai seguir todas as pistas (já digo quais são), vai viajar com o marido o tempo que for preciso e, no fim, o livro que daí surgir dará as respostas para as perguntas que a família aparentemente jamais se interessou por formular. Morta d. Emília, os constrangimentos que envolviam o assunto cessaram. Ficou-se sabendo, por exemplo, que Espártaco jamais mandara dinheiro algum para os seus. Coincidentemente com a saída do marido, Emília perdera uma avó nonagenária muito rica que, em testemunho de gratidão pelos cuidados recebidos da neta no leito de morte, deixou para ela uma fortuna considerável. Um jovem primo de Emília, Cosme, surgido de Minas rapazinho e com muita garra para vencer na vida (impressionado com essa e as muitas outras qualidades do primo de sua mulher, já patentes antes de 1947, houve um momento até em que Espártaco viu com bons olhos um casamento dele com Anita), orientou muito bem a aplicação do dinheiro da herança ao longo de todos esses anos e, em sigiloso acordo com Emília, conseguiu fazer crer a todos que fosse um intermediário de Espártaco nas entregas mensais à família. Jurara a este não revelar seu paradeiro, era o que contava, e por isso as entregas se fizeram sempre sem maiores esclarecimentos quanto à procedência do benefício. Anita descarrega sua revolta sobre as manobras obscurantistas desse primo mas reconhece que, se houve logro, os maiores culpados foram os que deliberadamente se deixaram enganar. Teria sido tão fácil desmontar a trama! Pressionado por Anita e seu marido a falar a verdade, depois da morte de Emília, Cosme atribuiu a simulação a um propósito, da prima, de evitar a desonra para a família. E concluiu confessando não ter, nem jamais ter tido, a menor idéia de para onde se dirigiu Espártaco vinte e cinco anos antes.

  A entrevista parece ter sido arranjada por Franco Zéfiro para promover o livro de sua mulher, que ele vai editar. Hoje deduzo, do leque de assuntos tratados e da forma como se desenrolaram, que um embrionário romance de Lamartine também estaria sendo promovido na entrevista, uma promoção paralela que reforçaria a publicidade em cima do policial-documentário de Magda Mou. Por outro lado, o tom da narrativa desse capítulo mostrava um Lamartine surpreso com o rumo que foram tomando as revelações de sua irmã ao jornalista. E este, o Papletes, soltava exclamações uma atrás da outra, muito interessado nos imprevistos do encontro. Como acontece sempre que os irmãos contracenam neste livro, Anita entra naquele terreno de dizer que Lamartine não faz diferença entre fantasia e realidade, e aí se estende de uma maneira que fica paulificante para o leitor, já informado sobre isso mais de mil vezes. Ainda aqui ela mete o pau no Diário, para dizer que o irmão tinha uma visão deturpada do pai, que o Diário dava essa visão artificial, com que ele se contentou sem jamais interessar-se por descobrir outra. O pai sai de casa e ele acha que vai entender tudo indo aos Diários, comenta maldosamente. Vinte e cinco anos sem uma explicação direta de Espártaco para sua fuga silenciosa, vinte e cinco anos procurando essa explicação na escrita paterna, decifrando charadinhas do tipo "o Diário 2 teria mesmo sido escrito para fortalecer a decisão de deixar a família?", nenhum questionamento sobre o que lhe acontece ou sobre o que acontece ao seu redor!... E mais: a mulher, Aurora, se separa dele, ele a quer de volta, mas alguma vez parou para considerar seriamente as mágoas, as decepções secretas que ela poderia ter? Resultado: não muda a situação. Nem tem como. Perde a memória! Faz algum esforço para recuperá-la? O único esforço de que há notícia são as brincadeiras na cama com os pés de Aurora. [Anita sempre fica sabendo de tudo!]

O repórter não pegou bem que brincadeiras eram essas com os pés na cama, mas concorda que é estranho uma pessoa perder a memória e não procurar um neurologista para tratar-se ou pelo menos para um exame.

— Talvez esteja curtindo justamente essa falta de lembranças — sugere Papletes, dando a sua de literato também.

— Nem isso — corta a entrevistada. — Bem que poderia estar olhando a vida com olhos inocentes. Mas prefere guiar-se pelo manual paterno! Imagine: esqueceu tudo anterior a 1972 mas os diários ficaram intactos, inteirinhos aqui dentro [bate na redonda cachola de Lamartine com os nós dos dedos]. Quarenta cadernos do Diário 1 e vinte e tantos do Diário 2!

— É mesmo?! — indaga o repórter, abismado.

Claro que não vou continuar transcrevendo esse diálogo tintim por tintim, tenham a santa paciência, primeiro porque não me lembro, depois porque assumi o compromisso de reconstituir os capítulos perdidos pensando em certas passagens que poderiam ser esclarecedoras para os capítulos que se conservaram. Tudo o que mencionei aqui o leitor está farto de saber.

A entrevista fica mais interessante quando Magda Mou puxa o assunto dos outros passatempos secretos (semi-secretos) de Espártaco, que ele cultivava paralelamente com o Diário 1 e o Diário 2. Ao contrário do que aconteceu com os Diários, não foram deixados para a família como lembrança.

Ficamos sabendo que Espártaco organizou durante anos um álbum em que colava figuras pensantes, figuras com a cabeça apoiada nas mãos de mil maneiras diferentes. As tiras se arrumavam pela semelhança de posição (apoio no queixo, na têmpora, na fronte, na boca, no nariz, nos olhos, na ponta da orelha até!) ou pela quantidade de dedos envolvidos no apoio (punho cerrado, mão em concha com polegar destacado ["polegar solo"], com polegar e indicador em dupla — unidos, pouco ou bem abertos —, com polegar, indicador e médio em trinca, mão espalmada, as DUAS mãos espalmadas [apertando o crânio, em desespero] ou entrelaçadas, apoiando a cabeça por detrás). Formavam a coleção fotografias de parentes antigos, fotografias de convidados de honra assistindo a conferências, mas, sobretudo, de compositores, filósofos, escritores, pintores, atores, bailarinos, artistas e meditativos em geral, em todos a pose sempre estudada, mas com a elegância dos distraídos, tão sedutores, tão superiores, tão à vontade em sua encenação espiritual. Espártaco não resistia. Onde os visse, recortava-os para a coleção, sem qualquer remorso pelos furos que ia deixando em tantas obras desfalcadas (revistas e jornais, na maioria das vezes, mas também enciclopédias, livros de arte, edições de luxo).

  As figuras pensantes eram um presente para d. Camila, Anita tinha certeza disso, senão como explicar a verdadeira fúria que o pai punha em colecioná-las? Apesar de que nunca ficaram escondidas e só desapareceram de casa com a saída de Espártaco, Lamartine, na época de cumplicidades com a irmã, chegou a aceitar que fossem um entretenimento escolhido para os lazeres de Espártaco em companhia da promotora. Não passava pela sua cabeça outra maneira deles encherem o tempo nessas situações. Depois o processo seletivo da coleção passou a concentrar-se nas figuras que fossem *duplamente* semelhantes, casáveis pelos dois critérios, o do ponto de apoio e o da definição dos dedos envolvidos. Na busca de uma convergência de caracteres que pudesse explicar a convergência das poses, Espártaco aplicou um interesse sistemático a cada grupo, colhendo informações sempre mais detalhadas sobre as personalidades assim reunidas, que reservava para compartilhar prazerosamente com a doutora em suas escapadas (especulavam os meninos).

Os pensantes foram apenas um primeiro passo. De tanto agrupar cabeças apoiadas nas mãos, o colecionador começou a reparar nas fisionomias. Passado algum tempo, já as poses tinham deixado de interessar-lhe — o que contava, agora, era o mistério das semelhanças fisionômicas (aproximações dentro da família, nem pensar: o sabor da coisa, é claro, estava em juntar fisionomias cuja semelhança não pudesse ser explicada por laços de parentesco). O ex-presidiário Orestes ("O.") estava colado na mesma fileira que o pintor Pancetti. Quando viu isso, nos anos 40, Anita ligou-se imediatamente na biografia e nos quadros de Pancetti, esperançosa de obter alguma pista para o TESOURO ILÍCITO.

Menciona-se nesse trecho da entrevista o tio Sócrates, filho de um primeiro casamento do pai de Espártaco. Sócrates, bancário, dez anos mais velho do que Espártaco, tinha dois hobbies na vida: criar pássaros e tirar fotografias de atrizes de cinema diretamente dos filmes passando na tela. Quando jovem, criara pássaros num viveiro que ocupava quase todo o amplo jardim da casa paterna e conta-se que certa vez, por um descuido seu, o viveiro ficou aberto, a passarada debandou e Sócrates o que fez foi sair correndo para ir fechar o portão do jardim. Cinqüentão, à mesma época em que o irmão quarentão apaixona-se pelas fisionomias semelhantes, Sócrates vem em sua ajuda com uma batelada de instantâneos cinematográficos para incluir na coleção. Aos domingos, depois de servido e tirado o jantar em casa da mãe, Espártaco passa em revista com o irmão — presentes Emília, Danton, Albertina, Lúcia, Zizinho, a Vodica, Martinha, Anita e Lamartine, todos dando palpites — os retratos espalhados pela mesa e tentam descobrir semelhanças. Sessenta por cento dos retratos são de Ingrid Bergman, atriz favorita de Sócrates. Por sorte, também é grande o número de parentas, amigas e conhecidas em quem o júri de palpiteiros descobre traços sugestivos dos de Ingrid. Anita, Lamartine e Martinha acham que Clarisse (vinte para vinte e um anos) tem muito da sueca, os adultos vêem aí um exagero, Espártaco, fundador da coleção, não diz que sim nem que não. Mas inclina-se por achar que sim, pela facilidade com que pode conseguir um retrato da empregada. Vai aparecer depois este problema: no álbum têm que ser colados retratos de um e do outro semelhante. Atrizes, políticos, gente famosa fica fácil de ilustrar com reproduções de jornais e revistas (em desespero, de enciclopédias e livros de arte, também), mas... e o dentista? A atendente do dentista...? O vizinho, só conhecido de cerimoniosos cumprimentos...? O engraxate, o comerciante da esquina, a pessoa que se senta ao lado no bonde ou no ônibus...?

Emília estranhou aquele passatempo trabalhoso e aparentemente inútil, mais um, na vida do marido. Não fez as associações com d. Camila que brotaram no espírito de Anita, mas ficou muito cismada quando viu Espártaco pedindo fotos 3 × 4 à caixa da padaria, à balconista da farmácia, à bilheteira do cinema. Depois virou uma mania: porteiros, gerentes, trocadores, jornaleiros. E abordava qualquer desconhecido com essa conversa de que tinha um álbum de semelhantes em que o desconhecido iria estar presente na fileira de X ou Y, contanto que lhe fornecesse um retratinho para documentar a semelhança.

O grande argumento com que Anita fundamenta sua convicção de que o passatempo servia aos lazeres com d. Camila era o fato de não estar mencionado em parte alguma do Diário. Não há registro sequer, diz ela, dos domingos passados à volta da mesa, em casa da Vodica, diante das pilhas de fotos recém-tiradas da tela do Roxy ou do Metro-Copacabana, com os tios e tias votando em ardorosas disputas a inclusão desse ou daquele semelhante no álbum. E foram muitos domingos. E era muito divertido, insiste. Espártaco tinha inventado um passatempo que conseguira interessar a família. Por que então silenciá-lo no Diário? Segundo Anita, Lamartine veio com uma explicação louquíssima quando discutiram o assunto, inclusive já depois da partida de Espártaco: o silêncio não era pelo sentimento de culpa associado aos lazeres com a promotora, não era por estar traindo a mulher mas por estar traindo o Diário, com o tempo que lhe roubava a nova invenção.

Na entrevista de Papletes com Magda Mou, são raros os momentos em que Lamartine abre a boca para falar. Não pode ter certeza de nada do que aconteceu no passado, desmemoriado como está desde a noite de 31 de dezembro de 1971. Ciente da inferioridade que lhe advém de ter perdido a memória, não se anima a participar da reconstituição dos fatos relativos à retirada de Espártaco, proposta como objetivo do próximo livro de Magda Mou. A maior parte do tempo ele se desloca para um outro canto da sala onde estão os sobrinhos, Tico e Teca, às voltas com uma gata siamesa (Nina) no seu primeiro cio e um gatinho (Artur) bem mais novo do que ela, escolhido pelos garotos para cruzar com a sua Nina mas que ainda não está amadurecido para tanto. A gata solta berros fortíssimos do início ao fim da entrevista. Anita se impacienta, o marido se dirige aos filhos propondo que se retirem com os gatos para outro cômodo, Lamartine aproveita e sai de cena com eles. A retirada seguida do retorno se repete muitas vezes.

    Teve aquele momento em que Magda Mou bateu com o nó dos dedos na cachola do irmão. Ele continuou quieto. Depois teve o outro momento em que ela denunciou a indiferença e o desinteresse de Lamartine pelos possíveis desdobramentos que teria tido o Álbum de Semelhantes na vida nova de Espártaco inaugurada em 1947. E pela própria vida do pai. Como não sentir curiosidade pelas décadas de 50 e 60 na forma em que foram realmente vividas por Espártaco fora de casa, em vez de ficar elaborando em cima de fantasias no Diário 2? O editor e sua mulher vão reconstituir essa fuga saindo em busca do ar que respiram os seus personagens, no cenário próprio que escolheram para viver, o romance-documentário virá com o sabor da vida real, um livro de fôlego, ao contrário dos esforços embrionários de Lamartine, "anêmicas contrafações que não passam de voltas e reviravoltas em torno do que nem parece que aconteceu".

    Lamartine evidentemente não esperava por essa e ocorre aqui sua única intervenção na entrevista de Magda Mou para Porfírio Papletes. O tema dos Semelhantes é abordado pelo escritor de "embrionários" num contexto atual, para não se atolar no branco de memória inevitável quando o assunto é anterior a 1972.

    Lamartine fala dos desenhos — melhor dito: das imagens que podem virar desenhos — enviados pelo pai mensalmente, esses anos todos, desde que partiu. Nunca tentou estabelecer outra forma de contato com a família. Destinatário: Lamartine, sempre. As imagens não vinham com legendas nem eram acompanhadas de bilhetes. Não pareciam impressas, pareciam feitas por Espártaco, mas feitas como? Mínimas de formato, algumas do tamanho de uma caixa de fósforos. Sem falha humana, muito nítidas e de contrastes delicadíssimos, aderiam ao centro de um papel de desenho cortado como cartão-postal, ficando as margens de propósito imensas para transmitir "isolamento, distanciamento, desligamento" (ainda uma intuição de Anita).

Uma única vez cada ano, para o aniversário do filho, aparecia, no canto direito da margem logo embaixo do desenho, a caligrafia que todos conheciam bem do Diário, compondo este lembrete (sempre o mesmo) que tanto poderia ser uma dedicatória como uma assinatura, um título para o cartão, um mea-culpa, um alerta ou um conselho de sabedoria (como Lamartine o considerou desde a primeira vez, sabe-se lá por quê): "Trem sem maquinista".

De 1947 a 1972 (quando Magda Mou falou à imprensa) o filho havia recebido do pai vinte e cinco trens sem maquinistas, muito diferentes uns dos outros, sem que fosse possível estabelecer, ao longo do período, uma identidade comum que justificasse a insistência na rubrica. Na verdade, também não se notara grande diferença entre os cartões enviados todos os meses e aqueles legendados de aniversário. Trem sem maquinista quereria dizer trem privado de maquinista ou trem que prescinde de maquinista? Seria uma rotulação para a família M. que perdera o seu "maquinista"? (De muito mau gosto repetir isso vinte e cinco anos!) Trem desgovernado? Trem que não faz o que dele se espera, que não recebe comandos, trem rebelde? A dúvida ainda não estava resolvida quando Porfírio Papletes tomou notas para o seu artigo.

Magda Mou observa, então, que tinha feito um comentário sobre o Álbum de Semelhantes E QUAL ERA ESSA AGORA DE LAMARTINE DESVIANDO O ASSUNTO PARA OS TRENS SEM MAQUINISTAS! (Há uma animosidade contra o irmão, que cresce no decorrer da entrevista e não se justificaria a menos que seja manobra preparada pelo marido editor para impressionar o Papletes e ajudar a promover o livro.) Os trens são o desdobramento dos Semelhantes, os trens, diz Lamartine, como os Semelhantes, são uma coleção. Fora de casa, o pai iniciara essa nova coleção. Descobriu isso quando? Ouvindo há pouco a descrição dos jantares de domingo com as pilhas de retratos espalhadas na mesa e os tios e tias arriscando palpites. Nada a ver, nada a ver. *Tudo* a ver: os retratos eram para provocar associações com imagens que não estavam sobre a mesa mas no pensamento dos participantes. Os trens tampouco são visíveis nos cartões. Requerem, para ser percebidos, um transporte da imagem.

Devo resumir, porque sou o resumidor do capítulo extraviado.

Resumindo: Papletes liga o gravador e pede a Lamartine para explicar-se mais devagar. As imagens que viram desenhos, remetidas por Espártaco, mensalmente, durante vinte e cinco anos, constituem o tema de um dos quatro ou cinco romances começados por Lamartine sobre o diário do pai e que ficaram a meio caminho. Como são feitas aquelas imagens, ele não descobriu, apesar do muito que indagou a especialistas e cultores de técnicas exóticas em artes plásticas. No romance, havia a esperança de, com a identificação da técnica, o filho, uma vez desvendado esse segredo do pai, sentir-se desobrigado de perseguir qualquer dos outros segredos, desobrigado sobretudo de dar vida ao Diário e pôr-se na pele do seu autor. Não teria mais que escrever romance algum (inclusive, ter-me-ia desobrigado da tarefa penosíssima de prosseguir com este resumo).

Não descobriu — explica ele a Papletes — mas enveredou por outro caminho que também abre perspectivas de libertação. Recentemente, sem condições de dirigir-se a Aurora, como o fazia, por meio de roteiros de histórias em quadrinhos, não mais aceitos, pensou em recorrer aos trens sem maquinistas para chegar até ela. Projeções com episcópio. Lamartine passa para uma folha de papel, ampliando-as, as imagens-com-técnica-não-identificada de Espártaco, traduzindo os sinais "sem falha humana" do cartão por uma trama de traços cerrados ("escamados", corrige o editor Zéfiro, que já viu esses desenhos) na folha grande onde se projetam. Dependendo da maior ou menor pressão aplicada ao grafite, os traços aparecem como preto, cinza ou sombras esparsas quase imperceptíveis. Não obstante o rigor, levado ao extremo, na transposição dos claros e escuros do original, é inevitável que se incorporem ao resultado certas mínimas oscilações emocionais do desenhista. É a "falha humana" que faltava ao cartão e que poderá ajudar a decifrá-lo, espécie de centelha que era preciso acender, do mesmo tipo desse sopro de vida, dessa provocação que ele sempre se sentiu intimado a transmitir ao Diário para que voltasse a pulsar, arrancando-o à condenação de um sono eterno. (Entramos na idéia fixa de Lamartine, motivo de suas maiores aflições: a necessidade que o diário paterno tem da participação dele para funcionar.)

Neste ponto o repórter perguntou se, em vista da comparação que acabava de ser feita, não seria também o Diário uma coleção (como os Semelhantes e os Trens) e eu vou deixar de lado o alvoroço que se seguiu, a discussão que a esse respeito travaram os romancistas interessados em Espártaco, por tratar-se evidentemente de manobra publicitária do editor para promover os respectivos romances. Salve-se apenas, no tumulto, a descrição que faz Lamartine do processo de transpor para a folha grande os desenhos do cartão.

Ele conta como, ao traçar no papel a imagem projetada de um dos Trens, para oferecê-la a Aurora, descobriu que o segredo da estrutura dessa imagem não era visual mas táctil. Durante a projeção, Lamartine apaga as luzes. No campo luminoso criado pela lâmpada do episcópio, a mão traduz pelo tato as referências de sombras (mais escuras ou menos) projetadas no papel. Alternância de toques mais leves, toques mais fortes, impulsos de detalhe, rápidos, impulsos de conjunto, mais lentos, o tema se transmite aos dedos como uma teia de carícias em seqüência predeterminada. Ele só vê a trama completa traçada em grafite depois que acende a luz e termina a sessão. Oito a dez horas ininterruptas, em média. E há sempre o risco, se a máquina esquentar muito, de o cartão deformar-se pelo calor e alterar a configuração da trama projetada. Não dá para parar no meio, não dá para fazer lento demais; por outro lado, acelerar para terminar mais depressa corta de todo o prazer da execução e estraga definitivamente a qualidade do resultado. Tudo se passa em termos de tato e de ritmo. É uma dança em que a gente não pode perder o compasso da música.

— Você ouve música enquanto está passando para o papel?

— Ouço, mas não era isso que eu estava querendo dizer.

— Entendi. Você está descrevendo uma coisa meio sexual — comenta o repórter, que abre, pela primeira vez, um sorriso largo.

— Mas é.

Lamartine dá seu testemunho de que os desenhos da coleção Trem sem Maquinista, feitos para Aurora, valeram por sessões de amor que ele houvesse tido com ela.

— Também não vamos exagerar — diz Papletes. Um comentário que entristece Lamartine. O repórter encabula, enrubescendo, a iniciativa para enturmar-se veio em hora errada, ele nem estava sabendo que houve uma separação.

Aos berros da gata, à impaciência da mãe, às severas advertências do pai, segue-se nova retirada dos filhos, cada um com um gato na mão. Lamartine se mistura com a bagunça deles. Mais uma saída de cena.

Daqui até o fim da entrevista, haveria ainda muito que resumir, se fosse o caso de tratar seriamente o relato de Magda Mou sobre o TESOURO ILÍCITO. Em suma, Franco Zéfiro descruza as pernas e acende um cigarro; Papletes vai mudando de cor, do rubor em que se achava ao branco absoluto. Uma longa história que não cabe neste resumo, mas de que basta ao leitor conhecer a parte principal: como ela, Magda Mou, descobriu o móvel em que teriam estado escondidas as jóias (ou moedas de ouro, nunca se soube porque nunca foram vistas) enquanto permaneceram na Domingos Ferreira.

Por um acaso, quando arrumava a biblioteca de Espártaco, na década de 60, Zéfiro encontrou e passou às mãos de Anita um exemplar do *Curso de desenho para o ensino secundário*, do tio Danton, publicado exatamente quando o tio esteve preso em 1935. Lá aparece um "projeto de estante-sofá" que corresponde em todos os detalhes ao móvel, feito por encomenda, que durante anos compôs, com a Victrola elétrica (mais moderna que a do tio Danton, de manivela), um canto do gabinete de Espártaco a que chamavam de "sala de música" (como aparece no Diário). O móvel era um arranjo de estante de livros com interrupção na parte centro-inferior, onde se encaixava o sofá, de um metro e oitenta centímetros. À esquerda e à direita do espaço reservado ao sofá, a estante terminava por dois pequenos armários, com altura própria para guardar discos. A Segunda Guerra Mundial começara em 1939. A década de 40 começa com Espártaco e Emília querendo que Anita volte a morar com eles. Quando Lamartine completou dez anos, os M. decidiram que a cama de Clarisse no quarto do garoto estaria à disposição da irmã nas noites em que ela quisesse ficar, até poderem instalá-la num quarto próprio; Anita resistiu à idéia ainda por alguns anos, mas a estante-sofá transferiu-se para a sala de visitas, e nela passou a dormir Clarisse todas as noites, não sem antes trancar por dentro as duas portas envidraçadas que faziam a comunicação com o corredor em L (uma porta dando para a copa, para a entrada social e para o banheiro, a outra dando para os quartos e para o gabinete). Com a vinda de Anita, passou Lamartine para a estante-sofá e foi quando Clarisse deixou a casa. A intuição de Anita diz que o tesouro certamente andou uns tempos escondido em algum fundo falso do móvel. (Com Anita foi sempre assim: é só juntar Danton e 1935, logo a intuição começa a dizer coisas.)

(O que vem a seguir pareceu ao resumidor ser tudo uma pilhéria de Magda Mou. Estava no capítulo extraviado, respeitei e aí vai. Lamartine não deixou muitas indicações sobre como reagiram o marido e o repórter [este a uma certa altura descoloriu-se, diz-nos]. E eu não estava lá na hora, para saber. Anita tem uma faceta piadística, de gostar de passar trotes, de fazer o outro de bobo, de inventar por inventar. É um traço, aliás, dos M. — de todos: Espártaco M., Lamartine M., Magda Mou [dois MM!] — a chamada "graça M" [M de Mentira] que eu conheço de ouvir contar [Aurora] e por verificar no próprio Lamartine. O Diário 2 seria um clássico da graça M. Que o leitor interprete como quiser.)

Se Clarisse ficou ou não com as jóias, algum entendimento — de qualquer modo — houve com Espártaco, sugere a entrevistada. É só ver as bizarrices no comportamento da moça que começaram dois ou três anos antes de ela (depois, ele) ir-se definitivamente. Está lá no Diário o espanto do autor com os destemperos e a ingratidão da "protegida" da casa. Magda Mou acha que talvez tenha havido alguma promessa, feita por Espártaco, de partilhar o tesouro com a moça. Teria dado a ela para guardar, e ela sumiu? Teria ficado de dar a parte dela, e foi ele quem sumiu? Teria sumido junto com ela? E se tivesse fugido com ela e não com d. Camila? Teriam fugido do Orestes? Acha suspeito o retorno a Domingos Ferreira em 1972. Que foi que ela teria vindo fazer, passados vinte e quatro anos? O móvel já não está no apartamento. As jóias estariam? Estaria ela de combinação com o ex-presidiário (que nunca mais apareceu)? Ou teria sido mandada pelo próprio Espártaco? Espártaco continuaria vivo? Pode-se ter certeza de que os desenhos remetidos a Lamartine provenham mesmo do pai? Lamartine uma vez disse que olhou, de noite, pela porta envidraçada, e que ela estava nua, no escuro, sentada na cama, com uns reflexos metálicos brilhando na perna. Com doze para treze anos, Lamartine era fascinado pela ex-babá. Anita acha mais suspeito o disfarce de que lança mão o diário de Espártaco, quando inventa que Clarisse, na sala de visitas, dormia numa cama-devento (só para desfazer qualquer vínculo com a estante-sofá).

    Depois da morte de d. Emília, Magda Mou e Clarisse tiveram uma longa conversa em que a romancista policial foi direto ao assunto. Clarisse riu e respondeu apenas que naquela casa todos sempre tiveram cisma contra ela.

    Magda Mou não se envergonha de narrar para o repórter o episódio inverossímil de sua visita a um amigo de Lamartine que foi quem recebeu de presente a estante-sofá no início dos anos 60, quando a fisionomia da casa foi alterada para acolher Aurora e os pimpolhos que viriam com o casamento. (Chegou-se a pensar em aproveitar a estante-sofá para servir de cama ao primogênito, quando nascesse, mas Aurora repeliu a idéia, não entendendo como alguém pudesse dormir debaixo de uma estante, muito menos uma criança.)

    A romancista policial localizou o novo endereço de Perpétuo, esse amigo de Lamartine, que vinte anos atrás morava com a família num apartamento alugado em Botafogo e que, com a morte da mãe viúva e da irmã — por doença infecciosa que se transmitiu de uma à outra mas que o poupou —, ficara de repente sozinho, mudando-se para Caxias. Magda Mou foi com o marido a Caxias procurá-lo para propor que, mediante pagamento, desmontasse o móvel, se ainda estivesse em sua posse; mesmo que já não se encontrasse dentro o tesouro, ela veria com os próprios olhos a localização do fundo falso.

Ficou sabendo que a estante-sofá fora vendida na mudança para Caxias. E, por mais esforços que o solitário amigo de Lamartine fizesse para lembrar a qual comprador de móveis usados cedera a peça, não lhe vieram o nome nem os traços, nem a sombra de uma idéia de onde pudesse encontrá-lo. Magda Mou, no seu novo romance policial, vai fazer uma pesquisa para apurar se Perpétuo e Clarisse não estariam mancomunados. E avisa a Lamartine que vai incluí-lo — a ele, Lamartine — no rol dos suspeitos pelo desaparecimento do tesouro, pois dormiu na estante-sofá durante algum tempo, desde a saída de Clarisse até a de Espártaco, quando o gabinete de trabalho foi transformado em quarto, ocupado primeiro por Lamartine, depois por Lamartine com Aurora.

A entrevista terminava aqui, se não me falha a memória. Tico e Teca entram, muito agitados, contando que o pai de um amigo havia telefonado para dizer que existia um jeito, sim, de dar tempo ao Artur para cruzar com a Nina. É só o veterinário aplicar uma injeção de hormônios que suspende o cio por seis meses. Daqui a seis meses, quando ela estiver a fim novamente, o Artur já vai ter crescido e eles poderão fazer uma porção de filhos.

Estas perguntas de Porfírio Papletes ficaram sem resposta:

— Os diversos nomes de cidades estrangeiras carimbados nos envelopes em que vêm os desenhos são as únicas pistas para chegar até onde está seu pai? Não serão pistas falsas?

— Doutor Espártaco terá sabido da morte de dona Emília? Soube alguma vez do casamento dos filhos? Soube que nasceu Tico? Teca? Isolda? Cláudio Aquiles? (NG)

OS CAPÍTULOS EXTRAVIADOS

16

AURORA CHEGA COM UM SONHO E É RECEBIDA COM OUTROS

> *Fotografei você na minha roleiflex*
> *Revelou-se a sua enorme ingratidão*
> Newton Mendonça e
> A. C. Jobim, "Desafinado"

(NG) Este capítulo extraviou-se também. Mas de forma diferente. Simplesmente nunca foi devolvido a Londres, o que é até uma sorte, pois de outro modo poderia ter se perdido, como aconteceu a "Magda Mou fala à imprensa" e à "Entrevista com o gramático". Não saiu da minha gaveta e, graças a esse esquecimento, o texto original está aí para vocês e não precisarei resumi-lo. Tudo faz crer que se tratasse de mais um roteiro para história em quadrinhos. O insucesso dos outros, quem sabe, terá feito Lamartine pensar duas vezes e, na última hora, desistir de levá-lo à Gramática e lê-lo para Aurora. (NG)

Minha mulher chegou da Europa. Nos dois meses de ausência, escrevemo-nos mas evitando, sempre, tocar no assunto da separação. Seguirá para Brasília no dia seguinte, por duas semanas. Depois volta e retoma a vida... conosco ou sem nós? Ela quer muito falar comigo. Isolda e Cláudio interrompem a todo momento com mil solicitações. Saem os dois juntos um instantinho para comprar sorvetes. Sento-me com Aurora à mesa de jantar e ela me conta o sonho que teve essa noite.

Estava na rua, assistindo a algum espetáculo, que poderia ser, por exemplo, um desfile de escolas de samba. No meio da multidão, vê passar de repente um garotinho de mais ou menos quatro anos, correndo desesperado. Ela vai atrás dele e o põe no colo. Chora muito. É um japonesinho. O menino se abraça ao seu pescoço e ela sobe para o palco onde estão os microfones e os locutores de rádio, para que transmitam a notícia de que foi encontrada uma criança perdida. Passa-se o tempo e não aparece ninguém para reivindicá-la. Enquanto isso, há outras crianças perdidas, as mães chegam e se retiram com elas. Resta somente Aurora com o japonesinho. Ela o leva para registrar a ocorrência num distrito policial. Menino perdido, ninguém para reclamá-lo. Dão a notícia pela Rádio Jornal do Brasil etc., mas, até que se apresente alguém, o menino não pode ser deixado ali sozinho, tem que ir dormir em algum lugar. Aurora comunica ao comissário que o levará para casa e ficará à espera de que os pais venham procurar por ele. Um fotógrafo do *Diário da Noite* tira a foto dela com o menino no colo, abraçado fortemente ao seu pescoço. No dia seguinte, a foto sai publicada, com o objetivo de localizar os pais.

Todo esse tempo, o garotinho só sabia dizer que seu nome era Mikito (vinha escrito, aliás, numa pulseira que ele usava no braço esquerdo).

Passam-se os dias. Ninguém procura pelo garoto. Ele se acostuma com Aurora, ela com ele. Aurora começa a achar muito estranho que ninguém se interesse por reavê-lo. Decide-se a averiguar por sua própria conta. Depois de alguns dias de convivência, o menino lhe diz que seu pai chama-se Akito. Mas não se lembra de mais nada.

Quando Aurora encontrou Mikito, estava muito arrumadinho, com roupas caras. Ela junta essa circunstância com o fato de saber o nome do pai, Akito, para prosseguir nas averiguações, em colaboração com a polícia.

— Localizam um Akito — prossegue ela —, milionário japonês, vivendo num bairro residencial que poderia ser a Gávea. Sigo para lá com uns detetives e o menino. A casa era um palácio de três andares que ocupava todo um quarteirão. Ficava no centro do terreno, rodeada por um parque onde havia um lago muito grande. Ao chegarmos à casa, um mordomo nos manda esperar. Passam pessoas chorando, entram noutras salas, onde estão todos trajados à japonesa. Depois de muito tempo, vem até nós o senhor Akito, chorando e dizendo que acabava de enterrar seu filho, morto na véspera, afogado no lago do parque. Seguimos para o parque e chegamos a ver os que voltam da parte de trás da casa, onde, segundo nos esclarece Akito, há um mausoléu em que estão enterrados todos os membros da família. Por fim, reúne-se a nós a mulher de Akito e então falamos do motivo de nossa visita. Eles declaram não conhecer o garoto que está conosco, observam apenas que o filho deles que morreu era mais ou menos da mesma idade. Mikito o tempo todo reconheceu os pais e se esforça para que eles o reconheçam, mas, diante da indiferença da família, retiramo-nos sem que nada fique esclarecido.

Passa-se o tempo e nada se sabe da família de Mikito. Os milionários foram investigados, nada se descobriu. Tudo o que Aurora mais ou menos conseguiu saber foi que um avô do garoto que morreu afogado lhe havia deixado uma fortuna, mas esta só poderia ser administrada pelos pais ou por ele próprio quando atingisse a maioridade.

— Mais um ano se passa, faço a adoção legal de Mikito como meu filho. Não se separa de mim para nada. Chega aos dez anos. Quinze. Quando completa vinte e um, conto-lhe o mistério que envolve sua vida. Já lhe havia explicado que era meu filho adotivo, mas nunca lhe dissera como o encontrei. Nesses anos todos surgiram muitos comentários, as pessoas se espantavam de como eu podia ter um filho japonês, certamente o filho de um amante que morrera e o deixara comigo etc.

O rapaz faz averiguações por todos os lados e, como nada se esclareça, resolve ir com Aurora à casa de Akito falar com ele. Depois de conversarem horas, Mikito discute com Akito e o desafia para um duelo.

Dois ou três dias mais tarde, o duelo se realiza no parque da casa de Akito, com padrinhos, advogados e tudo o mais. Duelo de espadas. Akito é morto por Mikito. Vem a polícia e, depois de comprovar que a cerimônia se havia realizado com a presença de padrinhos e advogados, vê que não se trata de um assassinato mas empenha-se em investigar a origem do duelo.

— Mikito conta tudo o que sabe de como o encontrei e das suspeitas bem fundadas que nutria de ser o filho de Akito, portanto herdeiro da fortuna deixada pelo avô. Conta como se perdeu e como foi encontrado por mim. A fim de que não pairem dúvi-

das sobre o assunto, vamos, Mikito e eu, em presença da viúva de Akito, dos advogados e da polícia, ao mausoléu nos fundos da casa, onde dezesseis anos antes enterraram o filho que morreu afogado no lago.
O caixão é retirado e aberto. Para surpresa geral, está vazio.
Mikito inicia, a partir desse momento, os trâmites necessários para legalizar a situação e ficar como herdeiro, pois já está provado que era o filho de Akito.
— O sonho termina com Mikito me abraçando.
Bom. É. Vou ter que pensar sobre o que significa. Depois de uma ausência de dois meses. Aí sonha e... é importante.
Mas será?
Recebi de Anita, no dia em que Magda Mou falou à imprensa, umas folhas de papel preenchidas com caligrafia clara e regular. Pensei que fosse a pauta para a entrevista. Era uma transcrição do sonho de Aurora, contado quatro meses antes, em 10 de março (a entrevista foi em 10 de julho). Imaginem quem tinha tido esse trabalho — de gravar, primeiro, depois transcrever —, quem tinha a atenção voltada para minha mulher e para mim no dia em que Aurora retornou de um afastamento de dois meses na Europa, quem furtivamente escutou e gravou nossa conversa? Clarisse.
Clarisse. Com que intuito? Disse-me Anita que ela fez observações: Aurora estava era debochando de mim, o mistério dos japoneses era um achincalhe, justamente no dia em que meus filhos e eu esperávamos com a maior ansiedade uma explicação, uma decisão sua — ela chegar e contar que havia tido um sonho no avião, e o sonho ser essa coisa de akitos e mikitos!
Anita ainda comentou que, tendo sido notificada de que deveria deixar o apartamento da Domingos Ferreira, Clarisse pediu-lhe para ficar até a manhã seguinte, pois era o tempo de que necessitava para acabar de ler o Diário.
O Diário! Leitora do Diário! Afinidades imprevistas. Poderíamos ter conversado mais, Clarisse.
Neste capítulo de afinidades, fique registrado o que Aurora me comunicou, pelo telefone, no final de abril, quase um mês depois de ter levado os meninos embora por causa de Clarisse. Iria morar com Cândido Cristalino. Perguntei-lhe por quê, respondeu que havia afinidades. Afinidades? Pois saibam que os desafinados também

têm um coração. Também eu, nessa noite de tanta expectativa que antecedeu sua chegada de Viena, tive um sonho que anotei numa folha de papel e me apressei a contar tão logo ela silenciou o relato do seu.

Sonho que meu pai me conta um sonho. Não ficou clara para mim a aparência que ele tem depois dos vinte e cinco anos que não nos vemos. Está na cama, reclinado sobre dois ou três travesseiros, o quarto não é em nossa casa, acabou de acordar, seus traços estão na sombra, não posso dizer se refletem serenidade ou angústia, não consigo ver, ouço a voz, ele baixa o tom, como se não quisesse ser ouvido por outros, só por mim:

— No meio do trajeto, a velha história: o condutor avisa que o bonde vai recolher-se à estação e os passageiros que se danem. Há indignação. Ninguém pensa, porém, em protestar, tão conformados andam todos. Quando me vêem ficar de pé e berrar, aí tenho a concordância de alguns passageiros. Mas a maioria desce do carro, logo. Desço, então, também, para interpelar o condutor. Este me diz que cumpre ordens, não pode decidir nada em contrário. Exijo que chame um fiscal ou um inspetor. Vem um baixotinho, com quem já tive vários desentendimentos em circunstâncias semelhantes. Diz-me que o bonde não pode seguir porque tem boi na linha. Vai pegar o desvio e recolher-se. Com os melhores modos possíveis replico que isso de boi na linha é desculpa muito esfarrapada já. Vai recolher-se, repete. Pois não vai não, digo-lhe eu, vai seguir, e já! Perco a cabeça. O motorneiro ainda hesita. Apelo para outros passageiros, perguntando-lhes se não me acompanhariam numa reação. Uma gasguita levanta-se e diz: esse senhor é evidentemente um comunista! Danei-me. Com o guarda-chuva quebro a vidraça da frente do carro, um barulho desgraçado, ouço só uns poucos "muito bem", desaparece o inspetor, possivelmente para chamar a polícia, e o motorneiro, muito branco, diz que eu não devia ter feito isso, afinal quem vai pagar é ele. Pagarei eu! Faço questão de pagar! digo-lhe. E previno-lhe que assim farei sempre que me vierem com essa história de recolher-se.

Não sei o que Aurora terá achado do meu sonho. Não sei se achou importante. Pela cara que fez, sou levado a crer que não lhe causei boa impressão ao contar que sonhara com meu pai me contando um sonho.

— Seu pai. Seu pai. — O assunto morre aí.
Isolda vem chegando dos sorvetes, ouviu o finalzinho do sonho e também tem um para contar.

— A mãe chegou, os filhos devem ter descido para ir comprar sorvetes, não estavam, a mãe e o pai ficaram conversando sozinhos numa sala que não tem nada nas paredes e de mobília só tem uma mesa com duas cadeiras para eles se sentarem. Conversam com frases curtas, um diz uma frase curta, silêncio, a resposta do outro também é uma frase curta, silêncio e assim vão, de frase curta em frase curta, silêncio. Uma conversa para não dizer nada. Eles nem se mexem. Se prestar bem atenção, a gente vê no centro da mesa um envelope fechado. Cada vez que um diz a sua frase, completa empurrando um pouquinho o envelope para o outro. De repente eu vi no sonho que o envelope era eu. E eles nem para abrir e saber o que tem dentro.

Já Cláudio Aquiles, de quem se esperava o sonho de encerramento, o que fez foi correr para os braços da mãe e cobri-la de beijos.

OS CAPÍTULOS EXTRAVIADOS

17

ENTREVISTA COM O GRAMÁTICO

(NG) Cronologicamente, este capítulo se segue ao sonho de Aurora mas precede o da fala de Magda Mou à imprensa. A conversa de Lamartine comigo (o "gramático") deu-se em 30 de abril de 1972. A entrevista concedida por Magda Mou ao repórter Porfírio Papletes foi em 10 de julho (como menciona o texto de Lamartine que fala do sonho sobre o japonesinho). Nessa mesma fonte está dito que os sonhos foram contados em 10 de março, quando Aurora voltou da Europa. Por que, então, a seqüência invertida que se adotou no romance?

Não tenho a menor idéia. Imagino que o autor preferisse deixar para o fim a entrevista com o gramático, porque esta termina com a sugestão que lhe fiz de pleitear uma bolsa junto à Samuel Pepys Foundation e assim estaria construída uma passagem direta ao capítulo seguinte, "A série Mozart", que começa com a notícia de que ele ganhou a bolsa.

O lugar onde situar os sonhos foi uma escolha minha. Se respeitada a cronologia natural, deveriam abrir a seqüência dos capítulos extraviados, mas acabei escolhendo pôr os sonhos no meio acho que por uma questão de equilíbrio.

Gostaria que tivessem a gentileza de não me perguntar como esses sonhos foram aparecer no fundo da gaveta. Não constavam da versão que eu revisei. O capítulo não está nem numerado, ficou esquecido, perdido, não o tive em mãos quando revisei o romance antes de virem os "Acréscimos", honestamente não tenho como saber se, neste caso, ao contrário de como procedeu nos outros, Lamartine teria preferido respeitar a cronologia natural.

lando! — Não sei do que ele está falando!

Vocês ouviram? É algum leitor aflito que repele estas circunvoluções, odeia os circunlóquios e faz muito bem. Tem toda a razão, não é assim que se começa um capítulo. Não é a melhor maneira, quero dizer. O começo tem que ser por força um começo, não uma divagação.

Só para concluir o que eu estava dizendo: o critério do rigor cronológico não é em absoluto o que preside à construção da narrativa neste romance. E isso às vezes de tal forma desnorteia e cansa o leitor... Lamartine, escreva com começo, meio e fim, dizia-lhe eu exatamente durante a entrevista que é o tema do presente capítulo. Ele tentava contar-me os seus "embrionários" mas, na primeira frase, já estava anunciando que era preciso recuar a um episódio anterior que, por sua vez, só se esclareceria se avançássemos até... E nada de começar! Contar é uma coisa. Isso aí se chama atordoar.

O motivo por que marquei a entrevista com Lamartine nos escritórios da Gramática foram as suas inconvenientes visitas a Aurora sob o pretexto de narrar-lhe roteiros de histórias em quadrinhos; eram inconvenientes não só para Aurora, mas também para o meu amigo e companheiro de trabalho Cândido Cristalino, já que esses roteiros se faziam ouvir em voz muito alta, no tom empolgado de quem virou meia dúzia de chopes (não era o caso de Lamartine), e as peripécias que todos éramos forçados a escutar, de natureza um tanto escandalosa, continham vez por outra provocações intoleráveis ao casal (sempre bem-humoradas, ressalve-se).

Não preciso dizer mais nada: em dia de maior exaltação, Lamartine nem sequer apareceu com o roteiro escrito, começou a improvisar uma história — gesticulando muito e em certo momento dando um salto para o ar — em que descrevia como acabara de arrancar da parede de uma loja lotérica o cartaz TODOS TÊM DIREITO A UMA SEGUNDA CHANCE. Saíra correndo, fugido, da loja, e fizera questão de vir entregar o troféu à ex-mulher.

Na versão que se perdeu desta entrevista, Lamartine começa narrando minha chegada ao escritório, às dez da manhã, ele já à minha espera, indeciso se cumprimenta ou não Aurora e Cristalino, que ocupam salas anexas, cada um na sua, desde as nove. (Lamartine respeitava a regra, por ele mesmo criada, de só se dirigir a Aurora para contar-lhe roteiros, lidos em geral sem que ele ultrapassasse o umbral da porta.) O autor inventa, para ridicularizar-me, um chapéu de couro, de abas largas à mexicana, que chego ao escritório usando meio tombado para trás na cabeça e de que só me desfaço depois de cumprido um ritual junto à mesa de trabalho, em que me demoro alguns bons minutos. Enquanto afrouxo a jugular de couro para tirar o chapéu e entregá-lo à minha secretária, dirijo-me ao visitante pedindo-lhe que espere só um momento que eu vá ao banheiro e logo entraremos no assunto da entrevista.

               Estivemos conversando uma hora, cara a cara, eu sentado à cadeira de balanço que tenho junto à mesa de trabalho, ele numa cadeira que colocou diante da mesa. Comecei apontando-lhe a inconveniência das narrações a Aurora que tumultuavam o trabalho da Gramática. Ele se desculpou e me disse que deixaria de lado as histórias em quadrinhos, já que sua intenção fora a de manter-se em contato com a mulher sem descambar para queixas, sem apresentar-se como vítima etc., mas, muito ao contrário, usando o canal do humor que — no seu entender, pelo menos — era o forte da relação dos dois. Às histórias em quadrinhos não faltava esse humor. — É, mas são uma amolação para ela por causa do Cristalino — retruquei-lhe. — Cristalino é meu amigo, é um homem de bem, você está bem-intencionado, não ponho em dúvida, mas acho que tem de respeitar a decisão de sua mulher. — Disse-lhe isso na esperança de pôr um termo à nossa entrevista nos primeiros quinze minutos. Eu não estava sabendo o rendimento que podia ter o diário de Espártaco quando Lamartine resolvia se servir dele como tema de conversação.

               Veio toda a história (que tempos depois passei a conhecer em seus mínimos detalhes) de como ele, Lamartine, precisava, para sentir-se vivo, fazer viver o texto do diário paterno que, por sua vez, não teria outra chance de vida se não fosse por sua intervenção etc. etc. A Samuel Pepys Foundation e os leitores que me perdoem, mas cansa-me muito abordar esse assunto. Um torvelinho sem escapatória, Deus nos livre. Vou resumir, porque sou o resumidor do capítulo extraviado.

Resumindo. Os roteiros de histórias em quadrinhos seriam substituídos por um novo mergulho no projeto dos "embrionários". O eixo agora escolhido seria a separação de Aurora. Poderia inclusive englobar as histórias em quadrinhos. Mas ele jurava que não traria nada para ler em voz alta na Gramática. Mostrou-me algumas páginas de embrionários antigos, para que eu desse uma opinião. Tudo muito confuso, e que mais confuso ficava quando ele ia buscar associações com o texto do pai, que também me deu para ler — mais claro, mais concatenado, mais bem escrito, em suma, do que o seu. Pensei em como poderiam tornar-se inconvenientes para Aurora e Cristalino os capítulos em preparação do novo embrionário e resolvi propor a Lamartine que se ativesse, por enquanto, a organizar uma edição crítica, com esclarecimentos e notas de rodapé, do diário de Espártaco M. Um público já familiarizado com esse texto saborearia melhor, no futuro, os embrionários devidamente levados a termo.

Na ocasião eu não estava sabendo, mas, com as informações de que hoje disponho, posso afirmar com segurança que o Diário obsessivamente referido neste "Trem sem maquinista" teve muito a ver com a separação de Aurora. Ela me contou que, mexendo às escondidas nos rascunhos de Lamartine, encontrou a tal passagem, supostamente do Diário 2, em que Espártaco se imagina sexagenário, um sexagenário especialmente decadente que, tendo perdido a amante vítima de câncer e tornando-se dependente da mulher até para o asseio íntimo, vive num estado mental crepuscular, dividido entre apagar-se na sua dor e agarrar-se à vida nas trocas conjugais que deseja ter com Emília, e que esta às vezes lhe concede, muito relutante embora. Aurora sabia que o texto não era de Espártaco porque desde os primeiros tempos de seu casamento Lamartine repetidas vezes lhe mostrara o original autêntico do Diário que terminava com uma festa do Ministério Público em homenagem à dra. Camila Soares. Espártaco era o orador escolhido para falar, em nome dos colegas, no momento de oferecer-se um presente à dra. Camila. Escreve e pronuncia um discurso de amor (indisfarçável, mesmo depois de submetido à censura prévia de Emília). Realizada a cerimônia, todos apreciam o discurso, mas a doutora comenta que Espártaco produzira apenas uma obra literária, "como todos estão fartos de saber que você é capaz de fazer melhor do que ninguém", dominada por emoções e sentimentos pessoais, onde não havia uma referência sequer aos méritos que lhe advinham (a ela, Camila) de seus esforços pelo engrandecimento do Ministério Público. A decepção causada pelo comentário de Camila é considerada suficientemente forte para fechar o Diário 2. Lamartine, entretanto, em quem obscuros motivos favorecem sempre uma identificação com o diário paterno, ainda acha preciso acrescentar de seu próprio punho um epílogo que, aos olhos de Aurora, reflete uma antevisão por parte dele do que será o casamento de ambos vinte anos depois. Desse mal-entendido (ou teria ela concluído corretamente?) germinou a proposta de separação, de 31 de dezembro de 1971.

Duas impressões que eu gostaria de deixar aqui registradas antes de encerrar o capítulo e que não figuravam na versão que se extraviou.

O "acréscimo" que fecha o Diário 2 poderia ter sido uma solução frustrada a que recorreu Lamartine para o problema de *como livrar-se do Diário*. Nas páginas que se perderam havia muita insistência nesse problema (estreitamente ligado ao "torvelinho sem escapatória" de que já falamos e em que, mais uma vez, por cautela, não entraremos) mas nada era dito sobre a solução frustrada. Não me parece descabido pensar que Lamartine escrevesse passagens como essa, supostamente do punho do próprio pai, para levar a identificação a um extremo e imbuir-se da sensação de estar respirando e pulsando no mesmo compasso que Espártaco. A impressão causada a Aurora não teria sido tão penosa se as vozes de pai e filho não lhe houvessem soado tão parecidas. Na época da entrevista, eu não havia tido acesso ao material do "Trem"; os embrionários que me foram mostrados na ocasião aludiam ao problema, mas em nenhum encontrei, por exemplo, a sugestão de que Lamartine achava possível liberar-se do Diário se chegasse a coincidir, por um instante que fosse, com algum sentimento ou sensação do autor. (Minto: essa esperança já vinha sugerida num dos embrionários, que tratava da decifração da técnica pictórica de Espártaco em seus trens sem maquinista. Em lugar de sentimento ou sensação, falava-se em "segredo". Estava lá. Mas escapou-me.)

Convido o leitor, por outro lado, a uma livre interpretação do sonho com o japonesinho, de Aurora, que aparece no segundo desta série de capítulos extraviados. Ali Lamartine foi induzido a crer, por influência de uma ex-babá ressentida e talvez até um pouco ciumenta, que esse sonho era uma fabricação zombeteira, de puro deboche, para frustrar as expectativas criadas no marido e nos filhos pelo retorno de Aurora dois meses depois de uma partida sem explicações. Magda Mou, que teve em mãos a transcrição feita por Clarisse, não resistiu e enviou um bilhetinho a Aurora, expondo-lhe as fantasias analíticas que lhe ocorreram, diretamente inspiradas no sonho (Anita e seus férteis pendores psicanalíticos, como dizia Lamartine). "Se pusermos de lado as *japonaiseries* que entraram no sonho para disfarçar o que está contado com clareza até demais", escreve ela (e deveria ter escrito "demasiada" [adj.] em lugar de "demais" [adv.]), "damos de cara, inicialmente, com os esforços malsucedidos de um pai para eliminar o filho (Akito perdido, o caixão vazio); depois, salvo por Aurora, esse filho precisa enfrentar o pai em duelo e matá-lo (livrar-se do Diário) para assumir sua personalidade". Quando recentemente lhe cedi o capítulo dos sonhos para ler, Aurora ficou indignada com a acusação de achincalhe lançada por Clarisse. Passou-me o bilhete de Anita mas não sei se a interpretação desta lhe terá feito menos mal que a da ex-babá, se a psicanálise fantasiosa da escritora não terá servido para traumatizar ainda mais esse ponto particularmente sensível que é o das relações de Aurora com o Diário. Cristalino achou grotescas as extrapolações de Anita, mas, como Aurora e eu, impressionou-se com a coincidência do sonho de Lamartine que mostra o pai resistindo a morrer (veemente protesto contra a ordem de recolher o bonde à estação). Anita não tomou conhecimento desse sonho (que não foi transcrito por Clarisse). Ao escrever o capítulo, Lamartine parecia meio ofendido com o aparente menosprezo de Aurora (lá estava o "Desafinado" como epígrafe) e não dá para perceber se notou alguma relação entre o seu sonho e o dela. Aquela impaciência com que Aurora responde "Seu pai. Seu pai" podia ser uma dica, mas teria sido recebida como tal? Em nossa entrevista, quando lhe disse que deveria respeitar a decisão de Aurora, imaginei que Lamartine fosse reagir fazendo valer os seus direitos, essa coisa. Mas não. Comentou que a mágoa maior foi perceber que em momento algum, do 31 de dezembro em diante, ela pareceu vacilar, fraquejar em sua decisão. Nenhum arrependimento. "Depois que a gente decide..." Assunto encerrado.

Falei em impaciência, e devo aqui me penitenciar pelo conselho, que dei a Lamartine, para que se restringisse, numa primeira fase, a publicar apenas o Diário, ficando os embrionários para depois. Foi por impaciência, hoje reconheço. Vinha ele com aquelas suas explicações de que tal texto era de Espártaco mas fazia parte do Diário inventado, tal outro era "como se fosse" do Diário inventado mas na verdade tinha sido escrito por ele, Lamartine, sem falar no discurso pronunciado para a festa de d. Camila Soares, em meados da década de 60: era do Diário inventado, com a particularidade, entretanto, de que nele Lamartine enxertara posteriormente, de sua própria lavra, ironias ao regime militar instaurado em 1964 (a escolha do orador constituíra, está no texto, "um desrespeito às normas sagradas da disciplina e da hierarquia". Pois ele não era o procurador-chefe. Mas, se no passado fora o melhor, hoje podia considerar-se pelo menos o mais antigo dos amigos da dra. Camila; e "antigüidade também era posto"). Escrevendo seu Diário 2 na década de 40, nada em outras partes do texto futurológico leva a crer que ele previsse uma ditadura militar para os anos 60! O "Mico-preto", de resto, não faz referência política alguma, a não ser que como tal consideremos a forma de tratamento que dá ao nome das pessoas, quando Espártaco brinca tristemente com a caricatura de uma sociedade pseudo-igualitária e seus "camaradas" (camarada Carneiro procurador-geral, camarada Peru desembargador, camarada Jacaré de Tal auxiliar, camarada Camila...). Havia muita mistura de pai para filho. Pobre do leitor!

E não será talvez o caso de penitenciar-me, pois que o encaminhamento dado a seu projeto acabou sendo o melhor possível. Ofereci-me para recomendá-lo à Samuel Pepys Foundation, em Londres, instituição que até hoje cuida de editar sob diferentes formas o vastíssimo *Diário* de Samuel Pepys (1633-1703), cujas afinidades com o de Espártaco M. são tais que mais do que justificariam dirigíssemos à SPF, como o fizemos, um pedido de financiamento para preparação dos originais com vistas a uma eventual publicação quando surgisse oportunidade. O pedido de bolsa foi aceito, Lamartine trabalhou no projeto um ano, de junho de 1972 a maio de 1973, com resultados que se desviaram do que eu havia sugerido, ao recomendá-lo, mas dos quais se pode dizer que foram, no mínimo, curiosos. Os "embrionários" acabaram entrando, quem diria? Um capricho do destino reservou-me a última palavra neste livro, de que me tornei, Deus sabe como, um avalista perante a Samuel Pepys. Quem diria? Os personagens, com os dois autores, desertaram a cena. Não há pistas para encontrar Espártaco, a dra. Camila, Lamartine, Anita (nem como Anita nem como Magda Mou), Franco Zéfiro. D. Emília, morta. Alguém viu Clarisse?

Aurora está acessível, trabalhando comigo. Mas evitamos puxar o assunto, porque Cândido Cristalino continua também comigo, e também com ela. O casal vai muito bem. Custa crer que ela em algum momento (não sei como são os seus cafés da manhã) mostre aquele rosto triste recomendado por Lamartine para o último quadrinho de "Invenção dos provérbios-dominós". O passado foi vencido com muita facilidade (digamos: serenidade, para não magoar o ex-marido). E o que eu noto — embora não falemos no assunto, como já disse — é que nem ela nem Cristalino seriam capazes de criar qualquer entrave a uma eventual publicação deste "Trem" (com "acréscimos" e tudo). Eles teriam esse direito (Aurora em todo caso), mas seu senso de humor há de falar mais forte, sem dúvida.

Acontece que estava eu nesse otimismo todo, de quem diria, e quem diria, e quem diria, quando Aurora vem à minha sala com uns papéis na mão. Precisa me ouvir, quer um conselho. A expressão do rosto é um pouco — agora, sim — a do último quadrinho dos provérbios-dominós. Depois de dois anos sem dar sinal de vida, Lamartine escreveu aos filhos. Nada de pessoal, ou, pelo menos, do que a gente convenciona chamar de pessoal. Simplesmente uma descrição dos brinquedos (um, de sua própria invenção) que, diz ele, está reservando para dar de presente aos dois no Natal (ainda faltam seis meses).

Uma coisa é Lamartine desaparecido e transformado em livro; outra é ele ressurgir "em termos de vida", falante, atuante, querendo de novo intervir em acontecimentos que iam seguindo seu rumo muito bem sem precisar tê-lo por perto. Não escondo que foi para mim uma satisfação, no dia de nossa entrevista, quando lhe pedi que respeitasse a decisão de Aurora e ele prontamente concordou em atender-me, manifestando sua intenção de levar tudo com humor: seriam canalizadas as emoções selvagens para o texto dos embrionários, onde o insucesso amoroso teria um tratamento adulto e até brincalhão, sem queixas, sem vítimas. O horror que eram aquelas entradas de Lamartine nos fins de tarde, lendo em voz alta seus intermináveis roteiros para histórias em quadrinhos, reflexos de um espírito conturbado, delirante, obsessivo! A paz e os bons sentimentos voltaram a reinar em nossas salas a partir de então. Cheguei a nutrir uma estima toda especial por esse marido consciente das próprias limitações e que tão generosamente se recolhia para deixar que a mulher alçasse o vôo de sua escolha. No final da entrevista, pedi-lhe que trocasse os embrionários por uma publicação pura e simples do diário do pai, e ele, tão cordato, na mesma hora, aceitou, não lançou mão — como teria sido natural — do argumento (sua obsessão querida) de que o Diário, para comunicar-se com os leitores, precisava da intermediação dos exercícios criativos dele Lamartine. Os exercícios criativos apareceram, sim, mas muito mais tarde, quando já não o tínhamos à vista; houvesse sido esse o nosso desejo, poderíamos tê-los tornado sem efeito com duas ou três palavrinhas dirigidas à Samuel Pepys. Que tolerância e benevolência nos dera o desaparecimento de Lamartine! Agora ele escreve esse bilhete aos filhos, de uma remota cidadezinha nos Andes, e a ex-mulher já está em dúvidas se o entrega ou não aos meninos. Vem me perguntar.

Não é pelos brinquedos, não é nem pela possibilidade de ele aparecer no Natal e recomeçarem as histórias em quadrinhos ou algum truque semelhante, mas por causa de um pedido que vem no final da carta: que os cadernos do diário de Espártaco, presentemente guardados no apartamento da Domingos Ferreira, sejam distribuídos, entre os convidados, por ocasião das festas de quinze anos de Isolda e Cláudio Aquiles. No aniversário de Isolda sairiam os quarenta volumes do Diário 1, e, no de Claudinho, os vinte e tantos do Diário 2. Aurora observa que acha muito cedo para os meninos tomarem conhecimento desse plano (Isolda hoje tem onze anos, Cláudio nove). Teme a possibilidade de que, despertada dessa forma e desde já a atenção deles para o Diário, o efeito, ao longo dos quatro anos que ainda faltam para a primeira festa, seja justamente o que — na aparência, pelo menos — Lamartine está querendo evitar. Aurora não queria nem que os meninos ficassem sabendo da existência do Diário. Não lhe terá passado pela cabeça que, lendo o romance do pai, fatalmente sentiriam curiosidade pelo diário do avô?

      Numa dessas, tem razão. A menos que algum dia Isolda ou Cláudio Aquiles, já adultos, tomem decisão em contrário (não sei em que disposições se encontra o autor, Lamartine, de quem não podemos sequer dizer que pretenda voltar), mais prudente parece-me esquecer este livro com suas histórias, conselho que passei a Aurora e de que resultou um abraço como havia muito não recebia do bom e leal companheiro Cristalino.

      Não é por nada não, mas se eventualmente, graças a um desses acasos que não há como prever, alguém no futuro der a sorte de não topar com os obstáculos que estou imaginando (e, mais do que imaginando, estou ajudando a criar) para a divulgação deste "Trem sem maquinista", minha consciência não ficaria tranqüila se esse alguém chegasse até aqui e não encontrasse o bilhete escrito por Lamartine aos filhos. Por isso, transcrevo-o. (NG)

18
BILHETE DOS ANDES

Dia 23, aniversário de Claudinho, que imaginam vocês que me aconteceu? Não dá para acontecer muito porque o frio onde estou é dos diabos e passo o dia inteirinho imóvel no colchão com as lãs todas empilhadas em cima de mim, sem fazer praticamente nada. Às vezes, como um bombom Garoto. Por causa do bombom Garoto foi que de repente me lembrei que era o dia de seus anos, Claudinho.

Com as pontas dos dedos meladas, não querendo lamber-me pela má impressão que isso sempre me causou, não querendo sujar as lãs nem levantar-me para ir ao banheiro que fica lá fora e receber o frio nos ossos, recorri, como de outras vezes, à pasta de documentos que tenho sempre debaixo do travesseiro (a mesma onde a gente guardava as certidões de nascimento e as garantias dos eletrodomésticos, onde hoje continuo a guardar as certidões e aquelas garantias, inutilmente, junto com os últimos dólares e uns retratos de vocês e de sua mãe); sem manusear a capa de couro, para não sujá-la, mas empurrando-a com o cotovelo a fim de abrir-se a pasta, limpei os dedos chocolatados num dos sacos de plástico (acetato) transparente que funcionam como compartimentos. Sempre acabo fazendo essa burrice de escolher o lugar que mais mela. A sujeira continua melando nos dedos e a que passa para o plástico não se desmancha. O frio imbeciliza, só pode ser. (Dez segundinhos de paciência e vocês vão já entender por que estou insistindo tanto nesse assunto do plástico.)

Uma mariposa. Dentro do compartimento onde se estiravam os últimos míseros dólares, de repente começou a debater-se, para sair, a mariposa do tamanho de uma unha que eu devo ter despertado de seu sono hibernal ao esfregar com força os dedos no plástico. Querer deslambuzá-lo ao mesmo tempo deslambuzando-me deve ter parecido à mariposinha o tipo do projeto maluco, e dá para entender que ela se recusasse a assistir ao desfecho de braços cruzados.

Com a lufada de ar expelido depois que apliquei meus esforços à parte baixa do compartimento dos dólares, as notas levantaram-se e foram todas grudar-se no "teto" do saco de plástico, enquanto se abria a boca, na parte alta, para expulsar a mariposinha... morta.

Quero dizer: a mariposinha pareceu-me morta, mas nem estava morta nem era uma mariposinha. Era um pedaço de papel.

Agora vejam o brinquedo fantástico que eu estou inventando para vocês.

Todo o material necessário resume-se numa lata de goiabada (ou uma fôrma de pizza, ou uma caixa de madeira em formato circular) com vinte centímetros de diâmetro e dois de altura. Na parte de cima, sem tampa, vai uma cobertura de acetato fininho bem esticado, cujas extremidades a gente prende com fita adesiva às bordas de dois centímetros de altura que marcam o contorno. O chão leva forro de cópia xerográfica, para aproveitar a energia armazenada. Tenho usado certidões de nascimento. É um palco-arena, visível debaixo do acetato transparente, para bailados clássicos e circenses. Os bailarinos são pedacinhos de papel como aquele pedacinho de dólar que se debatia dentro do compartimento de plástico e me fez pensar numa mariposa. Para que comecem a dançar, primeiro a gente esfrega os olhos e tem certeza de que não está sonhando (ha-ha-ha), aí então a gente esfrega os dedos (ou melhor ainda: a gente põe a mão na vertical e esfrega a base do polegar, onde tem aqueles músculos todos, quase chegando ao pulso) no plástico, e produz eletricidade. O brinquedo chama-se TEE (Teatro de Efeito Eletrostático). Claudinho, se você alisar com um pente esses cabelos compridos que são o orgulho de Isolda, alisar com força, várias e várias vezes, na hora em que você tirar o pente os cabelos vão correr atrás dele com as pontas erguidas como se fossem o bailarino ou a bailarina estendendo os braços para não deixar fugir o par. É o efeito eletrostático.

Importante, no nosso TEE, é saber recortar a silhueta dos bailarinos. As silhuetas sendo diferentes, os passos dos bailados também não são os mesmos. Voltando ao pedacinho de dólar que começou esta história toda: está recortado mais ou menos como uma mariposa, é um floco, digamos, não tem muita definição de forma, é mínimo, metade do comprimento de uma unha, e largura então nem se fala. Toscamente, uma estrela, de que uma das pontas a gente identifica por causa do declive que faz no contorno, terminando na cinturinha da mariposa. O resto do percurso (em que se incluem as outras pontas, muito embrionárias) é balofo e meio franzido, não deixando ver no recorte qualquer resquício de circularidade da estrela original. Prestem atenção nesta palavra: circularidade. Meus filhos, por enquanto vocês ouçam primeiro. Vão entender tudo depois.

O pedaço de papel (a primeira-bailarina Pavlova) era uma pontinha de dólar, separada do corpo de uma nota de dez dólares por ter se rasgado, da mesma forma como as folhas dos livros vão perdendo as pontas quando ficam muito velhas. Esses dólares eram velhos. Ainda são a sobra da sobra do que me pagou a Samuel Pepys Foundation, estiveram quase dois anos encerrados dentro da pasta, e nos últimos tempos enfrentaram temperaturas baixíssimas. (No frio, o efeito eletrostático aumenta muito.)

Se a gente usar um furador de papel (desses que vocês me tomavam para fabricar confetes), os bailarinos recortados sairão todos circulares e iguaizinhos, dançando com passos repetidos (como os saltos de uma bola de borracha) e nunca serão capazes de chegar aos *tremolo* e *vibrato* gestuais que me fizeram confundir Pavlova com uma mariposa. O debater-se das mãos na *Morte do cisne* criada pela Pavlova de verdade (estou falando de uma coisa que eu vi: era um filme-documentário que tinha seqüências de Anna Pavlova junto com outras de Sarah Bernhardt e Caruso, uma antigüidade) tem rigorosamente esse efeito de asas de mariposa, e, se vocês chegarem a ver o filme, aposto como vão associar logo logo o efeito com os melhores momentos do nosso TEE.

Então, o seguinte. Além de forrar o chão com uma cópia xerográfica, é muito importante também que o papel de que são feitos os bailarinos tenha sido eletrizado previamente, e por muito tempo, em contato com um plástico (acetato) do mesmo tipo que o que for usado para eletrizar as funções do teatrinho. No primeiro TEE que eu fiz, logo em seguida à descoberta do efeito eletrostático sobre a "mariposa" Pavlova, aproveitei como plástico eletrizante o próprio que constituía a bolsa-compartimento dos dólares na minha pasta. A dança de Pavlova em outras salas de espetáculo que criei para ela posteriormente nunca se pôde comparar a suas interpretações nesse cenário original. Ela estava em seu elemento. E quando, numa segunda fase — depois de passar dias e noites mergulhado no fascínio de assistir aos solos sempre diferentes de Pavlova —, resolvi acrescentar à companhia um primeiro-bailarino, uma segunda-bailarina e um corpo de baile com doze figurantes, tirei Nijinski, Isadora e a dúzia de comparsas da mesma nota de dez dólares que dera origem à primeiríssima dama do TEE. Não tenho a menor dúvida de que a harmonia conseguida nos espetáculos deveu-se em grande parte à identidade de origem dos participantes. A presença de um *partner* (com seu corpo físico influenciando e modificando as trocas eletrostáticas) inspirou novas e imprevistas fantasias aos recursos coreográficos de Pavlova. Seja que o impulso elétrico a faça soltar-se do teto para o chão na descarga de energias, seja que a faça buscar em escalada o plástico para renová-las, os trajetos agora são de uma complexidade como nunca houve antes. Pavlova faz grandes vôos para ir ao encontro de Nijinski onde quer que ele se encontre. Às vezes são imensas diagonais que atravessam o palco de ponta a ponta. Mesmo assim estão sempre se desencontrando, porque o que move Nijinski é (creio eu) procurar Pavlova onde ela se encontrava antes. A menos que a maneira como foi recortado o bailarino (tentei seguir o modelo da primeiríssima mas vai ver que cometi enganos) possa ter provocado um comportamento de fuga, ele de algum modo repelindo a energia que recebe da parceira. Quem sabe. O brinquedo está feito para vocês. Se acharem que fica mais realista trocar um pelo outro os nomes de Pavlova e Nijinski, para termos a mulher fugindo ao assédio do homem, em vez de ser o contrário, vocês é que sabem. Por mim, acho engraçado do jeito que está.

Os solos da Pavlova são fenomenais. Os de Nijinski, maravilha. Cada um sozinho, se vocês deixarem, a dança deles não tem fim! Precisam ver o pedacinho de papel, sempre em pé, subindo do chão ao teto e de volta ao chão e de volta ao teto e de volta ao chão e de volta ao teto, em piruetas e rodopios que não dá para descrever, e, sem ver, não dá para acreditar. (O som concreto das sapatilhas, tic tic tic, a cada pouso instantâneo no chão, completa a mágica.) Mas, em dupla, Nijinski combina melhor com Isadora do que com Pavlova. Dançam sempre próximos e trocando de lugar um com o outro (quem, ao subir, achava-se à esquerda, ao descer, passa para a direita, e vice-versa), um efeito que não sugere desencontro, porque o desenrolar dos passos é sem descontinuidade. Já nos *pas de deux* de Nijinski e Pavlova o desfecho das grandes diagonais da bailarina é freqüentemente um esbarrão que interrompe o espetáculo.

Sei que Claudinho vai apreciar os esbarrões de Pavlova, mas sobretudo os que são dados quando se forma o triângulo: ela, Nijinski e Isadora. Nos *pas de deux* a gente é influenciado a pensar que Pavlova esbarra em Nijinski por uma sofreguidão de estar com ele a todo custo. Quando entra Isadora, fica na cara que é por puro ciúme: os choques se repetem mais vezes com "a outra" do que com o bailarino e, quando atingem Nijinski, são mais contundentes que nos *pas de deux*. — São de propósito — dirá Claudinho, ou eu não conheço meu filho.

No dia em que pela primeira vez fiz dançar a companhia inteira — os três solistas e os doze figurantes do corpo de baile —, podia esperar tudo menos que fosse assistir ao tão falado espetáculo da "harmonia das esferas", que se comenta desde a Antigüidade: os doze figurantes, círculos perfeitos graças ao furador de papel, deslocam-se no palco como astros em sua órbita, enquanto o trio solista, sem renunciar aos parafusos e rodopios mas respeitoso das distâncias, manobra em elegantes serpentinas. Pelo modo como serpenteiam, cada um dos três consegue esquivar-se muito bem do coro apoteótico e, entre si, chegam a estar tão próximos que pareceria inevitável derrubarem-se, o que não acontece, ainda que levem dançando quinze ou vinte minutos sem parar. Pavlova, provocativa, roça de leve em Nijinski e em Isadora, um toque que a gente vê mas que eles não sentem, incrível demonstração do domínio que, num paroxismo de euforia, essa estrela é capaz de exercer sobre suas paixões individuais. Esquece os ciúmes, as rejeições, tudo o que não seja a euforia de dançar.

Meus queridos filhos, aí está um brinquedo para tirar qualquer justificativa de vocês serem tristes na vida.

Viva a sua alegria misteriosa!

Sabem que, se vocês se afastarem do palco, os papeizinhos não dançam? Gosto de pensar que é porque o efeito eletrostático precisa de uma combinação de frio etéreo com calor humano, para produzir-se. O maior ou menor rendimento dos bailarinos também tem muito a ver com a alegria que os espectadores estejam dispostos a ceder ao TEE. Quando o bailado dura muito, é sinal de que está entrando alegria da melhor qualidade, da mais espontânea.

O inventor recomenda só que vocês não fiquem assistindo seguidamente à harmonia das esferas porque há o risco de a repetição embotar a sensibilidade para o espetáculo. (Os antigos diziam que a música das esferas nunca se interrompeu desde o princípio do mundo mas que a gente deixou de ouvi-la porque se habituou.) Menos emoção = menos energia para alimentar o efeito eletrostático. A tentação de não desgrudar dos minibailarinos é grande, irresistível! Eu que o diga. Aqui neste frio eterno, graças ao aniversário de Claudinho descobri que não há melhor coisa no mundo que ir para a cama e jogar TEE da manhã à noite debaixo das lãs. Haja bombons Garoto! Haja dólares! O que me salvou foi a desarmonia, foram as trapalhices de Pavlova com Nijinski e Isadora, *pas de deux* e *pas de trois*. Os tombos tanto me fascinaram que não me custa alterná-los com o Grande Carnaval da companhia dançando completa no delírio da perfeição. Salvo pelos esbarrões, pensem nisso!

E, pensando nisso, comecei a desenvolver uma linha de artistas circenses, gente engraçada que não apela para o sublime à maneira dos meus bailarinos clássicos e que, em vez de seduzir pela pulsação incessante de seus movimentos — como Pavlova, Nijinski, Isadora e o corpo de baile —, são malabaristas, trapezistas, palhaços, campeões de luta livre que cativam o espectador com manobras lentas e irregulares realizadas exclusivamente no teto de plástico do TEE. Passam a maior parte do tempo pendurados. Claro que, para reativar-se com as trocas eletrostáticas, eles também precisam descer ao chão. Mas é um tic a cada minuto e pronto.

A chave para conseguir essa diferença está, ainda uma vez, na maneira de recortar os artistas. Fura-se o dólar com o furador de papel e o bailarino-confete que se desprende da nota é guardado como reserva para o corpo de baile. Agora o mais importante: recortar uma moldura quadrada em torno do furo feito no papel. O quadradinho de dólar com furo circular no meio é o bufão da companhia. Por esse novo formato o artista tem garantida uma linha maior de adesão ao plástico (qualquer dos seus quatro lados é mais extenso do que os pontos de toque que servem de "pés" ao corpo de baile ou aos astros do balé clássico do TEE), e uma estabilidade maior nas alturas graças ao vazio de que é feito o seu centro; de modo que a tendência natural seria para ele imobilizar-se preso ao teto se não contracenasse com outros bufões que, pela presença física, atuam eletrostaticamente no sentido de tirá-lo de sua estabilidade. (Não acredito que tenham entendido tudo isto de primeira. Façam um esforço em seu próprio benefício e voltem ao começo do parágrafo. O autor da explicação não é o simplório do seu pai, evidentemente, mas um técnico muito metido — basta dizer que foi logo especificando que era uma "tentativa de explicação" — que veio ter a estas bandas com uma equipe de cinegrafistas alemães embasbacados com a cordilheira. O que ele chama de "bufões" eu chamo de "gorilas". Esses novos personagens do joguinho, em vez de estar o tempo todo trocando o teto pelo chão e o chão pelo teto à maneira dos bailarinos, conservam-se no alto, movendo-se em linha reta sem descolar do plástico [efeito dos extensos bordos retilíneos], ou dão seus saltos também, mas sempre aéreos, macacos pulando de galho em galho. Quando a gente solta dois deles na arena, à primeira esfregada no plástico voam para o teto e pode então acontecer uma de duas coisas: ou preferem, numa espécie de desafio, começar por exibir-se como trapezistas que se cruzam nos ares em demonstrações virtuosísticas do galho-a-galho, ou seu comportamento é desde logo o de adversários que se defrontam para um duelo, com aproximações e recuos deslizantes, que a gente interpreta como sendo a sua maneira de estudar-se um ao outro. Este aqui, de moldura larga, ameaça mover-se, o outro, de moldura magrinha, na mesma hora se arranca para lugar mais seguro. Depois volta para perto, aos poucos. Enquanto esperam, parados, tentando adivinhar qual vai ser a iniciativa do adversário, tremem, de pura tensão. É verdade!)

Num domingo de frio menos rigoroso, o cinegrafista Hans, que não trabalha como *cameraman* mas cuida dos efeitos especiais no documentário que os alemães vieram aqui fazer, estava nas imediações e viu quando testei um primeiro espetáculo ao ar livre da companhia do Balé de Dez Dólares (como ele o chamou, numa paródia da Ópera dos Três Vinténs do seu compatriota Brecht). Nunca vi ninguém rir tanto! Tinha bebido bastante.

Tomou-se de paixão pelos tic tic tic das sapatilhas e dizia, espalhando os braços e pernas em generosas descargas eletrostáticas, ser impossível acreditar que os lutadores estivessem tremendo de tensão, mas estavam, olha ali, estavam!

Por causa do entusiasmo dele e do clima ideal que encontramos lá fora nesse domingo, Pavlova, Nijinski, Isadora, o corpo de baile, os gorilas, todos estiveram magníficos. E então Hans disse que "queria fazer negócio". Isso eu sei que vocês não vão acreditar. Mas ouçam, primeiro.

Os alemães filmariam o Balé dos Dez Dólares. Não por dez dólares, naturalmente, comentou Hans rindo ao alisar os bigodes. Por quanto mais? Por dez mil! Cem mil! Tinha bebido bastante. As figurinhas continuavam se mexendo, o espetáculo não terminava, ele ria e batia palmas, espalhando as pernas. Os *doláricos* não param! disse, quanta alegria! Contei-lhe que a gente tinha que se afastar do teatrinho para cessar o movimento dos "doláricos".

Filmaram ali mesmo ao ar livre e, tendo comprovado que a presença das câmeras não cortava o efeito eletrostático, mas, pelo contrário, intensificava-o até, assinei um papel concordando em ceder por mil dólares (esperem, ouçam primeiro) os direitos sobre minha invenção. Eles assinaram outro papel comprometendo-se a remeter a importância por via bancária (há um banco, sim, numa cidade próxima).

Achei pouco mil dólares, mas, para quem não esperava tirar um centavo do TEE, e ainda mais na agonia de estar furando as últimas cédulas que me restavam... Dei-me por satisfeito.

O filme, aliás, ficou lindo. Eles passaram, para eu ver, no meu próprio quarto. Assisti deitado na cama, com todas as lãs empilhadas em cima, muito bombom Garoto, melando tudo, o pessoal fumando e bebendo para esquentar, o luxo de um telão instalado pela equipe... É um filme que vocês não podem perder. Duas horas e meia!

Quando chegou o dia deles irem embora, Hans me deixou um aparelho de televisão, disse que "em garantia". Modestinho, preto-e-branco, mas, para ali, estava ótimo. Melhor TV-surpresa do que nada, não te parece, Claudinho? E eu tinha ficado com um TEE de reserva, que é que vocês estão pensando? Foi besteira ter deixado o Hans levar o TEE original, reconheço. Mas ele alegou que precisava para tentar certos efeitos especiais que só podiam ser conseguidos no estúdio na Alemanha. Pavlova, Nijinski e Isadora eram insubstituíveis, eu sei. A nota de cem dólares, que me resta, é tudo o que me resta, não vou furar, é claro, mas posso trocar por notas menores. Devia ter trocado a de dez dólares em notas de um dólar. Daria para renovar o elenco dez vezes!

Vocês estão pensando: que bobão, que otário o nosso pai! Estou vendo escrito na cara dos dois.

Mas quem disse que a história chegou ao fim?

Vocês têm que ver o que faz essa televisão. O aparelho tem um botão único. Girando para a direita, acende a imagem; voltando à posição inicial, apaga. Nenhum outro controle. O que se vê na tela é uma ação contínua, como se fosse um filme que só pára de passar quando você desliga. Ligou de novo, o filme retoma de onde tinha parado. É assim sempre. Nem comentaristas, nem locutores, nem legendas. Não aparecem anúncios. Não tem título (ou teve, quando começou, mas não se repetiu para quem já pegou a história começada, como foi o meu caso). Nada se repete. Não parece que vai ter final. Continua sempre. E não tem som. É o puro silêncio.

Aqui nos Andes, pelo menos, causa uma impressão muito estranha.

Se vocês imaginarem que há uma história e quiserem segui-la, até podem. Só que dificilmente um mesmo personagem fica em cena mais de meio minuto. E depois que sai não volta. O que eu chamo de personagem pode ser uma pessoa, mas freqüentemente é um bicho (um inseto, inclusive), um veículo, alguma coisa que se movimente. Teve uma vez que o personagem era a fumaça de um cigarro (isso eu ainda vou contar daqui a pouco, espero). O negócio dessas imagens é irem se substituindo umas às outras. As que saem se perdem e as que entram não vão demorar a sair. O que a gente viu antes não tem a menor importância para entender o que vem depois.

Nenhum interesse?
O alemão me enrolou, vocês acham?
Vamos devagar. Primeiro têm que partir do seguinte: são brinquedos muito diferentes, o teatrinho eletrostático e essa televisão de um filme só. A função do teatrinho é fazer acreditar que os bailarinos e os gorilas têm vida própria, são artistas de verdade, e o prazer, como espectador, é admirar a perfeição com que conseguem transmitir esse efeito.
Já a televisão do Hans diverte de uma maneira menos direta. Nos primeiros dias, eu ligava a qualquer hora para ver o que estivesse passando, as imagens não interessavam muito mas eu insistia, na esperança de entrar um outro programa ou de aparecer um personagem que melhorasse o filme. Mas não há outro programa, lá está o filme e é sempre esse tal, que, embora sem repetir-se, prossegue mostrando a mais completa indiferença pelo que os espectadores possam achar dele. Os personagens, como já disse, depois de (no máximo) meio minuto em cena são substituídos — e, depois disso, nunca mais. Um banhista pode ser substituído por uma âncora lançada ao mar, a âncora por um peixe, o peixe por um barco (introduzido na história a partir da quilha), o barco por um passageiro, o passageiro pela namorada que corre dele no convés. O Pai é teimoso, vocês sabem. E custa a entender o óbvio. Pensava: não, as cenas filmadas pela câmera podiam ser meio confusas mas devia haver certamente a intenção de pegar o espectador pelo mistério, seduzir pela compreensão lenta, havia uma seqüência. Se me perguntassem de onde vinha essa impressão de haver uma seqüência, eu responderia que talvez fosse porque o lugar de uma cena sempre tinha a ver com o lugar mostrado na cena anterior.
Agora vejam o que aconteceu. Decepcionado com os alemães, achando que me tinham logrado, estou vendo na tela a namorada do passageiro (bem na hora em que o namorado a segurou e beijou) ser substituída por um avião que passa ao longe no horizonte — e me lembro de uma queixa que fiz há tempos ao professor Guaraná, chefe da mãe de vocês na Gramática:
— Na vida, nada é como a gente quer.
— Nada é como a gente pensa — respondeu-me o professor, indo e vindo na sua cadeira de balanço.
E, antes que vocês me perguntem por quê (por que foi substituída a namorada do passageiro pelo avião) e por quê (por que jus-

tamente nessa hora fui me lembrar das sábias palavras do professor Guaraná), e talvez ainda por quê (por que o professor disse isso), aviso logo que vou alterar a ordem das perguntas e responder deixando para o fim o mecanismo de substituição dos personagens na TV-surpresa, mecanismo que é a chave, o segredo do interesse que esse brinquedo possa vir a ter para vocês, como passou a ter para mim.

Eu e o professor estávamos conversando, naquele dia, sobre os equívocos da vida, por causa do meu amor por Aurora que não tinha dado certo e também por causa do tal romance que durante anos eu quis fazer (que era para funcionar como uma espécie de acompanhamento do diário de seu avô, de que ainda voltarei a falar mais adiante) sem conseguir avançar mais de duas ou três páginas cada vez que tentava. O professor Guaraná me convenceu de que o equívoco está em sofrer por não conseguir as coisas, a gente precisa compreender primeiro, compreendendo não se sofre. Sua mãe, por exemplo, precisava de um homem que fosse muito mais alto do que ela. Antes não precisava porque ainda não tinha acontecido isso de ela começar a crescer, a crescer, sem saber em que altura ia parar. O professor perguntou-me se eu compreendia. Compreendia. Eu sendo baixinho, só podia ser pior para ela, se sentindo sempre maior, maior! Cristalino, com seu metro e noventa ou por aí, vamos até esquecer de que é um sexagenário, mas era a escolha natural. — Dá mais certo. Tranqüiliza. — E o professor comentou que também não ajudava, no caso, eu ser alguém que adora mulheres grandes, como de fato eu adoro, e não vou dizer para vocês que não adoro porque estaria mentindo. Isso que atrapalhou mais as coisas: quando ela viajou dava para notar que estava meio aumentada, mas, quando voltou da Europa, estava tão mas tão maior — vocês se lembram! — que eu me apaixonei demais e ela não aceita, acha que é de propósito, que faço isso por pura maldade, sabendo o quanto sofre por não ter esperanças de parar de crescer (além de que está casada com mestre Cristalino e é preciso respeitar). Não creio, porém, no que me garantiu o professor: que se Aurora C-O-M-P-R-E-E-N-D-E-S-S-E por que estava crescendo não sofreria mais. Espero sinceramente que o endocrinologista tenha descoberto as causas e ela esteja em paz, sem ter que compreender coisa alguma, sem ter que pensar mais nisso. Estacionária na

altura que tinha quando nos vimos pela última vez. (Mas não reduzida ao tamanho inicial, espero, pois não haveria necessidade, agora que tem um marido de um metro e noventa.)
   Quando nos vimos pela última vez, foi na Gramática, ela se movimentava discretamente por causa dos braços e pernas muito crescidos que chamavam demais a atenção (lindíssima!). A conversa que depois tive com o professor foi por causa desse dia. Não dava mais para contar histórias em quadrinhos (que eu achava uma aproximação bem-humorada mas que foi por *eles* considerada antipática) e por isso limitei-me à entrega de um livro. Um livro japonês que encontrei abandonado no balcão da mesma loja de loteria esportiva de onde anteriormente eu já havia arrancado um cartaz com os dizeres TODOS TÊM DIREITO A UMA SEGUNDA CHANCE. A mesma loja. Podem acreditar? Ninguém disse nada quando fui saindo de mansinho (sem sequer fazer a loto), as páginas, até a minha cara, tudo escrito em japonês, título em japonês, folha de rosto em japonês, nenhuma letra que para mim fizesse qualquer tipo de som. Na última página (verdadeiramente a primeira, porque japonês se lê de trás para diante) escrevi: In Fine Principium e, embaixo, O Livro dos Sentimentos Calados. Aurora não estava muito disposta a ouvir explicações. Nem achou graça no presente. E não viu o que eu havia escrito. Nem viu que os sentimentos estavam calados em japonês. Recebeu, me agradeceu, deu as costas. Assim mesmo insisti na tradução do latim:
   — "No fim está o princípio". — Ainda e sempre uma alusão à segunda chance.
   Nenhuma reação. Pareceu-me, dessa vez, que o silêncio não era raiva de mim, mas uma indignação surda por causa dos braços e pernas que lhe sobravam. Eu penso o seguinte: ela podia ter dito algo assim como "acho você maluco mas não me incomodo". Não teria sido simpático? Teria sido menos ofensivo que o silêncio. "Acho você maluco mas até gosto." Quem dera, mas não diria. "Acho você um maluco adorável" (posso esperar sentado). "Acho você maluco. Só isso." Mas por que me acharia maluco? Isso que eu gostaria de saber. Pôs quietamente, sem abri-lo, o livro japonês sobre a mesa de trabalho, sentou-se, enfiou os olhos num texto gramatical e fim. Entrou o Cristalino nesse momento e eu escapei para o corredor.

— O Livro dos Sentimentos Calhordas — ouvi que ele dizia na sua voz espasmódica de sexagenário. — In fine principium. In cauda venenum.

O professor também ouviu, veio até à porta (dão todas para o corredor), viu-me e chamou-me para que conversássemos sobre os equívocos da vida. Um latim puxa outro, dizem, e com razão. "... Non ridere, non lugere, neque detestare, sed intelligere" (não rir, não lamentar, nem detestar, mas compreender). Lema do filósofo Spinoza (século XVII), abordado assim mesmo, em latim, pelo professor, em nossa conversa de equívocos. A conversa e o lema bateram-me de estalo quando vi, na TV-surpresa (estamos voltando aos Andes e ao assunto dos brinquedos), a mocinha, o namorado e o convés saírem de cena para deixar entrar o avião que antes tinha sido mostrado muito a distância.

Meus queridos filhos. Tudo está em C-O-M-P-R-E-E-N-D-E-R.

A TV do alemão está feita para a gente querer compreender. A partir do momento em que C-O-M-P-R-E-E-N-D-I isso também (que a TV do alemão está feita para etc. etc.), dei um salto para outra civilização. Compreender pelo prazer de compreender. Aparelho pobrinho, imagem preto-e-branco, um só botão, de apagar e acender, um só canal, o filme que passa a gente não sabe se vai ter fim ou continuar sempre, não se tem controle de nada na imagem, mas ela tem controle sobre si mesma — e aí começam os porquês (na verdade, os de ondes, os comos e os quais): De onde vem esse controle? Como funciona seu mecanismo? Quais as condições que têm que estar presentes?

Primeiro porquê: Por que tal coisa sai de cena e tal outra entra em seu lugar?

Resposta do Bom Entendedor (este seu pai): Porque, enquanto Tal Coisa estava em cena, Tal Outra percorreu a tela, no sentido da largura, fazendo todo o trajeto de um dos lados até o lado oposto. Assim que se completou o trajeto, um mecanismo de substituição foi acionado: o "personagem" era a mulher, mas, bem ao fundo do quadro, no horizonte, o avião entrou pela direita e, enquanto a câmera mostrava o personagem fugindo (de brincadeira) ao assédio do namorado no convés, o avião continuou a ser visto avançando para a esquerda (a moça corria de frente para ele) até que em dado momento saiu pelo lado oposto ao da entrada. Plá! viu-se o avião sair mas na mesma hora quem sai de campo, sem a gente ver como, é a moça, deixa de ser o personagem, o telespectador fica com o ponto de vista do avião (vendo o que veria se estivesse dentro dele e se estivesse olhando para a frente, isto é, para onde ele se desloca), da mesma forma como, antes, tinha o ponto de vista da mulher e viu o avião cruzando da esquerda para a direita porque a mulher corria de frente para ele, lembram-se?

Gente, vou parar com os porquês, a explicação está ficando muito longa, vocês não vão ter paciência de ler — e o que é pior: vão desistir de querer C-O-M-P-R-E-E-N-D-E-R.

(*Passaram-se dias.*)

Não era para eu falar mais nessa televisão-enigma, mas vejam o que aconteceu.

Adivinhem quem me aparece de volta, assim de uma hora para outra, e me entrega pessoalmente não os mil dólares prometidos mas dez mil, e me diz que vai levar com ele, quando for embora, o aparelho dado em garantia e me apresenta seus dois filhos, dois meninos, um Max e um Moritz, que têm a idade mais ou menos igual à de vocês?

E mais: devolveu-me o TEE original. Dez mil dólares e, de quebra, os "dolóricos" originais! Isto significa que, mais dia menos dia, vocês me terão aí com a bagagem eletrostática e um sorriso rasgado de ponta a ponta. Vosso pai fará uma *rentrée* fantástica. Nova e promissora carreira: inventor.

A TV-surpresa volta para o Hans, mas qual é o problema? Vocês não perderam nada e, se for verdade o que me contaram Max e Moritz, é até uma bênção que esse aparelho suma da nossa frente. O alemão foi hoje acompanhar umas filmagens que faltavam para o documentário sobre os Andes e deixou os filhos comigo, dois falastrões que vocês precisavam ver (o menor, nem tanto), adorando tratar com pouco caso as invenções do pobre do Hans e não querendo nem chegar perto dessa preto-e-branco que eu batizei de Spinoza. Por que Spinoza? perguntou-me o lourinho (Max) que é da idade de Isolda, enquanto o Moritz, que corresponde a Claudinho (até no emburramento), emburrava todo a partir do instante em que se puxou aquele assunto.

Referi-me ao "não rir, não lamentar, nem detestar" e Max então contou os sinistros efeitos de "Spinoza" durante os meses que passou em casa deles. A máquina não era uma invenção de Hans, como eu primeiro pensei. Haviam feito com Hans o que depois ele fez comigo: alguém deixara "Spinoza" em garantia de pagamento, só que esse alguém nunca mais veio buscá-la de volta. Hans passou pelas mesmas etapas especulativas por que eu passei, teve o "estalo" de que todo o interesse da máquina estava em compreender-se como funcionava e em prever-se como funcionaria sendo outras as circunstâncias, treinou o filho mais velho nesse esforço e nessa expectativa, os dois se revezavam como sentinelas o dia todo diante do desenrolar das peripécias. A mulher de Hans, Birgit, foi convidada a participar dos turnos de revezamento, mas recusou-se. "Por ciúmes da máquina", na opinião de Max. Birgit antipatizava com "Spinoza", por ela considerada pura perda de tempo. Ao filho menor, Moritz, não foi reconhecida capacidade para fazer relatórios sobre o que acontecesse na tela durante o seu turno, exigência que deveria cumprir quem ligasse o aparelho, razão pela qual não lhe deram turno, ficou fora da equipe de pai-e-filho e proibido de mexer em "Spinoza". Podia olhar quando os outros estivessem olhando. Mas a reação dele era afastar-se, nessas horas, com a declaração de que "não se interessava por aquela merda". O relatório, naturalmente, não era por escrito, pois não haveria tempo de olhar e registrar; Hans e Max trabalhavam com um gravador de fita; seus comentários gravados eram a única maneira de conservar uma memória do que já ficara para trás no "filme".

O bom senso de Birgit chamou a atenção de Hans para o fato de que, se havia alguma forma de tornar divertidas aquelas sessões, seria fazendo todos participarem dela juntos e inclusive trocarem comentários juntos. A mãe achava que Max fazia cerimônias com o pai e que a obrigação solitária de observar e relatar as peripécias lhe era penosa, mas que ele não dizia a verdade para não magoar Hans.

Ora, não era nada disso, pelo que me contou o pequeno.

Os dois tinham cultivado uma verdadeira paixão por levantar hipóteses. As regras principais, segundo Max, a gente aprende a conhecer logo nas primeiras experiências (o exemplo de regra principal que foi citado na frente de todos é aquele de que eu já falei para vocês, da troca dos "personagens" — aliás, Max tem um nome estupendo para o objeto ou bicho ou pessoa que se apodera do ponto de vista da câmera depois de percorrer a trajetória completa do enquadramento no sentido da largura, entrando por um lado e saindo pelo lado oposto: "invasor"); passada essa aprendizagem básica, vem o interesse pelos casos especiais. A maior parte do material gravado nas fitas não é tanto de descrições do que está acontecendo na tela, mas sim de dúvidas que surgem no espectador-"relator" sobre o que aconteceria se...

Max insiste em que esse aspecto do brinquedo é fantástico. Quem, como Birgit, não se intriga com as hipóteses, não sabe o que está perdendo, diz ele. Há uma outra regra principal que obriga a câmera a mostrar sempre a visão que o "personagem" tem do que está na sua frente. Digamos que o "invasor" seja um inseto. Rouba o ponto de vista da câmera e vira "personagem". Claro que, na mesma hora em que ele virar "personagem", o enquadramento deverá fechar em cima do que está na sua frente, na sua escala. A tela, por conseguinte, quase que só mostrará a vizinhança imediata dele. Hans e Max querem saber: o ponto de vista da câmera automaticamente se transferirá do inseto para o primeiro referencial que atravessar o enquadramento de ponta a ponta? Um grão de poeira, nessa escala, pode ser um referencial? Pode invadir o enquadramento e tornar-se "personagem"? O espectador verá as coisas na escala em que elas são "vistas" pelo grão de poeira? Outro caso: a câmera está com o ponto de vista de um carro avançando na estrada. A câmera então vai mostrar a estrada seguindo reta em frente. Se o carro dobra para a direita, os referenciais da estrada vão se deslocar da direita para a esquerda, aquela placa de sinalização de repente invade pela direita e atravessa o enquadramento saindo pela esquerda — a placa vira "personagem"? Vale o movimento aparente o mesmo que o verdadeiro? E o ponto de vista da câmera passa a ser o da placa? Ou seja, o espectador passa a ver o que a placa está "vendo"?

Havia muitas dessas dúvidas, mas não tem sentido repetir todas para vocês. Na verdade, a maioria das hipotéticas transferências de pontos de vista deve ter ocorrido e deve estar mostrada no filme, mas em seqüências tão rápidas — instantâneas — que não deixam o espectador perceber. Ainda resolvi dar minha contribuição, perguntando ao garoto o que ele achava que aconteceria se fosse uma fumaça de cigarro que se deslocasse de um lado a outro do enquadramento (ou uma nuvem no céu, o que dá na mesma, estando o ponto de vista da câmera voltado para o céu). Poderia essa matéria que está se esgarçando (nuvem ou fumaça) tornar-se "personagem"? O "personagem" continua sendo a fumaça inteira, a nuvem inteira, mesmo que esteja se desmembrando em partes desligadas umas das outras? Ou o ponto de vista ficará com uma das partes só, e em seguida com uma parte dessa parte?... Por que com tal parte e não com tal outra? E o que acontecerá com o ponto de vista quando a nuvem ou a fumaça se desfizer inteiramente? Para onde se transfere? Destruído o ponto de vista, some a imagem na tela? Termina o "filme"?

O pequeno Max, que o tempo todo me lembrou vocês, muito vivo e muito inteligente, respondeu que, "teoricamente", antes da fumaça-personagem desmanchar-se, o que a câmera vem olhando desde que assumiu seu novo ponto de vista é o que a fumaça tem à sua frente, algo que se desloca (deslocamento aparente) no sentido inverso da marcha da fumaça. Mas, acrescentou, nem ele nem o pai nunca presenciaram na tela a ocorrência de qualquer desses casos especiais. Nem insetos, nem grãos de poeira, nem fumaças. Apesar de terem consumido um número infinito de horas observando e relatando. O filme que passa na "Spinoza" é muito simplório. A máquina foi para todos uma decepção. Teoricamente — admitiu — esses desvios da rotina devem acontecer, mas, seja pela possível instantaneidade das transferências, seja pelo que for, o espectador só consegue checar a aplicação das regras em casos óbvios.

Nesse momento, um pouco como se esperasse que, por algum milagre, fosse surgir ali na tela um caso especial só para alegrar o Max e tirar Moritz do emburramento em que teimosamente permanecia, liguei o aparelho. Pelo contrário, o acender-se da imagem fez o caçula dar as costas para "Spinoza". E Max, depois de uma olhada rápida para certificar-se de que a máquina continuava funcionando, também não teve paciência de seguir na tela as peripécias de um cão trocando de ponto de vista com um varredor de rua. Disse então:

— Papai deve estar chegando.

Mal acabara de ouvir do irmão estas palavras, Moritz deu meia-volta, virou-se de frente para a televisão, e arremeteu contra ela, dando-lhe um pontapé que, além de fazer um rombo na tela, provocou um princípio de incêndio. O menino chorava, Max ficara muito pálido e, junto comigo, tomou as primeiras providências para abafar o fogo. Quase que nesse mesmo instante, surgiu Hans à porta da minha cabana.

— *Vater*! — gritou Moritz, apavorado com a angústia que viu estampada no rosto do pai. (Esqueci-me de contar para vocês que Birgit é uma filha de alemães nascida em Santa Catarina. Foi para a Alemanha com os pais quando já tinha dez anos, ensinou um pouco de português aos filhos e ao marido, por isso Hans e os meninos sempre procuraram falar em português comigo, recorrendo ao inglês quando as palavras não vinham. Mas entre eles falam alemão, é claro.)

Bem, mas não é a historinha do incêndio que interessa.

Antes de irem embora — Hans com os escombros da TV reunidos numa sacola, o rosto pálido e triste, a mão dada a Moritz que parara de chorar e as alças da sacola divididas com Max —, o cinegrafista contou-me que, desde que um acaso trouxe para sua vida essa televisão (vamos continuar chamando de televisão; quem pode dizer o que era aquilo?), ele fora dominado por um sonho absurdo: tirar retratos que alimentassem de algum modo eletrônico o aparelho, em seguida deflagrando (vá ver no dicionário, Claudinho) filmes imprevisíveis a partir dos personagens e cenários mostrados nesses retratos que constituiriam, por assim dizer, o enquadramento inicial. Hans acreditava — e transmitira a crença a Max — que o enquadramento inicial, o começo desse filme único que passa na "Spinoza", começo que ninguém nunca viu, que ninguém conheceu e que em princípio só o inventor da máquina poderia ter conhecido, era uma fotografia fixa tirada pelo inventor e "animada" pelos misteriosos processos de elaboração e edição da máquina. O projeto de conseguir introduzir eletronicamente em "Spinoza" algum tipo de controle que permitisse ao usuário da máquina valer-se do automatismo de sua edição de imagens para dar seguimento a uma tomada inicial escolhida e fotografada por ele, origem deliberada de um jogo de seqüências sem fim — esse projeto, infelizmente (mas como era de se esperar), nunca deu em nada. A razão do ressentimento da mãe e dos filhos contra a máquina está nas esperanças que nela depositou o dono da casa e que nunca se cumpriram. Há tempos, Birgit ameaçou separar-se do marido se ele não se desfizesse da TV infernal. Foi então que Hans veio aos Andes trazendo na bagagem o pomo da discórdia (Isolda, consulte com Claudinho o verbete "Páris" no dicionário de mitologia), que terminou me oferecendo em garantia de pagamento pelos direitos autorais do TEE. Na época talvez até não tivesse a intenção de recuperar a TV, mas fez a segunda viagem, aparentemente, só com essa finalidade. Os meninos vieram por exigência de Birgit, para não deixar que "Spinoza" voltasse à Alemanha. A determinação de Moritz acabou sendo decisiva.

Hans despediu-se de mim dizendo que vocês, meus filhos, tinham sorte, por ser o brinquedo do teatrinho eletrostático a maravilha que era. Convenci Moritz a levar de volta os "doláricos" originais com ele, me desculpem, mas ficou tão contente! Vocês fariam o mesmo, tenho certeza. (Me desculpem também por ter reiniciado esta carta dizendo que chegaria aí com dez mil dólares e os "doláricos" originais. Não estava mentindo. Era preciso primeiro contar a história toda, para então confessar o extravio, se é que extravio houve. Houve foi vontade de fazer feliz um menino que, como antes o irmão, me lembrou vocês. Mas os dez mil estão aqui no bolso. E isso dá para fazer tantos "doláricos" que vocês vão até se fartar!)

Meus queridos filhos, quantas saudades!

Há um pedido que eu não quero me esquecer de fazer a vocês. É sobre o diário do vovô (uns cadernos que vocês devem se lembrar de ter visto enfileirados nas estantes da sala da casa da vó). O problema com esse Diário é que faz mal ficarem os cadernos juntos. São sessenta e tantos. Tem que separar. Distribuir. Eles nasceram um de cada vez, não nasceram todos ao mesmo tempo, então que cada um viva a sua vida. Cada um começa na sua primeira página e termina na última. Do jeito que estão, enfileirados, é como se todos começassem na primeira página do primeiro e terminassem na última página do último.

Isolda, em 1979, quando você fizer quinze anos, vai me prometer que distribuirá, na sua festa, os quarenta cadernos de formato pequeno, que são os primeiros. Quarenta cadernos para quarenta convidados (de preferência, distribua entre amigos que não sejam muito mais velhos). Claudinho ainda tem mais tempo (1981) para pensar em quais serão os amigos que vão receber os vinte e tantos (nunca consegui guardar se eram vinte e quatro, vinte e cinco ou vinte e seis), de formato maior, que completam a coleção. No dia em que vocês comemorarem seus quinze anos, e derem a cada um dos cadernos um destino especial, eles estarão começando a viver com vida própria. Pensem nisso.

Boa noite e durmam bem.

Posso até dizer o sonho que vou ter hoje:

Estou vendo meus amiguinhos alemães se afastarem dando-me as costas e ancorados ao pai, quando, uns passos mais adiante, ainda ao alcance de minha vista, param, de repente, e começam uma torrente de risos que é tão forte que obriga eles a se agacharem e abraçarem muito unidos para não cair. As cabeças também se juntaram e se encostaram umas nas outras, e em momento algum se voltam para mim que caminho rápido ao seu encontro. Continuam morrendo de rir e não se soltam nem para acompanhar o frouxo de riso com tapinhas nas costas, com palmas ou sei lá com que outro gesto que seria convencional; o único que se permitem é ficar trocando encontrões de cabeça entre si. Batem as cabeças e aquilo sem dúvida deve machucar mas a impressão mais forte é que estão chorando de tanto rir. Coloco-me diante deles. Os risos cessam. Max e Moritz baixam os olhos. Hans ergue os seus para mim, levanta-se nesse momento e arrasta, no impulso para cima, os dois pequenos. Estende-me a mão que suporta o peso da sacola, para que eu a apanhe. Hesito em apanhá-la, olhando para ela e vendo que lá continuam os escombros de "Spinoza". Minha hesitação traz de volta as cascatas de riso. Os bigodes de Hans estão molhados das lágrimas que lhe escorrem dos olhos. Nesse momento me dou conta de que Max também segura uma outra sacola e acaba de repetir o gesto de Hans, estendendo-a para mim. Na sacola de Max, uma "Spinoza" novinha em folha, e de formato bem menor do que a outra.

O sonho retorna à situação da primeira imagem. Eu olhando para os alemães que partem, entre nós a mesma distância do início. Tenho nas mãos, encostando-a à altura do olho, a mini-"Spinoza" que estava na sacola de Max. Já enquadrei os três exatamente como os tinha visto quando partiam. A "Spinoza" que ficou em escombros era uma televisão sem o dispositivo para fotografar. Essa, em minhas mãos, é a tal sonhada por Hans, que permite fixar um instantâneo inicial e dele partir para o "filme" infinito que nunca se repete. Tudo fingimento deles. Fizeram essa viagem só para mostrar-me o êxito da invenção "desacreditada" junto à família. Mas esconderam o ouro até o último instante. Max fingiu-se decepcionado com a verificação das hipóteses, Moritz fingiu o emburramento e o pontapé destruidor das ilusões do pai. A máquina-prodígio está aí e me foi dado um modelo de presente. Hans vai ficar rico. Plec! Na foto que tiro deles, o inventor faz pose de costas arqueadas, o desolamento em pessoa. Que grupinho espertíssimo e tão simpático.

À medida que prossegue o sonho, vem vindo uma inquietação.

Estou na minha cabana, enfiado na cama com as lãs todas em cima. Acendo a tela acoplada ao dispositivo fotográfico da minha mini-"Spinoza". Vou ver que tal é esse filme que começa com a foto deles partindo, tirada por mim.

A primeira cena abre com o grupinho, a foto se anima, eles se afastam, seguem me dando as costas até chegarem junto ao carro. Abrem as portas. Antes de entrar, o aceno de todos para mim, quase não dando para ver os rostos.

Primeira bobagem: claro que, no enquadramento inicial, eles de costas, partindo, o ponto de vista da câmera está comigo, o que aparece é o que eu estou vendo, é o que está na minha frente — o "personagem" sou eu, portanto. No intuito de transferir o ponto de vista para eles, o que eu deveria ter feito era me colocar em tal posição que o carro, ao sair, atravessasse o campo visual de um extremo ao outro. Não me preocupei com isso. Resultado (vejo agora na tela): a câmera retém meu ponto de vista. Olhem o filme: a frente da cabana, abre-se a porta, lá está a cama, o chão, a cadeira com os embrulhos, o espelho na parede, minha cara no espelho, uma volta de cento e oitenta graus, a janela, a vista que se tem da cabana para a rua, o céu, a cordilheira — movimentação incessante do ponto de vista, mas nenhuma transferência. Na "Spinoza 2" as regras principais serão outras?

Desliguei a máquina e estou refletindo. O novo modelo não transfere? Não tem como? Vejo embaixo da cama um pedaço que ficou da "Spinoza" explodida. Estou com esse estilhaço de válvula na palma da mão. Torno a ligar o aparelho. A imagem que aparece é a do próprio aparelho, quando estava mostrando a vista da janela, a cordilheira, agora minha mão girando o botão para desligar, a TV desligada, o fragmento brilhando embaixo da cama, a câmera chegando mais perto, a mão recolhendo e depois espalmada com a ostentação do estilhaço.
Desagradável. Uma repetição.
Penso em começar tudo de novo. Com outra foto. Apagada a tela, pego o aparelho a fim de usá-lo como máquina fotográfica, dirijo a lente para minha imagem que se reflete de máquina em punho no espelho da parede — quem disse que dá para apertar o botão? Está travado. "Spinoza 2" tira a primeira foto, dá partida ao filme e depois nunca mais. Será isso mesmo? Que invenção!
Penso nas possíveis vantagens. Marido que quer vigiar a mulher. Ela, incauta, bate a primeira foto e está vigiada para o resto da vida. Esses alemães! Vai ver que Birgit exigiu ficar com uma máquina dessas na Alemanha para não perder de vista o marido. E o Hans também tem a sua, para garantir o equilíbrio do poder. Boa ferramenta para investigadores, espiões, chantagistas, chefes em geral. Para mim?... Um Diário? É isso? (Tinha que acabar entrando o Diário no sonho.)
Acordo no meio da noite (sonho que acordo) com uma idéia que me bateu na cabeça: que imagens a máquina terá para mostrar de quando eu durmo?
Segunda bobagem: fantasiei que a máquina mostraria os meus sonhos.
Ligo o aparelho, o filme tinha parado no exame do estilhaço, agora vem a parede com o espelho, eu de máquina em punho refletido no espelho, depois, um tempão, a cama, o chão, o teto, a janela, revezando-se. A câmera se mexe de um canto para outro. O quarto aceso. A janela, de noite. E o teto. Uma seqüência bem longa de teto. A luz se apaga. O quarto no escuro. Alguma coisa avança para a câmera e se detém muito perto. A câmera se mexe, no escuro não muda muita coisa. Tem o perto, de novo, depois tem um igual a esse perto que é mais longe. Vocês vão acabar dor-

mindo se eu não contar logo que esse perto e esse mais longe são a parede em que a cama está encostada e a outra parede que fica do lado oposto (precisou ter passado um bom pedaço da seqüência em penumbras até eu perceber que se tratava de paredes). Quer dizer: como o corpo se mexe dormindo, a câmera ora está olhando para um lado ora para outro. Mas não interessa se os olhos estão abertos ou não. Todo esse tempo que eu dormi estava de olhos fechados. Nesse filme, a câmera não vê pelos meus olhos, vê não sei como, mas é importante a direção para onde está voltado o corpo. Olha lá: agora entrou na tela a imagem do aparelho de TV passando as imagens que eu vi há pouco quando acordei sobressaltado. As imagens do meu sono. Se eu continuar nesta posição e não me mexer para nada, vai acontecer uma coisa meio esquisita: a "Spinoza 2" que aparece na tela de "Spinoza 2" vai continuar para sempre mostrando as imagens que eu vi quando ela estava mostrando as imagens do meu sono. Desde o estilhaço, passando pelo meu reflexo no espelho, de máquina em punho, a cama, o chão, o teto, a janela, claro, escuro, perto, perto mais longe, outra vez o estilhaço, meu reflexo... Posso passar a vida nisso. É só não sair da posição.

    Meus queridos filhos, boa noite, durmam bem, vistam o seu pijama de bolinhas, sonhem comigo e não caiam da cama.

Um beijo do
Pai

Segunda parte
A DOUTORA ANGÉLICA

19

AVISO AO LEITOR

Samuel Pepys Foundation
24 Russel Square, London, W.C.1

Das decisões que tivemos de tomar, quando reagrupamos as matérias deste livro para publicá-lo, quase vinte anos depois de ele nos ter sido entregue por Lamartine M., a mais difícil foi aquela que determinou a eliminação do bloco narrativo "A doutora angélica", previsto para entrar neste exato ponto em que estamos inserindo o Aviso: depois de "Trem sem maquinista" e antes dos "Acréscimos". Eram mais de quatrocentas páginas extraídas do diário de Espártaco e a principal justificativa para sua inclusão estava na minuciosa descrição da guerra psicológica levada a efeito por Anita contra o pai para forçá-lo a abrir o jogo em relação ao "tesouro oculto", mencionado com muita insistência na primeira parte do livro.

Anita e seu marido o editor Franco Zéfiro foram à Justiça, alegando ter aquela autora (que se assina com o pseudônimo Magda Mou) direitos mais legítimos que os de Lamartine sobre a publicação desse segmento do diário do pai.

Em 1980, o professor Guaraná inovou no campo da didática e no campo editorial, publicando sua *Gramática Aproximativa* — seiscentas páginas, só com a exposição das leis e regras observadas no estudo profundo que fez da língua portuguesa no Brasil — sem os exemplos. Os exemplos (quatrocentas e cinqüenta páginas) ficaram de fora, na ocasião. Deixou para que fossem publicados num segundo volume, com calma e quando possível.

Seguindo a lição do professor e inspirados em seu precedente, decidimos adiar a publicação de "A doutora angélica" (quatrocentas páginas), a ser feita "com calma e quando possível" em separado do presente volume.

Na opinião de outras pessoas que viram o texto além de nós, há um certo exagero de Lamartine quando se refere à "batalha" que teria sido travada entre Anita e Espártaco, batalha de que ele, o irmão, supostamente tirara o corpo fora. Aí, nesse assunto do corpo fora, como em tantas outras afirmações e relatos que faz neste livro, é preciso levar em conta uma acentuada tendência sua a mostrar-se desprezível, artifício que às vezes pode trazer certo consolo a criaturas problemáticas como ele.

Jaime Firkusny
Presidente
1993

Terceira parte
ACRÉSCIMOS

20
A SÉRIE MOZART

Começo por uma homenagem a dr. Jaime Ph. D., que me deu a solução para desacorrentar-me do Diário. Partindo de sua hipótese sobre transferência simbólica, realizei por minha conta o experimento do sexo sem toques, simulei que o Ph. D. estaria por trás de tudo orientando o esquema adotado para o desenrolar das sessões, persuadi minha parceira de que as cartas por ela recebidas contendo instruções a que eu não poderia ter acesso provinham diretamente dele, sendo eu apenas o seu portador (quando, na verdade, foram inteiramente escritas por mim, da primeira à última linha) e... se tudo isso fiz, foi com a esperança de limpar os caminhos para uma vida nova. Esta parte que acrescento à história do "Trem sem maquinista" tem tudo a ver com o Diário; vai desagradar em cheio à Samuel Pepys Foundation (não deveria mas vai), a parentes, amigos e conhecidos. Meu próprio pai não sei o que dirá, se ainda estiver vivo, ou o que diria. Mas é indispensável. Assino embaixo de dr. Jaime: temos que andar, a estagnação gera medos e fantasmas, as coisas precisam acontecer; para andar, a gente precisa fazer as coisas acontecerem. Na cabeça, o medo pode travar uma imagem e a gente ficar preso nela para o resto da vida. Vida nova só existe para quem substitui o medo pela curiosidade (e quem diz isto é o medroso maior do planeta, curiosidade zero, oxigênio zero, estagnado da cabeça aos pés na escuridão mais absoluta, que não desiste, entretanto, de ver surgir o primeiro fio de luz, menos por curiosidade do que pelo empurrão recebido de seu Ph. D.). Dado o primeiro passo, acontece isso ou aquilo, a coisa tão temida ou o seu oposto ou seja lá o que for, mas a vida não pára aí — tranqüilizou-me dr. Jaime —, em seguida acontecerá uma outra, pode-se ter certeza, e logo outra, e assim por diante. Sempre. A coisa que acontece faz acontecer outra, é assim. Mas confiar, só, não adianta. Primeiro tem que deixar, tem que fazer acontecer.

Fácil não é. Por enquanto está na cabeça, travado, falo de um texto que vai fazer isso acontecer, mas, a rigor, ainda não estou desacorrentado do Diário. O texto está na cabeça mas ainda não aconteceu.

— Fala, fala e não resolve.
— Certo.

É uma questão de contar a história. Sem perder tempo com qualquer comentário. De comentários, basta! O que aconteceu foi isto assim assim assim.

— Certo.

Em 31 de dezembro de 1971, Aurora me conta que queria se separar. Perco a memória. No dia 1?, deitados na cama, Aurora reconstitui para mim o que havia sido minha vida até 31/12/71. Dia 6 de janeiro de 1972, Aurora parte para a Europa. Dia 8, eu e os meninos nos mudamos para o Jardim Botânico, com o objetivo de criar a mãe Joana. Dia 13, fracassado o plano da mãe Joana, estamos de volta ao apartamento da Domingos Ferreira, onde, em nossa ausência, mamãe acolheu Clarisse, ex-empregada doméstica da família, que não era vista desde 1947, o mesmo ano em que meu pai saiu de casa. A convivência com Clarisse dá muito problema. Dia 10 de março, Aurora volta da Europa. Segue, imediatamente, por quase duas semanas, sozinha, para Brasília. Volta ao Rio em 20/3/72, e os filhos querem ficar morando com ela, porque não se sentem protegidos pelo pai no enfrentamento com Clarisse. Houve o episódio do cocô. No dia seguinte, Aurora abre o jogo, para mim e para minha mãe, sobre a separação. Ela arranjou um emprego (com o pistolão dos pais) para trabalhar na *Gramática Aproximativa* do professor Guaraná. Os meninos vão morar com ela em casa da avó materna, d. Juracy. Mudam-se da Domingos Ferreira para a praia do Flamengo. No dia 22 de março, exijo que mamãe afaste Clarisse de casa. Mamãe se recusa mas fica muito abalada. Aurora telefona-me, com indignação, quando ficou sabendo pelos meninos que Clarisse era a minha ex-babá; e reaviva-me a memória sobre os escândalos do comportamento sexual da babá comigo na época entre os meus oito e nove anos (as aventuras do Homem-Pássaro). Não comento com mamãe. Aumenta o meu constrangimento diante de Clarisse. Agora é que não serei mesmo capaz de enfrentá-la.

Escrevo os roteiros das três histórias em quadrinhos (Mãe Joana, A boneca-surpresa e Invenção dos provérbios-dominós) para ter um pretexto de ir falar com Aurora na Gramática. O roteiro da última é escrito depois de Aurora já estar morando com os filhos em casa de seu namorado, Cristalino (sessenta anos, um metro e noventa, co-autor da *Aproximativa*). Esgotadas as provocações das histórias em quadrinhos, presenteio Aurora com o cartaz arrancado de uma agência lotérica (TODOS TÊM DIREITO A UMA SEGUNDA CHANCE) e com o livro dos sentimentos calados em japonês, que encontrei, esquecido por um apostador, na mesma loja. O professor Guaraná chama-me para uma entrevista a sós na sala dele. Aconselha-me a deixar em paz Aurora e Cristalino e a não tumultuar com minhas visitas o ritmo de trabalho da Gramática. Mostro-lhe esboços (os "embrionários") do romance que pretendo escrever com base no diário de meu pai. Guaraná interessa-se pelo Diário mas não esconde a impaciência diante dos "embrionários". Opina que devo me ater à preparação dos originais de Espártaco, evitando a mistura com textos de minha autoria. Grande desapontamento! Mas o professor anima-me com uma sugestão para que eu requeira à Samuel Pepys Foundation um financiamento que torne possível esse trabalho de preparação dos originais do Diário. O professor me recomendará por carta à Foundation.

Em 25 de maio de 1972, chega carta da Samuel Pepys Foundation aprovando, para um período de um ano, a concessão da bolsa requerida. Em 1? de junho, recebido o pagamento da parcela inicial (em libras esterlinas, o equivalente a cinco mil dólares pelo primeiro trimestre), mudo-me para um pequeno apartamento na própria Domingos Ferreira, a dois quarteirões de mamãe. Essa proximidade me permite consultar as dezenas de cadernos de Espártaco sem precisar transportá-los todos para o meu apartamento. Vou dedicar-me inteiramente ao Diário. Distribuo os cadernos originais para serem copiados por três exímias datilógrafas, cujo trabalho supervisionarei, fazendo a revisão e acrescentando notas onde me parecerem necessárias. Cada datilógrafa trabalha em três vias. Quando o trabalho estiver pronto, haverá uma massa de texto dez vezes maior do que a original. Armazenar essa papelada será um problema, mas isso não tem que me preocupar por enquanto.

Na segunda semana de junho, mamãe adoece. Clarisse tem mais uma razão para continuar na Domingos Ferreira: vai tratar da doente. Anita acompanha o tratamento. Encontro minha irmã seguidamente nas visitas que faço a mamãe. Começa a tomar corpo um projeto literário de Anita (pseudônimo Magda Mou): escrever a história *verdadeira* de Espártaco, de sua saída de casa em 1947, e da busca que ela e o marido empreenderão para descobri-lo onde quer que se encontre.

Mamãe morre em 15 de junho.

No dia 16, procuro uma clínica especializada na cura de impotentes. A desistência de escrever o romance em que misturava histórias minhas ao diário de papai tem o efeito inquietante de aumentar-me o desejo sexual ao mesmo tempo em que sabota os recursos do organismo para satisfazê-lo. A clínica dá-me novo alento.

No dia 20, Anita me chama para uma reunião na Domingos Ferreira (onde ela está morando com seu marido editor, depois de haverem expulsado Clarisse), a que comparece um jornalista. Discute-se o novo projeto literário de Magda Mou. Entram em choque as nossas concepções — a minha e a dela — sobre o Diário e sobre a importância do contato real com Espártaco, mais valioso, segundo Anita, do que aquele através da palavra escrita do Diário. Em 24 de junho, uma das datilógrafas que está trabalhando na preparação do diário de Espártaco comenta comigo certas passagens eróticas do texto. Acerto com ela realizarmos juntos um teste criado pelo Departamento de Assistência Psicológica aos Filhos de Autores de Diários, da Samuel Pepys Foundation. O Departamento é o maior chute, o teste idem, mas o projeto amadureceu na minha cabeça depois de uma conversa com dr. Jaime na clínica para os impotentes. Saio do apartamento alugado na Domingos Ferreira, para ter maior liberdade de programar os testes sem o risco de ser interrompido por minha irmã ou meu cunhado (meus vizinhos) e instalo-me na Tijuca, a um quarteirão da datilógrafa. A produção para a Samuel Pepys fica, de início, bastante prejudicada, porque o acesso aos cadernos se tornou mais difícil; não levei a coleção para o novo endereço (o apartamento tem um único ambiente, perfeito para as condições exigidas pelos testes, mas sem espaço para o universo de Espártaco), e, além do mais, o tempo já não é suficiente para darmos conta satisfatoriamente do Diário e da "assistência psicológica". Dois meses depois, realiza-se a última sessão com a datilógrafa. No dia seguinte, sonho que vislumbro o significado da expressão "trem sem maquinista" e decido que vou começar a escrever tudo de novo para a Samuel Pepys Foundation, dessa vez misturando o Diário com minha história pessoal (agora, inclusive com os testes), como pretendia fazer antes de ser aconselhado por Guaraná.

Em 1º de setembro de 1972 começo a escrever "Trem sem maquinista". Em 31 de dezembro, faço a primeira remessa do texto para a Foundation. Mudo-me do apartamento na Tijuca (nos quatro meses que levei escrevendo o romance, pensei que talvez pudesse recomeçar com a datilógrafa mas nem mais como datilógrafa ela quis saber de mim) e volto para o nosso velho apartamento na Domingos Ferreira. Minha irmã e meu cunhado, depois de lá passarem uma temporada de seis meses aguardando a conclusão de obras em sua própria casa, retornaram a esta, deixando-me finalmente a sós com a vasta coleção dos cadernos do Diário. Já não os temo em espírito (liberado pelos testes de dr. Jaime e pelo sonho revelador). Começo uma luta de vida ou morte para desacorrentar-me deles de uma vez por todas no papel. Escrevo o que me venha à cabeça. Isto que eu chamei de "Acréscimos".

Em 20 de janeiro de 1973, chega a carta da Samuel Pepys Foundation acusando recebimento do texto de "Trem sem maquinista". A carta vem com críticas. Envio à Foundation, junto com uma resposta às críticas, o texto dos "Acréscimos" ("A série Mozart" e "Mico-preto").

Posso muito bem me colocar no ponto de vista de uma pessoa para quem este "livro" não faça muito sentido. Sempre achei difícil explicar a obrigação em que eu me sentia de fazer reviver o relato paterno soprando-lhe minha própria vida (mas que pretensão! dirão muitos, pois é) e, mais difícil ainda, justificar a esperança que punha nesse resultado. Não vou outra vez tentar tal explicação nem a justificação, agora. Só espero que as dissonâncias introduzidas no Diário (estes "Acréscimos", inclusive) não sejam tão supérfluas e dispensáveis como me quis fazer crer o missivista da Samuel Pepys Foundation.

Também não vou entrar em esclarecimentos sobre a incoerência de me sentir tão atraído pelo Diário e dar tudo para desligar-me dele. *Incoerência* foi o termo usado na carta da Foundation.

Certo.

Não precisa esclarecimentos, uma coisa tão óbvia, me parece.

Mas por que não consigo acertar com a entrada para chegar ao final da bendita história? Dr. Jaime, a série Mozart, o mico-preto. Posso começar pelas razões de querer me desligar do Diário. Posso começar pelo exato teor das objeções do professor Guaraná aos embrionários. Posso começar entrando direto na seqüência do sexo sem toques. Mas teria que voltar ao professor e a esse desejo de me desligar a qualquer custo. Por onde quer que eu entre, terei que voltar, antes de começar. Isto não começa nunca, estou lhes dizendo.

— Lamartine, já ninguém te entende!

Vamos lá.

Foi assim. Na segunda ou terceira semana de trabalhar no Diário para a Foundation, me vem aquele desejo sexual fortíssimo. Surpresa? Nenhuma. Sempre que mexi com os embrionários, a sensação era de estar desenvolvendo atividade que tinha alguma coisa de sexual. Desistir do romance tinha que fatalmente interferir nessa química. Não foi propriamente isso que eu falei com o professor Guaraná, fiz cerimônia, mas, se quisesse entender, ele teria entendido. Aurora tinha ciúmes do romance. Quando me censurava e criticava, o alvo mais constante era o Diário, mas não era nada com o Diário, era o romance — esse sonho de um encontro seminal com o Diário — que incomodava mais que tudo. A objeção principal de Guaraná era que, com minha perda de memória, o romance teria ficado sem conteúdo — conservado, apenas, nos esparsos fragmentos dos embrionários, insuficientes para dar vida a uma narrativa. Respondi-lhe que a matéria sexual necessária para a recriação do Diário continuava presente, e até mesmo concentrada, nos acontecimentos que se seguiram à minha separação. Não sei como ele terá entendido essa "matéria sexual", mas acho que o conselho que me deu, de trabalhar só com o Diário, foi principalmente para poupar Aurora e Cristalino de qualquer especulação inconveniente que pudesse atingi-los no romance. Entender esse assunto da energia sexual funcionando como propiciatória da fusão Diário-romance, só quem entendeu mesmo foi dr. Jaime.

Li no jornal o anúncio de uma clínica de recuperação de impotentes, em Petrópolis. Além do desejo sexual fortíssimo — e simultaneamente com ele —, eu estava sem saber mais o que fosse uma ereção (sempre as incoerências!) desde que começara a produzir para a Foundation. A clínica ficava fora da cidade. Peguei um táxi, e o motorista, quando lhe dei o endereço, foi tomando umas liberdades de perguntar se eu estava indo para o "Mata-Cupim". Pelo riso, vi que havia molecagem nas intenções dele, e respondi rindo seco e nada mais, para que não prosseguíssemos com o assunto. Quando o carro transpôs o portão da entrada da clínica, estava lá bem no alto um luminoso com um metro de altura e as letras CUIMP (Cura de impotências); daí o trocadilho.

Dr. Jaime 1 (o *Jaime* vinha bordado com linha roxa no bolso para canetas do jaleco lilás), ao ouvir-me dizer que não fazia sexo havia mais de um ano, perguntou-me se não seria o bastante para explicar meu desejo "fortíssimo". Por outro lado, também a função poderia perder-se pela falta de exercício dela.

— Como era antes?

Contei-lhe que o problema todo estava em que, sempre que havia um clímax sexual, vinha uma alegria, uma excitação e... uma vontade irresistível de escrever o romance. Isto, o senhor já tendo ejaculado e tudo? Dr. Jaime 1 procurava um enfoque técnico para o problema. Tudo. Já tendo. Pois é. Ele então me perguntou se eu nunca sentia sono depois do ato. Que sono, que nada, imagine, respondi-lhe. Me acendia todo, e o que batia logo era essa vontade de escrever o romance. O desejo de descansar teria sido o mais normal num homem plenamente saciado, observou.

Circunvaguei nuns comentários meio descosidos para que ele entendesse como eu podia gostar do clímax, gostar de projetar o romance, só que nos últimos tempos evitava clímaxes para depois não embarcar nesse sonho irrealizável e, portanto, aflitivo, de escrever o romance. Tomei muito tempo de dr. Jaime 1. Era preciso entrar nos particulares do "encontro seminal". Um romance que vinha sendo projetado havia anos. A primeira leitura do Diário com minha irmã, a impressão que nos causara aos dois: o que interessava a meu pai não era nada daquilo que ele contava ali. Fora do que aparecia no Diário devia haver, oculto, um aspecto animador e estimulante na vida dele, que se traía nesse bom humor capaz de transformar os registros banais numa crônica divertida. Era com o lado oculto que eu queria sintonizar. — O "homem do desejo" por oposição ao "homem do dever" — formulou o sexólogo, destacando bem cada sílaba. No romance, o senhor quer dar as mãos ao homem do desejo. Na vida real, não?

Outra longa circunavegação. Havia um Diário 1 e um Diário 2, o diário real e o diário inventado — comecei. Dr. Jaime 1 exultou ao saber dos dois diários. Todo mundo se interessa e gosta quando revelo que, além do Diário 1, havia o Diário 2, diário de mentira, mas nem por isso feito menos metódica e regularmente que o outro; até mesmo meus ex-sogros, apáticos a tudo o mais que me dizia respeito, nessa hora costumavam prestar um pouco de atenção à minha conversa. Pela primeira vez na entrevista, vi no rosto de dr. Jaime 1 a expressão descontraída, que seria constante em dr. Jaime 2, que o substituiu momentos depois. Quando achei de mencionar a segunda parte do "Mico-preto", uma mentira dentro da mentira, a falsificação do filho dentro da falsificação do pai, minha intervenção no Diário 2 para tentar a sintonia no avesso do desejo (Espártaco, sessenta e tantos anos e quase entrevado, chorando a perda de dra. Camila e querendo a todo custo uma abordagem na cama com minha mãe que o repele), dr. Jaime 1 pediu licença para retirar-se; entrou e sentou-se em seu lugar dr. Jaime 2 (jaleco azul-celeste, *Jaime* azul-marinho).

Percebi, no mesmo instante, que não precisaria recontar o que já fora passado a dr. Jaime 1. No olhar e no falar do segundo interlocutor estava implícito que armazenara telepaticamente todas as informações transmitidas ao primeiro, com a vantagem de ser mais atento, menos formal e mais expansivo que o outro.

Assim, dando uma trégua aos Diários 1 e 2, ao encontro seminal e ao homem do desejo, expus à apreciação de dr. Jaime 2 tãosomente as singularidades sexuais de minha infância e adolescência, os problemas surgidos mais tarde com a separação, a perda da memória e o inesperado efeito do pé de Aurora na recuperação (relativa) do meu entendimento das coisas. Quando acabei de falar, esperei o que ele teria para me dizer. Dr. Jaime 2 ficou um pouco em silêncio, a me olhar e esfregando as mãos uma na outra. O rosto exprimia concentração. Mas a pausa nada tinha a ver com meus problemas. Era um despistamento para desorientar o mosquito que desde algum tempo vinha nos incomodando e que, afinal, de surpresa, ele esmagou com estrépito, juntando as palmas das mãos despistadoras num golpe súbito e certeiro que a calmaria anterior não permitia esperar. Acertado o alvo, ouvi que dizia:

— Mico-preto. Já entendi. — Olhou-me significativamente. — Esse diário pesa como um caminhão, como um cofre-forte [as imagens são exatamente as que ele empregou] atravessado na sua vida, desde você garoto. Vou lhe dizer o que precisa fazer para desligar-se dele.

(Abre parêntese.

Só mais uma interrupção, desculpem.

É o seguinte. Pelos meus cálculos, apenas quatro leitores conseguirão chegar até este ponto do livro, em que faço entrar dr. Jaime e dou sua receita para livrar-me do Diário. Um é o leitor da Samuel Pepys Foundation, obrigado a essa tarefa. Outro é o segundo leitor da Samuel Pepys Foundation, que se reveza na leitura com o primeiro, do contrário a tarefa não seria cumprida. Há também o leitor do tipo automatizado que, quando aciona o mecanismo de partida, só desliga ao bater no ponto final, aí sente aquele alívio, é o maratonista que não abandona uma competição pelo meio. E há, enfim, o abençoado leitor que adia o seu julgamento até haver dado todas as chances ao autor.

As conclusões desta narrativa dirigem-se, portanto, ao público dos "meus quatro últimos": dois leitores forçados, um leitor imbecil e um leitor generoso.

Generoso leitor, o romance está quase chegando ao fim. Você talvez não entenda, mas entendi-o eu, pouco antes de abrir o parêntese: o normal — para quem se sente curado da vontade de escrever um romance — é não escrever o romance, ou, em todo caso, não se sentir obrigado a escrevê-lo até o fim. Fico sentindo um medo, que é o medo de pôr à prova a cura obtida com as sugestões de dr. Jaime. Na verdade, apliquei essas sugestões de um modo muito pessoal, dr. Jaime nem ficou sabendo de que maneira fiz funcionar na prática a sua hipótese terapêutica do sexo sem toques. Veja o seguinte: é discutível que o clímax alcançado na sessão de encerramento tenha sido obtido sem toque. Sem falar que a sessão aconteceu num sonho! E é muito suspeito que meu primeiro impulso de curado tenha sido justamente sair correndo para escrever o romance. Lembra muito a reação que se seguia aos clímaxes passados. Por outro lado, se não escrever o final, vou ficar achando que não superei a condição anterior, de autor de "embrionários". Também um sinal de que não houve cura.

Será que isto não começa nunca? Dr. Jaime, a série Mozart, o mico-preto!

Fecha parêntese.)

Pode o generoso leitor ficar descansado. Esta história não se encerrará sem antes esclarecermos em que consiste a série Mozart, o que, noutras palavras, é dizer que o livro não estará completo se deixarmos de fora o episódio da datilógrafa Carmelita.

Que estava eu fazendo com Carmelita quando surgiu a alusão à série Mozart? Melhor será começar dizendo quem é Carmelita.

Carmelita é aquela a quem propus fazermos juntos os testes para socorro psicológico dos filhos de autores de diários. Uma das três datilógrafas que formaram a equipe de copistas do diário de Espártaco, financiadas por minha bolsa da Foundation. Carmelita tem mais quatro irmãs também chamadas Carmelita. Carmelitas 1, 2, 4 e 5. Uma primeira irmã, Mercedes, não vingou, morrendo antes de nascer. Como a segunda, Carmelita 1, deu certo, os pais (imigrantes espanhóis supersticiosos) insistiram no nome com todas as seguintes. Nas certidões de nascimento os nomes aparecem iguais com apenas o número para distinguir. Fora do cartório, uma é Carmen, outra Carmela, outra Carmelita propriamente dita (Carmelita 3), e mais Carmelina e Carmita. Carmelita 3 foi-me recomendada por um amigo que me disse maravilhas de seu trabalho à máquina, rápido e limpo. Aos vinte e seis anos, é uma morena atraente, com longos cabelos e pernas bem-feitas, que não mora com a famí-

liarada, mora sozinha, para receber o namorado com calma aos domingos e poder concentrar-se durante a semana nos serões datilográficos que, somados ao trabalho de rotina num escritório de advocacia, permitem-lhe levar uma vida modesta mas independente.
Carmelita lê muito Dostoiévski! Mais até do que as pernas bemfeitas, foi essa leitura obsessiva de Dostoiévski que me impressionou nela desde a primeira entrega de material que lhe fiz. Engraçado como se deixa atrair pelos personagens considerados em geral os mais mesquinhos: n'*Os irmãos Karamazov* (que leu durante todo o período em que tivemos as sessões de cura do Diário), seu preferido era o pai, o velho Fiodor Karamazov, porque escolhera, para tratar com os outros, a máscara do "inconveniente" e do "desprezível". Ela achava evidente a identificação de Dostoiévski com esse Karamazov mais do que com qualquer dos filhos: Aliocha, Dmitri, Ivan. Não há de ter sido à toa que Dostoiévski deu ao personagem seu próprio nome, argumentava. Os críticos não sei o que dizem, mas a mim me parece uma leitura de Dostoiévski bastante original; não tenho dúvida de que foi fator decisivo para que eu visse em Carmelita a parceira perfeita do sexo sem toques.

Independentemente de como pudesse evoluir o socorro psicológico a ser combinado mais tarde com Carmelita, a consulta com dr. Jaime, no CUIMP, teve como resultado imediato uma grande alegria causada pelo retorno das ereções. Na enfermaria do "MataCupim" aplicaram-me no pênis uma injeção identificada como sendo de "histamina" que produziu seus milagrosos efeitos em menos de um minuto. Ah! dr. Jaime! Senti-me um outro homem, restituído à vida, em condições de esperar confiante uma reviravolta na minha sorte. Embora o plano do "sexo sem toques", bolado para desligar-me do Diário, não estivesse em princípio voltado para uma melhora no relacionamento sexual — que seria um objetivo a pensar depois de conseguida a dissolução dos vínculos com o texto de Espártaco —, só saber que estava tudo funcionando direitinho (ainda que sem a intenção de uso imediato) valeu demais.

A ereção era uma peça fundamental nos testes a serem ensaiados fora do CUIMP, com a participação de uma parceira que, àquela altura, enquanto eu acompanhava atento as sugestões de dr. Jaime e, depois, ao receber a injeção de histamina, ainda não se definira para mim quem poderia ser — mas que meu alegre mestre-de-cerimônias (ou mestre-sala, se preferirem; sabem de quem estou falando), restituído à afoiteza e à impetuosidade dos tempos mais felizes que tinham ficado para trás, foi logo apontando na primeira oportunidade que lhe surgiu para isso.

Quando digo que "apontou", não é metáfora, foi literalmente como se deu a escolha. Dias depois da consulta, passei pelo apartamento de Carmelita, no meu trazer e levar de cadernos manuscritos e folhas datilografadas. Fiodor Karamazov, comentários daqui, comentários dali, a descrição de uma mulher, que ela gostou de ler, encontrada no Diário, tudo isso mais o belo sorriso de quatro pontas que se espraiava sem descerrar os lábios (duas pontas estirando-se nos cantos, as outras duas, incisivas como as de um M bem marcado, no lábio superior), esboçado por Carmelita quando mencionou o nome de Espártaco, só sei que o restabelecimento físico alcançado dias antes fez-se de repente visível, agressiva e agradavelmente, nos contornos da minha calça. Uma inconveniência que teria provocado gostosas gargalhadas no velho Fiodor, pensei. E disse para ela.

Sentei-me e não havia como disfarçar — nem eu quis — o que estava acontecendo. A sensação era agradável. Ri-me, e tomei o partido de encarar abertamente o mestre-sala, evoluindo, doidão, aos saltos.

Isso me acontecia, expliquei a Carmelita, por causa de um apego excessivo a meu pai e a seu diário.

— Isso o quê — perguntou-me como se não soubesse. Já estava deixando o riso soltar-se aos pouquinhos, ela também. Sentou-se. Pegou o caderno novo que eu havia trazido, como se fosse começar a lê-lo. Disfarçando. Os dois, sentados um diante do outro, estávamos no ponto de iniciar a conversa em que eu iria propor sua participação nos testes.

Uma pulsação mais forte dentro da calça pôs fim definitivamente a qualquer intenção (que não havia em mim mas podia ser que houvesse em Carmelita) de fugir ao assunto.

Acho que a primeira coisa que lhe disse foi que havia uma explicação genética para esses pulos que o pênis estava dando sem parar. O de meu pai, acrescentei, também tinha essa elasticidade turbulenta.

Imagine o generoso leitor, se não fosse Carmelita a moça leitora de Dostoiévski e simpatizante de Fiodor Karamazov, como receberia a evocação dessa característica tão singular de meu pai, e ainda mais feita nestes termos! Antes que ela pudesse escandalizar-se especulando sobre as circunstâncias em que eu teria assistido ao pau de meu pai mexer-se assim, contei-lhe, como uma experiência ainda muito viva dentro da minha cabeça, o episódio presenciado na infância, de Espártaco em transe passando emocionado para minha mãe, em primeira mão, o texto do Diário a ser fixado no papel no dia seguinte.

Aí já me senti com confiança para revelar a Carmelita que, desde que em menino vi acontecer no meu próprio corpo a primeira ereção, não achei que pudesse haver no mundo coisa mais engraçada. E que sempre me rio quando vejo o pau se levantar e começar com esse estardalhaço todo. Ainda hoje. Como estava rindo naquele momento.

Ela me olhou nos olhos, com o lindo sorriso de quatro pontas. Depois, perdendo a cerimônia, baixou o olhar para a agitação na calça. Esteve refletindo sem fazer comentário.

— Mas é engraçado mesmo — disse, afinal.

Generoso leitor, não me olhe como se eu fosse um imbecil! Sei perfeitamente o que está pensando. A mulher é linda, eu estava excitado, da parte dela uma certa bem-humorada receptividade, a intimidade súbita obtida tão naturalmente... Sei o que está pensando. Pode alguém nessa hora desperdiçar tudo isso, chegar e puxar o assunto do socorro psicológico devido aos filhos de autores de diários?

Generoso, pense no que era o meu desespero. Nada havia de tão importante para mim como libertar-me do Diário.

Em breves palavras, expus a Carmelita que um psicólogo da Samuel Pepys Foundation estava interessado em fazer uma pesquisa sobre as deformações que o excessivo apego ao diário de Espártaco me provocara ao longo da vida. O modelo dessa pesquisa era uma primeira que haviam feito com o filho de um autor de diário nigeriano, na década de 50, que também (o filho) alimentara o projeto de fazer reviverem (graças a uma fusão com as experiências dele, filho) os textos engavetados do pai, tinha envelhecido precocemente (o filho) para maior identificação com a figura paterna e em todos os seus fracassos (do filho) afetivos e profissionais podia-se notar a nefasta influência desse diário. A vida sexual do filho sofrera uma obstrução irremovível por causa do espaço que o diário do pai tinha ocupado na imaginação dele (filho). No entanto o filho gostava, até muito mesmo, de fazer sexo, mas era sempre achando graça, em vez de ficar sério. O psicólogo notara as coincidências, tudo igualzinho. Só que, Carmelita — eu disse para ela —, faltava no caso nigeriano o transe mediúnico, a comunicação do diário ao vivo (acho que deu para entender que isso significava o rebuliço genital de meu pai e a solicitude discreta mas eficiente de minha mãe). E faltava a transmissão genética da dança de acrobacias do pênis.

Carmelita fez só a observação de que não achava grave a falta de seriedade durante o sexo. Olhou para minha calça, onde o pau continuava aos pinotes sem dar uma trégua, e riu. Depois, quis saber qual havia sido o destino do nigeriano (o filho). Morreu louco, respondi-lhe, com a maior cara de pau. Houve um silêncio e ela então me perguntou se a pesquisa ia se concentrar na "dança".

— Não vão nunca me dizer, porque para mim têm que manter segredo. Mas, se te interessa, vou escrever para o psicólogo e indico você para participar dos testes comigo. Eles me pediram uma pessoa.

— Testes?

— Também não sei como são. A pessoa que participar comigo é que vai ficar sabendo da programação. Eles te passam as instruções todas por escrito, o que você tem de fazer, os resultados que eles esperam. Quem fica sabendo é você, mas não pode me dizer nada, para não estragar.

— Que tipos de testes?

— A Foundation é inglesa. Não vão pedir a você para fazer alguma coisa que te constranja. E, se você achar que constrange, não faz.

— Mas pedir que tipo de coisa que eu faça?

— Quem sabe, as artes que minha mãe inventava para meu pai.

— ?

— O acompanhamento sem toques.

Carmelita topou, em princípio. E eu fico admirado como a gente conseguiu ir tão longe com uma conversa tão pouca-coisa. Há de ter sido a presença de Fiodor Karamazov pairando no ar, sem dúvida. E aquele sorriso de quatro pontas. Na saída, o relevo dançante na calça, que persistia, selou com um riso mútuo a visita. Grudei à perna, para camuflagem, as folhas recém-datilografadas que eu estava levando e entrei no elevador. Despediu-se de mim, abanando a cabeça. Riu ainda mais lindamente.

— Tal pai, tal filho — ouvi que dizia.

Menos de dez dias depois, passei pelo escritório de advocacia e entreguei a Carmelita, em envelope lacrado, a carta de instruções para o teste, "enviada a meu pedido pelo psicólogo da Samuel Pepys Foundation". Expliquei-lhe mais uma vez que não me era permitido ler o seu conteúdo, nem ela poderia discuti-lo comigo. Se não concordasse com os termos da proposta, telefonaria para mim no decorrer da semana e me comunicaria simplesmente isso, sem precisar dar as razões. Continuaríamos a nos encontrar para a rotina de trocar manuscritos por folhas datilografadas. Se, pelo contrário, aceitasse a proposta, era só ela marcar o dia e a hora para começarmos as "sessões". Eu receberia dela estritamente as informações que estivesse autorizada a me passar, e seguiria com cega obediência o plano de salvação dos filhos de autores de diários, traçado pelos ingleses.

Isso foi numa sexta-feira. No sábado, ela me telefonou dizendo que topava, e marcando o início da experiência para as sete horas da noite de segunda. Sentiu um alívio, disse, quando viu que o texto da carta vinha em português. Porque seu inglês deixava muito a desejar. O psicólogo era um inglês que sabia português ou tinham traduzido para ele?

— O psicólogo é brasileiro e me conhece aqui do Brasil, antes de ter ido trabalhar em Londres como bolsista nesse departamento da Foundation. Pura coincidência. Viu meu nome na lista dos novos bolsistas e me escreveu propondo os testes.

O texto da carta entregue a Carmelita era o seguinte:

Prezada Carmelita,
É um prazer tê-la como colaboradora. E o que vamos pedir-lhe não é muito.
Lamartine M. é um expressivo exemplo de deformação (sexual, existencial) produzida pelo fato de ser filho do autor de

um diário. Tivemos outros exemplos que estudamos e nos permitiram tirar algumas conclusões sobre essa condição especialíssima.

A característica principal de uma pessoa nessas circunstâncias é sempre estar num lugar como se não estivesse, ser alguém (ser isso ou aquilo) como se não fosse, de modo que os outros não se podem relacionar com ela confiavelmente, e nada é capaz de ir adiante, no relacionamento, que prometa ser duradouro. A existência de um texto paterno que — em geral, durante longos anos — fixa uma interpretação dos acontecimentos familiares que deve ser considerada como a única digna de fé, valorizando o relato da realidade em detrimento dela própria, gera um interesse anormal por essa transformação da realidade em relato. Os fatores de deformação atuam também no autor de diários, que, basicamente, é um ser dividido como o filho, está como se não estivesse, é como se não fosse, mas que tem a compensação de acreditar na realidade que sai de sua pena. Os filhos deveriam superar a sua condição tornando-se, eles também, escritores. Deveriam poder acreditar no que sai de sua pena. Desejam muito isso, mas a deformação — por uma lei que ainda não chegamos a compreender inteiramente — não lhes permite. Em nenhum caso de nossa experiência tivemos um filho de autor de diário que se tornasse escritor como o pai. Todos tentam e fracassam. Entre as tentativas malogradas, existe um tipo — não muito freqüente mas que se repete em alguns casos — em que o filho dá como justificativa para seu esforço o desejo de, escrevendo, reanimar a escrita do pai, silenciada, "petrificada" em algum manuscrito que durante anos o teve como único leitor. Lamartine cabe como uma luva nesta classificação. Acredita que vai escrever um romance que se "fundirá" com o diário do pai. Outros acreditaram coisa parecida e acabaram por não escrever nada. Sofreram muito. Nosso Lamartine pode sair dessa, com nossa ajuda (da Foundation e sua, Carmelita). Que ótimo você estar justamente trabalhando com o texto de Espártaco. Isto significa que você conhece bem o pai — o pai do Diário, que é o único que nos interessa.

Quando Lamartine me falou das mexidas violentas do pênis por baixo da calça, como sendo um traço genético partilhado com Espártaco, achei de boa estratégia dar a entender a ele que os testes para libertá-lo do romance aproveitariam muito essa similaridade muscular dos dois. Mas foi só para despistar. Não haverá nenhuma aproximação genital. Vocês atuarão vestidos, e com a proibição de tocarem um no outro. Vamos aproveitar, sim, um traço comportamental de Lamartine que, se tudo correr bem, é por onde pretendemos desfazer essa miragem de uma fusão energética Diário&Romance, Pai&Filho, para darmos ao sexo o que é do sexo e às letras o que a elas pertence.

Estou me referindo ao interesse pelo pé, o supremo fetiche que move as escaladas sexuais de nosso comum amigo. Claro que você não podia estar sabendo. Agora sabe. O pé, com sua discreta localização no corpo da mulher — no extremo oposto à cabeça, que é a parte nobre por excelência —, foi utilizado por Lamartine desde cedo para consumar as trocas sexuais sem chamar a atenção, de um modo quase que simbólico mais do que propriamente real. Quando digo "supremo fetiche" não estou pretendendo que seja uma obsessão exclusiva de qualquer outro interesse, é só como quem diz que seria uma espécie de ponta do iceberg, a parte visível, que recebe luz e ar, desse grande bloco obstruído, paralisado e submerso em que se converteu a sua sexualidade.

O que vamos pedir a você, Carmelita, é que divida as sessões dos testes em duas partes. Na primeira, você deve *fingir* para Lamartine que vai provocar nele um orgasmo sem toques, usando apenas do recurso de forçá-lo a contemplar-te os pés (que estarão calçados com sapatos de um padrão especificado mais abaixo), de um ângulo tal que ele não consiga decidir se olha para teus olhos ou para teus pés, e a oscilação seja não apenas natural mas obrigatória (nós aqui chamamos de "gangorra"), isso até que a imagem de olhos e pés acabe fundindo-se numa só, transferência simbólica da fusão-miragem do romance com o Diário, do filho com o pai. Você explica tudo a ele, etapa por etapa, à medida que for colocando os pés em posição e ajustando teu corpo de modo que se alinhem os sapatos com os olhos dele e com teus próprios olhos.

A excitação provocada deverá ser considerável. Você exigirá que ele fixe a atenção o tempo todo no bico dos teus sapatos (escarpins pretos são os que a gente costuma recomendar, de bico bem afilado, e com entrada baixa, arqueada, para que fiquem visíveis as nascentes dos dedos; os saltos, que não sejam muito altos). Contraindo e descontraindo ligeiramente a musculatura do pé, você produz um impulso de gangorra para o olhar dele: um milímetro acima estão teus olhos, um milímetro abaixo, o bico dos sapatos. Insista em que ele precisa concentrar-se, fique repetindo que o orgasmo vem sem contato físico mas que exige um foco mental apuradíssimo, que nisto reside o segredo de destruir a miragem sem deixar resíduos.

Por mais que você acerte o ângulo exato de conjugação dos olhos com os pés, ainda não é nessa primeira parte da sessão que acontecerá o orgasmo. A menos que ele recorra a processos automasturbatórios que devem ser censurados severamente por você, ou se, com a excitação acumulada diante dos teus preparativos para armar o desfecho, numa dessas ele reagir querendo te pegar, te beijar, sabe-se lá, e, com isso, jogando por terra o caráter puramente mental da operação. Se você perceber sinais que anunciem esse contratempo, neutralize o parceiro apressando a hipnose (leia instruções mais abaixo); se não for o caso, deixe a primeira parte desenvolver-se o suficiente para que ele tenha do que se lembrar e com que regalar a alma na sessão seguinte.

É prudente, de qualquer modo, fazer o número da gangorra a uma distância segura de Lamartine.

Incluímos essa primeira parte no teste principalmente para que a excitação assim armazenada facilite-nos conseguir o orgasmo sem toques na segunda e última. E também um pouco para intrigar, alegrar e divertir o filho do autor de diário antes de o desconectarmos da ação e ele passar a não ter mais conhecimento do que está acontecendo à sua volta (embora dialogue com você e, mesmo, não cesse de lhe transmitir informações que são essenciais para que o teste possa prosseguir até seu desfecho. Mas ele não se lembrará de nada disso).

A segunda parte transcorre, de princípio a fim, com teu parceiro hipnotizado.

Fórmula para hipnotizar: com os pés calçados, exiba para ele as solas dos sapatos atritando-se uma na outra. Só isso. Como os olhos de Lamartine já estarão presos aos bicos dos escarpins seguindo a operação "gangorra", a resistência que você poderá encontrar é nenhuma.

Interrogue o próprio hipnotizado e ele na hora lhe dirá o que deseja que você faça para levá-lo ao orgasmo sem toques. Se a resposta implicar algum tipo de toque genital, recuse-se. Mas como? Para um orgasmo sem toques, Lamartine iria pedir um toque genital? perguntará você. Onde estaria a lógica? Os filhos de autores de diário são fissurados numa trapaça, e cedem a esse vício mesmo inconscientemente. O único toque autorizado pela Foundation (e aqui pode-se falar em lógica?) é o dos teus sapatos, desde que não se aproximem do pênis. (Pés descalços não seriam eficazes: com Lamartine e outros seus semelhantes já pesquisados por nós, a emoção exige, para transmitir-se, a presença de objeto interposto.) Digo que interrogue o hipnotizado porque ele te dirá — e só ele te poderá dizer — a maneira específica (*scherzando, accelerando, ostinato, con fuoco* etc.) como devem ser aplicados os toques.

O Diário é a lógica da conveniência, a regularidade, a segurança, o abrigo contra a vida, contra a paixão. O Diário seduz. O disfarce seduz. O Diário é segurança mas é um aprisionamento. Pés e sapatos são a paixão que Lamartine domina, os pára-raios em que ele ancorou a fim de repetir, sem danos para si próprio nem para ninguém à sua volta, a aventura proibida do pai. Território livre em que pisa desde garoto, do tipo que o pai não deixaria entrar no Diário, mas quantos preparativos, quanta cautela, quanta camuflagem! Liberdade cautelosamente controlada. Antes era a sedução de controlar, de dominar aquilo que só existe para que a pessoa se entregue, se abandone. Agora vem aí um orgasmo sofrido. Vai entregar-se com excitação, chega desse controle. A paixão que ele domina vai dominá-lo agora. Um comportamento torto (fascínio exercido por pés e sapatos) desaparece carregando consigo o outro comportamento torto (fascínio pelo Diário). São comportamentos interdependentes.

Fui claro? Fiz-me entender?

Um pouco de paciência e os resultados virão.

Duas sessões por semana. Há um bônus de cem dólares por sessão, que a Foundation reserva à participação feminina nos testes. E um *coronation bonus* (bônus-coroação) de mil dólares para quando for alcançada a meta do orgasmo sem toques.

Sendo bem-sucedida a experiência, vocês estarão automaticamente selecionados para trabalhar numa série de projetos ultra-secretos que a NASA, dos EUA, incluiu em seu orçamento deste ano. O conteúdo desta carta não deve ser revelado a Lamartine.

Atenciosamente,

Jaime Firkusny

Já o leitor ficou conhecendo quem é a datilógrafa Carmelita. Agora, só falta explicar a série Mozart, e este documento estará em condições de ser remetido à Samuel Pepys Foundation, com meus melhores votos.

Nos testes com Carmelita, minha cabeça, que já era ruim, virou um escândalo. A proibição dos contatos físicos, a busca do orgasmo "puramente mental" pela fórmula da gangorrinha foram respeitadas, mas à custa de conflitos psicológicos outros além dos que naturalmente haviam sido previstos; dr. Jaime no "Mata-Cupim" me recomendara criar uma situação em que eu encobrisse da parceira o que estava acontecendo e em que a parceira julgasse estar, por sua vez, encobrindo de mim o que eu não deveria saber (ela pensaria que me hipnotizava sem eu perceber, eu fingiria que estava hipnotizado, ela pensaria que eu não tivesse idéia do que se passava nas sessões, que ignorasse, no adormecimento da consciência, como estava sendo manipulada a minha atração pelos pés e os sapatos, e eu, muito acordado, simularia o tempo todo ser um fantoche submetido às suas artimanhas e às regras arbitrárias do teste).

A eterna covardia, no entanto, levou-me a trocar tudo. Chegado o momento de escrever a carta com instruções, quem disse que eu tive coragem de transmitir a Carmelita exatamente o que dr. Jaime queria que ela fizesse depois de hipnotizar-me, e que era o mecanismo decisivo para desligar-me do Diário? As citações que estão no início deste capítulo, sobre como é preciso, para enfrentar o medo, deixar as coisas primeiro acontecerem, não ficar preso numa imagem travada para o resto da vida etc. etc. são argumentos que dr. Jaime usou quando eu lhe disse que provavelmente me faltaria coragem para propor à futura colaboradora o lance-chave do desligamento. E faltou mesmo, estava acima de minhas forças. (Entendam: estava acima de minhas forças abordar o assunto com a parceira, fosse ela qual fosse. Com Carmelita então! Mas não que eu não me sentisse atraído pela experiência — do seu próprio ab-

surdo me vinha a esperança de que fosse eficaz para apagar o Diário.)
    Conservei a fórmula de hipnotizar, em que nada havia, me pareceu, que pudesse chocá-la, pois era engraçada e excitante até para ela própria, tanto assim que sempre rangia os dentes (deu para notar) enquanto esfregava os sapatos nessa hora. Mas inventei que durante uma primeira parte haveria exercícios de concentração mental (a gangorrinha) que não requeriam hipnose. Esses não constavam da versão mata-cupim. Inventei um dr. Jaime "da Foundation" (dr. Jaime 3, nesta numeração adotada pelo livro), que teria escrito a carta. Quem a escreveu fui eu. Inventei que a Foundation pagava pelas sessões, pelo prêmio *coronation*, no entanto quem ia pagar era eu. Inventei a NASA (!). Meio vago e indefinido, deixei em suspenso os esclarecimentos sobre o que se passaria na segunda parte. Da maneira como terminava a carta, o constrangimento de descrever qual o desempenho que se esperava de Carmelita era transferido para um Lamartine hipnotizado, espécie de oráculo com quem ela dialogaria por pessoa interposta (o Lamartine que estava ali mas como se não estivesse). A astúcia, fada-madrinha dos tímidos, inspirara o missivista nessa passagem; era um estratagema que tinha tudo para dar certo, pareceu-me. Poupava os dois parceiros! Só que, generoso leitor, acredite se quiser, não sei explicar como foi, mas em todas as vezes que olhei para as solas se atritando uma na outra, a hipnose realmente me venceu.
    Com isso eu não contava, obviamente. Sem a hipnose simulada o plano não fazia o menor sentido!
    Ficou, para meu entretenimento, apenas a seqüência de construção da diagonal olho → bico de sapato → olho. Engraçada mas um pouquinho artificial, para ser o único entretenimento do teste durante dois meses. Assim que se juntavam as solas, eu saía de sintonia até voltar (uma hora depois? meia hora?) com a repetição do gesto deflagrador e reproduzida fielmente a situação em que nos encontrávamos quando ele primeiro havia sido feito. Carmelita devia achar que com esse cuidado afastava qualquer possibilidade de eu desconfiar que a sessão durasse mais que os poucos minutos gastos com a montagem da gangorrinha. (Fazia mais: depois que me punha hipnotizado atrasava os ponteiros de todos os relógios da casa, a começar pelo relógio que eu levava no pulso.)
    Para minha cura, meu desligamento do Diário, que providências estariam sendo efetivamente tomadas? No transe hipnótico au-

têntico, eu responderia por mim, pelas sugestões prometidas na carta? Como seria minha voz de hipnotizado? Conseguiria falar? Carmelita me entenderia? Tantas incertezas! Uma coisa era transferir as instruções para um transe hipnótico simulado, em que eu sabia muito bem o que iria encomendar à parceira, e outra depender de um comportamento imprevisível e inacessível como esse do meu eu no final do teste.

Íamos pelo meio do segundo mês, em nossos encontros, e eu continuava sem saber o que Carmelita fazia na segunda metade da sessão para libertar-me do Diário. Se, hipnotizado, eu estivesse mandando ela fazer absurdos de todo inúteis para o meu objetivo?!...

Relendo hoje a carta de instruções, confirma-se, além do mais, a impressão que me causou na época (depois de já havê-la entregue, infelizmente): por causa de um tom que fiz vago e formal, de propósito, para não espantar Carmelita, a carta ficou meio incompreensível, e deve ter dado margem a mal-entendidos (que, alguns, eu percebi na maneira como Carmelita conduzia o desenrolar da primeira parte do teste — mas, como terão sido interpretadas as indicações relativas à parte a que só meu inconsciente assistiu [se é que assistiu]?).

Tive seguidamente o impulso de resistir à hipnose, no momento em que eu pressentia que o atrito das solas ia começar. Desviava os olhos. Carmelita fazia uma vozinha de sonsa sensual: quê isso, não quer mais olhar para os meus sapatos. A fim de não perder a única superioridade que me restava na conjuntura (sabia mais sobre os testes do que ela podia supor que eu soubesse), conformei-me em esperar até que alguma coisa algum dia também saísse errado para ela na hipnose e eu então pudesse intervir para restaurar a verdadeira razão de ser de nossos encontros. Tantos cálculos, tantas premeditações! Já vê você, generoso leitor, como estávamos longe da entrega total, sem controles, preconizada pela carta de instruções. Também, pudera! Hipnotizado quando menos esperava!

Na verdade, desde a primeira sessão Carmelita demonstrou sentir-se muito mais obrigada a obedecer às regras arbitrárias do teste do que eu pensei que se sentiria (por generosidade, acredito eu, para não pôr em risco a minha cura, ou por temperamento, por perfeccionismo de exímia datilógrafa, também podia ser). Isso me tornou consciente de que, em mim, metade estava querendo que ela seguisse direitinho as regras (de cuja obediência dependia — se fosse válida a hipótese de dr. Jaime — minha libertação do Diário) e metade queria que ela desobedecesse e cometesse, "por descuido", algum tipo de contato físico.

O cerceamento dos contatos físicos seguiu padrões drásticos demais, a meu ver. Não imaginei que o rigor fosse ser tanto. A linda Carmelita ainda achou de concluir, pela leitura da carta, que deveria comparecer com calças jeans descendo abaixo dos tornozelos e jaquetas jeans de mangas compridas! A instrução dizia simplesmente "vocês atuarão vestidos", o que era para a colaboradora entender que nenhum dos dois estaria nu. Como as sessões aconteceram em meses frios (julho, agosto), Carmelita nem ao menos tirava a jaqueta.

Mas a cabeça ruim, na história, não é a dela, isto qualquer um pode perceber. Olhando para a futura parceira, em sua casa, já naquele primeiro dia em que lhe propus fazermos os testes, desejei sinceramente tudo (quero dizer: estava disposto, de antemão, a quebrar todas as regras!). Desejei mas com aqueles receios covardes, não fosse eu um filho de autor de diário, que tem, entre outras, a deformação de querer como se não quisesse. Quando coloquei a NASA no papel, reconheço, foi também um pouco para que Carmelita se sentisse intimidada (!) e não trapaceasse. A matéria desta história é toda feita de contradições assim. A confusão desta cabeça, nem se fala.

Que canseira (para Carmelita, então!) até ajustar a gangorra ao ponto de ficar em condições de disparar o orgasmo mental. Coxas para cima, pernas, pés e sapatos suspensos no ar e inscritos na diagonal que vai dos seus olhos aos meus. Difícil equilíbrio! De qualquer modo, mais excitante que tudo é a expectativa de que as pernas depois de um tempo não resistam ao esforço da posição e venham abaixo, panturrilhas, tornozelos e sapatos, trombando com as palpitações frenéticas do dançarino na minha calça. Mas Carmelita tem o maior cuidado em não deixar que isso aconteça. Quando bate o cansaço, as pernas são recolhidas em câmara lenta (o que também é excitante).

Depois descobre que pode sentar-me no chão enquanto ela se senta num tamborete, à distância, mudando-o de posição até conseguir um ângulo privilegiado. Já não precisa erguer as duas pernas: apoiando em alavanca a esquerda sobre o joelho da direita, atira o pé bem para cima e vai graduando a direção em que aponta o bico do sapato, sem cansar-se, o tempo que seja necessário até obter a resposta desejada.

— É aqui? — Flexiona mais um pouco o pé e volta a perguntar: — É aqui?

Quando o bico do sapato encontra o centro da diagonal que vai dos meus olhos aos dela, surpreendo-a com a elegante resposta que ensinei meu pau a só dar nesse exato momento: ele começa a mexer-se compassadamente, uma criatura musical, anula-se o frenético selvagem, o espalhafatoso, entra a música, o metrônomo, um confiável instrumento de precisão, o que faz Carmelita rir ao ponto de perder a diagonal e ter que começar tudo de novo. É um truque de muito sucesso. Esse pau faz qualquer bobagem que eu peça. Não me arrisco a dizer que o de meu pai também fosse (também seja, se estiver vivo e ainda ativo) assim, controlável. Mas acho que o de todo mundo é, só que os donos não se interessam.

Bom. A série Mozart.

Um belo dia, Carmelita faz-me deitar no chão, puxa para perto uma cadeira (o tamborete fica superado) e senta-se, cruzando as pernas, a esquerda sobre o joelho da direita, balançando primeiro o pé para excitar-me, depois erguendo-o devagarinho até inscrever o bico do sapato na diagonal traçada dos meus olhos aos seus, o sapato a uns trinta, quarenta centímetros do meu rosto. O outro pé, calcanhar fixo no chão, sapateia marcando o compasso, tap tap tap, para as danças do selvagem controlável. Tudo bem mais próximo que de outras vezes. Dentro de mim, o foco mental turbilhona em eletricidade pura. A posição é de absoluto conforto para Carmelita trabalhar na "gangorra". Vem vindo o escarpim, vem vindo, a uns vinte centímetros do meu rosto pára. Continua parado ou move-se agora como se estivesse fora da gravidade? Os tap tap silenciam. No momento que nos interessa, o bico do escarpim está a dez centímetros da minha cabeça, mudou o pulso, mudou a respiração, no alto da diagonal os olhos voltados para os meus disparam raios. Só pode ser a transferência simbólica na iminência de realizar-se. Acredito. Aí o segundo escarpim chega, inesperado. A um palmo do meu nariz, juntam-se um e outro, as solas se tocam, se esfregam. Cedo à inércia da sugestão e fecho os olhos. Instantes depois, a surpresa: dessa vez a hipnose *não* funcionou. Carmelita pensa que sim e vai em frente. Sinto os empurrõezinhos repetidos do bico do sapato forçando a entrada em meus lábios.

— Vai, abre bem a boca. — A voz mansa. Deixei entrar o sapato, convencendo-me a mim mesmo de que o fazia por exigência de manter as aparências da hipnose. A língua foi pisada pela sola, nos lábios ficou o gosto do bico do escarpim. De repente senti o peito do pé também, inteiro, dentro da boca. Salivei exageradamente como se me preparasse para digerir a massa invasora.

Ouvimos a chave virar na fechadura da porta da rua. Carmelita tomou um susto dos diabos, o sapato machucou-me em sua retirada abrupta. Que tremenda confusão, uma surpresa atrás da outra! Levei um esbarrão da sola no nariz, com o salto esfolando-me o queixo e os lábios. Presença de espírito não me faltou para lembrar-me de que estava supostamente sob hipnose. Não demonstrei o menor sobressalto! (Renunciar à farsa teria significado desacreditar-me para sempre aos olhos da parceira.) Era uma opção temerária mas, afinal, foi graças a ela que me salvei do que poderia ter sido uma seqüência embaraçosa, virando o corpo todo para o lado, cerrando ainda mais as pálpebras, bem comprimidas, encolhendo e abraçando as pernas de encontro ao peito, dando uma de feto inatingível na paz intra-uterina. Já o namorado de Carmelita estava ali a dois passos, espantado com a cena.

A parceira, não vi mas posso jurar: impecável (como sempre se apresentava depois de terminar a segunda parte e chamar-me de volta para a primeira), apesar de que dessa vez não teve tempo de tomar qualquer providência. Calça e jaqueta jeans sem uma dobra. Só o detalhe de um pé com sandália e outro com escarpim. Levou o rapaz para um canto da sala e, baixando a voz, disse-lhe que eu de repente havia começado a passar mal, mas que não era a primeira vez, deixado em paz eu me recuperaria. Ouvi um comentário dele sobre eu estar machucado no rosto. Ela disse que em geral eu caía quando passava mal. Mas não seria mais que uma esfoladura, como das outras vezes. Foi levando o namorado até a porta. Não vi o rosto de cada um que expressão tinha, não vi como o namorado encarou essa questão de eu passar mal, porque mantive os olhos bem cerrados. A porta se abriu, se fechou, silêncio, levantando um tiquinho das pálpebras vi que tinham saído os dois, mas logo a porta tornou a abrir-se, Carmelita voltava, casava a sandália descasada substituindo no pé o escarpim, que rolou para longe, viu que eu olhava pela fresta nas pálpebras, nada disse, na porta o namorado havia ficado esperando, fechei os olhos rápido assim que o vi encarando-me, intrigado, à distância. O casal se foi e só uma hora depois Carmelita estava de volta.

Encontrou-me tal qual me havia deixado. Na mesma posição. Uma hora depois! Quem, de boa fé, engoliria aquele número do feto mumificado? Fiquei nessa dúvida. Que explicação ela teria dado a ele, que conversa teriam tido? E os dois sapatos diferentes nos pés?

Chegou, descalçou as sandálias, repôs em cada pé um escarpim, disse-me "Vai, abre bem esses olhos", sentou-se e atritou as solas (que era o processo tanto para hipnotizar como para desipnotizar).

Sem querer hipnotizou-me.

Aí insistiu com o atrito, insistiu.

Desipnotizou-me.

Sei que flutuei de um estado para outro porque levou algum tempo até eu entender o que ela me dizia:

— Estivemos por um triz de conseguir, hein?

Queria que eu pensasse que saíamos de mais uma gangorrinha frustrada. (Mas, com a afobação, esquecera-se de atrasar-me o relógio.) Levantei-me, retomei o fio que haviam seguido meus pensamentos em sua ausência e disse-lhe:

— Carmelita, tive um sonho que você nem imagina.

Abordei um assunto que ainda não tinha surgido em nossas conversas. A influência que o número 33 exerce na minha vida e que se estende às vidas de meus filhos. Minha data de nascimento é 27 de agosto de 1933. A soma dos algarismos

(2 + 7 + 8 + 1 + 9 + 3 + 3) dá 33. A soma dos algarismos das datas de nascimento de meus filhos (Isolda, 6 de julho de 1964; Claudinho, 23 de junho de 1966) também dá 33.

— Você reparou aquele táxi que nós pegamos semana passada? Fiz o motorista esperar a dois quarteirões da casa de Carmelita 4 até que você saísse do jantar de aniversário, lembra-se? E o que era que o rádio estava tocando? Música clássica. Quantas vezes você já ouviu um táxi tocando música clássica?

— Acho que só aquela, sei lá.

— O motorista até pediu desculpas por ser música clássica, lembra-se? E qual era a música?

— O nome não vou lembrar, sinceramente. Uma sinfonia...

— Mozart. Sinfonia 33.

— Ah.

(Generoso leitor, estamos chegando. Mozart! São os momentos finais desta longa epopéia. Melhor dito: semifinais.)

— Tínhamos em casa um álbum com seis sinfonias de Mozart: a 33, a 36, a 38, a 39, a 40 e a 41. Mas só descobri que eu e os meninos tínhamos esse número da sorte depois que me separei e eles foram morar com a mãe.

— Se fosse mesmo o número da sorte, vocês estariam morando juntos, me parece.

— Não é o número da sorte no sentido de boa sorte. É, mais, sorte no sentido de destino. O número do destino. Pode não ser um número protetor mas é um número decisivo. Desde que não tenho mais os meninos comigo, jogo toda semana na Loto, apostando nas sinfonias, nos números da série Mozart. Quem sabe um dia eles não resolvem se tornar números da boa sorte para nós três?

— Você achou que a Sinfonia 33 no táxi ia dar sorte para os testes?

— Claro.

— Mas eu não sou um 33, como você e seus filhos.

— Então deixa só eu contar o sonho que acabei de ter enquanto estava aqui deitado. Sonhei com o seu dia de nascimento, 14 de abril de 1943. A soma não dá 33, dá 26. Mas meu erro, desde que fiquei esperando que uma nova mulher entrasse em minha vida, foi o de insistir em que a escolha certa teria que ser um 33.

Não é assim que funciona, percebi agorinha mesmo no sonho. Eu e a mulher temos que *somar* 33: em vez de uma repetição, uma soma. Você é de 1943 (1 + 9 + 4 + 3 = 17), eu de 1933 (1 + 9 + 3 + 3 = 16). 17 + 16 = 33!
— Ora, ora.
— Agora veja só uma coisa. Em 1976, três anos passam depressa, você terá 33 anos (terminação do ano em que eu nasci) e eu, 43 (terminação do ano em que você nasceu). Que é que você me diz? Algo de importante deve acontecer, nos unindo.

Carmelita não se impressionou, ou não se ligou muito no assunto, porque estava interessada em como a gente ia resolver as coisas agora, e não em 1976.
— Isso muda alguma coisa em relação aos testes? — perguntou, com uma certa impaciência na bela voz. Impaciência, concluí, diante da historinha dos números que lhe parecera boba demais e certamente diante da velha encenação de malabarismo genético que eu acabava de acionar pela centésima vez. Com o excesso de repetições perdera toda a graça.
— É o seguinte. Amanhã mesmo escrevo para dr. Jaime. Vamos tentar uma outra definição dos testes — disse-lhe.

Os toques genitais continuariam proibidos; no mais, a gente poderia se abraçar, se acariciar, beijar, ela poderia trocar o jeans por um short, digamos. Eu participaria das sessões sem estar hipnotizado.
— Você então sabe da hipnose?
Mancada minha.
— Dr. Jaime me disse.
— Que mais foi que ele te disse?
— Só me disse isso.
— Mas a mim ele não disse que tinha dito isso a você.
— Acho que sem estar hipnotizado as emoções vão ser mais fortes.
— Pois eu não acho. Topei fazer os testes porque a instrução dizia: sem se tocar, vestidos, nem beijos, nem abraços, nem carícias, e você hipnotizado.
— Então fica assim.
— Não, porque não é a mesma coisa você sabendo que está hipnotizado.

— Mas eu sempre soube!
— Mas nunca me disse! Para mim não é mais a mesma coisa. E vai ver que sabe também como é que eu te hipnotizo.
— Não, isso não sei.
— Claro que sabe. Meu Deus, vai ver até que nem fica hipnotizado. Finge!
— Carmelita, que isso!
— Você não acordou porque teve um sonho coisíssima nenhuma, tudo isso que você falou de Mozart, séries 33, não sonhou com série Mozart, não sonhou com 33, que malucada que é tudo isso, você fica vendo tudo e fingindo que não está vendo, eu hein? Não me procure mais, não quero nem entender. Me faça um favor: leve os Diários. E quer saber de uma coisa? Esse psicólogo está te enrolando, o Diário e estes testes não têm nada a ver. Não me procure mais.

Um abismo. Isto sim que era uma colisão catastrófica. Sinto-me tão desprezível! Mas, e a idealização que comecei a fazer dela a partir daí? Autores e filhos de autores de diários ficam no dia-a-dia exercitando seu domínio sobre fetiches, controlam o registro do que entra nos cadernos (os autores), a maior ou menor aproximação de pés e sapatos (este filho), mas a grande idealização, o grande amor, a grande paixão não encosta nos fetiches e corre ao largo, soberana na imaginação. Dra. Camila, Aurora, agora Carmelita.

Como dizia o outro:
— Minha vida estagnada. Mas a cabeça não pára.

SONHO DE ENCERRAMENTO

Entrei no apartamento dela levando uma carta de dr. Jaime.
— É a resposta sobre a nova definição dos testes — disse-lhe, fazendo a entrega da carta, fechada e lacrada como a anterior.
Dentro do envelope havia apenas uma folha em branco. De propósito, para ver como reagiria Carmelita.
Ela abriu o envelope, afastando-se um pouco de mim.
— Está aprovado? — perguntei-lhe.
Sem nada responder, fez uma leitura (?) rápida, foi para o quarto, guardou a carta numa gaveta da cômoda e começou a tirar a roupa até ficar inteiramente nua.

Que falta me fazia uma mulher. Deus me livre.
Os pés pela primeira vez descalços.
Sem toques genitais, mas valendo abraçar e beijar — pela nova definição. Na posição em que ela deitou, ficou. Como uma estátua. Eu nem abracei nem beijei. Acariciei. Minhas mãos deslizavam sobre a pele de Carmelita. O eu que começara as carícias continuava sentindo tudo mas, como que submerso nessa pele, não tinha comando sobre o que fazia. Trem sem maquinista.
Na entrega, no êxtase, no arrebatamento, toquei sem tocar. Mãos à flor da pele, o eu submerso, trens varando a noite. Um jato se soltou, do mais puro prazer.
Fiz alarde para Carmelita da sofisticação com que chegara a esse resultado. Foco mental apuradíssimo!
— Imagine se não houvéssemos tido a feliz idéia de propor a nova definição dos testes — disse-lhe. (Na verdade, o que estou querendo é felicitá-la, por ter tomado a decisão diante de um papel em branco. Não é coisa, entretanto, que eu possa dizer, porque senão ela estoura como da última vez, quem te disse que a folha está em branco? etc.).
... que se descuidou e me tocou com o pé onde não devia. De pura implicância, vem e me diz isso. Responsabiliza-se. Pede desculpas. Estou comemorando à toa, segundo ela. Pode até ser.
O sonho termina, eu dizendo:
— Não vem ao caso.

Em 28 de agosto de 1972, tendo na véspera completado trinta e nove anos e tendo sonhado o que acabo de mencionar, desisti de preparar para a Samuel Pepys Foundation a edição anotada do diário paterno e me decidi por escrever sobre esta mistura dos dois comportamentos tortos — fascínio pelo Diário e fascínio por pés e sapatos —, com a esperança de que, uma vez registrados no romance, separem-se e desapareçam para todo o sempre.
Quanto à idealização, outro peso que me influencia nocivamente o caráter...
(Fica para um próximo.)

21

MICO-PRETO

(apócrifo)

> *When I get older*
> *Losing my hair*
> *Many years from now*
> ....
> *Will you still need me*
> *Will you still feed me*
> *When I'm sixty-four?*
>
> Lennon & McCartney

1

Com sessenta e quatro anos e meio, já às portas da aposentadoria, mesmo que não a requeira logo, sofro-lhe os efeitos, pois não é mais idade que se encubra ou disfarce. Pode-se atenuar uma ou outra aparência mais incômoda, mais desagradável, porém a tônica da decrepitude se afirma a cada passo, a cada instante.

O camarada Carneiro procurador-geral se apresenta um pouco enigmático. Soube, depois, a causa: está preocupado com a composição do Conselho do Ministério Público. Conta comigo e com o camarada Galo procurador, mas não está seguro do camarada Tucano procurador. Para a renovação, acredita que faça, além do camarada Jabuti procurador, o camarada Papagaio procurador, mas não confia no conselheiro a ser eleito pela classe, sobretudo se vingar a candidatura do camarada Cachorro procurador, que é franco-atirador. Acho ainda cedo para pensar nisso (a eleição será na segunda quinzena de dezembro). Felizmente, já não tenho mais a sombra da camarada Camila, que me constrangeria muito. Com ela fora do Conselho, tenderei mais para a "oposição" do que para o "governo". Emília já recusou, de plano, o convite do camarada Cutia macho promotor para irmos ao cinema com ele e a mulher, dizendo que eu fosse sozinho! Ora, isso ela sabe que eu não faço. Quanto a dizer também que só irá a cinema comigo "quando eu tiver acabado tudo" com "a outra", é outra tolice. Não posso jogar com situações que não são só minhas. Ela está farta de saber que há mais de um ano não vou mais com "a outra" a parte alguma. Portanto, é uma maldade esverrumar uma chaga que ainda não está cicatrizada, mas que caminha para isso (como ela deve saber melhor do que eu).

Se conseguirmos três votos no Conselho (eu, o camarada Papagaio procurador, o camarada Tucano procurador), faremos a balança tender para o nosso lado e seremos uma força política que tem de ser respeitada, qualquer que seja a orientação que se permita assumir a camarada Camila, já fora do Conselho e portanto com muito menos prestígio do que tinha antes.

*

Dia de sol, claro e fresco, pedindo uma comemoração condigna. Entretanto, não temos sequer empregada para aliviar o trabalho de Emília e permitir um almoço melhor. Ainda assim, acho modos de tomar banho cedo, de me barbear, de me vestir (camisa esporte nova e clara, de um amarelo gritante, que não exprime meu estado de espírito mas traduz o de Emília, que foi quem comprou a camisa e escolheu-a para que eu a vestisse hoje). Não consigo trabalhar porque o organismo se volta para outras preocupações menos intelectuais. Mas não sei se o "entusiasmo" espera pela noite, barrada por Emília qualquer idéia de contato diurno, embora o nosso último "congresso" tenha ocorrido há nove dias, prazo perfeitamente razoável para o reabastecimento de um sexagenário sadio, que ainda não renunciou (nem sei quando renunciará) aos prazeres do mundo.

*

Tentarei, hoje, a abordagem repelida ontem. Já são decorridos TREZE dias do nosso último encontro. Não folhearei revistas para não dar o pretexto de me haver excitado com as mulatas do *Paris Match*. A névoa voltou a esfriar, o que ambienta melhor os meus propósitos.

[...] Mas Emília boicotou esses propósitos, fazendo o netinho, o Zé, dormir com ela. Ficamos jogando mico-preto com o Zé. O menino se assustou muito quando, no momento exato em que a carta do mico caía para ele, estrondou uma trovoada e o temporal desabou. Desistimos de continuar jogando e fomos para a cama (os três). Hoje foi o dia das desistências. Que se há de fazer.

*

Emília sai cedo para pôr no Banco os dois mil contos que trouxe ontem para casa (atrasados federais). Nunca andei com tanto dinheiro! Nunca recebi tanto em toda a minha vida! Pois, ainda assim, ouço de Emília que "com certeza recebi mais, muito mais", o que me leva a dizer coisas pesadas, pois sou o único membro do MP que esvazia todos os bolsos com uma prestação diária de tudo o que recebe, o que nenhum de meus colegas, nem mesmo dos mais insignificantes na carreira, faz.

Lamartine manda-nos uma cesta de flores com votos de um Feliz Ano Novo. Delicado, esse filho padre, que a mãe diz que me faz as vezes, substituindo-me no que eu não faço. Sei que da parte dele não há essa intenção, principalmente para me deixar mal. O sacerdócio parece ter amenizado as suas arestas de esquisitão. Fico-lhe gratíssimo, em todo caso, pelo bem que faz à mãe, em meu lugar. Devo, aliás, lembrar (nunca deixarei de fazê-lo) que dei a Emília cento e cinqüenta contos para que ela pudesse "dar festas". Ela nunca agradeceu. Os filhos, entretanto, souberam disso. Não estou, portanto, tão omisso nos meus deveres conjugais neste fim de ano.

Aborreço-me de ver aberto, na minha escrivaninha, o vidro de perfume francês, *caríssimo*, que a camarada Camila me trouxe de Paris, autenticado, como lembrança de sua viagem. É um abuso que eu não qualifico! Não creio que Emília o tenha feito. Também não ouso admitir que qualquer outra pessoa a não ser ela ousasse abrir minhas gavetas. A cozinheira não parece ser capaz de tamanha ousadia. É uma preta modesta, bem-educada, que não se atreveria a um furto, principalmente de um perfume tão caro. Fico deveras intrigado!

*

Resolvo não ir trabalhar. Resolvo, mesmo, mais — considerar-me em férias desde o dia 2, não recebendo mais processo nem expediente nenhum. Emília, que sempre mostrou desejo de que eu adotasse essa solução, só porque me ouviu comunicá-la à camarada Camila (o que eu não poderia deixar de fazer, pois temos vários processos em comum que ficarão afetados pela minha ausência), desaprovou-a. Paciência. Terei de agir conforme os meus interesses e as minhas possibilidades, agrade ou não aos outros.

*

O dia na Procuradoria foi cheio de imprevistos e de contrariedades. Ao tentar entrar no gabinete do camarada procurador-geral, diz-me a secretária que "infelizmente as ordens dadas pelo camarada Carneiro eram de não deixar entrar ninguém quando ele estivesse conferenciando sobre assuntos do Ministério Público". Achei tais ordens absurdas e não as respeitei, entrando, com grande escândalo do camarada e da pobre da secretária. Também, me limitei a entrar, sem dizer uma palavra. O que houve depois não sei. Só poderei saber amanhã. Ficou, porém, meu gesto como um protesto. Soube, depois, que se tratava apenas da reforma de normas relativas ao Estágio Forense, coisa a que nunca se deu tanta importância, e em que ele está sendo assessorado pela camarada Camila.

Tenho as primeiras horas da manhã normais. A partir das dez, porém, sou obrigado a furar um tumor moral que há muito me atormenta e a todos os da minha família: a minha situação com a camarada Camila. Telefono para ela, indagando se já refletira nos acontecimentos de ontem e o que tinha para me dizer. A resposta foi uma insolência que me obrigou a um revide mais insolente ainda. Não posso prever, por ora, as conseqüências. Imagino-as, porém, as piores possíveis. Pouco antes das onze, levo o fato ao conhecimento do camarada Papagaio e do camarada Tucano procuradores, para que me aconselhem. Ambos se mostram de uma sobriedade absoluta. Só o camarada Tucano pondera que eu não tenho o direito de expor uma colega, sobre cuja distinção não paira a menor dúvida, a julgamentos desfavoráveis por culpa da leviandade de um chefe que se não mostrou à altura do cargo. E acabou apelando para o abalo mortal que o meu procedimento — o que ameacei ter, de abandonar "tudo" na Procuradoria — provocaria sobre a autoridade do Conselho, que "nenhum de nós tinha o direito de comprometer ou de diminuir". Prometi refletir sobre sua observação e estou disposto a não dar mais um passo no assunto. A Emília, que foi à casa de Lúcia e só chega ao meio-dia, prometo religiosamente ser a última vez que tal assunto aborrece. Hoje lhe afirmei que não me oponho a que ela tire o telefone e o passe a Anita. Sofro profundamente com a sua situação. E ela sabe que não digo isso da boca para fora. Tudo hei de fazer por melhorá-la, na medida em que as circunstâncias m'o permitam. Passo inevitavelmente mal a noite. O tumor, que furei, é mais profundo do que eu imaginara. Não estava em condições de fazê-lo! E é difícil prever as conseqüências que ainda possa vir a ter.

*

Aborreci-me muito na Procuradoria, a que jurei não voltar mais até que acabem as minhas férias. É que não tenho mais o afeto de que me cercavam quando aparecia para qualquer cometimento. Esse afeto agora transformou-se em animosidade e agressividade por parte do camarada Carneiro procurador-geral, da camarada Camila e dos próprios colaboradores mais chegados ao procurador-geral. Os que considero amigos prestam-me o máximo de assistência dentro do mínimo de solidariedade.

*

Emília observa que hoje estou andando melhor. Só justifico o fato pela circunstância de não ter saído, nem pensado em sair. Realmente, essas saídas (principalmente quando são para a Procuradoria) é que contribuem de maneira decisiva para o meu desajeito na marcha.
Estado de espírito o pior possível. Não compreendo mesmo como me suportam, dentro e fora de casa. Amanhã tenciono ir à Procuradoria para que não me considerem morto. Receio muito, todavia.

*

A Procuradoria continua com os seus problemas (futricas entre o camarada Galo procurador, o camarada Jabuti procurador e a camarada Camila). Felizmente estou longe e longe pretendo conservar-me. Não acredito que o camarada Papagaio procurador queira se meter quando for substituir o procurador-geral nas férias. Se o fizer, porém, será também por conta e risco dele. Só meterei o nariz *se for expressamente chamado e só para o que for chamado*. Gato escaldado, da água fria tem medo...

Não adianta mais projetar "abordagens" com Emília, que acabam não se realizando e me deprimindo ainda mais. Ela se preocupa em me fazer andar, receosa de que, parado, me paralise para sempre. Mas sinto tanta dificuldade em fazê-lo que não me animo a tentar sequer uma caminhada pelo corredor.

*

Noite bem passada, apenas em branco para mim (contra todos os propósitos de interromper o longo estágio de espera, desde 24 de novembro do ano passado; estamos em 2 de fevereiro). Mas pai e mãe resolveram folgar ontem e o Zé veio dormir conosco, interditando-me a cama. Fica, assim, a "farra" adiada para hoje, o que acredito possível, renunciando eu a qualquer leitura de jornais ou revistas que me leve pela noite adentro, como tem acontecido freqüentemente.

Às dez e meia, tive boa acolhida, finalmente. Pelo meu lado, resolvi tudo do melhor modo possível. Já o mesmo, contudo, não posso dizer da companheira que apenas "se prestou" ao seu papel de parceira necessária, mas não participou de modo algum, "fechando-se", física e espiritualmente.

*

Lamartine vai, a pedido meu e de Emília, levar ao banco mais mil contos (verificou-se depois que, como sempre, os "montes" não estavam certos: somavam apenas novecentos e oitenta e oito contos, isto é, faltavam doze para inteirar a quantia suposta). A Família está, assim, assegurada na posse de mais uma pequena fortuna, *heroicamente* salva por Emília do que ela imagina ser um assalto à fortuna dos filhos (não se sabe em proveito de quem, mas ela dá a entender que é de uma herdeira anônima que eu de há muito beneficio com as minhas prodigalidades!). Já não me contrario mais. É um tributo que pago às suas velhas desconfianças. Algum dia serão esclarecidas para sossego meu e desapontamento dela.

Apesar de já estar sentado no gabinete e vestido da cabeça aos pés (até calçado), me lembro de que não tomei banho e, pacientemente, me dispo todo, tomo banho e volto à mesa de trabalho com toda a higiene feita (inclusive com os intestinos regularizados).

*

Chego à Procuradoria à uma e meia. Com o filho padre, que me encontrou onde combináramos. Apesar do camarada Papagaio procurador se mostrar cem por cento amigo, não me senti à vontade na sala dos procuradores. E resolvi abandoná-la *em definitivo*, mudando-me para a do anexo à Secretaria, onde ficam os camaradas que não são de carreira, camaradas Peru de Tal e Pato de Tal auxiliares. Sou muito grato às demonstrações recebidas dos que declaram "não se conformar" com o meu gesto. Estou seguramente convencido, porém, de que não poderia ter outra atitude. Amanhã explicarei ao camarada Carneiro procurador-geral, se ele me pedir explicações. Se não pedir, não as darei a ninguém. E espero ficar no novo posto até o fim dos meus dias (pelo menos, *dos meus dias de funcionário*, o que ocorrerá daqui a dois anos e meio, quando completarei trinta e cinco anos de serviço).

*

À uma hora na Procuradoria. Sou logo informado de que o camarada Carneiro procurador-geral estivera lá ontem, mas não reassumira — combinara com o camarada Papagaio procurador só fazê-lo segunda-feira. A camarada Camila, entretanto, não foi hoje, dizendo-se "doente e acamada". Meu estado de espírito não melhora, o que me contraria muito, pois cria uma situação desagradável para Emília e para os próprios filhos. Mas que hei de fazer? Já na segunda-feira procurarei o camarada Carneiro procurador-geral para que ratifique o meu acordo com o camarada Papagaio procurador e me deixe ficar fora da sala dos procuradores, trabalhando no anexo da Secretaria, já que não posso ficar no meu antigo "esconderijo", hoje transformado em sala de lanche dos funcionários.

*

Saio, sozinho, de táxi, para a Procuradoria, à uma e meia da tarde. Almoçado e de intestinos livres, que regularizei sem remédios, pela única ação do próprio esforço. Não me sinto, entretanto, bem. Tanto que, apesar de vestido e almoçado, ainda pensei em não sair. Não vi o camarada Carneiro procurador-geral nem a camarada Camila, que, ambos, se dão ao luxo de não ir trabalhar. Não vou hoje às seções que funcionam nos fundos da Procuradoria: fico apenas na grande sala da frente, a sala dos procuradores.

Às três e meia, mais ou menos, providencio o meu lanche, limitado a uma cajuada, sem qualquer acompanhamento. Já então, a empada comida no almoço, de massa folheada, com que nos presenteou a vizinha (o que já de outras vezes me fez mal em casa), começou a dar sinais inquietadores. Levantei-me discretamente, em meio à solicitude habitual dos presentes, e fui para a latrina. Mal cheguei lá, porém, e fechei a porta, senti o aviso da evacuação "incoercível". Antes que tivesse tempo de me desembaraçar de toda a minha armadura (funda, cinto, suspensórios, o diabo!), a obra começou a sair em grossos cagalhões que se penduravam pelas cuecas e atravessavam para as calças. Sentei-me, sabe lá Deus como, na latrina, e tentei despir-me, mas por vezes quase caí, ficando a dançar como um maluco! Estive para chamar pedindo socorro. Mas a voz da camarada secretária do cerimonial e a idéia de que me vissem naquele desajeito malcheiroso foram o bastante para que eu recuasse dessa intenção, passando os momentos piores que já passei em toda a minha vida. Só me lembro de que, a certa hora, ouvi vozes da seção do camarada Jacaré de Tal auxiliar reclamando contra o mau cheiro e pedindo que abrissem as janelas. Foi quando me dispus a sair, abatidíssimo, com as calças cheias de cocô. Já aí as pessoas presentes compreenderam o "desastre" e trataram de *agir*, chamando o médico e a enfermeira do plantão (que funciona felizmente junto à Procuradoria), e logo me vi cercado de muitas pessoas, todas solícitas em me atender. Felizmente não me deram injeções (como pensaram fazer no início), limitando-se a me fazer tomar *luminaletas* que me acalmaram. O estado em que ficou a latrina foi indescritível. Lá deixei ficar a cueca e dois lenços (todos cheios de merda), tendo se incumbido da limpeza sumária de tudo o camarada Cutia macho promotor, antes que o cheiro invadisse as salas e fizesse desmaiar os presentes.

Afinal, acompanhado do médico e da enfermeira, dos camaradas Cutia macho promotor e Peru de Tal auxiliar, tomo o automóvel do camarada Papagaio procurador e nele venho para casa.

O rebuliço que provoco com a minha chegada é grande. Emília estava já na porta da rua, pronta para sair. O camarada Papagaio procurador tratou de atenuar o choque, causado sobretudo pela presença da enfermeira uniformizada. Subimos todos. Eu fui logo me deitar. Os outros ficaram na sala, de conversa, tendo o camarada Papagaio procurador tido ainda a gentileza de mandar buscar meu netinho Zé no colégio, de automóvel, para tranqüilizar Emília (que a isso se comprometera com Anita).

O médico é genro do camarada Peru desembargador. Da enfermeira não consegui saber o nome. Pela minha vontade, teria pago logo aos dois, pois entendo que o serviço que eles prestaram foi extraordinário; se se tivessem limitado a me atender na Procuradoria, não teria de pagar nada — mas, saindo comigo e me trazendo até a casa, onde se demoraram ainda por mais de duas horas, a coisa já foi diferente. Nem o camarada Papagaio procurador nem Emília, entretanto, concordaram com o pagamento imediato. Acharam grosseiro e descabido. Adiei, pois, para tratar disso amanhã. Durmo cedo, menos pela ação dos remédios tomados do que para fugir ao constrangimento da situação.

*

Na segunda-feira, a Procuradoria vai realizar a posse dos novos estagiários. A cerimônia está marcada para as dez da manhã, devendo presidi-la o camarada Carneiro procurador-geral, assessorado pela camarada Camila, que é a subprocuradora a que está afeto o serviço do Estágio Forense. Não pretendo comparecer, pois me cansaria muito para o trabalho da tarde, já que há muito não suporto dois expedientes — isso ficou para o passado.

Deitamo-nos cedo, antes das onze e meia. O frio me anima a pedir a acolhida de Emília, que já não procuro há mais de vinte dias. Consigo-a, mas com extrema má vontade, o que me torna detestável a conjunção, não só sem prazer como ainda dolorosa, e sem a menor participação de Emília.

Durmo mal, pessimamente mesmo. Nas primeiras horas, o cansaço ainda me vence e prostra, forçando ao sono. Passado o torpor, porém, não consigo reconciliar o sono. E resolvo, em definitivo, nunca mais conjugar-me nas circunstâncias desfavoráveis em que o fiz ontem. É um absurdo esta atitude obstinada de Emília, impondo-me tal castigo. Agora, ou ela se resolve a me proporcionar normalmente o que todas as esposas proporcionam ou nunca mais a procurarei. Disso ninguém me demove!

*

Reunião do Conselho do MP às três horas. Presentes: eu, o camarada Carneiro procurador-geral, o camarada Tucano procurador, o camarada Sapo curador e o camarada Papagaio procurador. Comparece, também, para prestar informações acerca do Regulamento do Concurso, a camarada Camila. Dela recebo um presente, que trago sem abrir. Infelizmente, quem o faz é Emília, que se aborrece quando vê que é um suéter de lã, objeto caro, comprado na Barbosa Freitas. Aborreço-me também. E nunca o teria trazido se soubesse do que se tratava. Mas não sabia, nem suspeitava. Julguei que fosse uma caixa de papel de cartas, o que seria infinitamente melhor. Absurdo, entretanto, pensar em devolvê-lo. Não tenho o direito de destratar quem nunca me destratou.

Estou de azar nas minhas relações com Emília. Por mais que faça por mantê-las em bom nível, os acontecimentos conspiram contra mim e criam situações como essa.

*

Entrega do presente de aniversário ao camarada Carneiro procurador-geral, em seu gabinete. Informa-me a camarada Garça secretária do cerimonial, que o ato deve ser às duas e meia e que o presente ficou a cargo da camarada Camila e da secretária dele, cabendo a cada um a cota de mil cruzeiros. Enquanto isso, Emília chega da rua dizendo ter comprado uma bela cesta de camélias brancas e cor-de-rosa por quatro mil cruzeiros (de muita vista).

Quando chego à sala nossa, já enfeitada pelas encarregadas (a camarada Camila e a secretária), sei, por esta, que a outra não voltaria, seguindo logo para Belo Horizonte, onde ficará até segunda-feira, sendo que na terça já será também homenageada por ser dia de seus anos, organizando-se logo nova coleta de dinheiro para lhe dar um presente, com o que todos concordam. Para a festa de terça-feira fui eu o orador escolhido, mas ainda não aceitei, ficando de dar a resposta no dia, que é o Dia do Ministério Público, quando haverá outra cerimônia promovida pela Associação do MP, para entrega de medalhas a mim e a mais três outros MP.

O discurso do camarada Carneiro procurador-chefe foi curto e bom. Mas não entendo por que falou tanto na coincidência do dia de seus anos com o Dia dos Namorados, do que ele "não era responsável, pois, quando nasceu, ainda não se cogitava da instituição de tal dia".

Acho que por influência do frio úmido que está fazendo voltou-me o priapismo terrivelmente incômodo de que já me havia libertado fazia tanto tempo. Aborreço-me porque amanhã tenho de ir à Procuradoria trabalhar e, se nada faço, terei de aturar a ereção detestável; se fizer a vontade do "marzapo", aliviarei a tensão, mas inutilizarei as pernas para a marcha. Um azar!

*

Levanto-me logo que acordo, às sete horas da manhã. E passo a dar a redação final à saudação que tenho de fazer à camarada Camila pelo dia de seus anos, que hoje transcorre, em coincidência com o Dia do Ministério Público. A Procuradoria vai oferecer-lhe um presente que eu nem vi nem sei qual seja, tendo o camarada Papagaio procurador feito questão de que fosse eu o intérprete dos ofertantes.

Procuro justificar o mais objetivamente possível a minha posição, receoso das demasias em que pudesse incorrer, tanto aos olhos dos colegas como aos daqui de casa, submetendo a Emília a redação final. Ela foi intransigente apenas num ponto em que eu dizia: "Outros por certo que o fariam com maior prestígio, com mais brilho, com maior autoridade; nenhum, porém, com mais sentimento, com maior emoção, *ou, para dizer a palavra exata, com mais amor*". Esse "amor" lhe pareceu uma vergonha. É evidente que o empreguei noutro sentido, figurado, não de *amor* mesmo. Mas concordei em evitar qualquer possível confusão.

O "discurso" afinal ficou assim:

A primeira dificuldade que tenho de vencer para saudá-la não é a da emoção, como supôs o camarada Tucano, que se ofereceu até a ler o que eu trouxesse escrito. É a da maneira como devo tratá-la. Depois de vinte e sete anos de convivência quase diária, não teria propósito que eu a fosse chamar ainda de senhora. Terei mesmo de chamá-la de Camila — camarada Camila, em todo caso —, mas tratando-a por você, pois é nessa linguagem que falamos e nos entendemos desde 11 de novembro de 1938, o dia seguinte ao do primeiro aniversário da implantação do Estado Novo no Brasil, que foi quando nasceu nossa amizade.

Transposto esse primeiro obstáculo, logo se lhe seguiria um outro. É que estamos vivendo sob regime militar e temo que constitua ato de séria indisciplina o dirigir-me a um superior hierárquico sem permissão expressa dos nossos chefes. Em 1938, quando nos conhecemos, eu já era subprocurador efetivo e a camarada Camila uma simples promotora substituta interina, sujeita a ser ou não reconduzida pelos caprichos ditatoriais dos que ocupavam no governo federal a pasta da Justiça. Se aceitei, pois, o encargo de saudá-la neste ato, como intérprete dos sentimentos de todos os que trabalham nesta Casa, não foi porque me sentisse protegido, como outrora, pela imunidade funcional. É que, apesar de já não ocupar nenhum posto de comando, vivendo apenas dos reflexos dos galões que tive no passado, e que até agora se conservam fora da alça de mira dos expurgos de listas e listões, reconheço-me ainda o mais credenciado dos nossos companheiros para lhes interpretar os sentimentos numa festa íntima, doméstica, caseira, como esta, que estamos realizando. Os vinte e sete anos que já temos de conhecimento e que foram, até hoje, de perfeita, ininterrupta e inalterável amizade, garantem-me o direito de lhe falar de igual para igual, em quaisquer circunstâncias, pois que, se já não sou mais, como fui, como tenho a certeza de haver sido, o maior dos seus amigos, continuo a ser, no entanto, o mais antigo. E é lição pacífica dos regulamentos militares em todas as épocas que antigüidade é posto. Creio, por conseguinte, que andaram acertados os nossos companheiros de trabalho delegando-me esta honrosa incumbência. Nenhum outro estaria mais que eu em condições de merecê-la. Outros por certo que o fariam com maior prestígio, com mais brilho, com maior autoridade. Nenhum, porém, com mais sentimento, com maior emoção e com maior sinceridade [aí é que eu escrevera: "ou, para dizer a palavra exata, com mais amor"].

Desnecessário é também que lhe diga que a lembrança que me foi confiada para lhe ser entregue em nome de todos os seus companheiros de trabalho, e que até agora não vi, nem sei qual seja, está longe de representar a justa paga do quanto lhe devemos. Isso nunca o faríamos num só ato, num só dia, pois teria de ser a soma de muitos atos, de todos os nossos atos enquanto aqui vivermos.

Em todo caso, temos a certeza de que ela assim será vista, aceita e compreendida.

Creio que foi isso que os nossos companheiros de trabalho quiseram que eu dissesse em nome deles, nesta hora, aproveitando a circunstância excepcional e profundamente significativa de coincidir o dia de seus anos com o do Ministério Público, desse querido Ministério Público a que todos servimos e que tanto amamos.

Fui muito cumprimentado por todos — menos pela homenageada, que disse ter eu feito apenas uma obra literária, "como todos estão fartos de saber que você sabe fazer como ninguém", mas sem a mínima referência aos trabalhos que ela tem feito pela classe em cujo nome a homenagem foi prestada.

Realmente, reconheço que cometi esta falha, mas tive por desnecessária a justificativa do que estava na consciência de todos.

*

A noite não foi melhor do que a tarde. Consumi-a no amadurecimento de uma idéia que se vai tornando fixa: a de me aposentar imediatamente sem esperar pelos trinta e cinco anos. No fim deste mês já completo trinta e três — parece-me suficiente. Não quero, todavia, prejudicar minha família. E, para isso, tratarei amanhã mesmo (não convém deixar para segunda-feira, que é dia de pagamento e rebuliço na Procuradoria, onde nada se pode fazer sigilosamente) de me certificar de com quanto ficarei se só conseguir os vencimentos proporcionais. Sem falar que terei todos os vencimentos se me aposentar *por moléstia*, o que não creio ser difícil. Vamos tentar. E então poderei dar os meus passos com mais tranqüilidade. (Tranqüilidade aparente, só, não real, pois no fundo estou profundamente acabrunhado com tudo o que me está acontecendo e não vejo como evitar que continue a me acontecer.)

*

Volta-me o priapismo incômodo e que estou convencido de ser de puro nervosismo. É que ainda não tive coragem de cobrar a Emília o tributo conjugal, que ela já não me paga há quarenta e dois dias mas que se me afigura de cobrança cada vez mais difícil, pois reconheço que me tenho distanciado dela miseravelmente. Se me aposentar, recomeçarei a vida noutras bases. Mas há de ser fora daqui, que aqui os *fantasmas* não me deixam, fazendo fracassar qualquer tentativa que eu empreendesse.

*

Na Procuradoria, fico, a princípio, na mesa do camarada Pato de Tal auxiliar, nos fundos, sem contato com os maiorais, salvo com o camarada Papagaio procurador que vai lá me falar, como faz sempre; depois, porém, com todos, mesmo com a camarada Camila, mais acessível, embora fechada para qualquer conversa, limitando-se ao desencargo burocrático e funcional.

Em casa, folheio revistas até as dez e meia. O frio faz-me procurar a cama com o pensamento de cobrar a abordagem tantas vezes adiada. O que não deixa de ser desaconselhável à véspera de um dia útil, pois sempre me dificulta a marcha no dia seguinte. Mas

Emília se recusa. Decididamente, vou mudar de tática: agora será mesmo aos sábados, *todos os sábados* — assim não haverá mais surpresas e eu tenho o domingo para descansar, se houver rebordosas.

*

Todos ficaram para assistir ao eclipse, mais visível à meia-noite. A essa hora vão dar uma volta pela rua a fim de observá-lo mais de perto. Quando voltarem, já me encontrarão dormindo. Adia-se, assim, mais uma vez, a "abordagem" com Emília para cobrança do meu imposto conjugal. Não faz mal. O melhor da festa é esperar por ela.

*

Alimento o propósito de "abordar". Mas não garanto que o consiga. Hei de fazer "força", como estou prometendo há vários dias. Mas não adianta anunciar os propósitos que tenha, pois a posse de uma mulher não é apenas material — é, também, e sobretudo, psíquica. Com o Zé agora permanentemente posto, de caso pensado, na nossa cama, tudo o que eu pretendesse fazer estaria fadado ao fracasso. Não me culpem, portanto, se eu tiver de faltar aos meus deveres de fidelidade — culpem a Natureza, que se esqueceu de me privar do instinto sexual, ainda vivo.

*

Às nove e meia, convencido de que o mau funcionamento dos meus intestinos se deve, em grande parte, à abstinência sexual em que me encontro há mais de um mês, notifico a Emília que não me conformo mais com semelhante monstruosidade e que, embora ela mantenha o seu *dispositivo de proteção*, com o Zé, eu hoje a forçarei. Transijo, ainda, em tomar uma cápsula que ela me traz contra o priapismo — como se uma coisa tivesse relação com a outra!

E às dez e meia me disponho a ir para a cama, com ânimo de enfrentar todas as dificuldades que o capricho da esposa me oponha ao legítimo direito de lhe cobrar (com a moderação com que o faço) o imposto conjugal.

Não fui, porque de nada me adiantaria, desde que o Zé já se metera na cama. Folheei revistas com o desfile das candidatas a Miss Guanabara.

Não quero insistir mais no insucesso da cobrança de meu imposto conjugal. Vou resolver isso a meu modo, renunciando em definitivo a qualquer aproximação com Emília, custe-me isso o que custar.

Este Diário nunca mais conterá qualquer palavra sobre o assunto. Isso é definitivo. *Definitivamente definitivo.*

*

Apesar do que escrevi ontem, pretendo "abordar" Emília hoje à noite, não à força, mas com carinho. Sem exagero, não agüento mais! Trinta e quatro dias bem somados, com o frio que está fazendo, não é situação que se tolere facilmente. Ela já preveniu que talvez se demore para o lanche-ajantarado dos domingos. É uma perspectiva desagradável, mas a tudo me disponho com a maior paciência possível. Acho que mereceria "bodas" integrais, mas, se não for possível tê-las assim, mesmo uma *beiradinha* me satisfará.

Às dez e meia nos deitamos, antes que o Zé chegue da casa dos pais, o que se dá pouco depois. Para não perder a parada, "abordo", sem participação de Emília, mas com o consentimento necessário aos contatos essenciais que me permitem satisfação integral, como não tinha havia muito tempo.

*

O ambiente no trabalho ainda não é bom. Mesmo com o camarada Papagaio procurador substituindo o camarada Jabuti procurador no exercício da subprocuradoria-geral, o que me dá qualidade para influir até nas designações (função atual do camarada Jabuti). A camarada Camila sofreu uma *capitis diminutio*, pois naturalmente pensava que o camarada Carneiro procurador-geral a colocasse acima do camarada Papagaio procurador. *Vanitas vanitatum, et omnia vanitas!*

No dia de amanhã, completarei trinta e três anos de Ministério Público. É uma vida! As pernas passaram agora a me doer muito. Mas doer de verdade, de dar vontade de gritar! Emília atribui tudo à mesma causa de sempre: preciso andar. Mas como posso eu andar se cada movimento é uma tortura?

*

Nosso almoço foi dos mais aborrecidos. Ainda uma vez por causa das minhas telefonadas para a camarada Camila. Seria preferível que as ouvissem para ver que versam apenas sobre assuntos de serviço. Não as ouvindo, imaginam que são "confidências de amor" ou lá o que seja. Não reincidirei, seja o assunto qual for. Hoje foi muito desagradável porque mobilizou toda a família, inclusive o filho padre. Asseguro que foi a última.
Os acontecimentos da manhã abalaram-me muito. Foi como se tivesse recebido uma pranchada em cheio no alto da cabeça. Dessas que, nos filmes, fazem o desgraçado cair depois de dar diversas voltas, cambaleando. Ainda não jantamos. Já pensei em ir deitar-me, mas creio que, se o fizer, será pior. Aí, então, é que não me levantarei mais!

*

Não ouso perguntar pelo meu filho, que, segundo ouvi dizer, teve ontem à noite vômitos seguidos, incoercíveis, que mais seriam de nervoso que de perturbação do estômago ou de intestinos. Como estou espalhando inquietação e desgraça em meu redor! Que foi que deu em mim?
Manhã de sol. Clara, festiva! É uma ironia que, quando a gente acorda como eu acordei hoje, tudo em redor esteja tão diferente, tão calmo, tão bonito. Acredito — não tenho certeza — que já regularizei os intestinos desde cedo.

*

Retomo este pobre Diário, depois de sete dias sem nele pôr uma linha. E só o faço por insistência de Emília (às cinco horas da tarde), pois espontaneamente nunca o faria. Ela acredita que eu tenha prazer em fazê-lo e chega a dizer (ela que sempre foi inimiga dos meus registros diários) que eles representam muito na minha vida.
Reconstituindo as recordações com Emília, fixo em seis dias atrás a minha última queda. Acabava eu de tomar café na sala de jantar, quando, ao me levantar da mesa, ou melhor, quando ao me sentar, depois de tomar o café, perdi o equilíbrio e caí, de bunda, batendo com a cabeça na parede. Estávamos jantando, eu, Emí-

lia, o padre e o Zé. Ao tentar levantar foi que senti toda a extensão do meu desastre: as pernas se recusaram a me obedecer, foi preciso mandar chamar o genro, o único que tem forças para me agüentar, e que ele me tomasse no colo. Assim arrastou-me até a cama, eu aos berros, pois o menor contato com o chão me provocava dores horrorosas.

Atirado na cama, onde estou hoje, e onde terei de ficar pelo menos mais um mês, procuro me "reambientar" lendo os processos que recebi na última remessa.

Sinto muitas dores quando ponho a perna esquerda em contato com o chão. Observando-a, já na cama, anima-me o ver que os pés não se apresentam feridos como quando a quebrei da última vez, podendo juntar-se, o que o ortopedista disse logo ser a melhor prova de que não houve fratura. Feita a radiografia, confirma-se que foi simples contusão. Mas o ortopedista estranha a persistência das dores e exige a minha remoção para uma casa de saúde, onde a aparelhagem mais aperfeiçoada diria a última palavra. A ambulância me apanha aqui em casa e me leva de maca, com grande escândalo da vizinhança, mas sem dor. Emília é quem faz a comunicação do desastre à Procuradoria, só conseguindo, entretanto, falar com o camarada Carneiro procurador-geral em Petrópolis (até hoje não sei ainda por quê).

À noitinha, entre quatro e meia e sete, há um desfile de procuradores, curadores e funcionários da Procuradoria, para me telefonar, desejando melhoras. Sinto, em tudo, o dedo de Emília, em articulação com a camarada Garça secretária do cerimonial e com o camarada Pato de Tal auxiliar, conseguindo que eu me comunicasse com todo o pessoal (até com a camarada Camila, de quem não reconheci a voz, precisando ela dizer que era "Camila Soares"). A outro qualquer alegraria essa demonstração — a mim, entristeceu. Não consigo dominar o meu gênio, de que é vítima Emília, cada vez mais solícita, entretanto, em me cercar de todo o conforto, físico e moral. Passei o resto da tarde e a noite inteira curvado ao peso das recordações que tantas vozes me despertaram.

*

Aos trancos e solavancos, chego, entretanto, vivo, ao mês de agosto, que espero seja o da minha libertação. Não agüento mais essa cama.

Sei que estou aumentando, de dia para dia, o número dos meus desafetos, dentro mesmo de casa, pois Emília me faz pior do que sou, não sei com que intuito. Estou cansado de proclamar, a todas as horas, o que lhe devo de solidariedade neste transe difícil, angustiante, da minha vida. Ela tem sido de uma dedicação a toda prova, para a qual nunca terei palavras suficientes. Mas é preciso, também, que levem em conta o que o meu estado de saúde representa para a minha sensibilidade.

Anita tem se mostrado miserável no julgar-me. Para ela sou o último dos ingratos quando faço qualquer observação contra Emília. Entretanto, é mais que justo que eu defenda o pouco que me resta de respeito próprio. Não é pela minha vontade que estou reduzido ao estado em que me encontro. Por que, então, dizer-me, a toda hora, que Emília deveria entregar-me a um enfermeiro profissional, que lhe poupasse ao menos o vexame de fazer minha limpeza íntima ("repugnante")?

Não sei mais o que faça para cumprir com as minhas obrigações funcionais. Procuro despachar com a máxima exação os processos que me mandam. Preocupo-me com o juízo que façam a meu respeito, associando Emília a todos os meus atos, para mostrar a meus colegas que sem ela não poderia ser nada. Já me está faltando, entretanto, o mínimo de resignação que eu me posso exigir para não perder a paciência. Chego a passar em claro as minhas noites sem chamar a quem quer que seja, só para que não se queixem! Que mais posso fazer?

*

De madrugada pensei muito no ***, que faria anos hoje se ainda vivesse. E dele ouvi palavras de resignação e estímulo, que sinto não poder lembrar. Quero ver se, a partir de hoje, não atraso mais estes registros, ao menos para saber, a qualquer hora, o dia em que estamos vivendo.

Não tenho de quem indagar se a Procuradoria está atendendo aos meus pedidos de trazer sempre em dia o meu expediente. Não adianta indagar ao camarada Papagaio procurador, que me mente, para ser delicado, e esconde comentários que eu sei que estão sendo feitos e até fatos desabonadores do meu bom nome funcional. Soube, por exemplo, há dias, que o camarada Carneiro procurador-geral se recusa a pôr o seu "de acordo" em um parecer, que dei, sobre desarquivamento. Por que me ocultar isso? Ignorando-o, como posso eu agir para evitar que o fato se reproduza? Assim, não poderei mais ter calma para continuar a exercer minhas funções na Procuradoria. Todos se encolhem, como se isso me adiantasse. No máximo, procuram disfarçar a distância em que estou da vida. O Orestes, meu tutelado, telefona, penalizando-se de saber que sofri mais uma queda e ficando de me ver mais tarde. Veio, almoçou com Emília e saiu logo, prometendo voltar. Mas para quê? Passei o dia torturado pela falta de evacuação. Não me convenço de que a ação dos supositórios de glicerina, conquanto eficaz, supra a ação natural. É uma *délivrance* parcial, que alivia mas não soluciona. Coloca a gente em permanente expectativa, incompatível com qualquer atividade continuada. Continuo a dizer que a assistência de Emília é a mais afetiva possível. Mas nem por isso constrange menos.

No próprio gabinete, estranho a minha mesa e não identifico o meu "ambiente". Tudo me parece estranho! Dir-se-ia que estou em outra parte, em outro mundo, sobretudo em outro tempo. Que sensação desagradável de inadaptação!

A camarada Camila, com quem acabo de falar, nada me sabe dizer a respeito do curso de que foi incumbido o camarada Carneiro procurador-geral na Faculdade de Direito. Dissipam-se, assim, as minhas dúvidas de que eles estivessem organizando as palestras em comum.

*

De volta à Procuradoria, depois de longa ausência. A acolhida dos colegas e dos funcionários foi a mais afetuosa possível. Os projetos que fazemos me dão plena certeza de que sentiram minha falta.

Quanto à estranheza física, confesso que foi grande. Nunca pensei que estivesse ainda tão desambientado. Quando Emília me propunha marchas e descidas para que eu não sentisse tanto a diferença, pensei que exagerasse. Qual! Não houve exagero nenhum. Como custei a entrar no automóvel! E a sair! Estou certo de que, com o tempo, me reaclimatarei. Mas, que vai custar, isso vai, não tenho a menor dúvida.

Houve, pela manhã, uma pequena confusão que eu não me proponho a esclarecer, pois será pior. Minha cabeça ainda está longe de funcionar direito. E, assim sendo, estes registros, ao invés de me auxiliarem (como parece a Emília), me perturbam ainda mais. Vamos, portanto, caminhar com cautela, que o terreno é confuso e perigoso. Para escorregar, não custa. E eu já tenho sido vítima de tantos escorregões ultimamente que não desejo expor-me mais. Mais de uma vez tenho escrito aqui que odeio as *névoas*. São a invenção mais detestável que se poderia arranjar para agravar a confusão mental das criaturas.

Por cúmulo do azar, sou obrigado a telefonar para a camarada Camila, dando conta do adiamento das "classificações" do MP, segundo soube pelo camarada Papagaio procurador. É curioso, isso! Ela já não faz parte do Conselho do MP; entretanto, não se alheia dos acontecimentos, neles influindo mesmo que não queira, o que cria um ambiente desagradabilíssimo. Sou testemunha das lutas que ela tem com o camarada Papagaio procurador em defesa de tal ou qual candidato, sua opinião sendo levada em conta pelo Conselho todo. Por mim, inclusive.

No banheiro, uma surpresa me estava reservada: ao sair do boxe para pedir ajuda à empregada (Célia), pois a água estava muito quente e eu não sabia como diminuir o gás, escorreguei no corredor (no mesmo trecho em que já caíra da primeira vez, vários anos antes) e bati em cheio com a cabeça no chão. Além do susto e de umas dores no corpo, principalmente na mão direita e no dedo mindinho (que só por milagre não fraturei), ficam três ou quatro pontos no supercílio direito.

Ainda não regularizei meus intestinos, apesar de todos os choques. A assistência de Emília é permanente. Nunca terei palavras para traduzir a minha gratidão.

Não me comunico hoje com ninguém pelo telefone.

Acredito que o ambiente da Procuradoria seja calmo, apesar de continuarem as fofocas entre o camarada Papagaio procurador e a camarada Camila para a disputa da Subprocuradoria-Geral, que o camarada Papagaio cobiça evidentemente, mas que a camarada não se mostra disposta a entregar sem luta. É possível que a política influa na solução do caso, o que aumenta as possibilidades do camarada Papagaio em prejuízo daquelas da procuradora.

*

Com um dia assim, chuvoso e frio, é evidente que não poderei sair. Procuro fazer exercícios especiais, andando pela casa, ao longo do corredor sinistro, ao qual já devo três tombos.

Apesar de me sentir inseguro de pernas e de cabeça, como persista a necessidade sexual que venho acusando há vários dias, abordo a esposa. E sou bem-sucedido. Os contatos conjugais me são cada vez mais difíceis. Entretanto, com alguma pertinácia, e mesmo sem a colaboração da esposa, satisfaço-me por duas vezes, numa das quais tenho o prazer de verificar que ela participa, mesmo contra a vontade.

*

Minha cabeça se povoa de pensamentos tristes. Prefiro a estes os maus, os lúbricos, os indecentes. Mas ainda é cedo para tentar uma abordagem com Emília. A nossa última foi há catorze dias. E catorze dias, *só*, é muito pouco... De qualquer forma, Emília continua inabordável, com a boca aberta em feridas. É um absurdo forçá-la a qualquer contato.

*

Qualquer coisa que me diz que novembro vai trazer "nova vida à minha vida". É o nosso mês de núpcias. Faremos, no dia 11, trinta e oito anos de casados. Comunico a Emília que a nossa "abordagem" terá de ser hoje. Estou realmente no firme propósito de realizá-la logo mais, apesar da presença constrangedora do cunhado e de sua mulher, que vêm passar conosco os feriados.
 [...] Não efetuei a "abordagem" pretendida porque o Zé dormiu conosco. Agora, não marco mais dia. Porque isso humilha muito. Abordarei quando me der vontade, queira ou não a parceira.
 Não é bem assim. É que já não me animo a prometer-me abordagens que sempre acabam falhando. Mas vejo que a temperatura está quase tornando "inevitáveis" as mesmas... Só não as tentarei, hoje, se sentir que elas me comprometerão a saída de amanhã. Talvez um pouco de *prudência* permita solucionar o caso.
 [...] Não. Não permitiu. Quando o cunhado e a concunhada saíram, dei a entender a Emília que queria "abordá-la". A maneira

grosseira e peremptória com que me recusou encerrou em definitivo as tentativas a que me propunha com a melhor das intenções. Agora, não tornarei a falar mais nesse assunto! É um caso encerrado. Novembro tinha mesmo de "trazer vida nova à minha vida". Não foi como eu queria. Será como Deus queira. Paciência. O tempo, ao que tudo faz supor, tende a se manter incerto e instável. Detestável perspectiva para mim. Mas de que me adiantaria que o tempo melhorasse? O que tem de melhorar não é o tempo, é a minha vida, é a vida que me dão para viver — em casa e fora de casa, no trabalho e na rua.

Acredito que possa dominar o meu sexo, o que é o meu maior problema. Tudo o mais é secundário. Disponho-me a enfrentar com o melhor ânimo possível a nossa situação. Não serei obstáculo a que tudo se resolva da melhor maneira. Emília tem comigo um crédito muito grande, para que eu desespere de uma concordata no primeiro revés. Apenas não tomarei mais iniciativa alguma. O que tiver de ser virá de fora, dos outros, nunca mais de mim.

Deito-me às onze e meia. E durmo logo, de cansaço. Não tenho, nem procuro ter qualquer abordagem com Emília: agora, só quando ela me convidar e quando eu não puder mais recusar. Enquanto puder resistir, resistirei.

*

Já regularizei meus intestinos. Poderia esperar um bom dia, se, por azar, Emília não interceptasse uma telefonada minha que nada teve de mais, porém que reabriu a velha chaga de saber que continuo a me corresponder com a camarada, embora apenas para assuntos de rotina diária (designações na Procuradoria e outras bobagens do mesmo estofo). Está na maior indignação a colega, pelo fato de a companheira de escritório ("e também de cama", acrescenta Emília) do camarada Galo procurador ter sido nomeada em caráter efetivo. Para maior desespero de meus nervos, aviões estão fazendo acrobacias com cortinas de fumaça. Era o que me faltava!

Sinto-me, aliás, bastante incomodado de cabeça. Não sei se foi o sol que apanhei pela manhã na janela do gabinete ou se foram os aborrecimentos que venho tendo na Procuradoria com a hostilidade gratuita que passou a ter contra mim a camarada Camila, que mal me cumprimenta quando me encontra. Não sei a que possa atribuir isso.

2

Por intermédio do camarada Jacaré de Tal auxiliar, soube notícias da camarada Camila, que deve ir depois de amanhã para Belo Horizonte, onde vai ficar com a irmã casada até o Natal, resolvendo depois se ficará lá ou aqui, conforme o resultado do tratamento a que se está submetendo (transfusões de sangue e injeções que lhe combatam a anemia profunda com que está lutando). Tantos projetos tinha, coitada, para as férias, sacrificadas afinal dessa maneira! Decido ir à Procuradoria, uma vez que o camarada Papagaio procurador me tranqüiliza garantindo-me o carro para a volta. Assim que chego à minha mesa e fico sabendo que o estado da camarada Camila, longe de apresentar qualquer melhora, se agravou, peço ao camarada Jacaré de Tal auxiliar que passe um telegrama para Belo Horizonte dizendo do meu interesse pela sua saúde e fazendo votos por que se restabeleça e tenha "tranqüilidade". O ambiente é pesado e de grande tristeza. A emoção paralisa-me completamente as pernas. Fico impossibilitado de dar mais qualquer passo. Apesar da energia do camarada Papagaio procurador, que "ralha" comigo como se eu fosse uma criança, não consigo reagir e desço até o automóvel dele, *arrastado* pelos corredores como um fardo.

*

Alguém da Procuradoria (deve ter sido o camarada Peru de Tal auxiliar) entregou aqui em casa um telegrama da camarada Camila que havia sido mandado para lá. Os dizeres do telegrama foram estes: "camarada Espártaco M. procurador. MELHORES VOTOS SAÚDE FELICIDADES DATA NATALÍCIA. Camila Soares". Aborreço-me muito, antes do almoço, com uma discussão intempestiva provocada por Anita a propósito do telegrama. Pelo telefone, mais tarde, dito ao camarada Jacaré de Tal auxiliar este agradecimento: "OBRIGADÍSSIMO SEU TELEGRAMA, QUE FOI MEU MELHOR PRESENTE. POR SEU RESTABELECIMENTO FIZ PROMESSA QUE CUMPRIREMOS JUNTOS ASSIM QUE VOCÊ REGRESSE. Espártaco". Duvido muito que ela receba, no estado em que se encontra. Se receber, porém, compreenderá que tudo foi feito apenas para "animá-la", dever de humanidade que precisa como tal ser compreendido.

Continuo sem notícias de Belo Horizonte, para onde estava decidido a telefonar amanhã. Um mau pressentimento faz com que eu telefone mesmo hoje, sem mais esperar. Mas as notícias continuam sempre iguais. Não há nenhuma pessoa responsável para atender. Quem atende é a empregada. Se ainda fosse empregada da camarada Camila, poder-se-ia obter informação mais segura. Mas é a empregada da irmã, da Adelina, que sempre primou pelo comodismo e não se esforça por mudar! Suas respostas são apenas que "a doutora continua muito mal, morrendo mesmo". Como é possível, entretanto, que não apresente alteração nenhuma, mesmo que seja para pior? Pelo que ela diz, a coitada não está de cama, nem em casa — está indo ao médico e fazendo aplicações diariamente. Não haverá alguma irmã mais compreensiva, mais razoável, para dar, aos que se interessam pela camarada Camila, daqui do Rio, informações menos estúpidas, mais inteligentes? É o cúmulo!

Decididamente, não vou telefonar mais! Para quê? Queixar-me das pessoas que me atendem também não é delicado. Ainda iria aumentar a aflição da doente quando soubesse disso! Esperarei pela segunda-feira, quando, em conversa na Procuradoria, poderei obter melhores esclarecimentos que me permitam me orientar melhor. Até lá, tenho mesmo que esperar e me conformar.

Já fiz exercícios demais pelo corredor e junto às janelas (que a tanto se limita a minha pista). Vou, agora, tomar banho e me aprontar para o almoço. Meio-dia, já. Emília me chamou para o banho, ao que vou atender sem discussão.

....

Consagro estes catorze dias, que já transcorreram, ao registro simbólico da morte da camarada Camila, ocorrida a 12 deste mês.

Não sei ainda de quanto tempo necessito para registrá-la aqui com as honras que lhe devo. Tudo quanto tentasse fazer agora ficaria muito aquém do meu verdadeiro sentimento. Ela foi a pessoa a quem mais quis na Terra, depois dos meus. Não é impunemente que se convive duas décadas e meia com alguém! Ainda não tive coragem de ir à Procuradoria depois de sua morte. Não sei quando terei! Vou evitar toda e qualquer referência, pois, para tan-

to, ainda me faltam forças. Como quero voltar a viver, pularei estas páginas, recomeçando apenas amanhã, dia 27.
Tudo são subterfúgios que nada resolvem. Preciso ter coragem de encarar a realidade de frente. Assim, desisto para sempre de fazer este Diário. No futuro hão de me compreender a fraqueza, que é mais forte do que eu mesmo. Se algum dia restabelecer minha normalidade, voltarei a escrever estes registros como o fiz até agora. Não preciso marcar data nenhuma. Fá-lo-ei, em qualquer data.

....

Talvez seja mais uma tentativa infrutífera. Em todo caso, como ontem, dia 6, voltei a sair de casa para a Procuradoria, animo-me.
A vida continua esvaziada de conteúdo. Onde quer que esteja, só tenho um pensamento: a companheira incomparável que perdi. Estou procurando saber por terceiros como ocorreu a morte, como foi o enterro, se saiu da Central (por onde veio o trem que a trouxe de Belo Horizonte) ou de casa, ou de não sei mais onde. Ninguém me informa nada! As mulheres da Procuradoria, as únicas que me poderiam falar com segurança, evitam de me falar no assunto. O camarada Carneiro procurador-geral tem feito algumas referências. Disse, por exemplo, que a coitada antes de morrer ainda teve a lembrança de lhe escrever pedindo demissão do cargo de subprocuradora, a que não esperava mais voltar. Mas tudo fica muito incerto, muito vago. É horrível, isso!
Telefonando para o camarada Jacaré de Tal auxiliar, não melhoro a situação. O coitado não está melhor do que eu. Degringola todo quando fala da "nossa amiga" e não consegue fazê-lo a frio, com segurança, como eu o desejaria. Acaba, todavia, por me dizer que providenciou tirar uma certidão da ata do Tribunal de onde consta a homenagem que foi prestada à procuradora. Acrescenta que mandou a certidão para a família dela em Belo Horizonte. Eu não poderia fazer mais, nem melhor.
O dia de hoje ainda não me encontra reintegrado na posse de mim mesmo. Não consegui sequer saber o dia certo em que a camarada Camila morreu. Se foi a 12 do mês passado, como se ex-

plica que eu tenha escrito os registros do dia sem nenhuma referência especial?

*

Hoje é feriado doméstico. Trinta e nove anos atrás ficávamos noivos, Emília e eu, na velha casa do largo de São Clemente (445). Vamos ver, se para o ano, nos animaremos a comemorar o quadragésimo aniversário com maior interesse.

Telefono para o camarada Pato de Tal auxiliar, na Procuradoria, a quem peço que fale em meu nome ao procurador-geral para que seja dado o nome da camarada Camila à sala dos procuradores, onde ela trabalhou até morrer. Pretendia controlar-me. Tanto que nem achei necessário isolar meu aparelho do telefone de extensão. Mas, em meio à telefonada, descontrolei-me e chorei perdidamente. Com isso devo ter causado um aborrecimento enorme ao pobre do camarada Pato. Antes causei contrariedade não pequena a Emília. Mas não posso evitar de me comover. Ainda é muito cedo para me conformar! Só amanhã terá passado um mês da morte da Colega! É muito pouco!

Tive, como conseqüência, uma descarga intestinal terrível, que não consegui localizar na latrina, ficando no banheiro, que Emília teve de limpar, maldade que jurara nunca mais fazer, mas que não tenho sabido evitar.

Chove toda a tarde. Copiosamente.

*

Faz hoje um mês já que morreu a camarada Camila. Haverá missa na Igreja do Carmo, às onze horas. A ela ainda não irei. Passa, assim, a última oportunidade de me manifestar junto à família de minha maior Amiga, da minha única Colega do Ministério Público. Os que me conhecem, entretanto, sabem que não me esqueço um só momento dela, o que me parece que vale mais do que lembrar-me convencionalmente durante uma hora numa igreja entre amigos e estranhos, em conversa, sem recolhimento íntimo nenhum.

*

Na Procuradoria, aonde já não ia havia bastante tempo, o que é menos incômodo para mim e para todos. Leva-me e traz-me de volta o Orestes, meu tutelado, no carro de um motorista de táxi seu amigo. O motorista espera, enquanto Orestes me leva pelo braço, de sala em sala. Acolhedor, o camarada Papagaio procurador (sobretudo depois que sabe que estou de carro e não preciso dele para voltar). Acolhedora, também, a camarada Garça de Tal secretária do cerimonial. E a nova secretária do camarada Carneiro procurador-geral, uma certa *** que todos acham parecida com a camarada Camila (não pelos traços, mas pelo jeito do cabelo e pelo ar provinciano que a Amiga tinha nos seus primeiros tempos de inadaptada). O camarada Jacaré de Tal auxiliar diz muito bem que se parece mais com a camarada Camila se saísse do túmulo, feia, "abatida, magra, quase sem falar".

*

Passo toda a manhã na expectativa de que chegue o servente da Procuradoria para levar os processos da semana e trazer nova carga. Ninguém vem.

Regularizo meus intestinos logo depois do almoço, sem remédio, o que representa mais uma vitória do "sistema" de Emília.

Espero sair amanhã, dependendo, entretanto, do tempo. Se continuar como hoje, frio e chuvoso, não vejo vantagem em sair. Só resolverei, contudo, amanhã.

Aproximam-se as sete horas da noite, nossa hora de jantar. Fá-lo-emos com apetite, embora a comida não o justifique, pois a cozinheira continua infame, não adianta mais reclamar.

Deito-me às onze horas, necessitado de maior agasalho, que entretanto não me é dado da parte de Emília, obstinada em se recusar aos contatos que lhe peço, o que me cria situação difícil, que se prolonga pela noite, sem que eu possa remediá-la devido à presença do netinho na cama da avó.

*

Sem solucionar ainda o impasse que deixei registrado ontem, devido à obstinada incompreensão de Emília, passo a manhã bastante incomodado. O netinho, que já estava doente de manhã, ao sair para o colégio, piorou à tarde. Emília já esteve no apartamento deles para ver e acompanhar o Zé até que Anita chegue do trabalho. Isso vem complicar o meu "impasse" com Emília. O Zé deve

vir para a cama dela, que assim poderá assisti-lo com mais eficiência. Acho, entretanto, que continua em sua casa (até cinco e meia, pelo menos, ainda não havia chegado).
[...] Não veio. Jantamos às sete. Aproveitando a circunstância (rara, agora) de ficar a sós com Emília, ausente o netinho por doente, deito-me às dez e meia, conseguindo a concordância de Emília para um "encontro", que não foi o que queríamos, sobretudo o que eu queria, mas que me proporcionou gozo completo e à Emília (segundo ela informou) também, o que depois desmentiu.

*

Se ainda vivesse, a camarada Camila faria hoje cinqüenta e sete anos. Ainda poderia viver tanto! Quantas vezes, quando eu me queixava das minhas moléstias, ela dizia: "Tenho a certeza de que irei antes do senhor!" Eu ria. Como tinha razão! Sinto-me envergonhado de ainda não ter ido ao cemitério depois de sua morte — eu que ia tantas vezes com ela à sepultura de sua mãe, onde afinal foi enterrada. É o caso de dizer como Machado de Assis a Carolina: "Minha pobre querida!" Mas, não podendo ir sozinho, quem me acompanhará? E eu me conterei sem lágrimas? Como explicá-las a quem m'as visse? Desde quando a simples amizade, por maior que seja, faz chorar de saudade? Vou deixar passar mais algum tempo. Quando menos se espera, a Vida traz uma solução.
Meu estado de espírito agrava os meus sofrimentos físicos. Não encontro forças para andar. Vou à mesa apenas para poupar a Emília maiores aborrecimentos. Por mim, no entanto, se fosse sozinho no mundo, me entregaria todo à minha dor.

*

Às duas e meia, já estou no gabinete, sentado à minha mesa de trabalho. Rigorosamente em dia com os processos da Procuradoria. Só não estou em dia nos meus *gastos* sexuais (o último *encontro* meu com Emília foi a 20 de maio, há quase um mês portanto. Vou tentar, hoje, abordagem, à noite, já que durante o dia nunca sou bem-sucedido.

*

Não levei a efeito, ontem, a "abordagem" prevista. Bem que a procurei, mas a parceira se recusou de modo inapelável. Transfiro para a noite de hoje as esperanças de ontem junto a Emília. É que já não agüento mais a abstinência a que a maldade dela me condena. Decido, em definitivo, realizar minha abordagem mesmo à força, à bruta, dê no que der.

Com essa confiança me deito às nove e meia, estirando-me na cama à sua espera, francamente disposto a possuí-la mesmo à força se necessário fosse. Mais uma vez, porém, falhou o recurso à violência. Ela finge, a princípio, dispor-se ao "sacrifício", dizendo logo que não faz questão nenhuma de participar, que eu trate de fazer por mim, e o mais depressa que puder. Tento ainda desnudá-la e iniciar os meus agrados, mas ela se esquiva a tudo, aos toques, aos contatos e sobretudo aos beijos. Uma hora depois, peço-lhe que me atenda "por amor de Deus", pois já não agüento a situação contra a qual todo o meu corpo se revolta, mas nada a demove de seu propósito miserável de recusa. Quando já me dispunha a me servir dela apenas como instrumento de masturbação, acariciando-lhe os seios e beijando-a na boca, ela, de um salto, me afasta, impedindo-me a própria ejaculação iminente, sob pretexto de que eu esquecera de apagar a luz e "vendo-me a expressão contraída do rosto, tinha vontade de rir". Não posso ir além. Trôpego, subo para a minha cama, onde fico, empurrado por ela, agarrando-me, para não cair, aos ferros da armação. Juro, em definitivo, ter sido a última vez que me exponho ao vexame a que me expus. À meia-noite (presumida, pois não tinha relógio para ver a hora certa), dispus-me a dormir, de qualquer modo.

*

Deito-me às onze horas, fiado nas promessas renovadas de Emília. Ainda bem que, desta vez, não falhou. Na primeira abordagem, ela ainda tentou resistir, mas, percebendo minha disposição, rendeu-se. E me proporcionou um gozo intenso, de que já andava esquecido e descrente. Receoso de que a minha sensualidade esteja no fim, prolongo a cópula o mais que posso. Só vou para a minha cama depois de refeito, à meia-noite.

*

A "farra" de ontem derreou-me. Outra a que eu me decida poderá custar-me a vida. Disponho-me, portanto, a pôr um termo nas minhas *fantasias*, por mais que isso me custe.

*

Não me animo a combinar nada para amanhã, aniversário da camarada Camila (confundi as datas, quando falei aqui dos seus cinqüenta e sete anos, ou estou me confundindo agora, não sei). Pois sinto que nada realizaria. Penso apenas passar um telegrama convencional à "Família da Procuradora Camila Soares". Mas, ignorando o endereço de Belo Horizonte, para onde teria de mandá-lo, e não conseguindo informar-me com o camarada Jacaré de Tal auxiliar (que está num de seus dias de surdez aguda, não escutando nada, absolutamente nada), desisto. Deito-me às onze e meia, mas em branco, sem assentar coisa nenhuma. A camarada Camila (se está assistindo a isso) há de me perdoar; não consigo vencer a minha inibição que é total. Ergo à sua memória a mais comovida das preces, certo de que, onde quer que esteja, ela me perdoará.

*

Dia do Ministério Público. Um ano atrás ainda conseguia realizar uma comemoração de que fui figura central, mas de que nem desejo recordar-me, pois tenho a certeza de que foi decisiva para a queda vertical da camarada Camila.

Ao porteiro, que me presenteia com uma caixa de morangos, faço questão de reembolsar quinhentos cruzeiros, que nem sei se é o devido. Não tenho jeito para ser delicado. Já me esqueci de como se pode sê-lo. Trato, pois, de chegar aos fins de qualquer modo. Se agrada ou não, não sei. Nem trato de saber.

Passo mais de uma hora na janela, respirando o "ar puro" da manhã. Será mesmo "puro"? Tenho as minhas dúvidas. Em todo caso, faço por acreditar que sim.

Já é meio-dia, agora.

De suéter escuro (último presente que recebi da camarada Camila) — o que é ainda um meio de tê-la mais perto —, espero que me chamem para o almoço.

Ainda depois das nove da noite, Emília continua vociferando contra mim e não poupando a própria camarada Camila, que entra nos insultos como se ainda estivesse viva e ainda pudesse ser responsável por mais alguma desgraça na minha vida! É levar muito longe a minha cruz!

*

Qual o proveito que tiro de tantas injeções? Os intestinos continuam funcionando sem controle. Ao sentir vontade de evacuar, já estou evacuando e tenho de correr para que as fezes não sujem os tapetes do gabinete e do corredor e esperem para cair no ladrilho lavável da latrina. Como é que posso ter desejo de viver? Será viver continuar assim? Sem programas, sem horizonte, sem meta alguma! Se ainda sincronizasse o meu trabalho com o despacho dos processos que me são distribuídos pela Procuradoria, poderia instituir um programa de vida. Mas, despachando por despachar, sem ver resultado, sabendo apenas que as pilhas se substituem — quando vai uma, vem outra — sem acabar nunca, de que me adianta essa vida?

Já fui duas vezes à latrina e continuo sem dor de barriga. São fezes pegajosas que aderem ao papel e consomem várias folhas sem resultado. Estou começando a acreditar em bruxaria dessa maldita cozinheira que tem cara de feiticeira velha e que não suporto! Se piorar, já fica aqui o aviso: podem dizer à Polícia que eu desconfio das mandingas e bruxarias desse monstro que Emília pôs na cozinha, que de nada entende, só sabendo fazer rezas de terreiro. Emília acaba de sair. Quatro e meia da tarde. Foi levar o netinho ao médico. Não creio que esteja de volta antes da hora do jantar. Antes de sair, deu-me uma xícara de chá preto e uma banana-prata bem madura.

A temperatura caiu muito. Está fazendo frio, apesar do sol estar de fora. A tarde triste me entristece demais. Penso na "minha pobre querida" que gostava das tardes assim. Privou-se delas tão depressa!

*

O frio é muito grande. Não me deixa, sequer, abrir as janelas. Tenho de conservá-las fechadas para não bater o queixo. Nem tomo banho, tanto é o frio que faz a manhã toda. Ou será que tomei?

Telefonando para o antigo número da camarada Camila, surpreendo-me com quem me atende. Pergunto se é pessoa da família da procuradora, mas ela, a atendente, logo diz que é engano. Despeço-me, assim, definitivamente, da velha amiga de mais de vinte anos.

*

A expectativa é de que continuem as visitas (como aconteceu ontem, anteontem e trasanteontem), repetindo na certa as mesmas cacetadas de sempre que já nem posso mais ouvir. Desnecessário é dizer que me fatigam muito, mas só assim consigo atordoar-me e suavizar um pouco a minha enorme saudade, que evito desabafar para não magoar Emília, mas que, recolhida, sofreada, dói mais do que doeria se eu pudesse libertá-la com alguma expansão. Identifico-me tanto com a memória de minha pobre amiga, que chego a imaginar que ela esteja sentindo o frio que sentimos aqui *sobre a terra...* Como é bárbaro e mortificante isso!

Envergonho-me de ainda não ter ido ao cemitério depositar uma rosa que fosse no túmulo da camarada Camila, já morta há mais de dois meses. Mas desculpo-me perante minha própria consciência com a impossibilidade de andar sozinho, não tendo cabimento que associasse meu filho, e muito menos um estranho — como seria o camarada Jacaré de Tal auxiliar, por exemplo —, à prática de um ato tão íntimo, que sempre realizei sozinho ou na companhia justamente da pobre criatura, agora morta.

O frio continua forte. Não impede o acesso, à praia, de banhistas teimosos (pelo que vejo da janela), mas afugenta visitas, mesmo de parentes. Sem programa especial para a noite de hoje. Se o frio aumentar, cogito de tentar uma "abordagem" com Emília, embora só tenham passado treze dias do nosso último encontro. Depende, todavia, da boa vontade da parceira, que não parece muito inclinada esta semana a concessões dessa natureza. Depende também do que eu tiver de fazer amanhã, quando ainda não sei se farei massagem ou se sairei; depende, sobretudo, disso.

À noite, fiquei a ver navios. Das oito às nove horas, diante da avenida Atlântica, em toda a sua extensão, do Leme ao Forte de Copacabana, uma autêntica festa veneziana, com desfile de cinco embarcações profusamente iluminadas que os holofotes do Forte tornavam mais vistosas. Um belo espetáculo, sem dúvida. Compacta multidão se formou nas calçadas e se condensou nas janelas e nos terraços dos edifícios de arranha-céus.

*

Vamos ver como me correrá a tarde, hoje. Acredito que bem, pois levo as melhores disposições possíveis. Tudo depende, todavia, tão pouco de mim, que de nada me adianta ir disposto se os ventos soprarem mal. Já o fato de dispor do táxi do amigo do Orestes me parece um bom presságio. Oxalá mesmo que o seja, pois estou precisando disso para reagir e atravessar incólume a onda de azar que me persegue há tanto tempo, desde a morte da camarada Camila, com que não me conformo. Só posso dizer isto aqui, sem que ninguém me ouça, pois a todos parece um exagero que ainda sinta saudades da minha pobre Amiga, tão digna de outra sorte!

[...] Na Procuradoria, levado pelo Orestes, passo toda a tarde, do que já estava precisado, pois lá não aparecia fazia vários dias. Recebem-me com a acolhida festiva de sempre, o único meio pelo qual compenso a tristeza de recordações que o ambiente me traz. Não me dão um único parecer datilografado para corrigir! Prometem para amanhã, mas amanhã não irei.

Não consigo regularizar os intestinos.

Emília reclama sempre desta minha letra — cada vez mais miúda, compacta, imbricada. Mas não consigo melhorá-la.

Amanhã, completarei exatamente trinta e quatro anos de Ministério Público. Com mais um ano estarei em condições de me aposentar, sem favor de ninguém.

Adio a "abordagem" conjugal, de que havia cogitado. Não estou absolutamente em condições de realizá-la. Talvez depois de amanhã, conforme correr o dia de amanhã.

*

Estou sentindo muita aflição no membro. Faço várias tentativas para "amansá-lo" com água fria correndo da própria bica do banheiro. Mas não dá resultado. Renuncio também à idéia de masturbá-lo com a mão, o que tem falhado de outras vezes. Aguardarei a noite para realizar a "conjunção" com Emília, o que me deprime muito mas dá certo quanto ao alívio.

Às seis e meia aparece o Lamartine. O filho padre, também cada vez mais distante. Evito de falar-lhe a respeito dos meus "incômodos". Emília chega dez minutos depois. E saem juntos.

Vamos ver se tenho sorte na minha "abordagem" da noite. Ponho nela todas as minhas esperanças, pois não consigo domesticar a *fera*, que está incomodando muito.
[...] Jantamos às sete. Agora, só me falta que Emília se recuse à "abordagem". Vou tentá-la com jeito, sem assustar com qualquer aviso prévio. Creio que dará certo.
Já estou de barba feita, para afastar qualquer objeção de Emília à "abordagem" projetada com tanto engenho.
[...] Não obstante, não tive a abordagem. Nem a tentei, tal a má vontade que havia de parte da parceira.

*

Primeiro transtorno do dia: falta o jornal da manhã. Ou roubado, ou desaparecido, ou não entregue, o fato é que não o tive. Depois, o priapismo, que já deveria ter cedido se tivesse de Emília a compreensão que não tive. Ninguém imagina como é incômodo arrastar o dia todo, desde as primeiras horas da manhã, uma ereção que não corresponde a nenhum desejo real, fruto apenas de uma situação fisiológica anormal.

Não despacho processos porque estou cansadíssimo. Deixo para amanhã, quando espero estar com a cabeça mais aliviada, principalmente se conseguir a aquiescência de Emília para a conjunção adiada de ontem, e que se está tornando inadiável pelas várias razões que já estou cansado de dar.

Uma coisa insuportável é a descarga aberta dos automóveis que transitam por aqui. A continuar como está, ficarei louco! Mas a quem vou pedir providências? Francamente, não sei!

Renuncio a qualquer idéia de "abordagem", pois a casa se movimenta até altas horas da noite com a visita de uns padres franceses, conhecidos de Lamartine. Não falam uma só palavra de português. Meu filho os convidou para jogarem cartas com Emília!

*

O priapismo volta a me perseguir. Acredito que hoje à noite o resolva da melhor maneira, se Emília não se opuser à minha "abordagem" já tantas vezes adiada. Imagino que os padres franceses não repitam a dose, o que me facilitará a "empresa". Suspendo o trabalho com os processos às seis e meia, cansadíssimo.

Vamos ver se, como prêmio, Emília me concede hoje à noite a "abordagem" tantas vezes tentada quanto repelida. A temperatura está convidativa.
    Jantamos pouco. Às dez e meia já estamos deitados. E sou admitido, sem qualquer resistência, ao tálamo nupcial. Desforro o jejum prolongado e as várias frustrações dos últimos meses. À meia-noite é que passo para a minha cama, onde durmo logo o sono dos justos.

*

    Ontem não tomei banho, pelo frio, que o contra-indicava. E não fui à Procuradoria. Hão de me perdoar, pelo muito que já fiz quando ninguém fazia nada. Amanhã lá estarei, entretanto. Não há força humana que me faça faltar, pois depois as dificuldades se acumulam e eu acabo não indo. Já hão de pensar que eu me demiti.

*

    Chegamos à Procuradoria ao meio-dia e pouco. Cada semana tenho uma surpresa. Nesta, que hoje se encerra, a secretária do procurador-geral já não é mais a ***, irmã de juiz, intelectualizada, mais para feia do que para bonita, chegando a parecer com a camarada Camila (não pelo rosto; pelo jeito, pela maneira de falar, pelo modo de andar). Agora é uma antiga "praticante", feia também, magrinha, de que nem guardo o nome, mas que se mostra muito delicada comigo, o que não é mau, pois já estou cansado de ser maltratado pela vida e por todos com quem lido.

*

    O frio continua inclemente, embora faça sol. Não vejo perspectiva de melhoria. Só depois de acabar essa quadra maldita de inverno permanente, que não se sabe quando começou, nem, muito menos, quando acabará. Não me animo a pensar em banho. Lavo apenas o rosto e os dentes. Não me comunico com ninguém. Animalizo-me cada vez mais.
    Hoje faz três meses que a camarada Camila morreu. Não sei o que é feito de seus irmãos, nem de sua casa. Quem ficou como inventariante do que ela deixou — e não deve ser pouco, pois só

o apartamento remodelado do Russel deve valer mais de duzentos e cinqüenta milhões — pensa que eu não estou sabendo que foi ele, e nunca me falou nisso. Nem eu pergunto a respeito. Como várias vezes tenho dito, o frio não me estimula ao trabalho. Não produzo nada, absolutamente nada. E bem que precisava produzir, pois amanhã quero sair e só levo dois processos despachados.

[...] Quando acabei de tomar banho, ao sair do boxe para o quarto, perdi o equilíbrio e só por milagre não me esborrachei caindo em cheio contra o *bidet*. Decididamente, a coisa, ao invés de melhorar, piora — ao invés de progredir, regride assustadoramente.

*

Estou doido por ver este caderno acabado, pois encerra momentos muito dolorosos para que eu os relembre (como, mais do que qualquer outro, a morte da camarada Camila).

Os patuscos da Procuradoria não vieram buscar os processos despachados nem trazer novos por despachar. Já não reclamo mais. A resposta que me dão é sempre a mesma: "Não se inquiete. Se não foi hoje, irá amanhã". Ou então: "É que já têm quem despache. Tanto melhor para o senhor!"

E é isso mesmo.

São duas e meia, agora. Era quase uma da tarde, quando Emília me chamou para almoçar. Já almoçamos. Continua a chover e a esfriar. Maldito inverno! Contrario-me muito com a cozinheira, que hoje sai dos seus cuidados para me responder grosseiramente às observações que lhe faço. Sei que ela é fraca da cabeça. Dou sempre o desconto que essa deficiência merece. Mas hoje ela foi além da conta! E eu não tenho mais controle para agüentar a situação. À uma hora, quando nos levantamos, e eu venho para o gabinete enquanto ela vai para a cozinha, arrependo-me muito, mas já é tarde.

[...] Se Emília "topar" e não houver quem "embarace", eu a abordarei, tudo faz crer que com sucesso. Obra da conjugação sempre proveitosa do repouso doméstico, somado à injeção de B-12, à temperatura em declínio e aos treze dias que já levo de jejum. Não é tanto assim, dirão. Realmente, tenho ficado por mais tempo a "ver navios". Mas sem os outros fatores que são também poderosíssimos.

Só há uma contra-indicação séria: a necessidade de sair amanhã. Vencida que seja, não terei mais obstáculos.
[...] Passo a noite santamente. Deito-me cedo, mas não realizo, nem tento, nenhuma "abordagem".

*

Às quatro e meia da tarde, tenho mais uma rebordosa digestiva, de que já me julgava livre havia muito: obrei nas calças do pijama, pois não cheguei a tempo de alcançar o WC. Presente desagradável para a pobre de Emília que, entretanto, não achou que fosse "calamidade", pois atalhou a tempo a sujeira sem manchar os tapetes do corredor. Emília acha que o desastre foi devido à dupla sobremesa — tangerina e bananas fritas — a que não estou habituado. É possível que tenha razão. Pelas dúvidas, me comprometo a precatar-me para o futuro.

Quero ver se peço a padre Lamartine para comprar o meu novo caderno — na Casa Matos (rua Ramalho Ortigão), no formato deste (173), com maior número de páginas (quinhentas folhas, mil páginas). Se o conseguir (custe o que custar), não me iludo: será o último que emprego em meu Diário. Também a minha vida não há de ultrapassá-lo. E comprometo-me a *morrer satisfeito*.

Emília trouxe, como lhe pedi, dois talões novos de cheques, e, também, a informação de que tenho no Banco a importância considerável de quatro milhões (quatro mil contos). Nada mau. Garanto, assim, a cova "onde cair morto", na expressão popular.

[...] Emília está na rua, apesar do mau tempo. Dela depende a "abordagem" de hoje, a que me disponho, mas que fica na dependência de vários fatores. Creio que, se conseguir realizá-la, me sentirei mais disposto. Mas não farei loucura, caso não consiga.

Não sei onde Emília se meteu para não estar em casa até agora (seis e meia).

Tenciono amanhã mandar comprar o caderno, do tipo deste em que escrevo, para continuar o Diário. Pedirei, logo mais à noite, ao Lamartine.

[...] Deito-me, com Emília, às dez horas, devidamente preparado para só me dopar quando já estiver na minha cama debaixo dos lençóis.

*

Antes das duas, já estou no gabinete, disposto a realizar várias tarefas, a primeira das quais é arrumar minhas gavetas da secretária, onde há sempre o que encontrar de interessante, pois esqueço facilmente o que tenho e o que guardo.

E a tarde transcorre sem maior novidade. Emília sai às duas e meia para ver a tia. Como sempre acontece, diz que vai porque teve um "aviso". Não teve aviso nenhum. Vai porque é boa e tem pena de quem vive só no mundo. Anita fica em casa para o que eu precisar. Só segue para o seu apartamento depois das quatro horas. E nem sinal de Emília! Nem da velha cozinheira! Se eu precisasse de alguma coisa, morreria antes que chegassem!

Telefonei para a Procuradoria, a ver se me mandavam buscar os processos despachados havia mais de uma semana. É uma bagunça, a Procuradoria! Quem atende não se identifica. E quem se identifica faz tanto espanto, quando digo que sou eu, que acredito que já me estejam julgando morto!

Francamente, não sei de que adianta viver num mundo assim! O que me interessava já não vive mais. Estou sobrevivendo de teimoso. Tenho a prova disso a todo instante. Mas não tenho a coragem de tomar uma resolução.

*

Vou procurar ser mais amável com Emília, que bem o merece. Afinal, ela não tem culpa do meu incurável mau humor, que é inato.

São cinco horas. Já começa a escurecer. E o netinho não aparece hoje. Como lhe sinto a falta!

Amedronta-me a perspectiva de sair amanhã e me pôr em contato com os "lugares santos", a que nunca mais voltarei de olhos enxutos.

*

Está realmente resolvido que a cozinheira, a Edelweiss, nos deixará amanhã. Seria insincero se lamentasse o fato, pois não creio possível que a substituta seja pior, quem quer que seja. Comprometo-me, entretanto, a não intervir na escolha da que tiver que vir.

E a não tomar qualquer intimidade com ela, tratando-a a distância, para evitar aborrecimentos futuros.

Noite braba! Tive grande rebordosa por haver tomado Litrison quando me deitei. Um sururu, de madrugada, atormentando Emília que não pôde aproveitar o descanso mais do que merecido do domingo. Positivamente, só faço besteiras, mesmo quando quero fazer o bem a todos.

Cai muito a temperatura, o que não é nada agradável para mim. Depende da boa receptividade que encontrar da parte de Emília, uma "abordagem" logo mais: vontade não me falta e acredito que boas condições de eficiência. Não adiantemos, todavia, mais do que isso. Tempo de espera já tenho (desde 6 de julho). Não forçarei, contudo.

[...] Não tentei nada, nem tentarei: tenho coisas mais sérias em que pensar na vida.

*

Abro o meu "cofre da fortuna" e tenho a impressão de que foi remexido, pois vejo as notas muito folgadas, quando me parecia vê-las sempre atochadas umas nas outras. Isso me aterra, mas Emília acha que não, que deve ser cisma de minha parte. Será?

A noite continua fria, como a tarde. Não tão fria como se anunciava, mas bastante para me obrigar ao uso do suéter dado pela camarada Camila um ano antes de morrer, quando nem tinha idéia de desaparecer tão cedo!

Apesar de haver pedido aos camaradas Pato de Tal e Jacaré de Tal auxiliares que me telefonassem para dizer quando viriam buscar os meus processos, ninguém deu atenção, ninguém telefonou. De modo que tenho de me convencer de que na Procuradoria nada mais querem comigo. Está certo, não telefonarei mais para quem quer que seja.

*

Encerro, hoje, aqui, este volume malfadado do meu Diário. Não posso imaginar volume pior, com a morte da camarada Camila!

Quero que amanhã, um dia qualquer, sem nada de especial, assinale o começo de nova vida para mim.

São quatro horas da tarde.

O dia continua frio, mas firme de tempo.

ESTA OBRA FOI COMPOSTA PELA HELVÉ-
TICA EDITORIAL EM GARAMOND LIGHT
E IMPRESSA PELA GRÁFICA PALAS ATHE-
NA EM OFF-SET PARA A EDITORA
SCHWARCZ EM OUTUBRO DE 1994.